신상웅전집6
바람난 도시

동서문화사

신상웅전집6
바람난 도시

초판 발행/2003년 10월 1일
발행인 고정일/발행처 동서문화사
창업 1956. 12. 12. 등록 16-345 (윤)
서울강남구신사동 540-22 ☎ 546-0331~6 (FAX) 545-0331
www.epascal.co.kr
＊잘못 만들어진 책은 바꾸어 드립니다.
총10권 각권 9,800원

＊

이 책의 출판권은 동서문화사 (동판)가 소유합니다.
의장권 제호권 편집권은 저작권 법에 의해 보호를 받는 출판물이므로
무단전재와 무단복제를 금합니다.

편찬・필름・제작 일체 「동판」 자본으로 이루어짐에 따라
출판권 소유권자 「동판」에서 제조출판판매 세무일체를 전담합니다.
사업자등록번호 211-90-02201
ISBN 89-497-0200-2 04810
ISBN 89-497-0194-4 (세트)

바람난 도시

차례

놓아 기르기

우윳빛이었다. 커튼에 배어든 아침은 그런 빛을 하고 있었다.

전치강(田致江)은 침대에 누운 채로 팔을 뻗어 전화 수화기를 더듬었다. 짜증이 났다. 날이 밝아 버려서인지 전화벨 소리 때문엔지 몰랐다.

수화기를 들자 딸꾹질하듯 보채던 벨소리가 뚝 그쳤으므로 그는 그만 수화기를 도로 내려놓아 버리고 싶었다. 도대체 어떤 자식인가, 이렇게 일찍부터!

그는 수화기를 귀에다 대고 가래가 끓히는 외마디 소릴 냈다.

"에——"

그랬는데 뜻밖에도 수화기에서 흘러 나오는 목소리는 여자가 아닌가. 어마, 막 끊으려던 참이었는데요, 라고 여자는 말하고 있었다.

"제가 단잠을 깨시게 했음 지금이라두 끊어 드릴게요."

전치강은 우선 시트를 걷어붙이고 몸을 일으켰다. 침대에 걸터앉으며 그는 털이 숭숭한 자신의 다리부터 내려다봤다.

"이미 깨버렸는데 무슨 소용이오."

대꾸하는 그의 목소리는 아직도 잠이 덜 깨어 있었다.

"죄송해요."

"누구요, 댁은?"

"여자죠."

어렵쇼. 이거 이른 아침부터 농담하러들어, 하는 생각이 들자 전치강은 잠이 깨버린 것에 정말 화가 치밀었다. 그는 귀찮은 응전을 위해 자세를 고쳐 앉았다. 침대가 약간 삐그덕거리는 소리를 냈다.

"누구야, 당신!"

"아침부터 재수없이—— 머 그런 뜻이세요? 제가 알기룬 전치강 씬 그런 분이 아닐걸요."

"이게 누구야, 장난하는 여자가?"

전치강은 말을 흘리는 한편으로 재빨리 여자의 목소리를 재음미했다. 그러나 생각이 나지 않았다. 하인희(河寅嬉)나 유영채(柳英彩)는 분명히 아니고(가 아니라 그들이 이런 서투른 짓을 할 리는 없고) 그렇다고 마담 안(安) 목소리도 아니었다.

여자는 잠시 이쪽의 반응을 기다리는 기색인 듯했으나 오래 끌지 않고 이내 말했다.

"선생님은 절 모르세요."

"……혹 미스 박이 이런 서투른 짓 하고 있는 거 아냐?"

"전 박 아네요. 그 외루 또 대셔두 역시 아네요."

"그런데, 내 이름을 어떻게 알지?"

"선생님을 왜 몰라요, 저 유명한 청년건축가 전치강 씰."

"별 애기 없으면 전화 끊읍시다."

"너무 따지시지 마시구 유명세를 물구 계시다구 느긋하게 생각해주세요."

"나 참, 좋소. 그렇다면……."

"알아요, 아직두 이쪽 신원을 밝히지 않으니 그런 실례가 어딨느냐고 말씀하시려는 거. 하지만 전 조금치두 유명하지 않구 앞으로두 그럴 가망조차 없으므로 밝히기가 쑥스럽걸랑요."

"무슨 얘기 하려는 거요, 도대체?"

"너무 따지심 제가 비참해진다니까요. 이래뵈두 용건이 있어서 전화 드렸으니까요."

"용건이 뭐요?"

"커튼을 열어 주세요, 선생님 방의 그 무거운 겨울 커튼을요. 바꿀 때가 이미 지났어요."

"아, 그러니까 당신 커튼 가게 사람이구먼."

"어머머, 무명인이라구 너무 깔보시는군요."

"그럼 뭐요? 정말 당신 너무 오래 실례하고 있는데."

"좋아요. 말씀드리죠. 전 선생님의 모든 걸 알구 있는 사람이에요. 심지어는 선생님의 여자들과 선생님의 귀가 시간까지두요."

"뭐라고?"

"죄송해요. 하지만 악의는 조금두 없으니까 안심하세요. 적어두 지난 여덟 달 이상 선생님의 파수를 서드린 것뿐이에요. 그 결과론 선생님은 하루두 빠짐없이 통금시간이 되어야 차를 몰구 돌아오시더군요. 문을 따구 현관 위로 올라서시기 전에 우선 스위칠 올림, 방 안이 훤해지죠. 저고릴 벗어 아무렇게나 팽개치군 위스키잔을 들구 소파루 가시구, 그리군 침실루 가서 마치 껍질을 벗듯이 바지와 양말을 신경질적으로 벗어던지기 바쁘게 침대 위에 벌렁 쓰러지시죠. 잠옷두 입지 않구. 꼭 그런 뒤에야 커튼을 닫지 않은 게 생각나시나 보죠? 귀찮은 듯 다시 몸을 일으켜 거칠게 커튼 자락을 잡아 끄세요. 어떠세요, 이만함 제 말이 거짓 아니죠?"

"당신 아주 졸렬한 범죄행위를 해온 모양인데, 그래서 요구하는 게 뭐요?"

"커튼을 여시라구 했어요. 죄송해요. 지난 가을까진 꼭 그런 식으루 반복됐어요. 아마 지금두 그러시구 계실 거예요. 지금 한번 방바닥을 내려다보세요. 벗어던진 바지와 양말과 셔츠가 허물처럼 놓여 있을걸요?"

전치강은 시키는 대로(하자 해서가 아니면서) 시선을 방바닥에 떨어뜨렸다. 바지와 양말과 셔츠가 속이 뒤집힌 채 여기저기 버려져 있었다. 이따가 파출 가정부가 오면 주머니를 뒤져본 다음 쓸어 안고 세탁소로 갈 것이었다.

여자가 계속해서 말했다.

"지난 늦가을 어느 날이었어요. 커튼집 사람이 와서 지금의 그 겨울 커튼을 바꿔 달더군요. 전 혀를 찼어요. 너무 두꺼워서요. 그리군 다신 그 커튼은 열리지 않았어요. 아마 가정부가 그만둬 버린 모양이죠? 선생님이 손수 여세요. 봄이 아주 무르익은 걸 보실 거예요. 지금 당장 여세요. 여심……"

전치강은 수화기를 내던지고 커튼 앞으로 달려갔다. 어느 방에서 건너다보고 있는지 알아낼 수 있을 것이었다.

그러나 그는 젖히려던 커튼 자락을 놓고 되돌아섰다. 돼먹지 않은 여자는 분명히 망원경을 가졌을 것이기 때문이었다. 앞쪽 68동 7층 이상의 어느 북쪽 방에서——

그는 수화기를 집어들기 바쁘게 단호한 어조로 소리쳤다.

"똑똑히 들어요. 당신 앞으로도 계속 그런 짓 하면 고발해 버릴 거야. 망원경 갖고 외간 남자 엿보는 여자 못 찾아낼 줄 알지만 어디쯤인지 난 이미 알고 있다, 이거야."

"그렇게 화난 목소리루 말씀하시지 마세요. 전 장난하려는 게 아니거든요. 그리고 절 찾아내시기 전에 제가 먼저 찾아가 뵙겠어요. 안녕히 계세요."

"쓸데없는 수작 말고 당신 남편이나 잘 섬겨. 할일 없으면 낮잠이나 자든지."

"어머, 오해세요. 전 아직 혼인해 본 일 없어요. 미스란 말예요, 완벽한."

"자신이 완벽하다고 생각한다면 정말 병이 든 거니까 정신병원부터 가보고."

"또 전화 드릴게요, 커튼 열리지 않음. 그리구 아까 말씀하신 미스 박, 그 여자 누군지 두구 보겠어요?"

"뭘 두고 봐?"

"제 라이벌이니깐요?"

"뭐야?"

그때 갑자기 여자의 말버릇이 없어졌다. 명백하거니와 주위에 누가 나타난 모양이었다. 종이호랑이 같은 여자의 아버지일까.

"오모나, 아침부터 너무 전화가 길어졌다 얘. 이제 그만 끊어. 나 미용 체조할 시간이라니까. 응, 또 전화할게. 잘 있어, 안녕. 커튼 열어젖히구."

딸깍하고 전화가 끊어졌다. 전치강은 마지막 부분 때문엔지 쿡 하고 웃음이 튀어나왔다. 단언할 수 있지만 이 돼먹지 못한 여자는 미인이다, 라고 그는 생각했다. 이런 만용을 부릴 수 있는 여자는 자기 얼굴에 대한 못돼먹은 자신을 가진 여자 아니고는 안 되기 때문이었다. 맘이 있으면 만나봐라, 금세 홀딱 반해 버릴 테니, 뭐 그러고 있을 테지. 그러므로 이건 치욕적인 농락을 당한 거다, 하고 그는 중얼거렸다. 하지만 보나마나 골이 휑 비었을 것이므로 만약 이 여자가 아파트 옥상에서 뛰어내린다면 다른 사람처럼 머리통이 먼저 내려오지 않고 곧추 선 채로일 것이다.

그런 골 빈 여자의 전화를 끝까지 상대해 준 나 역시 골이 빈 게 아닌가 생각하면서 전치강은 침실을 나갔다. 거실에 걸린 벽시계는 이제 겨우 일곱 시를 가리키고 있었다.

"이런 빌어먹을, 새벽부터!"

전치강은 갑자기 머리가 지끈지끈 쑤셔 댔다. 목젖이 타들어가는 것 같았다. 조급한 몸짓으로 그는 주방을 향해 걸어갔다. 수도꼭지를 틀자 쏴아하고 물이 기세 좋게 쏟아지는 데 엷은 안도감 같은 게 느껴졌다. 그리하여 전치강은 지체없이 폭포수 밑에 거꾸로 처박혀 벌컥벌컥 물을 받아 마셨다. 그러곤 턱끝으로 물방울을 흩뿌리며 화장실로 걸어갔다. 긴 배설을 예비한 초조한 몸짓으로……

도대체 술을 얼마나 마신 것일까. 녀석들은 오로지 동창회를 동창회답게 하기 위해선 전원이 술독에 뜬 노아의 방주가 되어야 한다고 우겼다. 우겼을 뿐만 아니라 입을 버퉁기고 들어부으려 들었다.

그러자 어느 하나가 위궤양이라고 엄살을 부렸다. 녀석들은 단박에 마치 폭력행위 등 처벌에 관한 특별조치법이라는 대단한 법조문이 있다는 사실을 잊어버린 자식들처럼 마구 주먹다짐의 기세로 대거리를 했다.

그런 경황에서 누가 감히 반기를 들 수 있었으랴. 압제의 분위기에서 무법자들을 증오하면서 마시는 술은, 그러나 아무리 마셔도 세상이 돈짝만하게 보이지 않았다.

"어이 건축가, 어떻게 좀 안 될까?"

"뭐가?"

"수도꼭지 말야."

"수도꼭지라니?"

"네가 집 설계도를 만들 때 전기니 수도니 하는 것들 배선에도 신경쓸 거 아냐. 그때 신경을 좀더 써줄 수 없느냐 그 말씀이야."

"어떻게?"

"물 아닌 술이 주루룩 쏟아지는 꼭지를 하나 더 다는 방법 말야."

어때, 기찬 아이디어 아니겠어, 아침부터 시민을 술취하게 한다면 만원 버슬 몰고 곡예를 하는 운전사도, 거기에 숨통이 막히는 승객도, 달달 볶아치는 사장도, 주리를 틀리는 사원도, 거짓말하는 교수도, 논고하는 검사도, 방망이질하는 사회자도 얼마나 음악적이겠어. 조금도 괴로울 것 없이, 가책도 없이……

그렇게 말하고 있던 녀석은 자루 부러진 사회봉 흉내를 내려고 술이 든 유리컵으로 술상을 꽝꽝 두들기다가 마침내 컵을 깨고 말았으므로 전치강은 점잖게 일깨워 주지 않을 수 없었다.

"그건 수도국 소관이야. 그 집하고 양조장이 협잡이 되면 되겠지."

"그러니까 아주 희망이 없는 건 아니다 그 말이군."

"사람이 희망을 잃어버린다는 것처럼 위험한 건 없어."

"아, 아침부터 고주망태가 되는 거다! 우리 모두 그날을 위하여 축배를!"

녀석은 피와 술이 찬란한 빛깔로 번들거리는 깨진 유리컵을 높이 치켜들었다. 전치강도, 다른 녀석들도 잔을 들었다.

"네 희망이 이뤄지기를 빌며!"

라고 외친 다음 전치강은 잔을 부딪칠 때 살짝 묻어 온 빨간 핏빛을 콧잔등 너머로 내려다보며 술을 들이켰다. 녀석은, 자신은 보험에 들지도 않은 생명을 걸레처럼(이라고 그는 말했었다) 내던져 두고 사는 생명보험회사 부장이었다.

"내 밑에 누가 있느냐. 과장이 하나 있다. 그 밑에 계장 하나, 사동 하나, 그리고 시들어가는 꽃 한 송이, 그 여자가 육 개월 전에 사다 얹어놓은 조화 한 포기. 그게 전부다."

녀석들은 모여서 그런 얘기 듣는 걸 그렇게 기분 좋아했다. 동대문시장에서 다후다라는 천을 파는 친구를 만나는 게 그렇게 좋은 것이다. 고등학교 동창회는 그래서 모일수록 좋은 거야, 라고 놈들은 속으로 쉴새없이 중얼거린다.

직업전시장같이 돼버리는 자리── 놀랍게 빠른 관공서 국장에서 과장까지, 개인회사 사장에서 전무, 상무까지, 부장이면 다 같은 부장인 줄 아느냐고 못마땅해하는 재벌회사 판촉부장에서 해외 세일즈맨 차장까지, 재임명에서 재고된 일도 없이 재임명된 전임강사에서 고등학교 접장까지…….

이 모든 명함쪽 가진 자들이 동창회를 열어 놓고 앉아 점퍼 입고 나온 다후다 장수한테 얘기시키기를 좋아하는 것이다. 짜릿한 쾌감이 그들을 술마시게 하여 더욱 즐거운 것이다.

"어이, 유명한 건축가! 치강이 넌 이리와 앉아. 여기 끼어야 어울린다구."

출판사 교정원 옆에 앉으면 납가루가 날아온다고 그러는데 전치강은 고맙지 않을 수 있으랴. 시키는 대로 앉고 보자, 왼쪽에는 은행 대리, 오른쪽에는 신문사 사회부 차장. 단지 버짐이 허옇게 핀 생명보험쟁이와 마주앉게 된 게 좀 못마땅한 편이라고나 할까.

"나 아마 다음달에 진급할 거야, 차장으로."
라고 속삭이던 은행원의 말을 되떠올리며 전치강은 배설을 끝냈다.

"희망을 걸어"라고 그에게 대꾸해 준 건 잘한 짓일까, 아닐까.

그는 현관으로 내려가 출입문을 땄다. 우유병은 문 앞 발치 끝에 놓여 있었다. 그는 우유병과 편지함 속에 쑤셔박힌 조간신문을 뽑아들고 돌아섰다. 거실로 올라서자 커튼을 뚫고 배어든 밝음에도 눈이 아렸다. 소파 위에 놓인 방석이며 전등갓이며 하는 것들이 무중력의 진공상태에서와 같이 더부렁 방 안을 떠다니는 것처럼 어른거렸다. 그는 우유병과 신문지를 탁자 위에 내려놓고 털썩 소파에 몸을 내던졌다.

그때 느닷없이 또 전화벨이 울리기 시작했다.

이건 또 확실히 돼먹지 못한 여자야, 하고 전치강은 소파에 누운 채 재삼 단정했다. 그러므로 전화는 받을 필요가 없다.

전화벨이 계속해서 울리고 있었다. 일곱 번을 울릴 때까지도 받지 않으면 일단 통화할 사람이 없는 것으로 알라고 전화번호부에 적혀 있건만 벨소리는 깔쭉깔쭉 신경을 긁으며 적어도 그 두 배는 계속되고 있었다.

전치강은 더 이상 버티지 못하고 벌떡 몸을 일으켰다. 그리고 거실 벽 밑 탁자에 놓인 전화기 앞으로 달려들며 이런 투로 계속되다간 언젠가는 박살이 나고 말 전화통의 운명에 대해 짧게 명복을 빌었다. 그러고 나서 수화기를 들자마자 전치강은 냅다 소리쳤다.

"야, 환장했어?"

"그래, 환장했다. 하지만 부탁인데, 목소릴 낮춰 줘야겠다."

"어, 이거 보험쟁이 아니가?"

"잠결에도 알아보는 게 구세주 만난 것처럼 반갑다. 그런데 너 왜 전화 받으면서 덮어놓고 욕부터 하니. 뿌리 깊은 잠을 기어이 깨워 버린 건 미안하지만."

어떻게 돼서 이렇게 뜻밖의 인물들로부터 거푸 전화가 걸려오는 아침인가. 그러나 생명보험회사 부장 장승문(張升文)은 돼먹지 못한 여자와는 달리 자신의 느닷없는 전화질에 대해 재차 사과했다.

"모든 책임은 술에 있어, 그러므로 술의 이름을 빌려 내가 대신 심심한 사과를 하겠어. 양해 바람."

"비겁하다, 고작 술에다 핑계를 대?"

"핑계가 아냐. 정말 고약한 술 탓야."

"그래 술이 어떻게 했다는 거냐? 보험 들지도 않은 목숨을 하수구에다 처박더란 말이냐?"

"하수구라니, 그건 이 값비싼 양탄자에 대한 모독이다."

"양탄자?"

"이래봬도 난 지금 붉은 양탄잘 밟고 서 있다, 이 말씀야."

"어떻게 된 거냐?"

그때 장이 갑자기 목소리를 죽이고, 사실은 나 좀 구해줘, 라고 속삭였다. 여긴 아마도 거기서 멀지 않은 곳일 거야, 라고. 전치강은 놀란 목소리로 되묻지 않을 수 없었다.

　"그럼, 네가 이 황량한 아파트촌 어디에 와 있단 말야?"

　"그렇다니까. 조용히 말해."

　"왜? 새벽부터 보험가입자 꾀러?"

　"그 반대."

　"도대체 어떻게 됐다는 얘기야? 누구한테 납치라도 당했다는 거야, 뭐야?"

　"쉿, 이 방 여주인이 들으면 야단나. 가학성이라구."

　"으음, 정말 무슨 일이 나긴 났구나."

　"하지만 떨고 있진 않아."

　"차근차근 얘기해봐, 덤비지 말고. 이 아파트촌 안에 있어, 없어?"

　"있어. 몇 동인지 모르지만. 엘리베이터를 타고 올라왔다는 기억이 분명한 너네 강안(江岸) 맨션 어느 6층이야."

　"그런데?"

　"길게 얘기할 시간 없어. 하여튼 지금 곧 일로 좀 와줘."

　"오고 싶으면 네가 일로 와."

　"못 갈 형편이니까 그러지. 자유의 몸이면 내가 미쳤다고 너한테 전활 해서 이딴 자백을 하니? 이 집 여주인 목욕 끝낼 시간이 다 됐단 말야."

　"나도 옆에 여자가 자고 있어서, 미안하지만 갈 수가 없겠는데."

　"야, 야, 좀 살롸 주라. 넌 그 집 주인 아니냐."

　　요컨대 장승문의 말은 여자한테 지불할 돈을 좀 넣고 와 달라는 것임이 분명했다. 그러면서도 녀석은 제 자신이 붙잡혀 있는 방이 어디쯤에 붙었는지 대지 못했으므로 전치강은 수화기를 놓고 창밖을 내다보라고 지시할 수밖에 없었다. 잠시 후 녀석은 햇빛이 눈부신 쪽으로 자그마한 어린이 놀이터가 보이더라고 소곤거렸다.

"좋다. 저고릴 저당 잡혀 놓고 약국 간다는 핑계로 내려와, 그 어린이 놀이터로."

"안 돼. 약국 핑계는 이미 써먹었는데 실패였어. 이 방 안에 훌륭한 약장이 하나 있더란 말야."

"빌어먹을! 하여튼 재주껏 무슨 핑계든 대고 내려와. 절대로 네 방문 앞까진 안 가겠어."

장승문은 비참한 목소리였지만 그러나, 해보겠다고 말하곤 전화를 끊었다. 수화기를 놓고 돌아서자 전치강은 다시 짜증이 뿌듯이 솟구쳤다. 머리가 뻐개지는 것처럼 쑤셔 댔다.

그럼에도 아이들이 노는 곳으로 가서 슬그머니 접선해야 할 한심한 어른 하나가 있으므로 소파에 자빠져 버릴 수가 없었다. 다람쥐틀이 인기 있는 그 놀이터는 네 동씩 줄을 선 아파트를 석 줄이나 지나는 적어도 5분 이상 거리의 60동과 52동 사이에 있었다.

전치강이 놀이터 앞까지 갔을 때도 장승문은 거기 나와 있지 않았다. 자전거를 타는 아이들과 여자들이 더러 보였지만 빈 놀이터는 아침 햇살 속에 묘지처럼 을씨년스러웠다.

아직도 몸을 뺄 궁리를 못 세워 끙끙거리고 있는 것이라면 장승문이 가학주의자 여자한테 걸렸다고 한 건 엄살이 아닐는지도 몰랐다. 전치강은 놀이터 입구에 서서 사방을 두리번거렸다.

그러나 알고 보니 장승문은 와이셔츠 바람으로 52동의 동쪽 출입구 담벼락 밑에 서서 아까부터 열심히 팔을 휘저어 대고 있었던 것이 아닌가.

전치강은 어린이 놀이터를 가로질러 천천히 다가갔다. 녀석은 정말로 윗도리를 맡겨 놓은 모양이었다.

"답답한 쪽이 접선 장소를 정확히 지켜야지."

"거기 나가면 위에서 내려다보이는데?"

장승문은 웃음기 하나 없는 굳은 얼굴이었다.

"보아하니 걸려도 아주 된통으로 걸린 모양이군."

"비난은 나중에 듣기로 하고 준비해 온 거나 줘."

"사내 자식이 그깟 일 하나 처리 못해서 쩔쩔매니. 한심한 자식!"

"비난은 뒤에 해 달라니까."

전치강은 약을 올리듯 느릿느릿 바지주머니에서 지폐 뭉치 하나와, 그리고 정액수표 한 장을 꺼냈다.

"어느 편을 택할 테냐? 액수는 같아."

"얼마야, 그게?"

"만원."

"됐어. 한 장짜리로 줘. 그리고 돌아가서 기다려. 나 곧 뒤따라간다. 69동이라고 했지?"

장승문은 돈을 받아 들자 곧장 건물 안으로 걸어 들어갔다. 여전히 웃음기 하나 없는 녀석이 가련하기 짝이 없었으므로 전치강은 음지 속으로 들어가는 녀석의 뒤통수에다 대고 다급한 목소리를 가장하여 소리쳤다.

"잠깐. 잊었구나, 한마디 한다는 거." 하고 나서, 녀석이 바짝 앞으로 되돌아올 때까지 기다려서 조용히 속삭여 주었다. "네 눈이 아주 이상해."

"눈이? 어떻게?"

"썩은 동태 누깔 같애. 퀭해져 버렸어."

"에잇, 임마. 난 또 뭐 중요한 예비지식이라도 들려주는 줄 알았지."

장승문은 그제야 처음으로 히죽 웃음을 흘리며, 돌아서서 팔을 내저으면서 뛰어갔다. 그의 손에 붕대가 감겨 있는 것을 전치강은 처음 알아차렸다. 간밤에 컵을 깨면서 꽤 상처를 입은 모양이었다.

——저 자식까지 외박하기 시작하면 이제 남은 놈이 누구냐.

전치강은 그런 생각 끝에 엉뚱하게도 마담 안의 얼굴을 떠올려 보며 아파트 출입구 앞을 돌아 나왔다.

어느새 햇볕이 따가운 계절이 되어 버린 것인가. 해를 정면으로 안고 걷자니 전치강은 사뭇 이마가 아렸다. 정말 이제 커튼의 두께를 지겨워해야 할 계절인가. 그게 겨울을 정지시켜 놓으려는 안간힘처럼 돼버렸는가.

전치강은 겨울을 일년 내내 연장하는 불가능을 이마로 재어보며 걸었다. 그러나 커튼을 떼지 못하게 만드는 계집아이가 있잖은가. 그는 창마다 엷은 휘장으로 바뀌어 걸렸는지를 보기 위해 실눈을 뜨고 아파트 건물을 쳐다보았다. 눈부시는 햇빛을 등진 구조물은 그러나, 달밤에 보는 것처럼 다만 짙은 검정색 실루엣일 뿐이었다.

그것은 뜻밖에도 모호한 아름다움을 지니고 있었다. 아니, 그것의 완강하고 끈질긴 뿌리를 의식하는 인간으로 하여금 그건 수모감을 갖게 하고 있었다. 아름다움을 느낀다는 것은, 그러므로 모욕을 느낀다는 말인지도 모른다.

그는 아직도 자신의 설계가 거대한 몸집의 구조물로 둔갑하였을 ……때의 불만스러움을 무엇으로 보상받아 본 일이 없다. 실루엣으로도 그 미련하게 투박한 구조물은 환각을 갖게 해주지 않았다. 사실이다. 그는 자신이 설계한 건물을 역광으로 보기 위해 실제로 달밤에 그 구조물로 달려가 본 일도 있었다. 그러나 그는 도저히 자신을 나르시시즘에 빠뜨릴 수가 없었다.

전치강은 맥이 빠져서 자기 방으로 올라갔다. 그리고 갑자기 보험쟁이와 만나고 싶지 않아져서 서둘러 집을 나설 채비를 했다.

그러나 그는 고작 7층 복도의 승강기 앞에서 목덜미를 잡히고 말았다. 승강기 문이 열리자 장승문이 튕겨져 나왔던 것이다. 자식은 마구 화를 냈다.

　"내가 곧 뒤따라오겠다고 했는데 왜 도망가니?"

　"종로에서 뺨 맞고 왜 나한테 와서 화풀이하니?"

　"정말이야, 나 따귀 맞았어" 하고 천연덕스럽게 지껄이며 장승문은 복도를 두리번거렸다. "야, 여기도 마찬가지구나. 어마어마해서 살인이 나도 모르겠어…… 네 방은 복도 어디쯤이냐?"

　이렇게 말하며 어깨를 밀던 녀석은 전치강이 자기 방문을 따고 있는 동안 재차 살인에의 유혹을 토로했다.

　"분명히 그놈의 여주인을 찔러 죽여 버렸어야 되는 건데……."

　"가정이 아니라 혹시 정말 쓰러뜨린 건 아니냐? 그렇다면 괜히 나까지 끌고 들기 전에 돌아가 줬으면 좋겠어."

　"못했어."

　장승문은 방 안으로 들어서자 곧 명랑을 회복하여 수선을 피우는 떠벌이로 변했다. 그는 집 안을 이리저리 둘러보고 문도 따본 다음 물었다.

　"도대체 이게 몇 평짜리 맨션이냐?"

　"서른여덟 평."

　"혼자서 이렇게 넓은 공간을 차지한다는 건 범죄이다."

　"난 그럼 언제까지고 혼자 살란 말야? ……네가 초대받은 여주인 집은 어느 정도든?"

　"이보단 작은 공간인 것 같던데?"

　"도대체 어떻게 된 거냐?"

　"귀대 보고를 들으려거든 우선 뭐든 좀 내놓고 요구해. 배가 고파 쓰러질 지경이야. 쓰리고 아프고."

　"알 만해. 부엌에 가봐."

　"그간 말라빠진 빵조각 구워 먹으러?" 하면서 장승문은 탁자에 놓인 우유병을 집어 들었다. "괜히 이딴 거나 마시는 풍습에 놀아나지 말라고. 이 나라는 아침상이 가장 거창하게 차려지는 나라야. 창자의 구조가 그렇게 돼 있다구."

그러면서도 녀석은 우유병을 단숨에 나팔 불고 있었다.

"술이 꽤 취했댔어."

"그렇게 마셔 댔으니."

"택시를 잡았었나 봐. 여자 하나가 타고 있었어."

"바로 너를 유혹한?"

"운전사한테 쫑알거렸어. 합승을 왜 하느냐고. 내가 말했지. 연애도 할 겸 잘됐지, 뭐 속을 끓이느냐고. 했더니 자긴 고독이 좋다나. 좋아서 자가용을 모는데, 마침 데드라인에 걸렸다나. 데드라인이 뭐냐?"

"몰라."

"나도 단박에 그랬지, 마침 동지를 만났다고. 내 찬 오늘 오후에 수리공장에 들어갔다고. 회충약을 먹이려 원효로 4가에 있는 승리 정비공장에 넣어 놨다고. 우린 곧 다투기 시작했지. 나는 고독에 고독을 더하면 세상에 흩어져 있는 모든 고독을 빨아들일 만큼 어마어마한 고독이 된다는 지론을 폈고, 여자는 고독에 고독을 더하면 안 고독이 된다고 했다가, 못 고독이 된다고 했다가, 갈팡질팡이었어."

그러는 동안 차는 한강변까지 와버렸다. 여자가 토론을 중단하고 물었다. 어디까지 가느냐고. 그건 협상을 의미하므로 장승문은 다정한 목소리를 만들어 되물었다. 귀하는 어디까지 가슈, 나는 강안 맨션까지 가는데…….

"난 단언할 수 있지만, 강안 맨션이라고 말한 건 너 때문이야. 널 그때 갑자기 떠올렸기 때문이야. 그러니까 네가 내 숙박비를 물어야 해."

"그래서 내가 물었잖아."

"여자가 기절을 했어. 아유 저도 거기까지 가는데요, 하고는. 나는 기절한 여자의 부축을 받으며 차를 내려 엘리베이터 앞으로 갔어. 타고 올라가더군."

"알았어. 그 담부턴 알어."

"알긴 뭘 알어. 그 여잔 날 깨물어 먹었단 말야. 보여줄까, 살점 뜯긴 자국을. 상어 같은 가학주의자였어."

"알았다니까."

"그리고, 그 여잔 전임강사야, 대학의."

"속지 마. 그런데 왜 돈을 받니?"

"그래서 줬고, 그래서 따귈 맞았다니까."

장승문은 전임강사의 고독을 비는 뜻으로 수표를 주고 싶었다고 했다. 이래도 고상하고 우아한 냄새를 풍기며 강단에 서겠느냐 하고. 그러자 전임강사는 자기 가슴에 수표를 쑤셔넣은 장승문의 따귀를 후려갈겼다.

"나도 제때에 맞받아 갈겼지, 픽 쓰러질 정도로. 그러곤 곧 방문을 열고 나왔지."

"나가자." 하고 전치강이 말했다. "사우나나 하러 가자."

"안 돼, 배가 고파서. 그리고 온몸이 상처투성이라니까."

둘은 곧 방을 나섰다. 승강기 앞에 서서 장이 말했다.

"밤새 뜯기며 생각했는데 말야, 그 술 나오는 수도꼭지 건, 그거 취소하겠어. 대신 그걸 여자 젖꼭지처럼 만들면 어떨까?"

"너, 앞으로 동창회 나오지 마."

그랬다. 장승문은 모두가 멸시하는 동창회에 나와 앉아 그 모멸의 분위기를 혼자 씹어 삼키겠다고 술을 마신다. 마시고 취해 놓곤 어울리지 않게 돈을 꾸러 새벽 전화를 한다.

승강기의 문이 열리고 전치강이 보험쟁이의 어깨를 끼고 들어섰다. 아파트 지역 서쪽 끝 볼링장 위층에 있는 사우나탕에서 목욕을 하고, 얼큰한 뭘 좀 먹자고 하여 다시 차를 몰고 되돌아와 슈퍼마켓 옆에 붙은 유일한 한식집에서 아침부터 육개장을 거의 반 그릇은 비우고, 그러곤 목욕 하나마나라는 기분으로 이마에 솟은 땀을 훔치며 다방으로 가서 설탕 안 친 커피까지 마셨으므로, 더구나 그러고 난 다음 느긋하게 담배를 물고 앉은 장승문에게 기분을 물었을 때 그는 괜찮은 편이라고 했으므로, 전치강은 팔뚝시계를 들여다보며 이젠 헤어져도 좋을 시각이라고 생각했다.

그런데 뜻밖에도 장승문은 출근을 않겠다고 서슴없이 말하는 것이 아닌가. 놀란 기색을 보이면 그가 새삼스레 난처한 심경으로 간밤의 일들을 되새기게 될지도 몰라 전치강은 너스레를 섞어 말했다.

"잘됐다. 그럼 우리 이번엔 다른 여자 한번 찾아가 보자."

"뭐야?"

"다른 여자. 청바지 입고 눈이 크고 머리가 긴 여자 자전거 타는 거 봤을 텐데?"

"있었다 치고, 그게 네 애인이냐?"

"아니."

"그런데?"

"여기 협잡하러 드나드는 일본놈 애인인데 몸이 근질근질해서 죽으려 하지. 이 아파트 촌엔 그런 현지처들이 상당수야. 아침부터 그런 모습으로 할일없어 몸살치는 여자들 모조리 그렇다고 단정해도 좋아."

"빌어먹을!"

"모조리 미인이고. 어때, 한번 찾아나서 볼까?"

"집어쳐!"

"그럼 출근해, 허튼 수작 말고"라고 전치강은 마침내 비난하기 시작했다. "너한텐 어울리지 않아. 에라, 기왕에 버린 몸 개판이나 치자, 하는 환각에 사로잡히지 마."

"아무나 하는 줄 아느냐, 뭐 그런 뜻이냐?"

"난 네가 혹시 자기 모멸에 빠진다면 싫다는 말이다."

"그래서?"

"출근해, 적당한 시간이야."

"싫어."

"그럼 너 이 시간에 집으로 기어들어가서 낮잠 잘 수 있어? 넌 못해. 그러니까 출근해."

전치강은 말하기 바쁘게 즉각 일어서서 어깻죽지를 끌었으므로 장승문은 의자에서 엉덩이를 떼지 않을 수 없었다. 아마도 그는 마음을 정하지 못한 채로 다방을 끌려나왔을 것이다.

전치강은 그의 회사 정문 앞까지 차를 태워다 주고 나서 말했다.

"교통순경 오기 전에 빨리 내려. 내려서 곧장 건물 안으로 들어가."

그는 장승문이 비치적거리는 걸음걸이로 출입문을 밀고 들어간 다음에야 차를 돌려 사무실로 나갔다. 2층으로 오르는 계단에서 마주친 미스 김이 대뜸 코를 틀어막으며 비명을 질렀다.

"아유, 술 냄새."

"어림잡지 마, 임마. 어젯밤엔 양조장 굴뚝도 쳐다본 일 없어."

"거짓부렁 마세요. 동창회 통지서 전해드린 건 저예요."

"아, 동창회가 어젯밤에 있었던가."

"아직두 덜 깨셨군요."

"미스터 임 나왔어?"

"나오긴 했지만 맥을 못 춰요."

"왜?"

"역시 술 때문이죠. 화장실에 처박힌 지 삼십 분은 됐을걸요."

"나오거든 나 좀 보자고 해."

"네. 그리구요……."

"뭐야?"

"술 좀 그만 드세요. 간에두 나쁘구 위장에도 나쁘구 정신 건강에 두 안 좋구, 그리구 설계도 작성에두 해로워요."

"그런 바가진 나중에 긁어도 돼, 남편 데려다 놓고."

"누가 데려갈는지 잘못 걸렸다, 그런 뜻이죠?"

"그래, 임마."

말을 흘리면서 전치강은 남은 층계를 재빨리 걸어 올라갔다. 미대(美大)를 나온 김수정(金秀妊)은 들어온 지 두 달밖에 안 되는데 저렇게 어느새 버릇없는 누이동생같이 도무지 스스럼이라곤 없었다. 아, 저런 말괄량이 여동생이나 하나 있었으면, 하고 전치강은 생각하며 자기의 방으로 들어섰다.

곧이어 임훈(林薰)이 초점 풀린 눈을 껌벅이며 문을 밀고 들어섰으므로 전치강은 이미 캐비닛에서 꺼내 놓고 기다리던 설계도를 내밀며 말했다.

"이거 설계 변경해야겠어. 입면도나 평면돈 적당히 그냥 쓰고."

"또 건물주가 난색인가요?"

"이번엔 시공업자가 트나 봐, 까다롭다고."

"건물 또 하나 버리는군." 하고 혀를 차며 설계도를 받아든 임훈이 화가 난 목소리로 말했다. "그딴 자식들의 잔소릴 왜 받아들여요. 무책임한 자식들."

"이 사무실 문을 닫지 않는 한 어쩔 수 없잖아."

했지만 전치강도 기분이 나빴다. 임훈의 '무책임한 자식들' 속엔 자신도 끼워 넣고 있는 게 아닌가. 그는 그런 비난을 고깝게 듣지 않기 위해 문을 밀고 나가는 임훈의 뒤통수에다 대고 딴전을 피웠다.

"술 좀 그만 들어. 간에도 나쁘고 정신 건강에도 안 좋아. 그리고 잔소리 때문에 엉망이 되고 마는 설계도 작성에도 해롭고."

그랬는데도 전치강은 기분이 좋아지지 않았다. 김수정이 그에게라고 술에 대한 핀잔을 주지 않았을 리 없는데도 임훈이 이미 들었노란 반응이 없이 문을 나가 버린 것도 기분 나빴다. 설계의 권한을 침범당하는 불쾌감이란 그렇게 큰 것이었다. 50년을 버티지 못할 부실 고층건물을 지으려고 치근대는 건물주나 시공업자들을 상대하는 일은 몸을 파는 창부처럼 모멸감을 느끼게 하는 것이었다.

전치강은 자기 자리를 벗어나 소파에 털썩 몸을 내던졌다. 울화에 부대끼고 차츰 맥이 풀려 녹초가 되고, 그래서 드디어는 모든 것이 시큰둥해질 무렵이었다. 문이 열리고 김수정이 코를 들이밀었다.

"전화예요."

전치강은 몸을 일으키며 팔뚝시계를 들여다봤다. 오전 시간이 마감될 찰나에 있었다.

"예——"

"저예요."

하인희였다. 확인하는 순간 풋성귀 냄새를 맡은 것처럼 신선하고, 덮어놓고 반가웠다. 그래서 뭐든 받아들였다.

"나 곧 그리로 갈게. 기다려."

전치강은 수화기를 내려놓기 바쁘게 행거에 걸린 저고리를 떼어 들고 방을 나섰다. 층계가 시작되는 왼쪽으로 출입문이 없는 사무실이 뚫려 있고 그 앞쪽을 마감하며 김수정이 전화기를 놓고 앉아 있다. 아예 돌아보지도 않고 층계를 내려뛰는 '소장님'을 쳐다보며 김수정이 중얼거렸다.

"저렇게두 좋을까. 심심한 사람 약 오르게."

하인희는 길거리에 서 있었다. 껌을 씹으며 서 있었다. 그녀는 운전석 옆으로 팔짝 뛰어오르며 말했다.

"웬일이죠, 여느 때보담은 아주 성적이 존데요."

"딱지 떼이기 전에 빨리 행선지부터 대."

"야구장 가쟀잖아요."

"뭐야?"

"합의해 놓구선 웬 시치미세요."

"거짓말 마."

"어머머. 또 술 드셨군요. 오락가락하시는 게."

"술 한번 마셨다가 여러 사람한테 당하는군. 그래 꼭 야구하는 델 가겠다 이거야?"

"그럼요. 표까지 이미 이렇게 두 장 사둔걸요."

하고 하인희는 핸드백을 열어 종잇조각 두 장을 꺼내 보였다. 전치강은 흘끗 곁눈질을 하고 나서 단호한 어조로 말했다.

"맘대로군. 난 안 가."

"암표가 삼천 원씩이나 하는데두요?"

"그럼 그 앞에 가서 한 장은 팔아 써. 일하는 시간에 그딴 데 가서 몇 시간이고 앉아 있다니 말이나 돼."

"하지만 이미 그러기루 합의한걸요."

가지 않겠다고 선언했지만, 그러나 전치강은 서울운동장 쪽으로 차를 몰아가고 있었다. 그리고 가까이 다가가자 주차하는 문제에 대해 불평을 늘어놓았다.

"속임수를 쓰지 않았으면 차를 가지고 나오진 않았을 거 아냐. 찰 어디다 세워 두느냐 말야."

"전 속임수 쓴 일 없어요." 하고 항의하던 하인희가 갑자기 소리쳤다. "저기 주차장 보이네요 뭐."

전치강은 핸들을 꺾어 이미 빼곡하게 차들로 들어찬 주차장 입구로 차를 몰고 들어섰다. 더 이상 끌고 들어갈 틈이 없는 지점까지 밀어넣은 다음 그는 퉁명스럽게 명령했다.

"내려!"

"이렇게 세워 두게요?"

그는 대꾸도 없이 먼저 차 밖으로 나서며 종업원을 향해 소리쳤다.

"이 차 아무 데나 좀 처박아 줘, 오래 세워 둘 것 같으니까."

그는 열쇠를 건네주고 곧 주차장을 걸어 나갔다. 하인희가 팔랑팔랑 따라붙으며 물었다.

"정 가시기 싫음 관두세요."

"삼천 원짜리라며?"

야구장 앞은 하인희의 선전대로 몹시 북적거렸다. 오늘은 일진이 나쁘다, 라고 생각하며 전치강은 하인희를 따라 출입구 안으로 밀려들어갔다. 사람들로 빼곡하게 들어찬 본부석 뒤쪽에 빈 자리를 찾으며 하인희가 물었다.

"야구에 대해 뭘 아세요?"

"알아듣지 못할 외국어의 성찬이란 것밖에는."

"알아듣게 됨 재밌어요."

"그러자니 얼마나 고단해. 덕아웃에 앉은 감독이 쉴새없이 콧등을 만졌다 허벅지를 주물렀다 한다며? 솜털이 보숭보숭한 고등학생들을 데리고 나이 들어서 그게 무슨 주책이야."

"아시는 것도 많군요, 뭐."

저쪽 득점판 밑창 담벼락에 분명히 110미터라고 씌어 있는데 얼마나 많은 사람들이 들어왔는지 그 넓은 구장이 손바닥만한 마당처럼 보인다. 그리고 그 건너편 관람석에 식초에 녹아 버린 듯한 응원단장을 세워놓고 재경(在京) 선배들은 삼삼칠 박수에 손바닥이 부르튼다.

하인희는 고깔모자를 뒤집어쓰며 재차 물었다.

"야구에 대해서 아시는 게 뭐라구요?"

"야구는 투 아웃부터라는 것."

"저, 오징어 한 마리 사 주세요."

오징어 한 마리에 쇠고기값보다 비싼 600원을 지불한 전치강이 투덜거렸다.

"야군 확실히 돈놀음이군, 9회말 대역전에 발목잡히는 사행심까지 겹친."

하인희가 뭐라고 대꾸하고 있었지만 들리지 않았다. 사람들이 느닷없이 우아하고 소리치며 일어서 버렸기 때문이다. 사람숲 속에 빠져 있을 순 없었으므로 전치강도 부스스 엉덩이를 떼고 일어섰다. 누상에 나가 있던 주자들은 어느새 보이지 않고 사각의 금을 따라 죽자고 뛰던 타자는 3루의 흙먼지 속에서 외로이 객사한다.

사람들이 격정에 몸을 떨며 소주병을 까고 있었다. 고등학교 애숭이들이 운동 시합을 하는데 객석에 앉은 어른들이 왜 소주를 병나팔 불며 우아우아 소리 지르고 있는가.

"물러가라 ! "

"갈아쳐라 ! "

야구장에 일렁이는 저 열기는 무엇인가. 하인희는 그것이 종양 앓는 바깥 세상에 목이 타서라고 했다. 그래서 질긴 오징어 다리를 질경질경 씹으며 포효한다고 했다. 실점의 늪을 마침내 벗어날 9회말 2사 후의 대역전극을 예비하고……

"저 신선한 스파이크 밟히는 소리 들어 보세요. 전율할 지경이에요."

그러나 지리하기만 하던 9회말의 긴 여정이 끝막음되었는데도 전율할 대역전극은 일어나지 않았다. 사람들은 자리를 뜨며 팔을 내휘둘렀다.

——잘 먹고 잘 살아라 !

"우리도 한마디 해주고 일어서자구."

하고 전치강이 제의했지만 하인희는 마치 언제든 9회말 역전극을 보기 전엔 일어서지 않을 작정이라도 한 것처럼 꼼짝 않고 앉아 있었다.

"아직 두 게임이나 더 남아 있어요. 우린 고작 한 게임을 중간에서 본 것뿐예요."

"더 볼 게 뭐 있어. 9회말 역전은 없다구."

"있어요."

전치강은 성난 군중들 앞에서 연약한 여자를 완력으로 끌어낼 일도 아니었으므로 별수없이 주저 물러앉는 수밖에 없었다. 포기한 그가 물었다.

"어느 편을 응원할 거야?"

"이기는 팀."

"도중에 뒤바뀔 텐데?"

"그땐 또 이기는 팀으로 바꾸죠."

"이렇게 여자가 연민조차 없을까. 맘 편한 쪽만 쫓아가면서 살 수 있을 것 같아?"

"오징어나 씹으세요. 여깄어요."

전치강은 하인희가 내민 오징어 다리를 뿌리치며 중얼거렸다.

"내 주변엔 왜 이렇게 재수없는 여자만 있을까?"

"어마, 뭐라구요?"

"그렇잖고. 여박사회장이니 여자선거권자연합회장이니 가계부심사회장이니 불량생필품고발연맹회장이니 하는 여자들. 그 여자들이 도대체 하는 일이 뭐야?"

"거기에 왜 하인희를 끌어다 놓으세요, 왜?"

"마찬가지지. 저 아이들 이기는 게 그렇게 좋아? 밤중까지 여관에서 이마를 맞대고 전략을 짜고, 밤새 홈런까는 꿈에 시달리고, 그리곤 패자의 쓰라림을 안고 왕십리 바깥 둑방에 이사와서 사는 삼촌도 찾아보지 못하고 하행열차 시각에 쫓겨 허둥대는 애들인데 그렇게 승자만 좋아? 저게 교육의 연장이야?"

"역시 야구엔 무식하시군요. 이기는 팀을 응원한다는 건 곧 미리

조의를 표해 두는 행위라는 걸 왜 모르세요."

"그게 무슨 말이야?"

"9회말 대역전이 있잖아요. 승패가 일순에 뒤바뀌는 거예요. 전이겨가는 팀을 사뭇 비웃어 주구 있다는 걸 왜 모르세요."

그러나 하인희가 그토록 기다린 9회말 역전극은 일어나지 않았다. 전치강은 어둠이 내린 스타디움을 떠나며 절망에 빠진 여자를 위로했다.

"워낙 운이 나빴어. 분명히 홈런이었는데 바람이 홈쪽으로 불 게 뭐야."

"그러게 말예요."

"내가 위로될 만한 일을 해줄 수 있다면 뭘까?"

"주문할까요?" 하고 하인희가 끼고 있던 전치강의 팔을 끌어당기며 소곤거렸다. "뽀뽀하고 싶어요, 여기 서서."

"예끼!"

절망적인 하인희가 정말 목을 끌어안고 매달릴지 몰랐으므로 전치강은 재빨리 그녀의 팔을 낚아채고 사람들 사이를 빠져나갔다.

새벽부터 겨울 커튼 시비를 걸며 협박하던 돼먹지 않은 여자가 다시 전화를 걸어온 건 그로부터 사흘 뒤의 일이었다. 전치강이 은근히 목을 뽑고 전화벨 소리를 기다렸다면, 팔베개를 하고 침대에 누워 몰래 귀를 기울였다면, 그건 말할 필요도 없이 그답지 않은 태도다. 뿐만 아니라 그것은 자존심에 관계되는 문제다.

그럼에도 그는 사흘 아침을 내리 새벽부터 눈이 떠졌다. 그러곤 후딱 잠이 날아가 버리고 정신이 맑아졌다. 그는 이쯤 되자 돼먹지 않은 여자마저 인정해 준 유명한 청년 건축가 전치강의 자존심에 손톱자국을 낸 것이 미안하여 그럴듯한 핑계를 댔다. 제기랄, 잠버릇이란 금방 익숙해져 버리는 거로군 하고. 그러고 나선 기왕 깬 김에 마음 놓고 전화벨 소리를 기다렸다.

창피를 무릅쓰고 사실을 말하면 전치강은 때로 몸을 개구리처럼 움츠리고 모로 누워, 자 이젠 울려라, 지금, 지금 말야, 하고 속으로 되뇌었다(고 하더라도 좀 과장이 섞인 것으로 삭여 주시기를). 사실 사람은 때로 상념을 즐기다 보면 터무니없는 외곬으로 빠지는 때가 가끔 있으니까.

그는 숨이 차서 더 이상 참을 수 없게 되었을 때 마침내 침대 시트를 걷어차고 뛰어내렸다. 그러나 그게 아니었다. 커튼을 열어젖혀서는 안 되었다. 여자는 분명히 또 전화드릴게요, 라고 했지만 곧이어 '커튼이 열리지 않으면'이라는 조건을 달지 않았던가.

전치강은 속수무책의 입장에 놓여 버린 자신에 화가 나서 버럭 소리를 내질렀다.

"전화를 한댔으면 약속을 지켜야 할 거 아냐. 사흘씩이나 이게 뭐야!"

전화의 벨은 바로 그 순간에 울리기 시작했다. 그는 몸이 펄쩍 솟구치도록 놀라지 않을 수 없었다. 맥박이 심하게 뛰고 있는 것을 스스로 느낄 수 있었다. 목젖이 꽉 죄도록 타고 있었다.

그는 두 번째로 울리기 시작한 벨소리를 중단시키며 수화기를 집어들었다. 아무리 기다렸더라도 선잠을 깬 목소리를 내야 한다는 사명을 잊고 그는 깨끗한 목소리 그대로 대꾸했다.

"여보세요."

"오늘은 단잠을 깨시게 한 게 아닌가 보죠."

무슨 소리야, 이미 사흘째 새벽부터 깨어 있는데, 라고 널름 말해 버리지 않은 것은 얼마나 다행한 일이냐. 누구죠, 라고 시치미를 뗀 건 정말 얼마나 잘한 일이냐.

여자는 서슴없이 대답했다.

"저예요."

"저라니?"

"능글맞으시군요. 하지만 그 정도에 저 난처해하지 않아요."

"아, 미용체조한다고 전화 끊자던 아가씨구먼."

"그러실 줄 알았어요. 그땐 워낙 다급했어요. 용서하세요."

"아가씬 연극하면 훌륭한 배우가 되겠던데."

"그만두세요. 여자의 사관 비싼 거예요."

"난 비싼 건 별로 좋아하지 않지만 그렇다면 그만두기로 하지."

"오늘은 화내시지 않으시네요."

"비싼 걸 받은 탓이겠지."

"아녜요. 우린 이미 그만큼 친해진 거예요. 그 증거예요."

"착각하지 마쇼, 난 지금 고소장 준비하고 있는 중이니까."

"무슨 고소장을요?"

"망원경 갖고 외간 남자 엿보는 여자 묶어 갈."

"그럼 증거가 필요하실 테니까 녹음하세요, 한마디 더 할게요."

"이미 테이플 걸어 놨는지도 모르지."

"그럼 말만 하면 되겠군요. 커튼을 왜 열어 주시지 않으시죠? 열어서 왜 제가 쌍안경 갖구 건너다 보게 해주시지 않으세요? 제가 이런 부탁 드리는 건 이미 두 번째예요. 열릴 때까지 앞으루두 계속 새벽 전활 드릴 거구요. 그리고 제가 선생님 방을 건너다본 건 이미 작년 가을……."

"그만두지 않으면 수화기 놓아 버릴 거요."

"재판장한테 낼 증거가 필요하시다면서요. 하지만 재판장님 오해 마세요. 사랑하는 여자가 사랑하는 남자를 지켜보는 것도 죄가 되나요? 아녜요. 멀리서 바라보는 건 더구나 죄가 되지 않아요."

"정말 오해하지 말라구. 난 그 정도의 서툰 최면에 걸릴 남자가 아니니까."

"어마, 최면이라뇨. 그건 모독예요, 사랑에 대한."

"사랑이 십 원짜리 솜사탕인 줄 아는 거야말로 진짜 모독이지."

"됐어요." 하고 여자는 단호한 어조로 말했다. "이제 우린 더 이상 얼굴 없는 사이루 남아 있을 수 없는 본론에 도달했어요. 우린 이제 지체없이 만나야 할 이유를 발견한 거예요."

"만나선?"

"최면인지 솜사탕인지 밝혀 내야죠. 지금 곧 선생님 방문 앞으루 가겠어요."

"그건 안 돼!"

"가겠어요. 솜사탕 사들구 최면 걸러 가겠어요."

"안 된다니까. 내 방엔 아직 가정부말고는 발을 들여논 여자가 없어!"

"그건 다른 장소면 만날 수 있다는 뜻예요?"

"꼭 그래야 한다면."

"꼭 그래야 해요."

"그럼 이 아파트 지역 안도 아닌 시내 어디에서."

라고 한 건 혹시 바람을 맞히기로 작정했을 때를 예상해서 한 말인데, 복잡한 시내란 얼굴 모르는 사람 찾기도 어렵고 시간 맞추기도 어려우므로 나중에 얼버무릴 건덕지가 얼마나 많은가.

그러나 여자와 장소 약속을 하는 동안 전치강은 여하한 경우에도 그녀를 만나 버릇을 뜯어 고쳐 놓지 않으면 안 될 중대한 사실 하나를 발견했다. 여자는 약속 장소로 서울운동장 앞을 들었던 것이다. 그리고 전치강이 하필 거기여야 할 이유에 대해 물었을 때 여자는 이렇게 말했던 것이다.

"저두 야구 구경 좋아하거든요."

"아니⋯⋯?"

"네 맞아요. 그저께 봤어요. 전치강 선생과 야구장에 동행한 여성."

"⋯⋯."

"이따가 만나면 더 자세히 말씀드릴게요. 증거가 충실해야 훌륭한 고소장이 되잖겠어요. 저두 물론 재판장한테 자신 있게 말할 거예요. 사랑은 집념이거든요. 그러므로 어느 때 어디서건 함께 있는 거예요. 만약 신이 있다면 전 그걸 가능케 해주는 그의 능력에 감사해요."

확실히 돼먹지 않은 여자였다. 이젠 망원경을 들고 멀찌감치 서 있지만 않고 강아지처럼 졸졸 따라붙기 시작했다는 얘긴데 그게 보통 골칫거린가. 전치강은 그러나 지금 중대한 국면에 접어든 사태의 악화에 생각이 미치고 있지 않았다. 와, 이거야말로 풀 수 없는 오해를 산 것이 아니냐 하는 생각에 먼저 압도당하고 있었다.

그건 여자가 하인희를 그의 애인으로 단정하지나 않았을까 하는 데서 오는 염려가 아니었다. 그런 좌절감 때문에 다음날 바로 전화를 하지 못한 것이 아닐까 하는 우려도 아니었다. 그는 그날 하인희와 함께 어두워진 야구장을 나와 곧장 호텔로 갔기 때문이었다. 미행한 여자는 아주 적당한 시간에 호텔로 들어가는 두 사람을 보고 나서야 돌아섰을 것이 아닌가.

그러나 그는 하인희를 데리고 침실로 간 건 아니다. 물론 하인희는 그가 호텔 주차장에 그의 차를 처박았을 때, 그리고 서슴없이 정문을 거쳐 로비로 걸어 들어갔을 때, 프런트 데스크로 방을 얻으러 가고 있구나 단정하여 '드디어'라고 중얼거렸는지 모르지만(이라고 하면 하인희에 대한 모욕이지만, 그러나 그녀는 그러기를 희망하고 있다는 것을 그는 알고 있으므로) 그는 등록대는 거들떠보지도 않고 곧장 승강기 앞쪽으로 걸어갔다. 승강기는 그들 두 사람과 또 다른 한 쌍을 태우고 22층 꼭대기를 향해 올라갔다.

전치강은 방 열쇠를 딸랑딸랑 흔들며 16층에서 내린 젊은 남녀가 기분 나빴다. 그리고 하인희가 그들을 부러워할까봐 지체없이 행선지를 밝혀 두었다.

"우리 저녁이나 먹자구."

"별루 생각 없는데요, 전."

"절망엔 배를 채우는 게 훌륭한 처방이야. 9회말 역전은 언젠가 있을 거고."

"전 벌써 잊어버린걸요."

"그래도 먹어 둬."

그렇게 하여 전치강은 하인희를 앞세우고 호텔 꼭대기에 있는 스카이라운지로 올라갔고 건축가의 눈이 아니더라고 조금도 아름다워 보이지 않을 밤 시가지를 내려다보며, 실어증에 걸린 환자처럼 앉아 있은 시간이 적어도 세 시간은 되었으므로, 그럴 리는 없겠지만 만약에 미행한 여자가 그 시간까지 호텔 로비나 바깥 어디를 지켜 서 있었다면 그건 얼마나 참혹한 시간이며 잔인한 형벌이었겠는가. 미행하려면 끝까지 확인했어야지.

전치강은 밤 열시가 넘어 호텔을 하인희의 팔을 걸고 걸어나온 것도 기분 나빴다. 서교동에 있는 그녀의 집까지 데려다 주기 위해 또다시 주차장으로 같이 걸어간 건 더욱 난처했다. 그럼에도 미행이 붙은 걸 몰랐으므로 그는 하인희의 존재를 조금도 신경쓰지 않은 것이 아닌가.

그가 처음으로 궁지에 몰린 것은 차가 중심가를 벗어났을 즈음이었다. 하인희는 그가 그녀를 바래다 주기 위해 그쪽으로 방향을 잡아들고 있다는 것을 확인하는 순간 이렇게 말했던 것이다.

"또 서교동으루 가는 거군요."

"집이 거기 아니던가?"

"전치강 씨 맨션에 가보구 싶어요."

여자란 원래 아무도 엿듣는 사람이 없다는 확신이 서면 무슨 말이건 거침없이 한다는 것을 알고 있으므로 전치강도 적극적으로 조우하는 수밖에 없었다.

"가서 뭐하게?"

"입맞추구 싶어요. 아까부터 말했어요."

"안 돼."

하고 나선 전치강은 전화한 여자한테 경고한 것처럼, 아직 그의 방엔 가정부 외에 발을 들여논 여자가 없다는 사실을 일깨워 주었다.

"귀에 못이 박히게 들은 말예요. 계속 강조하심 이제부터 오라는 뜻으루 듣겠어요."

"다신 그 말 않는다."

"뭐예요? 그건 자신감예요, 결벽증예요? 너무 뻐기지 마세요."

"변탤 거야."

"알았어요, 치강 씨 맘."

"얌전히 앉아 있어, 운전수 가슴 설레게 하면 교통사고 나."

"여기서 내려 주세요. 맨날 똑같은 길루만 가지 않겠어요."

하인희는 그렇게 말했을 뿐 아니라 다음 순간 못 들은 척하는 전치강의 운전하는 팔을 잡아 흔들었다. 그는 다급하게 핸들을 꺾으며 속력을 줄이지 않을 수 없었다. 길섶에 차를 세우고 나서 그는 속삭이듯 조용히 말했다.

"오늘 왜 이러지, 인희? 여기서 내려 어떻게 하겠다는 거야?"

"아무 데루나 가보겠어요."

"협박하지 마."

"좋아요!"

하고 여자가 마침내 몸을 비틀고 도어를 열려 했으므로 전치강은 다급하게 그녀의 어깨를 끌어안았다. 그러고는 가슴으로 털썩 와 안긴 여자의 허리를 싸안고 입을 맞추었다. 여자는 몸을 비틀며 이런다고 안 내릴 줄 아세요, 집에 갈 줄 아세요, 라고 저항했지만 말을 끝내진 못했다. 그러나 전치강은 도로교통법이 뇌리를 떠나지 않아 하인희와 오래 입맞추고 있을 수 없었다. 포위망을 벗어난 하인희의 입이 말했다.

"얼버무리지 마세요."

"얼버무리는 편이 나아. 빨리 떠나자구, 누가 풍기문란죄로 고발하기 전에."

그는 재빨리 기어를 변속하고 액셀러레이터를 밟아 차를 쭉 밀어냈다. 그러고도 풀이 죽은 하인희를 그녀의 집 앞에 내려놓는 일은 얼마나 어려운 고비였던가. 만약 그의 그런 고통을 한성그룹 판촉부장 박용탁(朴用琢)한테 토로했더라면 뭐라고 했을까.

"이 한심한 자식. 혹시 먹고 나면 기득권 주장할까봐 그러는 모양인데 그렇다면 나한테 돌려. 그건 또 싫겠지. 그럼 내 말대로 해. 촌놈 같은 생각 말고 우선 뭐든 주워 먹어 봐. 골치 아픈 일 생기면 내 악어 핸드백 하나로 끝내 줄 테니까."

라고 하지 않았을까(가 아니라 녀석은 언젠가 내용도 모르고 그렇게 떠벌렸었다). 사나이 박력이란 게 뭐냐, 하고.

아니 구박만 잔뜩 늘어놓을 녀석한테 의논할 것도 없이 미행이 붙었다는 사실만 알았어도 하인희를 돌려보내는 일은 얼마나 손쉬웠으랴. 흉기를 품은 여자가 노리고 있어, 라는 한마디면 끝나는 것이었거늘……

전치강은 마침내 여자를 만나기 위해 서울운동장 앞으로 가지 않기로 결정했다. 미행의 비참한 경험을 한 여자가 보복하지 않으리란 보장은 아무 데도 없었다. 얼굴을 모르는 여자는 그를 그 북적대는 야구장 매표구 앞에 혼자 세워 두고 얼마든지 가학을 즐길 수 있었다. 옆을 스치며 지나갈 수도 얼마든지 있었다.

그렇다. 여자가 설령 너그러이 용서하고 서울운동장 앞으로 나와 서더라도 그건 댁의 사정일 뿐이므로 나타나지 않아도 된다.

그런데 그가 그런 느긋한 결정으로 여자와의 약속을 깬 다음날 아침이었다. 바람맞힌 것을 항의하는 전화를 기다렸으나 오지 않았으므로 전치강은 복도에 놓인 우유병을 집어 오려고 현관으로 나갔다.

편지함에 꽂힌 조간 신문을 뽑아 드는 순간 뭔가 종잇조각 같은 것이 복도로 떨어졌다. 그러나 전치강은 그것이 가정부가 증오해 마지않는 월부 안내 광고의 일종이라고 생각했으므로 내려다볼 것도 없이 돌아섰다. 한손엔 우유병을, 그리고 다른 한손엔 신문지를 구겨들고 있어서 그깟 싹 무시해도 좋을 광고 선전지를 집어들자면 또한 여간 번거로운 것이 아니기도 했다.

그런데 현관 위로 올라서려던 그에게 이상한 느낌이 퍼뜩 머리를 스쳐갔다. 광고지치고는 어딘가 수상쩍은 데가 있었던 것이다.

역시 예감대로였다. 복도에 떨어진 종이쪽은 그것이 뭔가를 적어놓은 것임을 직감케 하는 상투적인 메모지의 모습을 하고 있었다. 전치강은 우유병과 조간 신문을 현관턱에 내려놓고 서서 접힌 종이쪽을 풀어 헤쳤다.

전치강 선생님.

우선 약속 지키지 못한 사과부터 드리겠어요. 전 왜 이렇게 용의주도하지 못할까요. 벌써 두 번씩이나 사과를 드리게 되었군요.

하지만 서울운동장 앞으로 나가게 되지 않더군요. 굳이 거기로 약속드린 게 제가 못된 계집아이 된 것같이 생각되어서 말예요. 바람맞혀 드린 것 정말 죄송해요. 이젠 그러지 않을게요.

다시 전화드릴래요. 안녕.

전치강은 히죽 웃음을 흘리며 읽고 난 종이쪽을 손아귀에 움켜쥐고 잠시 거실 쪽을 멀거니 바라봤다. 도무지 버릇이라곤 없는 계집아이한테 계속 놀림을 당하면서도 그는 왜 언제나 웃음만 나오는지 몰랐다. 서울운동장 앞으로 나가지 않았다는 게 문제가 아니었다. 그건 납득할 만한 해명을 받았다 치자. '안녕'이라고 끊은 것도 애교로 봐준다. 그러나 자연스럽게 제 이름을 적어 놓을 기회인데 아직도 '이런 내용이면 누구의 편진지 자기가 못 알아보고 배겨' 하는 투로 이름을 비밀에 붙여 놓은 돼먹지 못한 태도란 뭐냐.

전치강은 그럼에도 후익후익 휘파람을 불며 우유병과 조간 신문을 집어 들고 거실로 올라섰다. 생각 같아서는 커튼을 확 걷어붙이고 싶었으나 여자에게 다시 전화할 수 있는 명분을 주기 위해선 참아야 했다. 참아 내자니 그는, 아 이건 내가 여자의 최면술에 보기 좋게 말려들고 있는 거다, 하는 생각이 들어 비명이 나오려 했다. 내 자존심은 어느 날 새벽에 걸려 온 전화 한 통으로 만신창이가 돼 버린 거야, 하고 그는 괴로운 체했다.

여자로부터 걸려 오는 전화벨 소리가 울린 건 그로부터 한 시간쯤 뒤였다. 그러나 그는 그 바로 직전에 실수를 한 것이 있으므로 대답이 제대로 나오지 않았다.

"저예요, 선생님."

했을 때 그는 거칠고 큰 목소리로 윽박질렀다.

"저라니, 누구 말이야?"

"어머, 오늘은 또 화를 내시네요!"

화가 날 수밖에. 전치강은 말한 대로 그 전화 바로 직전에 울린 벨소리를 그 여자로 단정하고 수화기를 들자마자 대뜸 이렇게 말해 버렸으니 말이다.

"전화할 걸 종이쪽은 왜 적어 뒀어?"

했는데 그건 딴 사람이었지 않은가. 하인희였다. 그녀는 당장은 영문을 몰라 머뭇거렸으나 이내 알아차리고 추궁했다.

"메모 적어 둔 여자가 누구예요? 그 방엔 아무도 들여놓지 않는 다더니 메모 적어 놓구 다니는 여자가 따로 있었군요."

"아, 아냐. 그게 아냐."

"이제 정말 알았어요, 치강 씨."

"그게 아니라니까."

"그럼 말하세요, 종잇조각 남긴 여자에 대해서."

"그, 그건 말야…… 가정부야, 인희 목소리가 꼭 우리 가정부 목소리구먼."

"거짓부렁 마세요. 가정부한테 아침부텀 그렇게 큰 소릴 쳐요?"

"그, 그건…… 약속을 못 지켜 미안하단 종이쪽을 적어 놨기 때문이야."

도대체 아무리 급했기로 이게 무슨 뚱딴지 같은 수작이냐. 종이쪽 얘긴 새삼스럽게 왜 꺼내느냐. 누구 말마따나 그는 왜 이렇게 용의주도하지 못한가. 그러나 그는 하인희가, 약속이라뇨, 하고 물었을 때 터무니없는 거짓말로 잘도 둘러댔다.

"실은 말야, 이 여자가 금년 말까지 일해 주기로 약속했는데 그만두겠다는 거 아냐."

"그래서 화가 났다 그거예요?"

"그건 그렇고, 없던 버릇인데. 인희가 집으로 전화를 했다는 건 이변이야."

"갑자기 안도감에 찬 다정한 목소리루 과장하는 거 보니 역시 종이쪽 임잔 가정부가 아네요."

"웬일이냐니까?"

"화가 나서요."

"왜?"

"여기 호텔 방예요."

"뭐라고?"

"호텔 방이라구요."

"거기서 잤단 말야?"

"그럼 새벽부터 왔을까요."

"돌았군."

"왜 누구랑 잤느냐구 묻지 않으세요?"

"알 게 뭐야."

"그러실 줄 알았어요. 전화 끊어요."

"잠깐!"

했지만 전화는 이미 딸깍하고 죽어 있었다. 제기랄, 하고 전치강은 혀를 찼다. 이제 별볼일 없다. 정말 별볼일 없다.

그러나 그는 다시 생각했다. 옆에 누가 없으므로 하인희는 전화를 했음이 분명하다. 아니 혼자 잤으므로 화가 난 거다. 그는 그의 이런 판단이 논리적인가를 거듭거듭 되새겨 보았다. 혹은 집에 앉아 공연한 거짓말을 하는지 알 게 뭐냐는 생각도 들었다.

그런 생각들에 골몰했던 탓이겠지만 그는 그런 뒤 곧이어 울리기 시작한 전화벨 소리를 한동안 의식하지 못했는데 여자는 그걸 이렇게 이해했다.

"화나신 건 제가 또 단잠을 깨시게 한 때문이군요, 벨이 여러 번 울렸걸랑요."

"쓸데없는 소리 말고 용건이나 말해요. 전화질 하나로 모든 일 다 할 수 있는 줄 아는 모양인데, 만약 그렇게 생각한다면 좋아, 이제 나 다신 전화받지 않을 테니까."

"그러니까 약속드리려구 마지막 전화한 건데요."

"약속만 하면 뭘 해."

"그러실 줄 알았어요. 선생님 방 편지함에 쪽지 하나 끼워 뒀는데 아직 못 보셨군요. 거기다 사과드리는 내용을 적었는데……."

"뭘 사과해?"

"선생님 바람맞힌 거요."

"누가 바람을 맞어? 어느 바보가 그딴 길거리에 서 있으란 약속을 곧이곧대로 지켜?"

"아유 멋대가리 없으셔. 그럼 나중에 종이쪽 꺼내시더라두 읽지 마세요. 전 또 선생님 바람맞힌 줄 알구 거기다 비싼 사괄 적어 놓았죠. 아이 속상해."

"일방적으로 약속을 하고 일방적으로 어겼으니까 사과하는 건 당연한 예의잖고."

"전 이미 예절 모르는 계집에루 낙인 찍혀 왔는데요 머."

"그러니까 더 이상 그러지 말아야지."

"싫어요. 한 번만 더 버릇 없겠어요. 오늘 오후 여섯시 시청 앞 지하철 정거장 매표소 앞에서 뵙구 싶어요."

"매표소 앞은 왜 그렇게 좋아하나?"

"통행 허가를 돈으로 살 수 있어서죠."

"바람맞아 보시지. 난 나가지 않어, 그딴 덴."

"그럼, 또 전화하구 멋대가리 없으시다구 비난하죠."

"그런 데서 만나는 게 멋인 줄 아는 거 보니, 혹시 단발머리 중학생 아냐?"

"전 지나치게 이성적인 남잔 싫어요. 남자와 여자가 만나는 건 적당히 유치할 수 있어야 해요. 그래야 금세 지루해지지 않아요."

"다리에 쥐가 오를 때까지 서 있으라구. 난 안 나갈 테니까."

"기다리겠어요."

전화는 끊어졌다. 물론 전치강은 약속한 일이 없는 것으로 했다. 구름 위에다 다리를 걸치겠다고 자재를 모으고 있는 그런 계집아인 만날 필요가 없었다. 시간이 지나면 그 자재로 고작 헛간이나 짓게 된다고 누군가 말하지 않았던가.

그때가 되면 약속을 어긴 그를 이해하게 될 테지. 아니 얼굴이 붉어지겠지.

——이젠 모조리 끝장이다!

전치강은 재삼 마음을 모질게 먹었다.

그랬는데, 그랬는데 말이다. 전치강은 사뭇 시간을 재어보며 여섯

시를 기다리고 있는 자신을 발견했다. 문제의 P빌딩 설계 변경 문제로 시공자를 만나보고 온 임훈이 상기된 얼굴로, 이래도 아직 건축이 예술의 영역에 속하느냐고 대거리를 하는데도 들리지 않았다. 설계비만 두둑히 주면 전문 지식을 총동원하여 뭐든지 만들어 주는 줄 아는데 이래도 건축이 예술이냐. 그래도 거기엔 응용력, 창의력과 상상력이 가미된다고 자위하느냐. 천만에, 이제 건축가란 이성으로서의 반역이 용납 안 되는 하나의 기술자로 전락했다. 공원 안에 도살장을 짓겠대도 동의하는 장의식(場意識)의 상실자다.

에라, 모르겠다. 난 시간에 맞춰 지하철역으로 갈 뿐이다. 권력과 금력의 횡포, 그 악기호(惡耆好)에 가로갔을 뿐이다.

차를 시청 앞 유료주차장에 세워 두고 지하철역 계단을 걸어내려가는 전치강은 자꾸 뒤통수가 가려웠다. 그러나 여자가 인정하는 그의 건축가로서의 이름에 상응할 만큼은 어색하지 않았다. 나는 배우도 아니고 가수도 아니며 텔레비전 탤런트도 아니다. 지하철 매표구 앞에서 낯 모르는 여자를 만나 어색한 인사를 해도 아무도 알아보지 못하므로 조금도 자존심에 관계되지 않는다, 고 그는 생각했다.

그가 매표구 앞으로 거의 다가갔을 때 거기 서성거리는 사람들을 (중에도 여자를) 쳐다보지 않으려 어색하게 소매를 들치고 팔뚝시계를 들여다봤다.

그러다가 즉시 여자 하나와 마주쳤다. 선생님, 여기예요, 하고 여자가 서슴없이 소리쳤다.

그러나 전치강은 마치 예기치 못한 돌발사태에 맞닥뜨렸을 때처럼 예비된 말이 아무것도 없었다. 다만 답지 않게 스스럼이 긴 눈으로 멀거니 쳐다볼 뿐이었다. 여자가 다시 말했다.

"거 보세요, 선생님 결국 나오셨죠."

원 이렇게 서슴없을 수 있느냐. 전치강은 그러나 더 이상 머뭇거리려서는 안 되었으므로 멋대가리도 없이 말했다.

"어디로든 움직여야지. 어떻게 할까?"

"그래요. 표는 이미 사왔어요, 두 장."

"표라니?"

"인천 가려구요."

"인천?"

"네, 인천."

여자는 더는 설명이 없이 그의 팔을 끌었다. 거긴 바다와 맞붙은 곳이라거나 우리의 만남은 그런 데서 이뤄져야 해요, 라는 유치한 설명조차 붙이지 않은 채 그냥 끌었다.

그런데 왜 이렇게 목이 타는가. 차를 주차장에다 세워 두고 왔다는 말조차 왜 나오지 않는가. 아니 왜 가슴이 주체할 수 없이 뛰는가.

박용탁이란 녀석은 언젠가 여자는 얼굴만 보고 단숨에 모든 걸 양보해 버려선 안 된다고 도덕 선생 같은 소릴 했지만, 그는 지금 그 충고를 받아들일 겨를이 없었다. 여자가 제 미모만 믿고 그를 일방적으로 인천에 데려가려 한다 해도 별로 유감이 없을 형편이었다.

솔직히 말하자. 일단은 얼굴에 호감이 가고 나서 볼 일이라는 주장이 납득력이 있다면, 그녀는 그런 예상을 훨씬 앞지를 정도로 아름답다고 말할 수밖에 없는데 더 이상 어쩌란 말이냐.

적어도 그에게 그녀의 미모는 하나의 충격이었다. 더욱 솔직히 말하면, 단숨에 구름 위에다 다리를 놓는 조급한 상상에 부대낄 지경이었다. 여관으로 같이 걸어 들어갈 수 있었으면 하는 따위의 생각은 조금도 없었다. 당장은 땅속이든 지상이든 같이 달리게 되는 것만으로 기분 좋았다. 더구나 여자가 겸손을 보이는데야.

여자는 개찰을 하고 플랫폼으로 내려가는 계단을 내려디디며 말했다.

"나와 주신 거 정말 감사드리구 싶어요, 선생님."

"허허."

"사실은 안 나오심 어쩌나 하구 얼마나 가슴 죄었다구요."

전치강은 여러 사람 사이에 끼여 앉기 전에 여자의 이름을 물어 둬야겠다고 생각했으나 너무 멋대가리 없이 사무적인 질문이 될 것 같아 곧 포기해 버렸다. 조급하게 이름을 물어야 할 이유가 어딨느냐. 대신 그는 이렇게 말했다.

"차를 시청 앞에 세워 뒀는데……."

"오래 세워 둘수록 그 사람들 좋아하잖아요."

"하긴 그렇지."

말하고 나서 전치강은 또 속이 상했다. 이렇게 무조건 투항이라니 정신 나갔군.

"곧 돌아오죠 머." 하고 다시 말한 다음 여자는 마지막 돌계단을 내려서기 전에 스스로 말했다. "전 서용임예요. 그동안 너무 버릇없이 군 것 용서하세요."

"용림이라, 예쁜 이름이군."

"용림임 좋죠. 아이 밸 임(姙)자예요. 챙피해 죽겠어요."

전치강은 주변머리 없이도, 어차피 아일 밸 운명이잖느냐는 농지거리 한마디면 되는 것을 위로할 말이 없어 쩔쩔맸다. 그러다가 마침내 얼버무릴 수 있는 질문 방법이라고 생각하여 그는 '용'자에 대해 물었는데 이런 과정을 거쳐 그는 그녀의 이름이 서용임(徐容姙)임을 확인할 수 있었다.

그가 얼마나 시골뜨기같이 쩔쩔맸으면 서용임이 그랬을까. 그녀는 하필 차가 들이닥치고, 그리고 그 북적대는 사람들 틈을 비집고 들어가 사람들과 어깨를 맞붙이고 서서야 이렇게 말했던 것이다.

"생각했던 것보담은 전치강 선생님은 너무 순진하셔요, 호호, 그래서 기뻐요, 호호."

"그게 무슨 뜻이지?"

"뭐랄까요…… 여성하구 야구 구경 가셨다는 게 이상할 정도예요."

전치강은 말뜻을 알아차리는 순간 얼굴이 화끈 달아오르지 않을 수 없었다. 그는 화가 나서 옆 승객이 든든 말든 말했다.

"미스 서가 너무 아름다워 주눅이 들어 버려 그렇잖아."

"어마!"

"정말이야."

그러자 서용임은 젖가슴을 그의 팔뚝에 밀착시키며 귀에다 대고 속삭였다.

"사람들 들음 선생님 욕해요, 여자 십 원짜리 비행기 태운다구."

"그럼, 주눅든 사람 놀리지 말라고."

"야구장 함께 가신 여자분 정말 미인이던데요."

"그딴 미행이나 하고."

"어마나, 그건 오해세요. 전 나올 때 언뜻 뵈었을 뿐예요, 우연히. 그러군 사람들에 밀려 금세 놓치구 말았어요."

와, 그랬었구나. 전치강은 갑자기 기분이 좋아졌다. 열차가 덜컹 덜컹 어깨를 흔들어 주어서 더욱 기분 좋았다. 인천은 무조건 아름다운 항구다!

열쇠

결혼식이 있었다.

그러나 식장엔 경건하다거나 엄숙함 같은 건 조금도 없었다. 그만큼 소란스럽게 북적거렸다. 전치강은 놈들과 악수를 하기 전에 우선 접수대에 봉투 하나를 던졌다. 그러고는 단합대회라도 하듯이 장내는 버려 두고 입구에 몰려서서 시끌짝하게 떠들고 있는 놈들의 영지로 납치되었다.

접수대 오른쪽, 즉 예식장 입구에 장가가는 놈이 근엄한 낯빛을 하고 서 있었지만 내버려 두었다. 검정 양복 웃주머니에 카네이션을 꽂고 흰 장갑까지 낀 모습으로 서 있었지만 호텔에서 혼례식하는 시러베자식은 못 본 체하자.

하필이면 남자와 여자가 손목 잡고 와서 자는 여관에서 혼례식을 하는 심보란 뭐냐. 가고시마에 사는 구두방 영감이 나카오레 쓰고 건너와서 열아홉 살짜리 한국 여자 치마끈 풀고 간 여관에서 꼭 혼례식을 해야 할 이유가 뭐냐. 아니, 소문난 바람잡이(라지만, 돈있고 난 체하는 놈치고 난봉꾼 아닌 놈이 어딨느냐!) 신랑놈이 이 여관인들 빼놓고 다녔을 리 없을 텐데 이게 무슨 짓이냐. 침실은 아래에 남겨놓고 지붕 밑 꼭대기로 올라와서 냄새나지 않게 양탄자까지 덮었으니 괜찮다는 거냐, 뭐냐.

그러나 축하는 하고 볼 일인지 다후다 장수도 가게를 비우고 나타나 있었다. 결심을 하고 넥타이까지 맨 모습이었다.

전치강과 패거리들은 드디어 신랑이 불려들어간 다음에야 꾸역꾸역 식장 안으로 몰려 들어갔다. 그들의 앞을 면사포 쓴 신부가 걸어가고 있었다. 감기에 걸렸는지 냄새도 못 맡고, 단지 환희에 찬 음악적 걸음걸이였다.

아, 이럴 게 아니다. 축하하자. 전치강은 신부와 나란히 선 가발장수 한수필(韓秀泌)의 뒤통수를 바라보며 생각을 고쳐먹었다. 그러나 아무래도 참을 수 없었으므로 박용탁의 옆구리를 쥐어박으며 물었다.

"냄새나지 않니?"

"무슨 냄새?"

"하기야 네놈도 똑같으니까."

"뭐가?"

"……그게 아니고, 저 자식 이제 신부 데리고 갈 거니?"

"어디로?"

"해외로."

"정처없이 쏘다니는데 어떻게 끌고 다녀."

"그럼, 신분 당장 독수공방 주인이겠다."

"왜, 네가 대신 위로해 주고 싶니?"

"엄숙한 자리에 부정타겠다, 임마."

"맞어. 저 자식 머리에 기름까지 바르고 저렇게 시침 뚝 따고 서 있으니 그럴싸한데."

"네가 그런 선례를 남겼으니까."

"나야 웃질이지. "

"조용히 말해. 장승문이 들으면 따귀 얻어맞는다. "

"그 생명보험쟁이 안 보인다, 참. "

"그래 ? "

"응, 못 봤어. "

전치강은 목을 뽑고 주위를 두리번거렸다. 정말 보이지 않았다. 다후다 장수는 고개를 떨구고 주례의 말을 열심히 듣고 있는데 장승문은 보이지 않았다. 주물공장 수금원도, 수도사업소 5급짜리도, 수업이 있을 접장도 팔짱을 끼고 와 있고, 그 밖에는 모두 한수필이 해외 세일즈맨으로 몸담고 있는 가발회사 사람들인 것 같았다.

그런데 그때였다. 둘러선 사나이들 사이에 끼여 하얀 손을 살짝 들어 보이는 여자 하나가 있었다. 쳐다보자 하인희였다.

저런. 저게 여길 어떻게 ? 그러나 전치강의 가슴을 더욱 철렁하게 만드는 것은 하인희의 서 있는 꼴이었다. 그녀는 웬 사나이의 옆구리를 끼고 서 있지 않는가.

전치강은 전혀 안면이 없는 사나이의 얼굴을 쳐다봤다. 그러나 사나이는 꼭 무안당한 사람처럼 머쓱한 모습으로 앞쪽만 바라보고 있었다.

그는 물론 하인희를 부르지 않았다. 하인희도 사람들 사이를 비집고 그의 곁으로 다가올 기미를 보이진 않았다. 전치강은 어떻게 해야 할지 생각이 떠오르지 않아 한참 동안 속을 썩였다. 저걸 쫓아가서 귀뺨을 후려갈긴다 ?

"저건 파면이다 ! "

하고 따귀 대신 속으로 중얼거린 것이 그만 큰 소리가 되어 버렸는지 박용탁이 놀란 눈으로 돌아보았다.

"누가 ? "

"수업시간 빼먹은 치. "

"저 접장나리?"

"말고. 또 하나 있어, 외국인 학교 선생질하는."

"우리 동창 중에 그런 놈이 다 있었어?"

"하여간 있어."

전치강은 더 이상 말하지 않았다. 그러나 도대체 어떻게 된 것인가. 여자를 통닭 보듯이 먹음직스러운 부분부터 훑어보는 한수필이한테 저 계집아이를 인사시킨 일도 없는데, 결국은 사나이 쪽이 가발회사와 인연이 있는 모양 아닌가.

에라, 알 게 뭐냐. 잘됐다 치자, 했지만 전치강은 끝내 기분이 좋지 않았다. 박용탁이한테 사실대로 말하고, 병신아, 그걸 가만 뒤? 라고 하면, 더 볼 것도 없이 오늘 중으로 싹 조져 버리는 것이 어떨까.

"야, 저 여자 어떠냐?"

하고 전치강이 한편으로 박용탁의 옆구리를 찌르며, 한편으로 하인희 쪽을 돌아봤을 때, 그러나 그녀는 기회를 노렸다는 듯이 손을 들어 보이고 있었다. 저 먼저 가요, 하는 손짓임을 그는 단박에 알아차릴 수 있었다.

이미 사람들 사이를 비집고 숨어 버린 하인희를 두고 박용탁이 물었다.

"누구냐?"

"몰라."

"고거 삼삼한데."

"그렇게 생각하니?"

"아, 괜찮아."

"그렇다면, 아까 울린 웨딩마친 바람 재우는 조종이 아니었구나. 한수필이도 결코 너한테 뒤지지 않을 테니까."

"야, 야, 이 박용탁일 누구한테 견주니. 저 자식은 이제 곧 울릴

두 번째 웨딩마치로 끝장이라고."

"내 눈엔 저 자식이 가발 장수가 아니라 가면 장수같이 보이는 데."

"너 아직 한수필이가 가발 장사 하는 줄 아니?"

"그럼?"

"지금은 양복지 장수야. 북경제 땜에 가발 경긴 이미 금간 지 오래야."

"판촉부장답게 국제시장에 밝군. 그럼 천 장산 잘되나?"

"그것도 시원찮은 모양이야."

"한수필이 난봉도 정말 끝장난 거구나."

"그렇잖고."

"짜식, 괜히 기분 좋아하는군."

둘은 소리내어 키들키들 웃었다. 호텔에서 혼례식하는 놈을 위해선 아주 어울리는 하객들의 태도라고 전치강은 생각했다.

마침내 의식이 끝나고 어울리지 않게 베레모를 쓴 사진사 앞에서 사진까지 찍혔는데 한수필이 바짝 달라붙어 호텔 안에 있는 식당으로 가 달라는 것 아닌가.

"다 부를 수도 없고 해서 우리 동창 중에 몇 사람한테만 귀띔해 뒀어."

"몇 명을 어떻게 뽑았나?"

"그냥 친한 놈 몇만."

"주물공장 아이랑, 다후다 장수도?"

"걔들 모두 바쁜 애들 아냐."

"알았어. 내려가지."

했지만 전치강은 더 볼 것도 없이 승강기를 타고 곧장 아래층으로 내려왔다. 하인희, 이건 팔짱을 끼고 어디로 가버린 것일까. 그는 새삼 기분이 우울해졌다.

서용임이 있는데 왜 이러느냐, 하고 자신을 달래며 그는 호텔 앞 주차장에 세워 둔 자동차로 다가갔다. 바닷가에 서자 입을 맞추려 손수건을 꺼내 루즈를 지우던 여자가 있는데 왜 이러느냐. 그랬는데도 쌉쌀한 루즈맛이 입 안에 남던 따뜻한 입술을 가진 여자가 있는데 왜 이러느냐.

사무실로 돌아오자 김수정이 복도로 튀어나오며 뭔가 망설이는 품이었으므로 전치강은 자기 방으로 들어서기 전에 묻지 않을 수 없었다.

"왜 그래?"

"사고가 났대요."

"사고?" 하면서 전치강은 제도실 쪽을 멀거니 건너다봤다. "모두 어디 갔어?"

"미스타 임이랑 미스타 문이랑은 현장에 가구요. 그러군 모두 점심 먹으러 갔어요."

"현장이 어디야?"

"두 사람이 깔려 죽었대요, 여러 사람이 다치구요."

"사람이 죽어?"

"그렇다니까요."

"어디서? 현장이 어딘데? 말을 좀 조리 있게 해버릇해."

"알았어요. 대사관 설계 주신 것 있잖아요. 거기 공사 중에 슬라브가 내려앉아 버렸대요. 그런데 그 사고가 시공자의 잘못인지 설계 잘못인지 따져야겠다구 경찰이 오랬어요. 그래서 두 사람이 갔어요. 이제 알아들으셨어요?"

"미안하다. 하지만 설계상 잘못은 없어."

"저두 그러길 바래요."

"시공사가 공기 단축하겠다고 패널을 서둘러 뗐겠지. 우린 죽은 인부들의 명복이나 빌어 두자구."

전치강은 혀를 차며 자기 방으로 들어갔다. 모조리 그 모양이었다. 시공업자라는 것들은 모조리 아슬아슬한 짓들을 하는 데 재미를 붙인 치들이었다. 한 부대의 시멘트라도 덜 섞고, 1밀리라도 가는 철근을 쓰고, 하루라도 공기를 앞당기는 재주에만 익숙해져서 사람을 깔아죽이고 있었다.

그러나 혹시 모를 일이었으므로 전치강은 설계도를 확인해 보려고 다시 문을 밀고 복도로 나섰다. 막 문을 열 참이었던 듯 김수정이 거기 문 앞을 막고 서 있었다.

"대사관 설계도 좀 찾아 줄까?"

"책상 위에 올려다 드렸잖아요?"

"아, 그랬던가. 미처 몰랐구나. 그런데, 내 방에 들어올 참이었던 거 아냐?"

"있잖아요, 전화 왔었어요, 하인희 씨."

"이름을 어떻게 알지?"

"누구냐니까 그렇게 대주더군요. 물론 전 이미 이름을 알구 있었지만서두."

"어떻게?"

"요전 번에두 물었걸랑요."

"그건 좋지 못한 버릇인데."

"있잖아요, 날짜랑, 장소랑 정해지면 연락드리겠대요."

"무슨 날짜?"

"결혼식요."

"뭐?" 하고 전치강은 상대를 생각하지 않고 놀란 목소릴 냈다. "그게 정말이야?"

"네. 소장님 놀라시는 거 보니 놓치셨군요, 하인희 씰. 하지만 그랬다면 그 여자분 잘못이에요. 곧 후회할걸요."

"넌 남의 일에 참견이 너무 많다."

"어머머, 전 소장님을 위해서 하는 말예요. 절 어린애 취급 마세요. 이젠 어엿한 숙녀루 대접받아두 될 나이라구요."

"사람이 죽었어. 쓸데없는 소리 마."

전치강은 문을 쾅당 닫아버렸다.

복사된 설계도를 자세히 따져보았지만 조선 전래 건축 양식을 가미한 대사관 건물의 설계상에는 아무런 잘못도 발견되지 않았다. 설령 공사기간을 당기려 패널을 좀 일찍 뗐다 하더라도 벤딩 모멘트도(圖)의 지시대로 충분한 굵기의 벤트 철근을 배근해 줬다면 사고를 막을 수 있었을 텐데 그러지 않았을 것임이 뻔했다. 그러지 않았으므로 인장(引張)이 강한 바닥판 중앙이 견뎌 내지 못한 거다.

임훈과 문세대(文世大)가 시커먼 얼굴을 하고 사무실로 돌아온 것은 오후 다섯 시가 넘어서였다. 그들은 너무 지쳐서 설계상의 오류는 전혀 없었다는 말밖엔 어떻다 설명이 없었다. 전치강도 사고의 원인이 뭔지 뻔한 것이므로 묻지 않았다.

그랬는데 탈진이 되어 소파에 몸을 던지고 있던 문세대가 느닷없이 사고 현장을 되새겼다.

"두 사람이 죽고 한 사람은 중상이에요."

"들었어."

"혹시…… 이창오란 사람 모르세요?"

"글쎄, 세상엔 비슷한 이름이 너무 많아서. 이창오…… 라."

"동창이던데요, 고등학교."

"동창?"

전치강은 기억을 더듬어 보았다. 그렇다. 있었다. 머리숱이 유독 많은 '돼지 털' 혹은 '고슴도치'였다. 그는 바로 그와 짝이었는데 뭔가 수상쩍게 풀이 죽었다 싶자 학년을 채우지 않고 3학년 1학기 도중에 학교를 그만둔다고 선언했었던 친구.

회상에서 깨어나자 전치강은 갑자기 머리끝이 쭈뼛 일어서는 걸

느끼며 다급하게 물었다.

"이제 뭐라고 했지? 이창오가 내 동창이라고?"

"동창 아니세요?"

"동기야."

"죽은 사람 중의 하나예요."

"뭐야?"

그러자 임훈이 말을 꺼낸 문세대를 몰아세우며 쓸데없는 소린 지껄이지 않는 법이라고 핀잔을 주었다.

문세대가 항의했다.

"눈뜨고 볼 수 없이 참혹해서 그렇죠."

"그런 사고 현장은 다 그래. 아니, 세상이 다 그런 거야. 한 이름 없는 인부의 주검이란 거적대기로 덮어 씌워 버리는 것으로 깨끗이 잊는거야. 그렇게 너무도 잘 훈련돼 있다고."

전치강은 벌떡 자리를 차고 일어섰다.

"집은 어디래? 주소 알고 있어?"

"집은 무슨 집이에요"라고 임훈이 대답했다. "장가도 안 든 총각이었다는데."

"그래도 집은 있을 거 아냐."

"노동자 합숙소가 그 사람 주거지라고 했어요."

"양친도 살아 있었고 동생도 몇인가 있었는데……."

"모르죠. 경찰이 조사한 결론 그래요. 동창이란 얘긴 동료 인부들한테 들었구요. 서른다섯 살이라고 해서, 그렇잖아도 섬뜩했었죠, 동기쯤 되실 것 같아서."

전치강은 곧장 문께로 걸어나갔다. 문세대가 그를 뒤쫓아 나오며 물었다.

"어디 가세요?"

"노동자 합숙소에 있었다며?"

"거긴 뭣하러 가세요?"

"잇솔이라도 남겼을 거 아냐."

"저도 같이 가겠습니다."

전치강은 사무실 입구로 내려와 자동차의 문을 땄다. 그러곤 중얼거리듯이 말했다.

"한 놈은 오늘 거창하게 결혼식을 했단 말야. 신혼 여행지가 홍콩이라나, 어디라나……."

시립 근로자 합숙소라는 데를 찾아갔으나 아무 소용이 없었기 때문인지 전치강은 쓸데없이 그곳 관리자와 느닷없는 말다툼을 벌이지 않았는가. 따라갔던 문세대가 뜯어말리지 않았더면 아마도 그 늙수그레한 관리자는 마침내 다이얼 113을 돌린다고 덤볐을 것이다.

물론 관리자의 대꾸가 처음부터 통명스럽긴 하여 듣는 쪽으로 하여금 화딱지가 나게 만든 점은 있었다 치자. 그랬다고 그를 붙들고 경찰이 왜 그깐 소지품까지 쓸어가야 하느냐고 물어서 무슨 소용이 있느냐.

"주소 같은 거 적은 수첩이나 뭐 그런 것도 없단 말예요?"

"없어요."

"쓰던 잇솔조차도 없어요?"

"없다니까."

"그런 것까지 왜 쓸어 줘요. 가져가서 죽은 놈 이빨 닦아 주자는 거요, 뭐요."

"이 양반이 왜 이래?"

"뭐가 왜 이래야. 그렇잖어, 이치가?"

"당장 나가! 그렇게 애타면 왜 살았을 때 돌봐주지 않고 지금 와서 누구한테 삿대질이야, 삿대질은!"

두 사람 다 주로 '왜'자를 즐겨 쓰는 품이 아무래도 심상찮았으므로 문세대는 정전에 즉각 개입하지 않을 수 없었다. 그러곤 관리자

쪽에 일방적인 사과를 하고 전치강을 밖으로 끌어냈다.

사과를 받고도 관리자는 문 밖으로 밀려나는 전치강의 뒤통수에다 대고 굳이 덧붙였다.

"본 체도 않다가 죽고 나니까 생색 쓰는 체 말라고, 같지 않게. 누가 모를 줄 알고, 보상금 받아낼 궁리 하는 거."

기왕 오해를 산 판에 한 번 더 달래나 보자 하고 문세대는 전치강을 밖으로 내몬 다음 다시 관리자를 찾아 합숙소 안으로 들어갔다.

"경찰이 가져간 소지품이 뭐 뭡니까?"

"아무것도 없어요."

"수첩 같은 거 정말 없었어요?"

"여보쇼, 미안하지만 여긴 언제 어떻게 될지도 모르는 뜨내기 막노동자들이 하루씩 묵어가는 곳이오. 오래 머무는 노동자도 실은 매일 새로 들어오는 셈이오. 여기가 어디 호텔인 줄 아슈?"

"그래서 소지품 같은 거 남겨 두지 않는다. 그럼 첨부터 그렇게 말할 것이지 왜 있었던 것처럼 말해서 사람 속 썩여?"

문세대도 드디어 '왜'자를 넣어 한마디 해붙였다. 그러곤 반격의 여지를 남기지 않으려고 지체없이 문 밖으로 튀어 달아났다. 돼먹지 못한 영감탱이가 거짓말을 했는지 알게 뭐냐. 해서 문세대는 자기가 술을 한 잔 사야겠다고 마음먹었는대 전치강은 산다면 자신이 산다는 것 아닌가.

"이럴 때 꼭 술을 먹는 거라면 내가 사지, 먹고 잊어야 하는 거라면 말이야."

"대신 돌아갈 때 차는 몰지 마세요."

"그런 걱정은 말고. 한 가지 부탁이 있는데……."

"뭔데요?"

"이창오의 시체가 남부 시립병원에 있다며?"

"내일 거길 한번 들러 달란 말씀이죠, 가족 누가 나타나나……."

"그래 주겠어?"

"그만 잊어버리세요…… 제가 한번 소장님 그런 생각 냉혹하게 비판해 볼까요?…… 그건 뭔가 하면, 우정은 아녜요."

"난 우정 같은 거 생각해 본 일 없어. 우정이라니, 그건 개떡이야."

"그러므로 소장님이 죽은 이창오 씨에 대해 신경쓰시는 건 감상적 사치를 만족시키려는 거예요, 가진 자의."

전치강은 대꾸하지 않았다. 문세대의 신랄한 이성은 긍정이든 부정이든 그의 조급한 반응을 거부하고 있었기 때문이다.

전치강이 아파트로 돌아간 건 통금시간이 거의 다 되어서였다. 문세대가 택시를 잡아 주겠다고 한사코 말렸으나 그도 한사코 우겼다.

어떤 감정이었다고 할까. 까짓 가로수나 시멘트 전주를 들이받으면 꽥하고 죽어 버리겠지 뭐, 하는 무모한 허무주의자가 되어 있었다고나 할까. 그건 명백하거니와 술 탓이었다.

브레이크를 밟는다는 게 느닷없이 액셀러레이터를 밟아버리는 실수를 가끔 겪는다. 일촉즉발의 위기를 용케 벗어날 때가 자주 있다. 그게 곧 죽음의 연습이고 죽음으로 가는 행진이다. 그러므로 비참하게 죽었다는 이창오가 꼭 슬플 이유는 없는 거다, 제기랄.

전치강은 차를 69동 앞 주차선에 밀어넣는다. 분명히 문을 잠그고, 열리나 다시 점검하고, 그러곤 열쇠 꾸러미를 손아귀에 쥔 채 건물 입구로 걸어갔다. 식은땀으로 젖은 등골이 밤공기에 서늘했다. 단 한 번의 실수도 없이 안전하게 도착했는데 차를 부릴 때와는 달리 다리가 말을 잘 들어먹지 않는다.

승강기 앞에 비대한 몸집의 여자가 무료한 뒷모습을 보이며 서 있었다. 전치강은 비치적거리며 여인이 선 쪽으로 다가갔다. 아, 저 평퍼짐한 여자를 깔고 잤으면 좋겠다.

"쿠션 좋군."

했지만 여자는 절대로 들었을 리 없는 모양이었다. 드디어 껌벅껌벅 숫자판을 짚으며 불려내려온 승강기의 입이 열렸으므로 전치강은 숙녀 우선(이라니 제기랄 것!)의 예의를 다한 다음 여자의 등을 짚으며 안으로 빨려 들어갔다. 분명히 말하지만 결코 싫은 기색은 없었다.

"약주 드셨나 봐요."

숫자판을 누르는 손이 약간 주저하고 있었는지 여자는 연민의 정을 이기지 못하여 거들어 주겠다고 제의했다.

"제가 눌러 드리죠."

"그러죠, 아가리를 다물기 전에 재빨리 눌러야겠지요?"

"몇 층까지 가세요?"

"아가씬 어디까지 가슈?"

"저더러 아가씨라구요. 아이 기분 좋아."

"난 소화가 안 된 채 위를 거쳐 소장을 거쳐 맹장으로 빠지죠."

"네?"

"칠층 간다구요."

"어머, 칠층이 맹장임 전 십이층 꼭대기까지 가니까 대장(大腸)이겠네요."

하면서 여자는 7층 단추를 누르고 있었다.

"꼭대기라, 거긴 항문인데. 아, 여자의 항문이여!"

"재미있으신 분이셔."

"십이층. 나보다 훨씬 천당에 가까이 계시는군. 축하합니다. 만져집디까?"

"그럼요. 한번 올라가서서 만져보시겠어요?"

"열쇠를 가졌진 모르지만 방금 거기 도착한 친구가 하나 있긴 한데, 아직은 얼떨떨해 있을 테니 다음에 만나보죠."

"열쇠라뇨?"

"천국인가 하는 데 가는."

"전 또 무슨 말씀인가 했죠. 이미 다 온걸요, 뭐."

그랬다. 숫자판을 보자 벌써 10층을 통과하고 있는 듯했다. 전치강은 눈을 껌벅이며 여자를 돌아봤다. 초점이 맞지 않아서였다.

"칠층 단추 누르는 척만 했죠."

"허허."

"왜 그랬는지 묻지 않으세요? 선생님 몹시 취하셨기 때문이에요. 전 술깨워 드리는 법을 알걸랑요."

그러는 사이에 벌써 문이 열렸으므로 전치강은 뭐라고 대꾸할 겨를도 없었다. 그래봤자 난 도로 내려가면 돼, 여기서 아주 가까우니까, 라고 말하기만 하면 된다는 사실을 모르고 그는 다만 낭패 만났다는 생각밖에 없었다.

여자가 그의 팔을 끌며 재촉했다.

"어서 나오세요. 잠깐만 앉아 계시다가 가세요."

"앉아서 뭘 하게."

"술 깨워 드린다니까요."

"재미없겠다. 돈 주고 취한 걸 왜 깨워 버려?"

"그러니까 공짜루 깨워 드리죠."

전치강이 12층 복도로 나가서는 순간에 승강기의 아가리는 그의 양복 저고릿자락을 물어뜯으러 들었다. 여자는 위기를 벗어난 그의 손목을 잡고 번들거리는 복도 끝으로 걸어갔다. 그러고는 그가 달아날지도 모를 위험 인물이라고 생각했는지 열쇠를 꺼내어 문을 따면서도 잡고 있는 그의 손목을 놓아 주지 않았다.

문을 따자 그와 맞붙어 또 하나의 덧문, 그러고도 현관과 거실 사이에 또 다른 문이 있었다. 하기야 그는 뜯어내 버렸지만 현관과 거실 사이의 문은 이 아파트 어느 방에고 다 있다. 어떤 개자식이 이 따위로 설계했을까. 어떤 시러베놈이 이런 맨션에 들 인간들의 심리를 그렇게 잘 간파했을까. 유폐된 안도감——밀실 속에 들어앉아야 마음을 놓는 고립 배타주의자들의 심리에 어떻게 그렇듯 잘도 영합했을까.

전치강은 방 안으로 안내되어, 거기 천장에 매달린 샹들리에에 불이 들어오고 따라서 벽쪽에 설치된 홈바가 그 모습을 드러내서야 아항, 하고 조용한 안도의 탄성을 올렸다.

"말하자면 이 집은 비밀요정 같은 거라 그 말씀이군."

"말하자면 그렇게 되나요?"

여자가 물컵을 받쳐 들고 주방을 걸어나오며 대꾸했다. 전치강은 받아든 물을 한 모금 마셨다.

"이거 냉수에 설탕 탄 거 아뇨?"

"하여튼 마셔 두세요, 설탕물만은 아니니까."

"그럼, 쥐약 탔수?"

"뭔가 탔어요. 곧 깨시게 돼요."

"요정이면 여자들도 있을 텐데?"

"불러 드려요? 저 방에들 있어요."

"아, 아뇨" 하고 전치강은 손까지 휘휘 내저으며 말렸다. "이런 집에 오려면 두당 얼마나 들고 와야 허우?"

"선생님이 친구분들 모시구 오신담 이만 원으루 싹 끝내드리죠."

"나한텐 왜 그렇게 비싸게 받우?"

"어머나, 전 선생님이니까 술값두 안 되게 말씀드린 건데요."

전치강은 여자가 자기의 성을 말한 것에 흠칠 놀라지 않을 수 없었다. 또 홀렸군, 하는 생각이 머리를 스쳤다.

"선생님 잘 알아요. 유명한 건축가 전치강 선생을 왜 몰라요."

"영업을 위해? 그렇다면 모조리 꿰고 있겠군."

"무슨 섭섭한 말씀을. 벌써부터 노리구 있었다구요, 선생님 납치하려구."

"세금쟁이한테 일러바칠 거요."

"그러세요. 선생님께두 이 열쇠 하나 드릴게요. 언제든 열구 들어오시기만 하세요. 열쇠 안 가지신 손님은 들어오시지 못해요, 오시구 싶어두."

여자의 설명인즉 이 집은 예수의 단언과는 달리 두드려서는 열리지 않는단다. 무조건 문을 따고 현관으로 들어온 다음에 초인종을 누르는 사람에게만 문은 열리게 되어 있다나.

"맞쇠 가진 고객이 몇이나 될까?"

전치강은 소파를 벗어나 테라스 쪽으로 녹색 양탄자를 밟고 가며 중얼거렸다. 거실 옆 홈바가 끝나는 지점에 외부와의 접촉을 완강히 차단하는 두꺼운 커튼자락이 드리워져 있었다.

"선생님이 서른여섯 번째예요."

"서른다섯으로 끝내슈. 난 맘에 안 들어, 이 아파트가."

아, 정말 이놈의 강안 맨션이라는 덴 맘에 안 든다. 모든 희한한 것들의 우리(巢) 같은 이 아파트촌이 싫다. 모든 시립(市立)이라는 것도 마음에 안 든다. 고린내가 코를 찔러도 무책임 하나만으로 잘도 운영되어 가는 시립이 싫다. 이창오는 왜 죽어서도 시립 신세만 지고 있는가. 그를 끌어내다 천당에 가까운 이 12층으로 올려다 놓을 순 없을까.

병신 같은 자식, 왜 두당 기십만 원짜리 술상과 치맛자락이 있다는 걸 모르고 깔려 버렸지.

전치강은 술기운을 말짱하게 깨워 버린 여자를 증오하며, 그러나 주머니 속에 넣어준 맞쇠를 만지작거리며, 승강기가 정지되어 있었으므로 비상구를 통해 걸어 내려왔다. 여자가 거듭 사과하고 있었으나 그 말끝에 같이 자자는 제의를 할지도 몰랐으므로 그는 무려 다섯 층이나 걸어야 하는 사실을 쾌히 양해했다.

승강기 얘기가 나왔으니 말이지만 정지된 승강기가 먹이는 골탕이 어떤 것인지, 그것이 성깔만 내면 얼마나 짓궂은 것인지를 체험한 건 실은 그 이튿날 아침이었다. 전치강은 밤새 뒤숭숭하고 끔찍한 꿈의 연속으로 뒤채던 몸을 일으키고 일찍 방을 나섰다. 시립 남부병원을 들르기 위해서였다.

그가 탔을 때 승강기 안엔 이미 서너 사람이 타고 있었던 듯했고 6층과 5층에서 또 학생들이 들어섰으므로 적어도 여덟 명은 탄 셈인데, 4층에 닿기 전에 갑자기 승강기 안이 칠흑 같은 어둠 속으로 변했다. 정전으로 멎어 버린 것이다.

아악 하고 찢어지듯 내지른 비명은 나중에 회상해 보자 여자들이 내지른 것인데, 어쨌든 그 정황이야말로 재미있었던가. 칠흑 같은 어둠이라고 했지만 그대로 코 앞이 분간 안 되는 새까만 검정 물통에 빠진 거였다. 만약에 적외선 안경 같은 것을 끼고 현장을 볼 수 있었다면 얼마나 볼 만했을까.

"이거 누구예요? 남의 젖가슴은 왜 더듬어요?"

"어머나, 이 손 못 놓겠어요?"

그러나 시간을 끌면 소란은 가라앉는 법. 그리고 잠잠해진 검정 물통을 헤집고 으레 반장 하나가 등장하게 돼 있다. 처음엔 물론 못다 산 채 남기고 온 세상에 대한 미련.

"에그머니나, 연탄불에 생선 토막을 올려놓고 왔는데 이걸 어쩌지?"

하지만 그건 거짓말이다. 아니 착각이다. 옛날 다른 데 살 때 다른 사건으로 태워 버렸던 생선에의 조건반사적 착각이겠지, 이 아파트에 연탄불이 어딨느냐.

여자는 곧 자신의 착각을 알아챘다. 알아채자 무안당한 기분일 것이었으므로 그걸 얼버무리려고 마침내 여반장으로 출마했다.

"세상에 이런 엉터리 아파트가 어딨어요. 상하수도 시설만 해도 그렇죠. 줄줄 새구 빠지지두 않구…… 빠껄이 득실거리지 않나,

쎄컨드, 주정뱅이, 월부장수, 미제 물건 장수…… 에그, 못 살아, 못 살아. 우리 같은 건 못 살아. 의상실, 꽃꽂이 강습, 섰다판 여자들 그 으스대는 꼬락서니라니."

아마 목소리가 들려오는 방향으로 보아 마주 서 있는 것이 분명하므로 전치강은 말을 받아 주지 않을 수 없었다. 그는 되도록 입을 여자 가까이로 가져가서 나직이 속삭였다.

"아주머니, 또 있어요. 요정까지 있단 말입니다, 이 아파트 안에."

"그럼은요, 알아요. 꼭대기 어딘가 있다는 그 비밀요정 땜에 얼마나 속이 썩는다구요."

아하, 능력이 안 닿는 이 여자의 남편도 맞쇠를 가지고 있구나. 전치강은 여자의 손에 쥐여주려고 주머니를 뒤졌으나 맞쇠가 잡히지 않았다. 탁자 위 어디에 던져 둔 모양이었다.

10분은 충분히 지났을까. 여반장도 지쳐 버려 시들해진 정적 속에 느닷없는 아이의 울음이 터졌다.

"아아앙——"

잔뜩 긴장한 사람들이 당장 쏘아붙이고 나섰다. 조용해 임마. 죽지 않어, 하고. 아까 여자의 젖가슴을 더듬다가 핀잔을 먹은 사나이는 아닐까.

"왜 조용해요. 오늘 중간시험 치는 날이란 말예요."

"시끄러워! 난 비행기 탈 사람인데 이러고 있어."

"아아앙——"

죽음, 그건 이런 분간 못할 어둠 속일까. 창오는 이런 어둠 속에 누워 처음으로 쾌적한 휴식을 취하고 있는 것일까.

마침내 불이 들어왔을 때 한 사나이가 팔뚝시계를 걷어 보며 말했다. 혹시 이 사나이가 여자의 젖가슴에 환장한 장본인은 아닐까.

"이십오 분이나 멎어 있었군, 떡으랄것!"

모두가 겸연쩍은 얼굴을 하고 1층의 열린 바닥으로 내려섰다. 뜻
밖에도 거긴 경비원을 포함해서 한 떼거리의 사람들이 몰려 서 있었
다. 달려들어 부둥켜 안고 볼을 비비고 울음을 터뜨리고…… 삽시간
에 그들은 돌아온 조난자들이 되어 버렸다.

그런데 이게 웬일인가. 그 사람들 속에 서용임이 끼여 서 있지 않
은가.

"얼마나 걱정했다구요. 계단으루 선생님 방까지 갔었어요."

"걱정은. 나 참, 안에서 생각한 건데, 한전(韓電) 직원이나 한번
해봤으면 좋겠어, 심심하면 스위칠 내렸다 올렸다 해보게."

가슴을 쥐어박으려 드는 서용임의 손을 떼어말리며 전치강은 출
입구쪽으로 걸어나갔다. 둘은 아파트 출입구 밖으로 걸어나오며, 승
강기 사건 얘기를 계속했다. 그까짓 게 무슨 사건이라고 서용임은
여전히 흥분을 가라앉히지 못하고 있었다.

하기야 그 깜깜한 속에서 기회다 하고 지체없이 여자의 젖가슴을
주무른 사내가 있었으면 사건이라고 해서 안 될 것도 없다. 그러나
서용임은 그런 놀라운 내막을 모르므로 그녀의 관심은 보다 엄숙한
쪽으로 기울고 있었다.

"그 안에 갇혀서 죽음이란 거 생각하셨겠죠?"

"아니."

"거의 반 시간이나 갇혀 있었으면서두요?"

"아니 전혀."

"불이 꺼진 최초의 순간에두요? 잠깐두 그런 생각을 안 하셨어
요?"

"물론. 최초의 순간에 생각한 건……."

"뭐예요?"

"정전이구나."

"아이 싱거워."

"그랬는데 죽음 같은 재수없는 게 생각날 턱이 있어?"

"죽음이란 게 어디 논리적인 거예요? 밖에서 기다린 전 죽음을 떠올렸댔어요. 모여 선 다른 모든 사람들두 아마 그랬을 거예요."

"명복을 빌어 줘서 고맙군."

"이 아파트에 늦게 입주하셔서 그런 거 못 보셨을 거예요."

"뭘?"

"저희가 첨 왔을 땐 엘리베이터 타는 곳마다 이런 경고가 붙어 있었어요. 엘리베이터 문이 열리면 안에 엘리베이터가 있나 확인한 다음 들어가시오."

"아항."

"전 그게 무슨 말인지 첨 한참 동안은 못 알아들었어요."

"잘못하면 허공에 떨어진다는 말 아냐?"

"맞았어요. 엘리베이터가 미처 내려오기두 전에 문이 열리기두 한다는 거죠. 그때 발을 들여놓으면 지하층으루 그대로 떨어져 죽는 거예요."

"죽는 걸 왜 그렇게 겁내나?"

"오머머, 죽음을 두려워하지 않는 사람이 어딨어요."

"있어. 나" 하고 말한 다음 전치강은 이어 말했다. "두려워한다고 사신이 포기하는 법은 없어. 우리 그딴 재수없는 애기 말고 다른 애기 하자."

"거 보세요, 재수없다구 하셨잖아요. 그게 곧 죽음에 대한 두려움이라구요."

"집어치라니까."

전치강은 뜻하지 않게 역정을 냈다. 그러곤 어색해서 고대 농조로 말했다.

"그런 애기 말고도 많잖어, 여자의 젖가슴 같은 거."

"어마, 저속하셔, 뚱딴지같이."

"뚱딴지가 아냐. 불꺼진 승강기 안에서 비명을 지른 여자가 있었다구, 저속한 젖가슴을 보호하려구."

"오마나!"

"누가 절호의 찬스를 재빨리 이용한 거야."

"그게 누구예요? 불이 켜졌을 때 드러났을 거 아녜요."

"나였는지도 모르지."

정말 전치강은 그런 오해를 샀는지 모른다. 여자가 '젖가슴!' 하고 비명을 지르자 사나이가 곧 소동을 일으키며 도망치는 바람에 심한 인사이동이 있었으므로 전치강이 결국은 그 여자의 젖가슴 앞에 서게 되었는지도 모른다.

알게 뭐냐, 하고 전치강은 생각했다.

"그건 남자의 아주 자연스러운 욕망이니까. 남자가 항상 아쉬워하는 게 있다면 여자의 젖가슴 아니겠어?"

"그럴까요, 설마."

"그럼 어디니?"

"말캉말캉한 곳."

"어디?"

"치마폭."

"옳지. 그래서?"

"뭘 그래서예요, 거기 안기구 싶어하는 거죠. 모성애 말예요."

"잘 나가다가 옆길로 빠지는군."

"안 그렇단 말예요, 그럼?"

"그건 이미 프로이트란 작자가 다 써먹어 버렸어. 하지만 그 친구의 말에 속지 말라고. 큰 코 다쳐."

전치강은 말하기 바쁘게 열쇠꾸러미를 찾아내고 자동차 범퍼 위에 올려놓고 있던 발을 내렸다. 길고 빛나는 아침 햇살을 비껴 받으며 환희처럼 사뭇 미소짓고 서 있는 서용임을 건너다보자 기분이 좋아졌다. 혼자 자문자답한다면 사랑한다고 말하고 싶었다.

문을 따려고 허리를 구부리는 그를 지켜보며 서용임이 물었다.

"이 딱정벌레 찰 사신 이윤 뭐예요?"

"유치원 계집아이처럼 묻는 것도 많다."

"요 폭스바겐 디자인이 전 너무너무 맘에 들어요."

"알았다, 네가 여태 망원경 갖고 노린 게 뭔지. 탐나거든 이 고물 딱질 사 가시지."

"싫어요. 이 차 몰지 않는 선생님은 멋대가리 없거든요."

"그럼, 히틀러도 좋아하겠군."

"〈나의 투쟁〉을 탐독했죠."

"유태인이 들으면 전범 재판에 건다고 덤빌 거다."

서용임은 그런 게 아니라고 했다. 2차 대전에서 진 건 히틀러가 아니라 영국이라는 거였다. 영국은 대전으로 폭삭 망하고, 졌던 독일은 부국이 됐는데도 히틀러의 독일이 졌느냐. 할리우드에 세울 유일한 동상이 있다면 히틀러상이다. 히틀러가 없는 할리우드는 굶어 죽었을 것 아니냐.

"문학은 있었겠어요? 인간이 얼마나 무서운 악의 종자인지를 반문하는 문학은 있었겠어요? 히틀런 가학성 훈련을 위한 마지막 존재였어요."

"천만에. 그 뒤에도 얼마든지 있었고 지금도 도처에 있어."

"제 애긴 마지막 조련사였어야 했다는 뜻예요."

전치강은 마침내 자동차의 문을 따며 말했다.

"우리가 지구를 굴려 버릴 지렛대를 갖고 있는 것도 아니고, 자, 이제 위대한 토론은 끝을 내자."

서용임은 매우 정색이 되어 운전대의 옆자리로 올라앉았다. 전치강은 그제야 생각이 나서 물었다. 가장 중요하고 당장 절실한 문제를 여태 까먹고 있었던 것이다.

"참, 너 어딜 가는 길이냐? 아니, 그보다 날 그렇게 일찍 찾아온 용건이 뭐니?"

"없어요. 뵙구 싶어서요."

이런 난처한 아이가 있나, 하고 전치강은 순간 생각했다. 그는 차의 시동을 걸지 않고 그녀를 돌아봤다.

"실은 아침에 우연히 내다보니 69동 출입구에 사람들이 웅성거리구 있잖겠어요, 뭔가 수상쩍은 몸짓으루. 그래서 단박에 뛰어내려 왔죠."

"내가 혹시 승강기 구멍에 떨어졌을까봐?"

"끔찍한 소리 마세요."

"그럼 궁금증이 풀렸으니 이젠 집으로 얌전히 돌아가. 걱정 해 준 것 고맙다."

"안 갈래요. 나선 김에 선생님 따라붙을래요."

"안 돼. 내가 가는 곳은 흉측한 데야. 넌 그런 데 가선 안돼."

"어떤 덴데요?"

"병원 시체실."

"거짓부렁 마세요."

"어서 내려. ……동창 하나가 공사판에서 깔려 버렸단 말야."

"정말이었군요. 미안해요. 하지만 그렇담 선생님, 가시지 마세요. 문상이라는 예원 아무 소용 없는 거예요."

전치강은 대답 대신 자동차에 스위치를 넣고 클러치를 밟았다. 정말 아침부터 시체실을 가겠다는 건 포기해야 하는 거냐. 승강기도 그래서 길을 막고 훼방을 놓았던 거냐. 그러나 전치강은 차를 길 한 가운데로 밀어내며 단호하게 말했다.

"용임이도 같이 가자."

"가지 마시라니까요. 제가 대신 갈 델 정할게요. 우리 남산 가요, 거기 꼭대기 한번 올라가요."

"넌 제발 그런 치기 좀 버릴 수 없니?"

"남자와 여자의 만남은 적당히 유치해져야 한다구 했는데두 그러세요. 그리구 왜 유난히 권태로워하시나 그 이율 알아냈기 때문이에요."

"적당한 데 내려줄 테니 혼자 올라가 봐."

"안 돼요. 맘에 없는 소리 마세요. 우린 거기 올라가서 사랑해야 해요."

"아이구!"

전치강은 간지럼을 타는 몸짓을 해보이며 차에 속력을 붙였다. 아파트 사이의 녹지대로 쏴하고 공기 밀리는 소리가 났다. 54동 앞까지 빠져나온 다음 그는 차를 거기 슈퍼마켓 옆에 세우고 전화를 하려고 약국으로 들어갔다. 목적지가 어디가 되든 시간이 걸릴지도 모르므로 사무실에 연락을 해두어야 했다. 오전 중으로 윤 박사의 비뇨기과 병원 건물 설계도를 전해 주기로 약속했기 때문이다.

그런데 통화를 끝낸 임훈이 잠깐 기다리라며 문세대를 바꿔 주지 않는가.

"어디 가시려고 그러세요?"

"어디 가긴."

"아파트로 전화했더니 안 계시던데요."

"왜?"

"시립병원에 들렀댔죠. 만약 거기 가시는 길이면 그만두세요. 아무도 나타나지 않았어요."

"알았어."

"정말 헛걸음이에요."

"거기 안 가. 남산에 올라갈 거야."

"남산이라뇨? 왜요?"

"천당에 가까이."

전치강은 전화를 끊고 돌아와 서용임한테 제의했다.

"시체실 가는 거 포기했다."

"잘하셨어요."

"그 대신 술집에 가자. 남산엔 안 간다."

"좋아요. 가세요. 가서 비난할 테예요, 지굴 떠다밀 지렛대두 못 준비한 삼십대란 아침부터 고주망태가 될 뿐이라구요."

그래 맞았다. 반역의 나이에 나는 무슨 음모라도 꾸민 적이 있느 냐. 협잡이 거듭되는 현실을 증오한 일이라도 있느냐. 늠름한 피고 도, 아니 비굴한 피고마저도 아닌 채 부패할 위험에 놓여 있는 건 아니냐. 여자의 유방에 연연하는 쾌락의 공동으로 떨어지고 있는 건 아니냐.

전치강은 러시아워의 끝없는 밀착 속을 헤집고 핸들을 마구 꺾어 댔다. 서용임은 눈이 똥그래져서, 그러나 태연을 가장하고 물었다.

"아침부터 술집 가는 길은 이렇게 서둘러야 하나요?"

그러나 전치강은 자동차의 물결을 헤치며 곡예를 하고 있었으므 로 그녀의 말에 대꾸해 줄 겨를이 없었다.

서용임이 재차 물었다.

"화나셨나봐요?"

"응."

"사고 나겠어요."

"운전할 줄 아니?"

"아뇨."

"그럼 잠자코 있어. 꾸물대고 있을 겨를이 없어. 피곤해서 핸들을 당장 놓아 버리고 싶단 말야."

"그럼 찰 세우시지 그러세요. 술집은 아무 데나 많잖아요."

"남산에 가자며?"

전치강은 서용임의 희망대로 정말 그녀를 끌고 남산 꼭대기까지 올라갔다. 그리고 모르모트를 가둬 논 실험실을 내려다보듯이 자오록한 매연 속에 가라앉은 우스꽝스런 도시를 들여다보자 조급해한 것이 스스로 겸연쩍어졌다.

"말이야."

"네."

"이 내려다뵈는 도시 싹 갈아엎고 난 다음에 말야."

"네."

"아냐, 관둬, 소용없는 짓이야."

"아녜요. 설계해 보세요. 어서요."

"몇 년 전인가, 천호동에 인공도시 하날 만든 사람들이 있었어."

그게 광주대단지란 곳이다. 불도저가 달려들어 마구 깎아내렸다. 그 다음에 지적도가 그려졌다. 근대도시를 하나 만들 절호의 기회였다. 지하 공동구 공사를 해서 최초로 상하수도, 전화와 전기를 함께 묻을 수 있었다. 전주 없는 도시를 만들 수 있었다. 그러나 그들은 하수구를 만들기 전에 인간 쓰레기들부터 트럭으로 실어다 부었다. 인간 쓰레기장을 하나 만든 거다. 전차강은 설계할 수 없음을 해명하지 않을 수 없었다.

"전차가 없어지면서 레일을 뜯어내는 경비가 엄청나다고 그걸 끌어묻는 포장공사를 했댔어."

"그랬죠."

"그 다음에 교통사고 위험이 크다고 그걸 뜯어내고 재포장공살 했어. 지하철을 판다고 재포장된 길을 파헤치고, 그러곤 재재포장공사를 했지. 그러자 이번엔 체신부가 전화선을 묻는다고 또 파헤쳤지."

"그럼 재재재포장공사가 되나요?"

"수도국이 상수도 파이플 묻으려고 또 파헤쳤지 아마."

"도대체 왜들 그러세요, 무슨 일들이에요? 지하철 판다구 그렇게

깊이 팠으면 그때 한꺼번에 그런 거 다 땅속에 집어넣구 싸발라야
순서 아녜요?"

"난 설계를 포기하는 게 옳아."

"그래두 젊은이들의 광장을 만드신 선생님은 설계를 포기하실 수
없을걸요? 그 동화 속 같구, 약동하게 하구 당황하므로 비약하게
하는 '지하회관'의 설계자 전치강 선생님을 젊은이들은 누구두 잊
지 못하거든요."

"듣기 좋은 말은 다 동원하는군."

"그렇잖아요. 전 다른 여자들이 선생님을 기억하구 있을 걸 생각
함 약이 오르는걸요. 조바심이 나서 견딜 수 없는걸요."

전치강은 순간 말하고 있는 서용임의 허리를 와락 끌어안았다. 그
리고, 마치 더 이상 말하지 못하게 하려는 의도뿐이란 듯이 재빨리
입을 맞추었다.

너무 대비 없는 갑작스런 행동으로 옮겨간 탓일까, 두 사람은 어
느 쪽인가 발을 헛딛는 바람에 끌어안은 채 숲속으로 굴러떨어졌다.
혹은 두 사람 다 버팅길 수 있는 마지막 여력을 단숨에 포기해 버렸
는지 모른다.

이창오의 죽음이 몰아온 음울한 기분을 벗어나는 데 전치강은 며
칠이 걸렸다. 아니 나중에는 제발 벗어나자 하고 버둥거리며 여러
놈한테 전화질까지 할 지경이었다. 좀 나눠 가지자 하고 소리치고
싶었다.

서용임이 남산 꼭대기에서 느닷없이 내려가자고 주장한 것도 사
실은 경직을 일으킨 것처럼 뻣뻣해진 그의 몸짓이 거북살스러워서
였을 거였다. 그녀는 나무등걸을 베고 누웠던 몸을 발딱 일으키며
그렇게 말했던 것이다.

"우리 이제 내려가기루 해요."

"남산이 좋다며?"

하고 전치강은 시종 모든 걸 그녀에게 뒤집어씌웠다. 아무래도 그녀가 말하던 사랑의 기치는 나부끼지 않으니 어쩌랴. 그는 숲을 빠져나오며 또다시 다른 핑계로 책임을 전가했다.

"여자가 바지를 입는 건 말야."

"어때요?"

"돼먹지 못했어."

"어머, 어째서요?"

"그건 남자 거야."

"모양이 달라요."

"주머니를 달지 않았다? 하지만 치마처럼 밑이 틔지 않았잖어."

그러나 전치강은, 그래서 손을 쑤셔넣을 틈이 없잖아, 라고 말하진 않았다. 그는 차가 서 있는 데로 걸어가며 다만 이렇게 말했다.

"네가 바질 입고 나온 탓이다."

"뭐가요?"

"이렇게 일찍 숲속을 나오게 된 건."

"아무렇게나 막 말하시네요. 하지만 화내진 않겠어요. 그 만큼 가까워졌다는 증거니깐요."

"착각하지 마라."

"왜 일찍 내려가는지 아세요?" 하고 서용임은 마침내 전치강을 빤히 올려다보며 물었다. 그러곤 곧 스스로 대답했다. "저한테서 시체 냄샐 맡으려 하셔서예요. 절 산 밑에 내려주시구 병원으루 가보세요. 영현실을 다녀오셔야 벗어나실 수 있을 거예요."

"요컨대 한마디로 말하자. 그 공사 설곈 내가 했다 이거다, 물론 설계상의 오류로 사고가 난 건 아니지만."

"그런 것 같았어요. 병원으루 가보세요."

그러나 전치강은 끝내 이창오가 냉동되어 누워 있는 시체실을 찾지 못하고 말았다. 문세대만 세 번씩이나 보냈지만 가족 역시 끝내 나타나지 않았고, 그런 채로 이창오는 화장장으로 갔다.

드디어 그가 떠나는 장의의 날 전치강은 구원을 청하는 기분으로 재차 여러 놈한테 다급히 연락을 취했으나 막상 발인을 보러 나온 작자는 장승문과 다후다 장수 김항수(金恒洙) 둘뿐이었다. 김항수는 하오의 산을 내려오며 말했다.

"우린 마침내 하날 뿌렸구나. 이창오가 제1호겠지?"

"무슨 소리야. 베트남 전장에서 부패해 버린 영혼들은 어떡허고."

"참 그렇구나."

벌겋게 익은 얼굴을 일그러뜨리고 김항수는 면 장갑을 벗어 털었다. 그것으로 모든 건 끝난 거였다.

산을 내려오자 두 사람이 이제 남은 문제는 보상금 처리밖에 없다고 강력히 주장했으므로, 그리고 그 건(件)은 건축업자를 아는 전치강이 며칠 안에 해결지어야 할 사항이라고 했으므로, 그는 그 건에 대해 의논하려고 장승문한테 전화를 했다.

야, 좀 만나자, 하고 말할 참으로 잔뜩 숨이 차 있는데 하필 녀석은 자리를 비우고 없다는 것이 아닌가. 그는 맥이 빠져서 수화기를 내려놓았다. 그리고 막 내려놓는 순간에 누가 문을 똑똑 두드렸다.

"손님 찾아오셨어요."

김수정이 코끝을 빼꼼 들이밀고 말했고 이어 사나이 하나가 방 안으로 들어섰다. 사나이는 분명히 쾌활을 과장한 목소리로 말했다.

"안녕하십니까?"

"누구신지……."

"한 번 뵈었는데요."

"그렇습니까?"

"한수필 씨 결혼식장에서."

"결혼식장에서……? 그 여관 예식부에서 말입니까?"

"네, 호텔 꼭대기에서. 하인희하고 같이 있었죠."

아, 그렇구나. 전혀 낯선 얼굴은 아닌 것 같더니 역시 그랬다. 하인희와 팔짱을 끼고 미리 식장을 빠져나간 사나이였다.

전치강은 그의 유쾌한 목소리에 걸맞을 만큼의 명쾌한 손짓으로 우선 사나이를 안락의자로 안내해 앉혔다. 그러곤 질문해 주었다.

"어떻게 찾아오셨습니까?"

"하인희 때문입니다."

"하인희의 뭣 때문입니까?"

"결정을 지어 주십시오."

사나이는 결정을 지어 달라고 했다. 조금도 항의하는 그런 투의 목소리가 아니게(가 아니라 귀여운 생각이 들게 하는 목소리로) 사랑이라는 말을 사나이는 쓰고 있었다.

"사랑을 하시든지 아니면 돌려보내 주시든지."

"그럼 댁은 하인희의 오빠 되십니까?"

"네?"

"그렇다면……."

그러나 전치강은 뭐라고 얼른 대꾸할 말이 없었다. 그런 거라면 인생상담소 같은 데나 찾아가서 물어볼 일이지, 왜 나한테 왔느냐는 생각이 들고, 그런 생각이 든다는 것은 분명히 말할 수 있지만 그와 하인희의 거리감이 아니겠느냐. 사나이가 다시 재우쳤다.

"어떻게 하시겠습니까?"

"뭘요?"

"하인희요."

"모르겠는데요."

"모르다뇨?"

"해결해 드릴 방법을 말입니다."

"간단한 문젤 갖고 뭘 그러십니까? 양단간에 딱 결정하십시오. 놔줄 수 없으시다면 제가 깨끗이 물러나 드리겠습니다."

빌어먹을. 이 귀여운 녀석아, 간단하다고 생각한다면 넌 실패다, 하고 전치강은 속으로 단정했으므로 우선 위로의 말부터 하지 않을 수 없었다.

"그것 참 안됐군요. 깨끗이 물러나다니. 하지만 그래선 안 되죠. 말이 됩니까."

"절 약 올릴 생각이신 모양인데, 전 어떤 일이 있어도 화는 내지 않으리라 결심하고 왔으므로 소용없을 겁니다."

"왜 화를 내지 않기로 결심했수?"

"솔직히 말하면, 전 중간에 뛰어든 입장이기 때문이지요."

"상당히 도덕적이시군. 하지만 그렇게 말하면 안 되시지. 활 내는 건 질투심을 자극할 뿐이므로라고 하셔야지."

"약점을 갖고 있기도 해서죠. 전 유명한 건축가가 아니거든요."

"직업이 어떻게 되슈?"

"그 점은 답할 의무가 없죠. 당장 비참해지겠고."

"의무라는 말 잘 나왔군. 이제 돌아가 보지. 나도 당신 같은 사람 더 이상 상대할 의무가 없으니까."

그렇게까지 약을 올렸는데도 사나이는 그 비굴한 결심을 굽히지 않은 채 머저리같이 앉아 있었으므로 전치강은 대책을 세우지 않을 수 없었다.

"당신 화내지 않겠다고 했으니 안심하고 말하겠는데, 당장 꺼져!"

"대답을 들어야 가겠습니다."

"뭘 대답해? 사랑이란 말을 썼는데, 그게 사탕 이름이 아니라면 흥정으로 해결지을 상거랜 아니란 것쯤 알고 있을 것 아냐."

"그러니까, 요컨대 하인희를 사랑하신다는 말씀이군요?"

"함부로 쓰지 말라니까. 당신은 자격이 없어. 용기 있는 자만이 쓸 수 있는 말이야. 비굴한 말버릇으로 나를 설복했다 치자. 그러고 나면 하인희한테서 딱질걸, 그런 자세론."

　말을 하면서도 전치강은 이게 무슨 개떡 같은 사랑 철학이냐, 하는 생각이 들어 얼굴이 뜨거웠다. 사나이는 주먹을 불끈 쥐며 박력 넘치는 목소리로 말했다.

　"알았습니다. 제가 물러나지요!"

　"이런 한심한 친구. 내가 한 가지 충고해 두지. 썩 꺼져, 한강으로 가서 빠져 죽어 버려. 내가 하인희한테서 최후로 들은 말이 뭔지 알어. 결혼식할 날짜와 장소 정해지면 잊지 않고 연락하겠다는 거였어."

　"엿이나 먹으라지. 나를 끌어안고 엉뚱한 사내 생각하고 있는 그딴 기집앨 골이 벼서 데려가?"

　사나이는 그제야 엉뚱하게 처음으로 화를 내고 있었다. 그러나 전치강이, 옳지 이제 상대가 될 만하군 하고 생각하는 찰나에 사나이의 분노는 다시 물거품처럼 스르르 가라앉아 버리고 말았다. 단정하지만, 놈은 앞으로 머저리가 되는 수밖에 없었다. 이따위 인간의 팔짱을 끼고 다닌 하인희란 계집애의 불결함이여!

　"여러 가지 충고 고맙습니다. 하지만 조심하십시오."

　"뭘 조심해?"

　"오늘은 화를 내지 않기로 했으니까요."

　만약 그런 결의라도 보이지 않았더라면 전치강은 사내를 쥐패 버렸을지 모른다. 어쨌든 사나이를 돌려보내고 난 전치강은 벽이라도 쥐어박아야 속이 좀 가라앉을 지경이었다. 그게 곧 질투의 감정이라고 함부로 주둥일 놀리는 작자가 있다면 그치 역시 귓방맹이부터 후려 갈기고 볼 일이었다.

　맥이 빠져 소파에 파묻혀 앉아 있던 전치강은, 그러나 몸을 일으켜 장승문한테 다시 전화를 했다. 여전히 녀석은 자리를 비우고 없었다. 빌어먹을 자식!

임훈이 설계도를 들고 들어오며 투덜거렸다. 그는 그대로 또 끝없이 투덜거리는 것으로 줄기차게 늙어가고 있었다. 새파란 나이에.

"이 비뇨기과 건물 말썽인데요."

"아직 안 끝났어?"

"겨우 끝은 냈지만 또 모르죠."

"그 작잔 왜 그래? 임질 매독약 팔아 떼돈 번 치가 무슨 염치로 트집이야?"

"말도 못하게 짜요."

"포경수술 몇 건 더 하라고 해."

"그거야 외과병원 소관이죠."

"그 친구도 한다구. 터무니없이 비싼 값으로 칼질을 한다구."

"소문난 병원이란 다 그런 횡포를 부리잖아요."

전치강은 곧장 현기증이 일려는 머리를 처박고 임훈의 설명을 들었다. 맞닿은 임훈의 머리통에서도 열기가 확확 뿜어지는 것 같았다. 뭘 듣고 있는지 구조 역학의 미로와 같은 구성은 파악도 되지 않으려 했다. 내가 갑자기 반편이 돼버린 건 아닌가 하고 전치강은 가끔 머리를 가로젓곤 했다.

임훈의 설명이 끝나기를 기다려 그가 재빨리 말했다.

"이제 더 트집 잡을 데가 없겠군."

이게 무슨 말이냐. 언젠들 불확실한 데가 있어서 뜯어고치곤 했던가. 그랬는데 방을 돌아나가려던 임훈이 느닷없이 이렇게 말하는 것 아닌가.

"고민하실 것 없던데요."

"뭘?"

"아까 그 사나이."

"그게 무슨 말이야?"

"슬쩍 엿들었죠."

"뭐야, 내 언성이 그렇게 높았단 말야?"

"아뇨, 그때 마침 이 병원 설곌 봬드리려고 들어서던 참이었죠. 문이 좀 덜 닫혔더군요."

"그랬다고 엿듣다니 돼먹지 못했다."

"재미있던데요, 그 사나이."

"약 올리지 말고 빨리 나가 버려."

"그런 병신 자식."

"얕보지 마. 두고보자고 했어."

"칼 들고 올지도 모르겠군요."

"나가라니까!"

"어이쿠, 마침 전화벨이 울리는군."

열린 문틈으로 정말 벨 울리는 소리가 들렸다. 그리고 김수정이 잠깐 기다리라고 말하는 품으로 보아 그의 전화임이 분명했다. 전치강은 김수정을 기다리지 않고 곧 수화기를 집어들었다. 임훈이 문 밖으로 사라지며 말했다.

"틀림없이 결투 신청일 겁니다. 사람을 보통 병신 취급했어야지." 하고 나서, 그는 문 밖에 나타난 김수정을 떠다밀며 소리쳤다. "알았어. 문제의 사나이 전화 온 줄 안다구."

수화기에 나타난 목소리는 뜻밖에도 하인희였다. 전치강은 단박에, 요것들이 편을 짜고 달려드는군, 하고 생각했다. 그러나 나중에 따져보자, 그건 도무지 근거없는 단정이 아니던가. 그들이 어디 편을 짤 처지던가 말이다.

하인희는, 지금 곧장 좀 만나 주셔야겠어요, 라고 마치 호소하듯 하는 목소리였다.

"왜, 결혼식 날짜 정했어?"

"전 지금 농담할 기분 아녜요."

"이왕이면 호텔 예식부에서 하지 그래."

"알았어요. 거기 누가 찾아갔었군요, 기어이?"

"누가?"

"어떤 바보 같은 자식 찾아가지 않았어요?"

"난 바본 안 만나."

"그럼 됐어요. 다행이에요. 맘이 놓여요. 바보 같은 자식 안 만나시렴 지금 곧장 좀 만나요, 우리."

전치강은 분명히 거절해야 한다고 생각하면서도 전화를 받고 있는 입이 말을 들어먹지 않았다. 뿐만 아니라 약속이 된 것이 다행이라는 듯 줄레줄레 광화문에 있는 지하다방까지 쫓아갔다. 그는 달려가면서, 바보라는 사내를 파견한 건 따져야 하므로 만나는 거라고 속으로 우겼다.

그러나 하인희는 그가 다탁을 사이에 두고 건너편 자리에 앉자마자 옆자리로 팔랑 옮겨 앉으며 지체없이 공격해 왔다.

"치강 씨 정말 너무해요. 그럴 수가 있어요. 결혼식 날짜 잡겠다구 위협했는데두 그럴 수 있어요. 무슨 연락 없나 하구 눈이 빠지두룩 기다렸단 말예요. 정말 너무해요. 난 몰라요."

그녀의 목소린 마침내 흐느낌으로 변했다. 슬픔에 젖어 있는 눈을, 그것도 여자의 그런 눈을 들여다보며 재수없다는 생각을 했다면 목석 같은 사나이라고 할지 모르지만 전치강은 그랬다. 여자는 야누스의 얼굴을 가졌으니까, 라고 그는 생각했다. 그러므로 여자의 눈물은 평화를 부르는 전령처럼 위장한 하나의 무기에 지나지 않는다(는 것은 이미 그의 주장도 아니다).

그런 전황에서는 대응할 만한 적절한 전술 전략이 없으므로 전치강은 담배나 꼬나물고 앉아 있는 수밖에 없었다. 이미 담배개비는 절반은 타고 있었다. 그때 누에벌레 같은 재가 아스라이 걸린 것을 보며 하인희가 갑자기 놀란 목소리를 냈다.

"아유, 재 떨어져요!"

그러나 바로 그 순간 재는 전치강의 무릎으로 떨어지고, 그리고 그건 휴전의 신호였다. 하인희는 뜻밖에도 이쪽의 소모전에 금방 지쳐 버린 것이다.

전치강은 시시콜콜하게 전쟁의 원인에 대해 묻지 않았다. 하인희가 초조한 목소리로 먼저 그 경과를 말하기 시작했다.

"한 바보 같은 사내가 있어요."

"그건 아까 전화로 말했어, 이미."

"그게 누군지 아세요? 그때 결혼식장에서 보았던 치예요."

"결혼할 사이라며?"

"그 점에 대해선 저두 전화루 말했잖아요, 농담 마시라구."

"한수필일 아는 건 어느 쪽이야."

"그것보다 그 사내가 누구냐구 먼저 물으세요."

"그 사내에 대해선 흥미없어."

"그게 치강 씨 질투심이길 바래요."

"별 개떡 같은 질투심도 다 있군. 한수필에 대해서나 얘기해 봐."

"아무두 몰라요. 억울하게 결혼축의금만 삼천 원 떼였죠. 아마 그분 나중에 방명록 보시구 어리둥절했을 거예요."

"도대체 무슨 소릴 하고 있는 거야?"

"간단한 얘길 뭘 못 알아들으세요. 그 바보 같은 사내두 저두 결혼식하는 한수필 씨완 모르는 사이란 말예요. 아마두 치강 씨 동창일 거다 하는 것밖엔."

"그런데 억울해할 부조금 내러 거긴 왜 왔어?"

"억울하지 않아요. 결혼을 축하하는 행원 억울한 일이 아녜요. 그건 그 사내 얘기예요."

"횡설수설이군."

"어째서요?"

"잘 생각해 봐, 지금까지 한 말을."

"결혼 한번 해보심 제 얘기 이해하실 거예요. 누구랑 하느냐구요? 저하구요."

미쳤어, 라는 말이 곧장 튀어나오려는 것을 꿀꺽 삼키려니 숨이 막히는지 코에서 쿵 소리가 났다. 전치강은 결혼 이야기가 더 이상 계속되지 않게 하려면 재차 횡설수설 논쟁을 계속하는 수밖에 없었다.

"횡설수설하지 말라니까."

"도망치지 마세요. 회피하지만 말라니까요. 여자 속 태우는 게 그렇게두 재미있으세요?"

하인희의 목소리가 또다시 높아지기 시작했으므로 전치강은 흘끔 주위를 돌아보았다. 눈치를 챈 하인희가 지체없이 말했다.

"우리 나가요."

"왜?"

"자릴 옮겨요."

"어디로?"

"아무 데나요. 체면 땜에 남의 눈치 보지 않아두 되는 데루요."

전치강은 동의했다. 그러나 다방 입구를 걸어나오면서 들려줄 말이 있었다.

"계속 나를 몰아세워도 되는 줄 아는 모양인데 난 끝까지 받아줄 의무가 없다는 거 알아둬."

하인희는 아무 대꾸가 없었다. 좀 신랄하지 않을까 하는 생각이 들었지만 전치강은 기왕 내뻗친 걸음이다, 하고 그녀를 끌고 안 마담의 술집으로 갔다. 대신 하인희가 옆구리에 팔을 거는 것에는 개의치 않았다.

"우리 왜 이렇게 됐죠? 뭔가 이유가 있을 거예요. 치강 씨한테 무슨 변화가 있어요."

"난 언제나 똑같어, 바위같이."

하면서 전치강은 어둠이 지저분하게 너울거리는 골목길을 꺾어 들어갔다. 내가 그렇게 생각하지 않는 것처럼 너도 나를 구워낼 요리사란 착각은 버려라.

"이 집은 조용해요?"

"아주. 목소릴 낮추어야 될 정도로."

전치강은 조그마하게 간판을 내건 집의 출입문을 밀고 들어섰다. 추상이라는 이름이 멋있네요, 하면서 하인희는 그의 등을 붙잡고 따라 들어왔다.

허튼 수작 마라. 추상을 좋아하는 건 개수작이다. 그건 명백히 도피고 가짜다. 그가 그렇게 말했을 때 안 마담은, 구상은 괴로워요, 미칠 것 같애요, 라고 말했었다. 싫으심 추상(追想)으로 생각하세요(라고 했지만 그건 造語지 그런 말이 어디 있느냐).

안 마담은 바에 팔꿈치를 올려놓고 서 있었다. 불빛 속에 드리워진 긴치마가 둔부의 완곡한 곡선을 선명하게 드러내 주고 있었다.

"어머, 선생님 오랜만예요."

아주 의례적인 인사였지만 전치강은 그 밋밋한 표정 뒤에 숨겨진 반가움의 감정을 공유할 수 있었다. 그리고 그건 동행한 여자를 의식한 나머지의 음모 같은 것이 아니라 그 여자가 천성으로 가진 수줍음이었다. 누가 고리타분한 소리 말라 해도 좋다. 전치강은 여자의 수줍음을 사랑한다. 수줍음을 청산해 버린 여자를 증오한다.

방은 아니지만, 단지 간막이 속이지만, 전등갓이 이마 바로 위까지 내려온 속으로 안내되자마자 하인희는 못마땅한 어투로 물었다.

"이 술집 치강 씨 설계예요."

"무슨 소리야. 내가 하는 일이 실내장식이야?"

"아녜요. 치강 씨 체취가 풍겨요."

"아는 체하지 마. 그렇게 쉽게 표가 나면 난 끝장이게."

"입구랑 바랑 통로 낸 거랑 조명시설이랑 모두가 그래요. 이제 보니 술집 설계두 하셨어요."

"아는 체 말라니까. 난 실내장식꾼이 아니잖어. 그리고 설사 그랬다 치더라도 술집이라고 깔보는 그런 태돈 좋지 않어."

"술집 여자라고 깔보는 건 돼먹지 못했죠? 하지만 저 깔본 일 없어요. 아주 가까운 사이 같던데요."

"별 트집 다 잡는군. 아는 집은 바가지 쓸 염려가 없어. 남자들이 단골을 만드는 이윤 거기 있어. 저 여잔 딸이 하나 달린 은퇴한 농구선수야."

전치강은 말을 하면서 한편으로 안 마담이 하던 말을 떠올렸다. 제겐 딸이 하나 있어요. 귀엽겠군. 때론 냇물에 띄운 종이배처럼 귀여워요. 때론 풍덩 돌을 던지고 싶어지나? 제 나이 이제 겨우 스물아홉이에요. 그 남잔 돌아올 희망이 아주 없을까? 생각해 본 일두 없어요, 지긋지긋하게 느껴진다는 뜻은 아네요.

안연자(安蓮子)는 좋은 여자다. 운동을 해서 그렇게 좋아진 거라면 모든 여자는 운동을 해야 할 것이다.

"술집 꾸미는 거 도와주신 것 고마워요, 선생님."

라고 그녀는 말했는데 그럴 때 하나 있는 딸애, 그 종이배에 돌을 던지고 싶어지는 건 아니기를 바랐다. 왜냐하면 안 마담은(이라니 그렇게 부르는 건 그녀에 대한 저주다) 개업 잔치에 나타난 그에게 이렇게 난해한 말을 했으니 말이다. 소철 화분 보내주셔서 감사해요. 앞으루 자주 들러주세요. 아네요. 제발 오시지 마세요. 그리고 안연자는 그날 모두 돌아가고 난 뒤의 죽음 같은 정적을 이기지 못하여 기어이 눈물을 떨어뜨렸으니 말이다. 이게 삶의 잔인함인가 보죠, 하고.

하인희가 반쯤 비운 맥주잔을 내려놓으며 생각에 잠겨 멀거니 앉은 그에게 말했다.

"전 가지 않아요."

"어딜?"

"미국요. 절대로 안 가요."

"미국?"

"그 바보 같은 자식이 그랬단 말예요. 절 치강 씨로부터 떼어놓는 길은 그 길밖에 없대요."

"미국은 이백 살이나 먹은 나라라며?"

"제발 제 얘기에 좀 관심을 기울이세요. 그 작잔 단지 한수필 씨 결혼식날 아침에 만났을 뿐이란 말예요."

"그 외국인 학교 그날 쉬는 날이었나?"

"까먹었죠."

"무책임한 선생이군."

"아침에 치강 씨 연구소루 전활 했댔죠. 친구 결혼식장에 들러 늦게 나오실 거라더군요. 몇 시, 어딘질 알아냈죠. 그러군…….."

"그러곤?"

"그 사낼 만났단 말예요."

"용케도, 헌데 결혼식장에 나타난 이윤 뭐야?"

"그럴 목적으루 만났으니 그렇죠. 그 작잔 출근을 서두느라 택시를 잡구 있었단 말예요. 합승을 하자더니 머저리같이 아가씨가 가는 데면 어느 방향이든 갈 수 있다는 거 아니겠어요."

"연분이군."

"그럼 종로루 가자고 했죠. 전 가만 있어두 됐지요. 내리더니 차나 한 잔, 이라고 했으니까요."

차를 마시면서 사내는 처음으로 말했다. 나는 귀하를 출근길에서 여러 번 봤다, 그러나 유감스럽게도 합승의 기회가 없었다, 오늘은 천재일우로 얻어낸 기회다, 나는 귀하를 위해서라면 월급 15만 원의 직장을 오늘 결근할 수도 있다, 골이 삤다고 생각해도 좋다.

"다시 말하지만 전 가만 있어두 소기의 목적을 달성할 수 있었어요. 아니죠, 전 이렇게 말했죠. 그러지 말구 얌전히 출근을 하라, 나는 조금 있다가 결혼을 축하하러 가야 한다 하구요. 전 그때 이러다가 이 바보가 정말 포기하구 자릴 일어서면 어쩌나 약간 겁이 나기두 했죠. 그러나 그 작잔 아주 바보답게 말했어요. 저도 가겠습니다, 결혼식 축하하러 가는 게 제 취밉니다, 하구요."

"자꾸 바보라는 말을 반복하는데 그 사람 어느 점이 바보란 거야? 내가 보기엔 조금도 바보 같은 데는 없어. 천재일우의 기횔 잡고도 바보스러워지지 않는 바보가 정말 바보지."

하고 나서 전치강은 재차 물었다.

"알지도 못하는 사람 결혼식장에 그 사람을 끌고 나타난 이윤 뭐야? 첨부터 그럴 계획이었단 말은 또 무슨 뜻이야."

"정말 그 이율 몰라서 물으세요?"

"바본 바로 난 모양인데."

"아유 속상해, 이런 얘기까지 다 해야 하다니. 치강 씨 보라구 그랬단 말예요."

"나 봤잖어."

그랬는데 갑자기 하인희가 자리를 차고 일어섰다. 전치강은 귀뺨을 얻어맞는 줄 알았다. 아니 맞았을 것이다. 그때 똑똑하고 칸막이를 두드리는 소리가 나지 않았더라면 말이다. 전치강은 사람이 나타나기 전에 재빨리 말했다.

"우리 명백히 하자. 그러지 않으면 우습게 되겠어. 난 우리가 동무하자는 데 조금도 착각을 일으키지 않어. 인희도 그래 주길 바래. 그래야 우린 즐거울 수 있어."

"전 안 그래요."

"그래야 돼."

안연자가 문 앞에 나타난 줄 알았는데 종업원이 안주와 술병을 들고 온 것이었으므로 하인희가 마음 놓고 계속해서 말하고 있었다.

"전 왜 치강 씨 결혼 상대가 될 수 없죠? 왜예요?"

"난 안 된다고 한 일 없어. 그건 토론의 여지가 없으므로 전제도 될 수 없는 거 아니겠어. 우리에게 필요한 건 그걸 미연에 방지하는 전제뿐이야. 즉 동무하자, 그게 필요한 거라고."

"그건 궤변이에요."

"생각해 봐. 우리가 결혼이란 걸 해버렸다, 그러곤 여보 당신 하고 부른다, 그거 얼마나 비참하게 돼버리는 거겠어?"

"치강 씨 독신주의자예요?"

"아니. 천만에."

"알았어요."

하인희는 다시 자리에 앉지 않은 채 칸막이 밖으로 사라졌다. 아마도 가버린 게 분명하지만 그런다는 선언도 없이 낮은 전등갓을 치며 그녀는 서둘러 나가 버렸다.

잠시 후 나타난 건 주인 안연자였으므로 전치강은 아직 그대로 남은 술병을 가리키며 감사했다.

"술과 안주를 보내 줘서 고맙지만 그래 가지고 장사되긴 틀린 것 같은데."

"여자분 가시는 것 같던데 무슨 일예요?"

"이 술집이 맘에 안 든다는구먼. 모르지, 가다가 생각이 달라져서 돌아올지."

"누가 꾸미셨는데요, 이 술집?"

"그래서 더욱 맘에 안 든다는 거지. 난 이렇게 아무 데서나 퇴짜만 맞어."

"훤칠하던데 선생님 정말 딱지 맞으신 거 아네요?"

"빌어도 안 되겠다는데, 안 마담과 손을 끊기 전엔."

"농담두. 언제 저랑 손 잡으신 일 있으세요?"

"잡았다는 데야 반증을 댈 길이 있어야지."

"절 부르시지 그랬어요."

"당사자가 증인이 되는 법도 있나."

"별일 아니시겠죠 뭐. 저희집에서 선생님한테 좋잖은 일 생긴담 저 싫어요."

"별일 아냐. 내일이면 또 화해가 되겠지."

"제가 대신 술 권해 드릴게요." 하면서 안연자가 술병을 집었다. "장사 잘되느냐구 묻지 않으세요?"

"나한테처럼 공짜술만 내지 않는다면 잘되겠지. 술에 환장한 사내들이 줄기차게 늘어나는 세상이니까."

"전 고주망태되는 분 보는 거 즐거워요."

"장삿속인데."

"부러워요, 그럴 수 있는 게."

"좋아, 즐겁게 해주지."

전치강은 정말 그날 밤 최대한으로 마셨다. 명백히 말하자면 하인 희 때문은 아니었다. 안연자를 즐겁게 해주기 위해서였는지 모른다.

그러나 아무래도 고주망태가 되진 않았다. 종이배가 된 딸아이한 테 풍당 돌을 던지지 않게 하기 위해선 여자가 부축하지 않게 해야 하고, 그러기 위해선 빳빳하게 걸어나갈 수 있도록 고주망태가 되지 않아야 했다.

전치강은 문 밖까지 따라나온 안연자한테 아파트의 열쇠를 주고 싶었지만 다시 오겠다는 말조차 않은 채 돌아서서 남의 집 담벼락에 오줌을 갈겼다. 그러곤 휘적휘적 어둠이 영근 골목길을 걸어나갔다. 남자의 고민을 여잔 모른다, 하고 그는 줄창 중얼거리고 있었다.

여름의 새장

여자는 비명과 같은 신음소리를 내고 있었다.

"치강 씨, 아아——"

그러나 전치강은 다만 꼬집어 뜯기고 있는 어깻죽지에 통증을 느끼고 있었다. 그는 이미 덤덤한 기분으로 돌아와 있었던 것이다. 제기랄, 이렇게 빨랐던 것은 낮에 승문이와 모래밭에 엎드려 있었던 탓이다.

그들은 낮에 배를 깔고 모래밭에 엎드려 있었다.

두 손으로 턱을 괴고 엎드려 계집년들의 넓적다리를 지켜보고 있었다. 이글이글 타는 땡볕 아래 올리브 기름을 칠하고 발딱 자빠져 있는 계집년의 유방이 지평선 위에 산맥처럼 솟아 있었다.

아이구, 하고 전치강은 선글라스를 벗어던지며 소리쳤으나 장승문은 까딱도 않고 엎드려 있었다. 턱을 괸 채 돌아보지도 않았다.

전치강은 목석처럼 무표정하게 엎드려 있는 장승문의 그런 모습에 약이 올랐으므로 옆구리를 냅다 쥐어박았다.

"왜 이래?"

"너 지금 뭐 보고 있어?"

"아무것도."

"기집애들 안 보여? 바로 앞에 시야를 막고 솟은 산봉우리도 안 보여?"

"봤어."

"봤으면?"

"그만이지."

"금갔군."

"그딴 소리 집어치우고 이제 그만 일어나자. 물에 들어가자."

"엎드려 있어."

"십년 만에 바다 첨 구경하는 몸이야. 더 이상 태웠다간 화상으로 죽어."

"조금만 기다려" 하고 전치강은 일어서려고 움지럭거리는 장승문의 팔을 붙잡아 눌렀다. "이대론 일어날 수가 없어, 창피해서."

"알 만하다. 부풀어 올랐군, 한심한 자식."

한참 만에 두 사람은 몸을 일으키고 바다로 뛰어들어갔다. 백지처럼 새하얗던 장승문의 등때기가 어느새 분홍빛으로 붉게 익어 있었다. 녀석은 그런 등을 물속에 잠그며 중얼거렸다.

"난 여편네 엉덩일 봐도 생각이 안 나."

녀석은 몇 번 파도를 거스르다가 다시 말했다.

"젖통 큰 기집앨 증오해."

"왜, 당했니?"

그러나 녀석은 대답을 않고 혼자 중얼거렸다.

"목인형 같은 여자, 가슴이 그렇게 딱딱한 여자 어디 없을까?"

"별 재수 없는 소리 다 듣는군."

전치강은 말하고 나서 장승문의 표정을 살폈으나 녀석은 곧 물속으로 머리를 처박아 버렸다. 세찬 파도가 물속으로 잠긴 녀석을 저

만큼 내다버렸다. 녀석은 시퍼렇게 언 입술을 하고 다가왔다. 머리를 툭툭 털며 말했다.

"그래, 나야 금갔다 치고, 금욕주의자처럼 뻐기더니 도대체 웬일이냐, 넌?"

"내가 왜 병신이냐, 금욕주의하게?"

"그럼 내일 하인희 내려오면 드디어 그냥 두지 않게 생겼구나. 그 여자 소원 성취하는데."

"그건 천만의 말씀이다." 전치강은 생각이 나서 재차 제의했다. "너, 오늘 올라가지 말고 나랑 내일 아침에 같이 가자."

"안 돼. 세시 차표 사둔 것 봤잖어."

"그깐 차비 내가 물어줄 테니까."

"안 돼. 여기 거쳐 가려다가 완전히 하루 늦어 버렸다고 했잖어, 죽을 고생만 하고. 밤잠도 못 자고 이게 뭐냐."

"그러니까 늦은 김에 하루 더 늦게 가자, 이거야."

"하인희 때문에도 안 돼. 너 끌고 달아났다간 맞아 죽어."

"웃기지 마. 넌 나랑 오늘 작부집에 가서 자는 거다."

그러나 마치 전치강의 제의를 받아들여 하룻밤을 머무를 것처럼 뚱하던 장승문은 점심을 먹기 바쁘게 떠나고 말았다. 아침에 도착하여 고작 반나절을 모래밭에 엎드려 있다가 떠나고 만 것이다.

"그럴 걸 뭣하러 왔니, 하루도 머물지 않을걸."

"네가 들러 가라고 해서 왔지."

"그래, 왔으니까 하루만 더 있다가 같이 올라가잔 말야. 지방 출장 떠난 녀석이 뭘 그렇게 날짜 맞추려고 기를 써. 부장님까지 되셔서."

"날짜 맞추는 게 아니라고 했잖어. 이미 여기 오기 전에 이틀을 까먹었는데 날짠 무슨 놈의 날짜야."

장승문은 출장 떠난 일이 실패였으므로 곧장 돌아가지 않으면 안 된다는 것이었다. 수금해 오라고 해서 광주까지 내려갔는데 막상 내려가 봤더니 그곳 영업소가 쑥밭이 되어 있더란 얘길 그는 아침에 바다로 나오며 들려주었다. 영업소장이 보험가입금은 말할 것도 없고 영업소 재산까지 몽땅 들어먹고 날랐더란 것이었다.

"생명보험이라는 거 알고 보니 보험 없이 목숨 걸고 하는 더러운 거구나."

"내가 오늘도 안 돌아가면 나까지 수배령이 내린다구. 늦어도 오늘 안으로 나타나 줘야 해."

"좋다, 그럼 나도 따라붙는다."

하고 전치강도 채비를 차리며 서둘렀으나 장승문은 절대로 안 된다는 것이었다. 녀석은 점심에 곁들여 몇 잔 걸친 소주로 벌겋게 상기된 얼굴을 하고 마구 화를 냈다. 왜 시뻘게져서 덤비느냐고 윽박지르자 땡볕에 익어서 그럴 뿐이라고 했다. 뿐만 아니라 온몸이 죄고 감각도 마비된 것 같다고 엄살을 떨었다.

"하여튼 나도 따라붙겠어. 나 혼자 남으면 바닷물에 빠져 죽어 버릴 위험이 커."

"내가 없었던 이틀을 넌 무사했어. 헛소리 마."

"바람난 기집애들 덕분에 괜찮았지."

"오늘도 그러려무나, 발에 차이는 게 기집년들인데 뭘 그래."

"지쳤어."

"야아, 속아 주는 척하니까 한 수 더 뜨려 드는데, 아무리 그래도 난 안 믿어. 네가 기집애들을 후렸다면 이 서해 바다가 말라 버렸더라고 하는 것보다 더 안 믿어져."

"내가 네놈들을 그만큼 안심시켰으니 결국은 내가 약은 거구나."

"머저리지. 아무 소리 말고 하룻밤만 기다려. 그리고 내일 하인희 나타나거든 용기를 내어 한번 잘해 봐."

"그딴 애긴 집어쳐, 임마. 나도 떠나겠어."

"떠나더라도 나하곤 같이 갈 생각 마. 난 하인희한테 추궁당하고 싶지 않어."

"네가 왜 추궁당하니?"

"야, 생각해 봐라. 일찌감치 방갈로까지 얻어 놓고 먼저 내려가서 기다리라고 했는데 내가 나타나서 끌고 올라가 버렸다, 내가 멱살 안 잡히고 배겨?"

"걔가 얻은 게 아니라잖았니. 그 외국인 학교 양코배기가 예약해 놨다가 본국으로 돌아가게 되어 물려받은 거라구."

"그걸 어떻게 믿어?"

"어렵쇼, 내가 그런 것도 확인 않고 온 줄 알어. 부캐넌인가 뭔가 로 돼 있던 게 고쳐져 있는 걸 봤단 말야."

"어쨌든 난 가겠어. 따라올 생각 마."

장승문은 말하기 바쁘게 댓바람에 튀어 달아났다.

전치강이 신발을 꿰어신고 문 밖으로 나섰을 때 이미 녀석은 모래 사장 끝으로 난 길을 따라 뛰는 중이었다. 전치강은 뒤도 돌아보지 않고 꽁지 빠져라 내빼는 녀석을 바라보며 혼자 피식 웃었다. 전치 강은 녀석의 모습이 영영 시야에서 사라져 버리자 왠지 느닷없이 슬 픔 같은 것이 느껴졌다.

전치강은 하늘을 한 번 흘끗 올려다보고 나서 도로 집 안으로 들 어갔다. 하오 두시의 대낮이었지만 바다로 나갈 맘이 나지 않았으므 로 벌렁 침대에 자빠져 버렸다.

도무지 잠이 오지 않을 것 같았는데 어느 틈에 잠이 들어 버린 것 일까. 누군가 흔들어 깨우는 것 같아서 퍼뜩 눈을 떴을 때 이미 전 등 켜진 속에 하인희가 서 있었지 않은가.

"해수욕장에 와서 종일 낮잠 자는 분이 어딨어요."

라고 하인희는 말했었던가. 전치강은 그런 생각을 하며 번듯이 누워 있었다. 하인희가 베고 있던 그의 팔을 뽑아 주며 말았다.

"덥지 않으세요? 선풍기 좀 켜주세요."

전치강은 희뿌연 어둠 속을 더듬거리며 선풍기를 찾았다. 선풍기의 스위치를 넣은 다음 창가로 가서 엷은 커튼을 젖혔다.

반딧불같이 가물거리는 작은 불빛이 해변 저 멀리까지 길게 뻗쳐 있었다. 그리고 앞쪽으로 길에 면해 있는 상점들엔 아직도 불이 환하게 켜져 있었다. 모래밭에서도 군데군데 불을 피우고 있는 것이 보였고 그 불을 둘러싸고 돌아가는 젊은이들의 몸집에 가려 그가 선 방 안의 천장에 환상적인 얼룩이 지고 있었다.

귀를 기울이자 시끌벅적한 소리도 들렸다. 트럼펫 소리가 들렸고 기타 치는 소리도 들렸다. 드럼의 박자에 맞춰 목청을 뽑고 있는 소리도 들렸다. 악악거리기만 하여 합창은 조금도 화음이 이뤄지지 않고 있다는 것을 알 수 있었다.

그런 모든 환경과 소음이 밤바다를 더럽히고 있었다. 소라도, 조가비도 잠잘 수 없게 하고 있었다.

뭐하세요, 하고 묻는 하인희의 나른한 목소리가 들렸으나 전치강은 대꾸하지 않은 채 검은 하늘을 올려다보았다. 별이 촘촘히 박혔으련만 유리 때문인지 아무것도 보이지 않는 시커먼 빛깔뿐이었다. 그러나 한참 눈독을 들이자 역시 큰별부터 보이기 시작했다.

"어머나, 아직두 저긴 야단들이군요."

하는 목소리가 났을 때 하인희는 이미 그의 곁에 와 있었다. 그녀가 팔을 벌려 그의 허리를 감았다. 아직도 옷을 입지 않고 있음을 알 수 있었다.

"우리두 나갈까요? 바닷가를 걸어요, 파도 부서지는 소릴 들으며."

"표현이 너무 낭만적이군. 가보면 아무것도 아냐."

"그래두 나가 봐요. 바닷가에 와서 이렇게 방 안에 갇혀 창 너머루나 내다봐서 되겠어요. 저 목말라서 뭐 좀 마시구두 싶구."

"부엌에 가면 뭐 있을 거야."

전치강은 우선 옷부터 걸치는 게 좋겠다는 말을 하고 싶었으나 내버려 두었다. 그러자니 머리끝이 욱신거릴 지경이었다. 도대체 이게 무슨 횡포냐. 아무렇게나 해도 괜찮을 사이가(라니 인간관계에 그런 사이가 어디 있느냐) 되어서 그런다면 그런 무모한 속단이 어디 있느냐.

그러나 전치강은 참았다. 하인희는 그런 속단을 하고 있는 것이 아니라 그런 사이가 되었음을 아주 노골적으로 내보이고 싶은 것이다. 아니 그를 그렇게 납득시키려 하지 않는다 하더라도 적어도 그녀 자신은 그런 심정임을 나타내려는 행위임이 분명했다.

하인희가 부엌 쪽으로 걸어가며 물었다.

"치강 씨두 뭐 좀 드시겠어요?"

"아니."

부엌으로 간 하인희가 불을 켜고 있었으므로 전치강은 곧 현관으로 걸어나갔다. 밖으로 나서자 악악거리는 바닷가의 온갖 음향이 훨씬 높게 들렸다. 전치강은 신경이 곤두서기 시작하는 것을 느꼈다. 소금기가 끈끈하게 밴 바닷바람도 그는 아주 싫었다.

잠시 후 현관 불까지 켜는 하인희가 여간 불쾌하지 않았지만 그는 아주 부드러운 목소리를 만들어 일렀다.

"불은 켜지 않는 게 좋겠어."

하인희가 블라우스의 단추를 끼며 밖으로 나왔다. 사흘 뒤에 오겠다던 여자가 왜 하루 앞당겨 나타난 것일까.

"온다던 날이 내일 아니었어?"

"도망와 버렸어요."

나 내일 서울로 돌아갈 거야, 라는 말이 차마 나오지 않았으므로 전치강은 손바닥으로 목덜미를 두드리며 이렇게 말했다.

"그만 들어갈까, 모기가 많은데."

이튿날은 아주 쾌청한 날씨였다. 나른한 위압감을 주었다. 그러나 하인희는 기분이 한껏 좋은 모양이었다. 소풍 가는 소녀처럼 안정이 안 되고 들떠 있었다.

전치강은 소파에 비스듬히 드러누워 눈 앞을 어른거리는 그녀를 바라보았다. 어지럽혀진 침대를 정돈하고 빈 콜라 병을 치우고 방바닥을 쓸고 하는 일을 하느라 그녀는 치마폭을 펄럭이며 분주하게 쏘다녔다.

"제가 남한테 예뻐 보이는 게 그래두 낫겠죠?"

하고 하인희는 마침내 화장용구 가방을 열고 앉으며 말했다.

전치강은 생각에 잠겨 있었으므로 대답해 주지 못했다. 그는 결혼이라는 것에 대해 생각하고 있었다. 결혼을 하면 아마도 그 다음은 이런 피곤한 형태로 나타나겠지, 하는 생각을 하고 있었던 것이다.

전치강은 몸을 후룩 떨었다. 만약에 이런 거라면 소꿉장난보다 못하다. 소꿉장난에선 지어논 밥을 먹는 흉내만 내고 먹지 않아도 되므로 이런 형태보다 훨씬 낫다. 놀다가 싫증이 나면 부뚜막을 집어차 버리고, 솥도 내동댕이치고, 엄마 아빠의 관계도 해제하고 뿔뿔이 헤어져도 되므로 그쪽이 훨씬 인간적이다.

대답이 없자 하인희가 다시 소리쳤다.

"잠깐만 기다리세요."

그러다가 그녀는 흘끗 눈썹을 그리던 눈으로 돌아봤다.

"무슨 생각을 하구 계세요?"

"옛날 소꿉장난하던 시절."

"그때 치강 씨는 누구했어요? 전 꼭 아빠 아님 오빠를 했나 봐요. 그런 기억밖에 없걸랑요."

"놀다가 싫증날 땐 어떻게 했어?"

"어떻게 하다니요?"

"누가 발길로 부뚜막을 찼어?"

"전 한 번두 싫증낸 일 없어요. 다른 애들이 저녁때 됐다구 먼저 달아나 버리군 했죠."

"물에 들어가면 씻겨 버릴 텐데 화장은 해서 뭘 해."

전치강은 소파에서 엉덩이를 떼고 일어섰다. 창틀 앞으로 다가가자 슬금슬금 일과를 시작하려는 해변 모습이 한눈에 들어왔다.

밀짚모자를 쓴 사람들이 비치 파라솔을 펴고 있었고 더러는 어느새 벌거벗은 모습으로 파도가 부서지는 해변 끝에 바짝 다가가 있었다. 이쪽 가까운 길에는 서로 자기네 탈의장으로 끌어가려는 청년들과 그들을 뒤에 달고 유유자적으로 걸어다니는 여자들이 보였다. 거긴 벌써 사람들로 득실거리고 있었다.

싫증 안 나는 소꿉장난이 어디 있느냐. 도중에 자칫하면 삘렐레 우는 아이들이 있는데 영원히 싫증나지 않는 소꿉장난이 어디 있느냐. 완만한 곡선을 이루며 길게 뻗은 해변을 전치강은 적의 같은 걸품고 내다봤다.

그는 다시 자리로 돌아와 앉으며, 나른한 것은 사실은 투명하고 강렬한 햇빛 때문일 거라고 생각했다. 하인희가 연한 푸른빛 가방의 뚜껑을 덮고 일어섰다.

"됐어요, 다 끝났어요."

그녀는 다가오며 엷은 미소를 지어 보였다. 가볍게 한 것 같은 화장 때문엔지 소녀 같은 미소 때문엔지 순간 그녀의 모습이 아주 귀엽다는 생각이 들었다.

"자, 일어서세요."

"햇빛이 너무 강해. 눈을 뜰 수가 없는데."

"또 낮잠 주무시구 싶은 거군요. 그렇겐 안 될걸요, 오늘은."

하인희가 손을 내밀었다. 전치강은 눈 앞에 와 있는 여자의 조그만 손을 들여다봤다. 그러곤 그 손에 의지하여 몸을 일으켰다.

일어서는 순간 전치강은 자기도 모르게 잡힌 하인희의 손을 비틀며 와락 그녀를 끌어안았다. 격렬하게 입을 맞추었다. 분노 같은 것이었다.

두 사람은 곧 바닷가로 나갔다. 입술 다 지워져 버렸잖아요, 하고 하인희가 불평하고 있었다. 전치강은 훨씬 기분이 좋아진 상태였다. 출진하는 병사와 같은 음울함은 거의 걷히고, 작열하는 태양에 적절히 어울리는 눅눅한 바닷바람과 비릿한 냄새를 맡는 일이 싫지 않았다.

하인희는 처음으로 모래밭에 등장한 감격을 누르지 못해 선글라스를 벗었다 썼다 하고 있었다. 다만 턱밑까지 바짝 쥐어 잡은 타월 가운만은 끝까지 놓지 않았다. 아침이 너무 이르고, 무엇보다도 바닷가에서의 행장에 아직 익숙해 있지 않은 탓일 것이다.

"우리 물가로 가요."

하며 하인희가 그의 팔을 버리고 팔랑팔랑 뛰어갔으므로 전치강도 슬리퍼를 벗어 들었다. 하인희의 발끝에서 모래가 부서지고 있었다. 작은 먼지가 폴싹폴싹 일어났다.

그러나 하인희는 곧 지쳐서 모래밭에 주저앉아 버렸다. 전치강은 타월을 벗어던지고 바다로 첨벙 뛰어들었다. 아침 바다는 선뜻하게 그의 나른한 감각을 일깨워 주었다. 곧 빳빳한 두통이 생기는 것을 느꼈다.

하인희가 물가까지 다가와서 소리쳤다.

"물이 차죠?"

전치강은 대답 대신 손을 흔들어 들어오라는 시늉을 해보였다. 그러나 그녀는 밀어닥치는 파도를 두려워하며 머뭇거리고 있었다. 그러다가 파도가 발목을 덮치자 기겁을 하고 달아났다. 그런 모습을 귀여워해야 하는 것일까.

"아유 차요. 나오세요, 빨랑."

전치강은 시퍼런 얼굴을 하고 물을 빠져나왔다. 너무 몸이 떨려서 어금니가 딱딱 부딪혔다. 하인희가 들고 있던 수건을 덮어 주었다.

"감기 들겠어요."

"벌써 두통이 오는데."

"근데 왜 저더러 들어오라구 하세요?"

"아주 기분이 개운해져."

"그럼 여태 개운찮았단 말예요, 이렇게 맑은 아침에?"

"난 벌써 사흘째야. 넌더리가 나."

하인희는 그의 말에 대꾸를 않고 불안한 눈으로 그를 쳐다보았다. 전치강은 그런 그녀의 눈길을 피해 모래밭으로 걸어 올라가기 시작했다. 비치 파라솔이 대형 버섯처럼 길게 늘어서서 모래밭이 아주 좁아 보였다.

"줄창 낮잠만 주무셔 놓구선 뭘 벌써 진저리난다구 그러세요. 또 돌아가서 낮잠 잘 핑계 찾으시는 거죠?"

전치강은 마른 모래 위에 털썩 주저앉았다. 모래가 알맞은 온도로 덥혀져 있었다. 그러나 바다에 들어간 일이 없는 하인희에겐 찜질을 하는 고통일지 몰랐다.

"난 바다엔 어울리지 않는 것 같아."

전치강은 모래밭에 벌렁 나자빠지며 말했다. 감은 눈 위로 강렬한 햇빛이 내리쬐고 있었다.

"바다를 차지하려구 해서 그런 생각이 드는 거예요."

하인희는, 바다는 저만치 두고 바라봐야 한다고 했다. 시간 시간 끝없이 변하므로 바다를 내 안에 수용하려 하면 지치게 된다는 것이었다. 아니 적당한 거리에 두지 않고 너무 가까이 다가가면 바다는 성깔을 낸다고 그녀는 말하고 있었다.

전치강은 눈을 감은 채 대꾸하지 않았다. 어쨌든 나는 계획이 빗나가고 있어, 올가미에 걸린 것 같은 좌절감 때문에 나른하게 피곤할 뿐이야. 그는 그런 생각을 하고 있었다.

하인희가 그의 눈 위에 덮인 슬리퍼 짝을 떼고 그를 가까이서 내려다봤다.

"또 주무세요?"

"아니."

"선글라스는 어쩌셨어요?"

"물속에서 빠뜨려 버렸나 봐."

"어머나!"

"더울 텐데 물에 들어갔다 오지."

하인희가 어깨에 걸쳤던 가운을 떼어 그의 얼굴에 덮어 주었다. 사박사박 모래 밟히는 소리가 들렸다. 전치강은 조용해진 모래 위에 누워 영원히 돌아오지 않는 여인을 상상하고 있었다.

하인희는 돌아오지 않았다. 섬뜩한 생각이 들어 몸을 일으키고 바다를 내다보았으나 보이지 않았다. 바다에는 셀 수 있을 정도로 아주 적은 수의 사람들이 헤엄을 치고 있었고 수평선 저 끝으로 돛을 올린 어선들이 보였다. 날씬한 날개를 가진 물새 두 마리가 낮게 수면 위를 날아다니고 있었다.

전치강은 다시 드러누워 버렸다. 바다는 너무 가까이 다가가면 성을 내요, 라고 하던 하인희의 말이 떠올랐다. 아주 가까이 가면 태곳적 정적이 있는 바다 밑바닥으로 조용히 가라앉을 수 있을까.

햇볕이 빽빽하게 덮인 해변의 수증기를 걷어내고 점점 따갑게 쏟아졌다. 차츰 숨이 차왔다.

정말 하인희는 돌아오지 않을 것인가. 바다와 적당한 거리를 유지하는 일에 실패해 버린 것일까. 모래밭에 누워 있는 것이 아니라 물 위에 더부렁 떠 있는 느낌이었다. 구조대가 은은하게 호루라기를 불며 멀리서 다가오고 있었다. 곧 이어 딱딱한 막대기가 턱 밑에 와 닿았다. 그러나 그는 꼼짝 앉은 채 그냥 누워 있었다.

— 이거 벌써 죽었잖아.

—그럼 어디서 떠내려온 거 아냐.

—야, 차라리 편안하겠다. 대한민국에선 가장 편안한 자세로 누워 있군.

—그렇다면 그냥 내버려 두지, 다음 바다로 떠내려가게.

드디어 턱 밑에 닿아 있던 딱딱한 막대기가 떠나고 주위는 다시 조용해졌다. 파도 소리가 얌전하게 들리고, 간헐적으로 갈매기 울음도 들렸다.

끼욱, 끼욱…….

이창오도 이렇게 편안한 자세로 돌아가기 위해 패널 받침대를 스스로 차버린 것일까. 그가 압사한 공사 현장에 가서 봤더라면 그는 차라리 그렇게 편안한 얼굴을 하고 있지 않았을까. 그런 모습을 볼 수 있었지 않았을까.

그의 죽음을 슬퍼할 부모를 찾을 수 없는 건 얼마나 다행인가. 그에게 만약 아내와 아이들이 있었다면 세상은 그들에게 어떻게 책임진다고 말했을 것인가.

전치강은 또다시 결혼이라는 것에 대해 생각하고 있었다. 여관 예식부에서 양탄자를 깔고 하던 시러베 자식들의 결혼식을 떠올려 보고 있었다. 어쨌든 여관에서 혼례식하는 놈들은 시러베 자식이 아닐 수 없었다.

내가 만약(어디까지나 만약에) 하인희와 혼인을 한다. 그래서 파출 가정부를 내보내고 한방에 산다. 밤마다 옷을 벗는다. 그러곤 아침에 일어나선 시치미를 떼고, 어머 넥타이가 삐뚤어졌네요 하는 소리를 듣는다. 올가을에는 녹용을 좀 지어 잡수셔야겠어요라는 걱정을 듣는다. 당신이라는 말을 듣는다.

당치도 않은 소리. 결혼은 곧 지옥이다. 특히 여자에게 있어 그건 비참한 지옥이다. 남자의 명성이 좋아서 혹은 살아가는 넉넉함이 좋아서 그 그늘로 들어가 그것이 마치 자기 것인 양 착각하며 살고 싶은 여자에겐 결혼이란 그보다 더 큰 불행이 없다.

잘 가라, 하인희. 전치강에겐 영원히 돌아오지 않는 하인희를 상상하는 것보다 더 즐거운 일이 없었다. 나는 너를 이 이상 더는 도와줄 수 없단 말이야.

전치강은 끙하고 몸을 뒤챘다. 그때 누군가 그가 덮고 있는 가운을 휙 걷어붙였다.

하인희였다. 하인희가 돌아와서 그를 내려다보고 있었다. 그녀는 놀라서 소리쳤다.

"아유, 이 땀 좀 봐요. 물에 들어갔다 온 사람보다 더해요."

"어딜 갔다 왔어?"

전치강은 화가 난 목소리로 물었다.

"이거 주우러요."

하인희는 등뒤로 감추고 있던 주먹을 내보였다. 고작 하찮은 조개껍데기가 들려 있었다. 그녀는 타월을 어깨에 걸치며 말했다.

"큰일났어요. 갑자기 너무 태웠나 봐요."

전치강은 부스스 몸을 일으켰다.

"우리 물에 들어갔다 와요."

두 사람은 어깨를 겨루고 바다로 향해 걸어갔다. 불덩어리 같은 태양이 머리 위에서 작열하고 있었고, 바다는 물장구치는 사람들로 빼곡하게 들어차 있었다.

"치강 씨 헤엄 잘 치세요?"

"조금."

"몇 미터나 가세요?"

"글쎄."

"저 앞까지 가실 수 있어요?"

"망루에서 말리지만 않는다면."

"좋아요, 우리 그럼 누가 멀리 가나 내기해요."

"그렇게 잘해?"

"해보심 알죠. 치강 씬 이길 자신 있어요."

하인희는 몸에다 물을 끼얹고 있었다. 두 사람은 다른 해수욕객들에 진로를 방해당하지 않기 위해 어깨로 파도를 밀며 서서히 바다 가운데로 들어갔다. 하인희는 사뭇 가벼운 미소를 머금은 얼굴이었지만 전치강은 조금도 그런 기분이 아니었다. 또다시 나른한 피로가 어깨를 누르기 시작했다.

드디어 물이 목밑을 치받치는 지점에 이르자 전치강은 흘끗 하인희를 돌아보았다.

"그만두지."

"자신 있어요."

"좋아!"

전치강은 말하기 바쁘게 물 위로 뛰어오르는 하인희를 보았다. 그러곤 자신도 지체없이 발로 모래를 찼다. 얼굴을 물에 잠그고 전력을 기울여 팔다리를 내저었다. 물 위를 미끄러지는 쾌감이 있었다. 그는 숨이 차기 전에 고개를 들고 돌아봤다. 방향이 약간 빗나갈 위험은 있었지만 그녀는 꽤 빠른 속력으로 나아가고 있었다.

그러나 그가 두 번째로 돌아봤을 때였다. 하인희가 전의를 잃고 있었다. 아니 자세히 보자 그녀는 허위적거리고 있었다. 팔을 하늘로 뻗쳐 내젓는 중이었다. 전치강은 다급한 나머지 머리를 물속으로 곤두박질쳤다.

"정신차려!"

전치강은 하인희의 팔을 붙잡으며 짧게 소리쳤다. 그러곤 당장 끌어안으려 달려드는 것을 뿌리치고 재빨리 물 밑으로 들어가 그녀의 허리를 들어올렸다. 두 발로 기를 써서 물을 차던졌다. 그러나 그건 여간 미흡한 것이 아니었다. 순식간에 숨이 턱에 닿고 두 다리가 사뭇 헛놀려지는 느낌이었다.

파도가 밀어닥치는 것을 알 수 있었다. 다리가 물의 속력을 못 따르는 듯한 낭패감을 느끼는 순간 그는 더 이상 버틸 수 없는 극한에 다다랐다. 죽음이라는 것을 생각했다. 그러나 바로 그때 그는 발끝에 모래가 차이는 것을 알았다.

전치강은 있는 힘을 다해 여자의 허리를 꺾어 세웠다. 그러곤 모래를 차며 자신도 수면 위로 튀어 올랐다. 그러나 그러는 순간 그는 바닷물을 들이켜며 다시 물속으로 잠기고 말았다. 내던져진 하인희가 와락 그의 목을 끌어안고 매달렸기 때문이다. 그의 몸은 모래바닥으로 짓눌려 가라앉았다.

좌절감은 순식간에 왔다. 그러나 발끝에 모래가 닿는다는 사실은 하인희에게도 뜻이 컸던 것 같았다. 그녀는 모래바닥을 차고 일어서려고 버둥댔다.

두 개의 머리통이 수면 위로 올라오는 무게는 그렇게 무거울 수가 없었다. 그건 그대로 사투였다. 너무 다급하고 너무 지쳐 있었으므로 전치강은 뭐라고 소리칠 여유도 없었다.

그는 관절이 풀린 다리로 버티고 몸을 일으켜 세웠다. 동시에 격렬한 기침이 튀어나왔다. 남자 둘이 달려들어 기절해 버린 하인희를 떼내어 주었다. 해수욕객들이 몰려들기 시작했다. 알고 보니 그는 한심스럽게도 어느새 물이 허리께밖에 차지 않는 곳까지 와 있었다. 전치강은 기침을 계속하며, 그러나 사람들이 더 많이 몰려들기 전에 빠져나가기 위해 후들후들 떨리는 다리를 떼어 놓기 시작했다. 픽 주저앉고 싶은 생각밖에 없었다.

하인희는 곧 깨어났다. 데드마스크 같은 얼굴을 하고 깨어났다. 아니 그녀는 두 남자로부터 인공호흡을 당하고 있을 때부터 이미 그런 섬뜩한 모습이었다.

"수고하셨습니다."

하고 전치강은 두 남자를 내려다보며 말했다. 그 중 하나는 아직도 하인희의 다리를 줄기차게 주무르고 있었다. 오해일 위험은 있었지만 전치강이 보기에 그 남자는 마침내 여자의 넓적다리를 애무하기 시작한 것이 분명했다.

뒷짐을 짚고 서 있던 남자가 그를 흘끗 돌아봤다.

"선생은 괜찮으슈?"

그는 대답 대신 고개를 끄덕여 주었다. 하인희가 충혈된 눈으로 그를 올려다보며 맥빠진 목소리를 냈다.

"치강 씨!"

"일행이시군요, 두 분이?"

서 있는 남자가 놀란 듯이 말했다. 그러자 다리를 주무르던 남자도 손놀림을 중단하고 일어섰다.

"여자분 다리에 마비가 온 것 같아요. 저럴 땐 주물러 줘야 피가 돌죠."

"수고하셨습니다."

"정말입니다. 한 번 만져 보십시오, 싸느랗지 않나."

두 남자는 말하고 나서 둘러선 사람들을 몰아내기 시작했다.

"모두 저리 가요! 이게 무슨 구경거리요!"

그들은 현장을 떠나기 전에 전치강에게 당부했다.

"웬만하면 곧 자릴 옮기슈. 구조대원들 쫓아오면 귀찮게 굴지 몰라요."

전치강은 모래투성이가 되어 앉아 있는 하인희를 안아 일으켰다. 걸을 수 있느냐고 묻자 그녀가 고개를 끄덕였다. 그러곤 느닷없이 바다로 들어가겠다고 했으므로 전치강은 긴장하지 않을 수 없었다.

"샤워장에 가서 씻으면 되잖아."

"바다로 들어가겠어요."

"안 돼."

순간 하인희가 홱 돌아서서 그의 가슴에 얼굴을 파묻고는 헉하고 흐느꼈다.

"이게 무슨 짓이야."

"죽어 버리고 싶어요."

"왜?"

"창피해서요. 이런 일 첨예요. 왜 죽게 내버려 두지 않았어요."

"쓸데없는 소리."

"보세요, 아직두 아이들이 몰려서서 구경하잖아요."

"예비지식을 얻고 있는 중일 뿐야, 저들이 당하면 어떻게 할 것인 가 하고. 그러니까 의젓하게 걸어가자구."

전치강은 그녀의 얼굴을 밀어냈다. 그러곤 어깨를 끼고 뜨거운 모래밭을 헤쳐나가기 시작했다. 예비지식에 목마른 아이들도 따라 움직였다. 전치강은 아이들을 향해 모래를 끼얹고 싶었지만 참았다.

샤워로 모래를 씻어낸 하인희는 훨씬 정상을 회복한 느낌을 주었다. 그럼에도 그가 보기엔 여전히 데드마스크 그대로였다.

"돌아가서 좀 누워야겠어."

"싫어요."

"고집부리지 말고."

"글쎄, 싫어요."

하인희는 부르튼 소녀처럼 고개를 떨구고 샤워장에 버텨 섰다. 전치강은 도무지 지워지지 않는 그녀의 죽은 얼굴이 기분 나빠서 그녀를 외면하고 멀리 바다를 내다봤다. 죽음과 맞닿아 버둥대던 순간이 떠올랐다.

"내가 서툴렀어, 당황한 탓에. 첨부터 한 팔로 목을 걸고 끌어냈어야 하는 건데."

"미안해요."

"자칫했으면 우리 둘 다 죽을 뻔했지, 얕은 데 다 나와서."

"정말 치강 씬 괜찮으세요?"

"그쪽이 말을 안 들어 속이 상할 뿐이야."

"괜찮으심 우리 가요."

"어디로?"

"술 먹으러요."

하인희는 어깨에 가운을 걸치며 그의 팔을 끌었다.

전치강에겐 아무것도 분명한 것이 없었다. 그의 머리 속엔 참으로 비참하게도 전율할 위기감과 강렬한 유혹이 뒤엉켜 함께 궁글고 있었다. 즉 그는 하인희를 끝내 구해 내지 못했을지도 모른다는 무서운 가정에 떨었고, 동시에 그녀를 죽음으로 밀어넣을 수도 있었다는 데 대한 강한 유혹도 떨쳐 버릴 수 없었다. 아니 그는 실제로 그녀를 마지막 순간에 내동댕이친 것이 분명했다.

"어머, 왜 이렇죠? 이 손을 쓸 수가 없어요."

라고 하인희가 소리쳤을 때만 해도 그는 그것을 알아차리지 못했다. 그녀가 그렇게 말한 건 집어들던 맥주잔을 떨어뜨린 것에 대한 변명으로서였으므로 그에겐 귀담아 들릴 리 없었다. 그는 오히려 실없이 깨져 버린 유리잔에 더 신경이 쓰였다. 그리고 하인희가 실수를 거듭하는 데 몹시 짜증이 나서 당장 자리를 뜨고 싶을 지경이었다.

하인희가 그의 그런 심정을 눈치챈 듯, 서둘러 깨진 유리잔을 들어내며 말했다.

"제가 거푸 말썽을 부리죠? 하지만 너무 짜증내지 마세요. 전 이래두 최선을 다하구 있는 중예요. 보세요, 이 손. 전 그냥 실수로 컵을 떨어뜨리지 않았어요."

그러면서 그녀는 손등을 내보였는데, 도대체 어떻게 된 일인가. 엄지손가락 부위가 알아보게 부어올라 있었던 것이다. 그는 놀라지 않을 수 없었다.

"아니 어디서 그랬어?"

"모르겠어요."

"해충 같은 거한테 물린 건가?"

"그런 것 같진 않아요. 도무지 건드릴 수도 없걸랑요. 어디서 삐었나 봐요."

"어디서?"

"글쎄 말예요."

어디서? 어디서 삐었을까? 곰곰이 되새긴 그런 자문을 통해서 전치강은 마침내 그것을 알아차리게 되었다. 그리고 알아차린 순간 가슴이 섬뜩했다. 그는 마지막 순간에 그녀의 구조를 거부했음이 분명했던 것이다.

그랬다. 그는 분명히 그랬었다. 하인희가 그의 목을 끌어안고 덤비는 바람에 제대로 고개를 수면 밖으로 내밀어 보지도 못하고 또다시 그 감당 못할 물속으로 빠졌을 때——모래바닥에 엉덩이를 찧을 만큼 깊이 가라앉아 버렸다는 순간적이 절망감에 빠졌을 때——그는 아, 잔인하게도 그의 목을 휘감은 그녀의 팔을 떼어내려는 단말마의 버둥댐으로 그녀의 엄지손가락을 확 비틀어 젖혔던 것이 분명했다.

물론 그 순간이 그가 맞닥뜨린 최후의 위기였음에는 틀림이 없다. 나중에 안 일이긴 하지만 그는 그때 얕은 곳까지 다 나와 있었던 것이므로 그 지점이야말로 최악의 함정이 아닐 수 없었다. 해수욕객들은 누구도 그런 데서 익사가 이뤄지고 있다고 생각하는 사람은 없었을 것이며, 주위에 사람들이 북적대고 있었으므로 그의 허우적거림은 눈에 띄지도 않았을 것이다.

그래서 어쨌다는 거냐. 시간이 지나서 두 사람은 어처구니없게도 엉겨붙은 시체가 되어 떠오름으로써 사람들을 놀라 자빠지게 할 뻔했다고 하자. 그래서 어쨌다는 거냐. 그가 무참하게도 여자의 손가락을 꺾어 쥔 모습으로 사람들 눈에 발견되었을 것이 아니냐.

그가 그런 짓을 했다는 것은 결국 하인희의 머리를 물속으로 밀어넣을 수 있었다는 것과 같지 않은가. 아니 그가 처음 그녀의 허위적 거림을 발견했을 때 그대로 방관할 수도 있었다는 뜻이 아닌가. 그런 순간적인 유혹에 몸을 떤 일은 과연 없는가. 전치강은 없다고 완강히 외치지 못했다. 대신 그는 다급한 목소리로 말했다.

"인희, 내가 어쨌든 내기에서 이긴 거지? 아까 수영 경기에서 말이야."

"건 갑자기 왜요?"

"뭔가 요구할 권리가 내게 있는지 해서."

"당연히 있죠. 뭐든지 요구하세요. 치강 씬 내기에서 이겼을 뿐 아니라 절 구해 주셨잖아요."

"우리 돌아가자, 서울로."

갑자기 하인희의 낯빛이 달라졌다. 그녀의 얼굴은 여전히 섬뜩한 데드마스크 그대로였다.

오후에 그들은 바다로 나가지 않았다. 하인희가 술에 취해 있었다. 거기엔 오전에 입은 신체적 정신적 손상이 투영되고 있는지 몰랐다. 그녀는 침대에 늘어져 누워 혼잣소리처럼 중얼거리고 있었다.

"난 바다에 지지 않아요."

"바다에 승부를 걸었었어? 나한테 건 게 아니었었어?"

"난 갑자기 쥐가 났을 뿐이란 말예요."

쥐가 난 여자를, 쥐가 난 여자의 손가락을……

"좀 자두는 게 좋을 것 같은데."

"알아요, 나 잠들면 달아나려구 그러시는 거. 포기하세요. 난 자지 않아요." 하인희는 벌떡 몸을 일으켰다. "정말 돌아가실 거예요, 치강 씨?"

그는 대꾸하지 않았다.

"가지 마세요. 제발예요. 난 아직 온 지 하루두 안 됐단 말예요."

그녀는 다시 벌러덩 몸을 누이고 있었다.

"가시겠음 가세요. 난 혼자라두 있겠어요. 혼자 남아서 바다에 빠져 죽을지 몰라요. 죽을 수 있다는 걸 경험했잖아요."

그녀는 부어오른 손등을 들여다보고 있었다. 아까보다 훨씬 더 부기가 높아진 느낌이었다.

전치강은 창틀 앞으로 걸어갔다. 조금도 기세가 꺾인 것 같지 않은 하오의 땡볕 아래 눈부신 원색으로 드러누운 해변이 보였다. 그의 방갈로는 너무 적당한 위치에 세워져 있었다.

그러나 눈이 부시는데도 해변이 건강해 보이지 않는 것은 무엇 때문일까. 죽음의 냄새가 맡아지는 이유는 무엇일까.

여름의 조롱(鳥籠)은 그늘에 두지 않으면 안 된다. 그는 언젠가 그것을 본 일이 있었다. 종일 햇볕을 쬔 새장 안의 새 두 마리가 몸을 포개고 죽어 있는 것을 본 일이 있었다.

저녁이 되어 하숙집 처마 끝에 걸린 새장을 벗겨내리던 주인이 기겁을 했다. 그러자 그 집 아들이 마루에 있던 새장을 내건 건 하숙생인 그의 소행이라고 서슴없이 말하고 있었다.

그는 과오를 알아차리지 못했으므로 뛰어나가 보지 않을 수 없었다. 그러나 현장을 확인한 다음에는 두 마리의 새를 죽게 한 것이 자신임을 자백하지 않을 수 없었다.

—당장 나가! 내 눈 앞에서 꺼져 버려!

그는 관상용 새 두 마리의 죽음을 애도하는 주인의 슬픈 얼굴을 보았다. 그러곤 하숙비를 받아 시끄러운 새 두 마리를 사다 기르던 그 집을 그날 밤으로 쫓겨나야만 했다.

하인희는 잠들어 있었다. 팅팅하게 부어오른 손등을 가슴에 얹고 잠이 들어 있었다. 전치강은 조심스럽게 커튼을 친 다음 벽에 걸린 남방셔츠와 밀짚모자를 떼어 들었다. 발뒤꿈치를 들고 현관으로 나섰다. 신발도 신자면 소리가 날 것이므로 그냥 집어들었다. 문 밖으로 나선 다음에야 그는 가늘게 한숨을 내쉬었다.

모래밭 가장자리로 난 길을 향해 숲속 길을 걸어 내려갔다. 길가에 시들시들 곯아 터진 수박덩이가 버려져 있었다. 쭈그러진 비닐 튜브도 버려져 있었고 젖은 수영복들도 매미 허물처럼 널려 마르고 있었다. 모두가 죽음의 냄새뿐이었다. 건강한 사람들은 바다가 아닌 곳에서 땀에 찌들고 있었고 관상용 새와 같은 온상 인간들만이 거기 몰려들어 죽음의 사육제를 벌이고 있었다. 땡볕 아래 놓인 거대한 새장. 다른 모든 새장과 마찬가지로 거기에도 바닥엔 모래가 깔려 있었고 물통도 준비되어 있었다.

전치강은 걸음을 재게 놀렸다. 목이 깔깔하게 탔다. 그러나 버스 터미널에 닿을 때까진 참아야 했다.

하인희, 손가락뼈에 금이 간 건 아니길 바란다. 그리고 내가 떠난 것을 섭섭해하지 마라.

"전 선생님"

하고 부르는 사나이의 목소리가 있었다. 고개를 돌리자 앞챙이 긴 모자를 쓴 청년이 넓은 어깨를 흔들며 이쪽으로 달려왔다.

청년이 쓰고 있던 색안경을 벗어 들었다.

"안녕하십니까? 저 잘 기억이 안 나실 겁니다."

"이거…… 미안한데요."

전치강은 어리뻥뻥한 표정으로 청년을 쳐다봤다. 목이 너무 말라서 입을 열자 목젖에 통증이 올 지경이었다. 기억이 전혀 없는 청년이 끼여든 게 아주 달갑지 않았다.

"임훈 씨 아직 계십니까?"

"그 사람을 어떻게 알죠?"

"선생님 환경연구소에서 일한 일이 있습니다, 작년 봄에."

"그래요? 이름이 어떻게 되는데?"

"대도 모르실 겁니다. 이틀밖에 근무하지 않았으니까요."

그렇다면 알 만하다. 임훈의 말에 의하면 돈키호테 같은 친구다.

들어오자마자 설계를 마구 뜯어고치려 들다가 임훈과 대판 싸움질을 하고 그 길로 그만둬 버린 친구가 있었다.

전치강은 마른 혀로 입 안을 쓸고 나서 말했다.

"그렇다면 알겠군. 당신 미스터 김 아니오?"

"맞습니다. 기억하시는군요."

전치강은 그가 지금 무엇을 하고 있는지에 흥미가 없지 않았다. 임훈의 말로는 그가 언젠가 대단한 건축사무소를 차리고 임훈을 자기 사무실에 고용하겠다고 장담했다지 않은가. 보수 더 많이 주겠다는데 당신같이 얼굴 뇌란 인간이 안 오고 배겨, 하고.

"미스터 김 지금 뭐하구 있수?"

"놉니다."

"놀다니?"

"하루 놀고 하루 쉬고, 그건 그렇고, 어디 가시는 길입니까?"

"저어기…… 약국에."

전치강은 어떻게 된 것인지 자신도 모르게 그렇게 말하고 있었다. 왜 바다를 벗어나기 위해 버스 터미널로 가고 있다는 말이 나오지 않았을까.

청년은 너무 덤비고 있었다. 아, 배탈 나셨군요, 바닷가에 오는 사람들 흔히 배탈 설사 잘하죠, 라고 큰 소리로 떠들어 제끼고 있었다. 그러고는 사방을 두리번거렸다.

"이거 왜 이러십니까, 약국을 저기다 두고 어디까지 가십니까?"

전치강은 하는 수 없이 고개를 비틀고 청년이 시키는 대로 돌아보았다. 과연 약국 간판이 50미터쯤 뒤에 보였다. 그는 어깨를 떠밀리며 생각지도 않았던 약국을 향해 걸어가지 않을 수 없었다.

"찜질약 좀 주십시오."

"무슨 찜질약을 드릴까요?"

"삔데 바르는 걸로."

약사는 진열장 속을 두리번거리며 삐었다구요? 하고 재차 물었다. 혹은 뜻없는 혼잣소린지도 몰랐지만 전치강은 대답해 주었다.

"부러졌을지도 모르죠."

약사는 못 들은 척 진열장을 뒤지고 있었다. 드디어 찾아낸 연고를 건네주면서야 그는 하나마나한 소리를 덧붙였다.

"부러졌는지 알려면 사진을 찍어 봐야지요."

전치강은 대꾸를 않은 채 요금을 치른 다음 생철통 연고를 손아귀에 움켜쥐고 돌아섰다. 청년이 물었다.

"배탈 설사약 샀습니까?"

그는 옆에 붙어 서 있었으면서도 전혀 듣지 않았던 모양이다. 전치강은 좀 화가 났으나 종이각을 뜯어내 버려 알맹이뿐인 연고통을 내보이며 말했다.

"여기 이렇게 샀잖우."

"됐습니다. 그럼 이제 어디 가서 한잔 할 차례군요."

"배탈 설사 만난 사람 보고?"

"왜 이러십니까. 배탈은 쐬주 한잔이면 딱 끝내줍니다. 까짓 약이 무슨 소용입니까."

청년은 한편으론 그의 팔을 끌며 다른 한편으로는 술집을 찾느라 또다시 사방을 두리번거리기 시작했다. 도대체 이 친구 이름이 뭐였던가.

"아제, 이리 들오소. 우리집에서 한잔 하이소. 괴기 보만 안 알겠능교. 팔팔하는 거 골라서 히 해드리께예."

물통 속을 기웃기웃하고 다니는 두 사람을 향해 여자가 소리쳤다. 멀지 않아 살해당할 운명에 있는 바닷고기들이 물통 바닥에 엎드려 아가미를 벌쭉거리고 있었다. 어떤 놈은 탈옥할 길이 없나 하고 초조하게 꼬리를 휘젓고 다녔다.

"재수없는 경상도치들 여기까지 와 있군."

하고 청년이 혀를 찼다.

"왜 그래?"

"울 아버지 고향이 경상도니까 난 욕해도 괜찮아요."

"아무 데나 들어가지?"

"요 앞집으로 갈까요? 웅크리고 앉은 계집년 눈깔이 아주 엉큼해 뵈던데."

두 사람은 지나쳐 온 천막집으로 되돌아갔다. 자고 싶어서 근질근질해하는 눈깔로 우릴 노려보고 있었어요, 하고 청년은 걸어가며 덧붙였다. 그러다가 그는 느닷없이 이렇게 물었다.

"소장님, 이 김홍배 어떻게 보십니까?"

"어떻게 보다니?"

전치강은 허리를 구부리고 천막술집 안으로 들어섰다. 후끈하는 뜨거운 열기에 숨이 콱 막힐 지경이었다.

"건축사무소 차린다고 큰소리쳐 놓고 여태 빈둥빈둥 놀고 있다고 깔보시는 거죠?"

"아직 준비가 덜 된 거겠지."

"어디서 물주 하나 물기만 하면……."

여자는 젊고 예뻤다. 사내와 자고 싶어하는 눈인지 어떤지는 분간이 안 되었지만 웬일인지 사람이 들어서는데도 덤덤한 표정 그대로였다. 고작해야 앉았던 자리를 비켜 줄 정도로. 전치강은 모래밭에 놓인 나무의자를 깔고 김홍배와 마주앉았다. 자고 싶어하는 것은 오히려 김홍배 쪽인지 몰랐다. 그는 그런 엉큼한 눈으로 여자의 아래위를 쉴새없이 핥고 있었다. 그들을 쳐다보지도 않고 여자가 물었다.

"무슨 술로 드려요?"

전치강은 여자가 시선을 보내고 있는 쪽을 돌아봤다. 모래와 벌거벗은 군상과, 그리고 햇빛에 반사되어 은종이같이 반짝거리는 바다가 내다보였다. 입구의 반대쪽이었다.

"물어보나마나 쐬주지. 이 선생님 배탈나셨단 말야."

하고 김홍배가 대답하고 있었다.

"안주는요?"

"안주는 필요 없어. 너 앉혀 놓고 핥을 거야."

"안주는요?"

여자가 김홍배의 말을 묵살하고 같은 어조로 되물었으므로 전치강은 즉각 개입하지 않을 수 없었다.

"회 한 접시 쳐 줘, 아무 고기로나, 난 잘 몰라. 배탈도 났고."

그가 만약 그때 수습에 나서지 않았더라면 그들은 술 한잔 얻어 마시지도 못하고 쫓겨났을지 몰랐다. 왜냐하면 김홍배는 그 뒤에도 추근추근 여자한테 끝없이 치근덕거렸지만 그때마다 묵살당했을 뿐 아니라 종국에는 된통 한 대 얻어맞고 말았으니 말이다.

"뭐 이런 사내가 다 있어."

전치강은 멀쑥해서 물러앉은 김가를 위로해 주지 않을 수 없었다.

"겨우 뱀장어 한 마리 잡아먹어 주고 젖가슴에 손이 올라가서야 되겠어?"

"선생님 말씀 맞습니다" 하고 나서 그는 "이건 내 인생의 오점인데, 선생님 논리에 굴복했으니"라고 덧붙였다.

"선생님이란 소리 집어쳐."

"그럼 소장님."

"듣기 싫어."

"이거 비참하게 되는군. 새까만 후배라야 맘이 편한데 다 같은 삼십대라는 게 노출돼 버렸으니."

"건방진 수작 마. 네가 무슨 삼십대야."

"왜 이러세요. 저 금년에 서른이라구요. 고작 다섯 살 차이밖에 더 나요, 형님하고."

"정말이야? 그렇다면 넌 희망 없다."

"천만에, 두고 보슈. 형님 연구소 별볼일 없이 될 날 있을 테니."

녀석은 주먹으로 술상을 꽈당 내리찍었다.

"이 쌍년아, 나하고 연애 좀 할 수 없어?"

김홍배가 가장 틀려 먹은 것은 초점이 분명하지 못한 점이다. 녀석이 앙심을 품고 있는 대상이 명확하지 않았다. 녀석의 말대로 하면 녀석이 분풀이를 하고 싶은 상대는 그가 아니고 그의 연구소 건물이 아닌가. 그리고 여자와 자고 싶은 것이 아닌가. 전치강은 욕지거리를 듣고도 가만 있는 여자가 신기하여 한마디 편을 들어주었다.

"아무래도 넌 희망 없는 놈이야. 딱 알아보고 대꾸도 않잖어."

"참 밥맛없이 노는군."

김홍배는 소줏잔을 목구멍으로 탁 털어넣었다.

"두고 봐라, 후회할 날 있을 거다. 나란 사람 무시했다가 주먹으로 그 연약한 가슴 칠 날 있을 거다."

"그런데도 조금도 무서워하지 않잖어. 사내가 뜻을 세웠으면 당장 팔을 걷어붙일 일이지 미루긴 뭘 미루나. 그렇게 온갖 것 다 미뤄 놨다가 무덤에 지고 들어갈 거야?"

역시 김홍배는 희망이 없었다. 그가 그렇게까지 말했는데도 여전히 미루고만 있었으니 말이다.

"무슨 뜻인지 알겠습니다. 하지만 두고 보십시오."

두 사람은 그때부터 줄창 술 마시는 일에만 열중했다. 전치강은 적잖이 화가 났다. 녀석이 앙심을 미루고 있는 데도 화가 났고 자신이 출발을 연기하고 주저물러앉아 술타령을 하고 있는 데도 화가 났다. 그건 더욱 화가 났다. 땀이 지렁이처럼 목덜미를 기어내리는 것에도 화가 났다.

얼마나 마신 것일까. 전치강은 갑자기 천막 안이 어두워지는 것을 발견했다. 바다 쪽을 내다보자 모두 뛰고 있었다. 사하라 사막의 대상(隊商)들처럼 모래바람을 뚫고 모두 비치적거리며 뛰고 있었다.

비치 파라솔은 분명히 찢어지고 있을 것이었다. 그러나 뿌연 먼지 때문에 보이지 않았다. 보이는 것은 먼지 속을 굴러다니는 모자와 수건과 돗자리, 그리고 여자의 브래지어뿐이었다.

바람은 그들의 술상에도 쏴하고 모래를 끼얹었다. 팔짱을 끼고 구경꾼처럼 서 있던 여자가 그제야 어슬렁어슬렁 밖으로 걸어나갔다. 말아 올린 천막자락을 끌어내리려는 모양이었지만 잘되지 않았다. 그들은 어느 순간 바람에 뜨는 치마 밑을 보기 위해 여자를 거들어주지 않았다. 잘하면 허벅지를 볼 수 있을 거라고 김홍배가 소곤거렸던 것이다.

곧 비가 쏟아지기 시작했다. 천막을 후려치는 빗소리가 너무 요란하여 그들은 음울한 기분이 되었다.

"이거 부러지지 않을까요, 형님?"

두 사람은 휘청거리는 천막 기둥을 불안한 눈으로 올려다봤다.

"괜찮아요."

하고 여자가 처음으로 대답했다. 비록 시선은 천막 틈새로 빗줄기를 내다보고 있었지만 반응이 있다는 것만으로도 두 사람은 흥분하지 않을 수 없었다. 김홍배가 또 두고 보라는 말을 하고 있었다.

"두고 보십시오, 형님. 저 계집년 꼭 먹고 말 테니. 우리 얘기 다 듣고 있었다 아닙니까."

"귀싸대기 얻어맞을 소리 마."

"그렇잖아요. 뱀장어 다섯 마리에다 광어라고 속인 맛대가리없는 도다리 한 마리까지 잡아먹었는데 그게 적어요. 쐬줏병은 수도 없이 까고."

"그게 무슨 상관이야."

"상관 있죠. 말 안 들으면 돈 안 줄 텐데?"

"악랄하다."

"두고 보지 않으려면 악랄해야 된다면서요 ? "

"어떤 개자식이 그러든 ? "

"세상이. "

그때 여자가 천막 틈새를 젖히며 중얼거렸다.

"저기 또 무슨 일 났나 보군. "

그 소리에 두 사람은 의자를 자빠뜨리며 벌떡 일어섰다. 그러곤 볼 것도 없이 내처 빗속으로 뛰어나갔다.

전치강은 가슴이 두근거리기 시작했다. 사람들이 비를 무릅쓰고 둘러서서 뭔가 심상찮게 웅성거리고 있는 것이 명백하게 그 윤곽을 드러낼수록 가슴이 더욱 사정없이 방망이질을 해댔다. 전치강은 뛰는 것을 포기했다. 그러자 김홍배가 그의 옆구리를 치며 재촉했다.

"빨리 뛰어요, 형님. "

"못 뛰겠어, 숨이 차서. "

"숨차는 게 문제예요, 보나마나 또 사람이 죽었을 텐데. "

"아무래도 그런 것 같지 ? "

"보나마나라니깐요. "

김홍배는 말하기 바쁘게 그를 내버리고 뛰어갔다. 뒤따라 술집 여자도 젖은 모래를 차며 뛰어갔다. 바다로부터 회색의 자오록한 물안개가 덮여 오고 있었다.

사람들이 둘러서서 들여다보고 있는 것은 예감대로 역시 사람의 시체였다. 전치강은 차마 볼 수 없었으므로 확인하자마자 얼른 고개를 돌려 버렸다. 그러나 다음 순간이면 어느새 숨을 죽이고 들여다보고 있는 자신을 발견하곤 했다. 앞 사람의 어깨를 밀어낸 다음 거기다 재빨리 머리를 끼우곤 들여다보고 또 보고 했다.

그러다가 그는 시체가 있는 반대방향으로 가기 위해 사람을 뚫고 안으로 뛰어들어갔다. 사람들이 다투어 소리쳤다.

"거 누구요 ? "

"연고자요?"

전치강은 아니라고 팔을 내저었다. 그는 다만 한 가지 확인할 것이 있을 뿐이었다.

"연고자가 아니면 접근하지 말아요. 경찰 올 때까지 손대지 말아요."

전치강은 시체를 한 바퀴 돈 다음 사람들이 서 있는 속으로 되돌아갔다. 그는 가느다랗게 안도의 한숨을 내쉬었다. 시체는 손등이 부어올라 있지 않았던 것이다.

손가락이 삔 흔적을 갖고 있지 않은 시체. 전치강은 주위를 휘둘러봤으나 김홍배의 모습은 보이지 않았다. 술집 여자도 어디 끼여 섰는지 알 수 없었다. 전치강은 쉴새없이 입으로 흘러드는 찝찔한 소금물을 뱉으며 옆에 선 사나이를 향해 물었다.

"어떻게 발견된 겁니까, 이 여자?"

"가라앉았던 시체가 때가 되니까 물 위로 떠오른 거겠지 뭐. 나도 못 봤소, 처음에 어떻게 해서 발견된 건지."

"익사겠죠?"

"물론이지. 수영복까지 입었잖우. 보나마나 쥐가 났거나 헤엄칠 줄 모르면서 잘못 들어갔다가 한치 상간에 못 빠져나오고 말았을 거요. 사람들이 득실대는 얕은 데선 옆에서 누가 빠져 죽는다고 난리를 쳐도 모른단 말씀이야."

사나이는 추위를 못 이겨 말을 끝내기 바쁘게 딱딱 이를 부딪쳤다. 전치강도 사정없이 몸을 떨며, 비에 젖고 있는 시체를 들여다보았다. 누가 수영복 브래지어를 벗겨 버렸는지 유방은 아직도 피가 도는 듯한 뽀얀 융기를 그대로 드러내고 있었다. 그러나 그건 만삭의 임부보다 더 부른 배의 슬픈 정경 때문에 조금도 아름다운 느낌을 주지 못했다.

"얼굴도 예쁘장했겠는데 말씀이야."

하고 사나이는 아쉽다는 듯이 팔짱 낀 어깨를 잔뜩 웅크리고 투덜거렸다.

전치강은 그제야 사나이들이 오한을 무릅쓰고 버텨 서 있는 이유를 알았다. 그들은 전적으로 뽀얀 젖가슴에 대한 미련 때문에 거길 떠나지 못하고 있었던 것이다. 그는 몸에 달라붙은 자신의 남방셔츠 단추를 벗기며 사나이를 향해 소리쳤다.

"그러니까 단순한 익사가 아닐 수도 있다는 얘기 아닙니까?"

"내가 언제 그랬수?"

"저렇게 얼굴이 미인이다, 고로 혼자 해수욕을 왔을 리 없다, 그런데도 연고자가 여태 안 나타난다, 그러므로 살해당한 거다, 그런 얘기 아닙니까?"

"이 양반이 누구 욕보이려고 작정했나, 왜 이래?"

"욕보기 싫으면 우리 그만 갑시다. 여기 둘러선 사람들 중에 분명히 범인이 있을 겁니다."

전치강은 말하기 바쁘게 자신의 남방셔츠를 벗어 시체의 젖가슴과 얼굴에 덮어 씌웠다. 그러곤 돌아서서 천막을 향해 모래밭을 뛰어갔다.

그는 숨을 헐떡이며 술집 천막을 걷어붙이고 뛰어들었다. 그러다가 너무나 놀라 그는 악 소리를 내지르고 말았다. 전치강에겐 뭘 어떻게 해야겠다는 생각도 없었다. 그럴 겨를이 없었다. 빨리 천막을 빠져나가는 일만이 급했다. 너무나 서둔 탓인지 러닝셔츠가 천막 고리에 걸려 북 찢기고 있었다. 그는 어느 방향으로 뛰고 있는지도 생각나지 않았다. 김홍배를 욕하고 있지도 않았다. 짜식, 겨우 엉덩짝만 까고 있었지, 하는 생각을 그는 하고 있었다.

"쌍년!"

전치강은 이유 없이 계집년을 욕하고 있었다. 김홍배 자신의 말이 맞지 않느냐. 엉큼한 눈을 하고 있었다는 녀석의 말은 옳았지 않느냐. 그는 질투심 같은 분명치 않은 초조감에 목이 메이고 있었다.

그러나 목이 메이는 것은 너무 오래 뛰고 있는 탓이라고 생각하며 그는 뛰는 것을 중단했다. 심호흡을 했다. 한기는 가셨지만 쉴새없이 빗물이 기어드는 눈가의 뻑뻑한 통증이 귀찮았다. 너덜너덜한 러닝셔츠 조각도 신경이 쓰였다. 형님 보셨죠, 기어코 계집년 먹고 만 현장을 보셨죠, 하는 말이 귀에 쟁쟁 울리는 것 같았다. 더러운 년. 뻣뻣하게 군 건 결국 작전이었군.

"손님, 한잔 하구 가세요. 손니임!"

전치강은 두말 없이 문간에 버티고 선 여자의 젖가슴을 밀고 들어갔다. 술집 안은 어설픈 술상 두 개를 밝히기 위해 백열등 하나가 천장에 매달려 있었다. 눈이 부시도록 너무 밝은 촉광이었다.

여자가 눈을 똥그랗게 뜨고 소리쳤다.

"어머, 아저씨, 어디서 싸우셨나 봐."

전치강은 여자의 호들갑이 마음에 들지 않았다. 칙칙한 분냄새도 너무 직업적이어서 싫었다. 좀 뻣뻣하게 굴 수 없나. 그는 농구화 발을 찔꺽거리며 술상 앞으로 가 앉았다. 송판때기를 얽어 짠 긴 의자가 죽는다고 삐그덕거렸다.

"소주 줘."

여자가 술병과 안주 접시를 들고 그의 옆구리에 바짝 다가와 앉았다. 그리고는 정력에 좋으므로 굴을 안주로 가져왔노라고 여자는 말하고 있었다.

"앉으려거든 저 건너 자리에 앉어."

"좀 다정하게 앉으면 어때요, 비두 오시는데."

"난 옷이 다 젖었단 말야."

"괜찮아요. 바싹 다가앉아서 제가 말려 드릴게요."

여자는 술을 따르며 재차 물었다.

"아저씨, 누구랑 싸우셨죠?"

"조심해, 너도 쥐패버리기 전에."

"아저씨, 싸우느라 사람 죽은 거 못 보셨죠?"

"몰라!"

"아까 난리났었어요, 미인 하나가 죽어버렸다구."

"안 됐군."

"잘됐지, 뭐가 안 됐어요. 그런 여자들 많이 죽어야 우리 같은 인생도 살 맛이 나죠. 안 그래요, 아저씨?"

"술이나 따라."

"아저씨, 그 미인 누군지 아세요?"

"누군데?"

하고 전치강은 눈을 크게 뜨고 여자를 돌아봤다. 그린 속눈썹이 빗물에 젖어 보기 싫게 얼룩이 져 있었다.

"미인이라니까 아저씨두 관심이 대단하신데."

"잔소리 말고, 누구냐?"

"사흘 전에 남자랑 같이 서울서 내려왔어요."

"그럼 남자가 현장에 나타났니?"

"어저께 먼저 올라가 버렸는데 어떻게 나타나요."

"왜?"

"다퉜나 봐요."

"뭘 가지고?"

"모르죠."

"너 그 사람들에 대해 어떻게 그렇게 잘 아니? 거짓말 아냐?"

"봤으니까 알죠. 내려올 때두 봤구, 남자가 떠날 때두 마주쳤거들랑요. 우연히죠. 죽은 여자가 그러던데요, 좋아요 가세요 하구요."

"그럼 여잔 자살한 거란 말이냐?"

"모르죠. 걸 어떻게 알아요."

전치강은 대금을 치르고 술집을 나섰다. 물에 젖어 떡이 된 지폐 조각을 받아 들며 술집 여자가 애소하듯이 말했다.

"아저씨, 왜 벌써 가세요? 제가 싫으세요?"

전치강은 여자가 무슨 소릴 하든 못 들은 체하기로 했다. 그는 후 들거리는 다리로 뒤도 돌아보지 않고 걸었다.

비는 그새 기세가 꺾여 부슬비로 흩날리고 있었다. 한기가 가셨으 므로 전치강은 너덜거리는 러닝셔츠 같은 건 벗어 내던져 버렸다. 그는 다만 길목 어디에서 김홍배와 마주치지만 않는다면 웃통을 벗 어젖힌 것쯤 조금도 거리낄 것이 없었다. 그는 되도록 걸음을 빨리 하려 했으나 마음먹은 것처럼 되지는 않았다. 자꾸만 관절이 꺾여져 내렸다. 아까 너무 멀리 내뺀 것이 여간 화나지 않았다.

문제의 천막술집 가까이에 이르자 어느새 불을 빤하게 켜놓은 것 이 보였다. 다른 집들과 마찬가지로 거기에도 술꾼들이 둘러앉아 젓 가락을 두드리고 있음이 분명했다.

전치강은 고개를 돌리고 재빨리 그 앞을 지나갔다. 어느새 불을 켜고 술상을 차린 여자의 천연덕스러움에 전치강은 이유 없이 배신 감 같은 게 느껴졌다. 돌아다보려는 이쪽이 오히려 민망스러웠다. 아니 천연덕스러울 수밖에 없는 사정에 화가 나서 그는 술이 깨고 있었다.

전치강은 어두운 언덕길을 걸어 올라갔다. 숨이 가빠 졌다. 괴물 처럼 웅크리고 앉은 집이 저만큼 앞쪽에 보이기 시작했다. 불이 켜 져 있지 않았다. 하인희는 아직도 잠에 떨어져 있는 것일까. 전치강 은 현관문의 손잡이를 조심스럽게 비틀었다. 그러곤 살그머니 현관 으로 들어섰다. 찔꺽거리는 신발 소리가 유난히 크게 들리는 데 신 경이 쓰였다. 너무 어두워서 아무것도 보이지 않았으므로 그는 젖은 발로 마루 위를 더듬거렸다. 여전히 아무 기척도 들리지 않았다.

그러자 그는 갑자기 섬뜩한 생각이 들어 불을 켜기 위해 다급하게 벽을 더듬거렸다. 그때였다. 하인희의 나직한 목소리가 들렸다.

"돌아와 주셨군요, 치강 씨."

그녀는 바다 쪽으로 난 창틀 앞에 서 있었다. 엷은 빛이 스며드는 유리창을 안고 그녀는 검은 실루엣으로 거기 서 있었다. 전치강은 그를 외면한 채 서 있는 여자 곁으로 다가가며 뭔가 죄책감 같은 걸 느꼈다.

"왜 불을 켜지 않지?"

하인희가 한참 만에 대답했다.

"두려워서요, 치강 씨 안 돌아오시는 게."

"돌아오는 시간이 너무 늦었지?"

"거짓말 마세요. 치강 씬 아주 떠날 생각이었어요."

전치강은 거짓말을 해야 할지 잠시 생각했다. 어떻게 말할 것인가를 왜 진작 결정해 두지 않았을까. 그러나 역시 변명하고 싶진 않았으므로 그는 대꾸하지 않았다.

"왜 빽은 남겨 두셨죠?"

"잊어버렸어."

하인희가 조용히 몸을 돌리고 어둠 속에서 그를 응시했다. 그러곤 그의 품으로 와 안겼다.

"하지만 돌아와 주신 것 감사해요, 치강 씨."

"술을 좀 마시느라 늦었어."

"취하셨어요?"

전치강은 갑자기 심한 취기를 느꼈다.

"이상한 친구를 만났어."

"그 이상한 친구가 치강 씨 못 떠나게 막은 거라면 저한텐 얼마나 고마운 분예요."

"그 친구한테 떠나는 길이라고 말한 일은 없어."

고작 약국을 찾는 중이라고 하지 않았던가 하고 전치강은 생각했다. 그러자 생각이 났으므로 그는 하인희를 떼어 놓으며 말했다.

"참, 나 약 사왔어."

"무슨 약을요?"

"삔 데 바르는 찜질약."

그러나 아무리 뒤져도 없었다. 어디다 빠뜨린 것인지 생각이 나지 않았다.

"옷을 다 벗어내 버릴 지경으루 취하셨으니 약이 남아 있겠어요."

"아냐, 분명히 샀는데."

"괜찮아요. 차라리 배탈약이람 몰라두요."

"배탈났어?"

"괜찮아요. 어서 주무세요."

하인희가 그를 끌어다 침대에 뉘었다. 젖은 종잇장처럼 그는 맥을 출 수가 없었다. 뿐만 아니라 머리가 빠개지는 것 같았다. 그랬다. 낮부터 사뭇 그를 괴롭힌 것이 두통이었다는 것을 그는 그제야 알아 차렸다.

다음날 아침, 전치강이 눈을 떴을 때 하인희는 이미 깨어 있었다. 그러나 안락의자에 등을 기대고 깊숙이 빠져 있는 모습엔 어딘가 심상찮은 기미가 엿보였으므로 전치강은 눈을 뜨자 벌떡 침대를 뛰어 내렸다.

"왜 그래? 몸이 좋잖은 거 아냐?"

"잘두 주무시더군요, 코까지 고시면서."

"어떻게 된 거야? 내가 뭘 모르고 자버린 거 아냐?"

"한잠두 못 잤어요."

"그럼 위가 고장났다더니 그것 때문에……."

"네, 밤새 쫓아다녔어요."

"저런. 그런데 왜 날 깨우지 않아?"

"그렇게 곤하게 주무시는데 어떻게 깨워요. 치강 씨까지 깨어 있어야 할 이유두 없구요."

"무슨 소리야. 당장 병원으로 쫓아갈 수 있었잖어."

"이런 외딴 해변에 무슨 병원이 있겠어요."

"임시진료소 같은 거라도 있을 거 아냐."

"그런 곳이 밤중에 문을 열어 놓을 리 있어요?"

"하다못해 약국에라도 달려갈 수 있었잖아."

"밤새 비가 내렸어요. 그렇게 줄기차게 쏟아지는 빌 전 첨 봤어요. 날이 밝으면서 겨우 그쳤네요. 지금은 거짓말같이 햇빛이 났군요."

전치강은 재차 말하고 있는 하인희의 얼굴을 뜯어보았다. 하룻밤새 그녀는 눈두덩이 푹 꺼져 있었다. 이러고 있을 때가 아니라는 생각이 들었다.

그런 형편에도 하인희는 그의 젖은 바지를 벗겨 주었음에 분명하여 옷걸이에 걸려 있는 바지를 만져보자 눅눅하게 거지반 말라 있었다. 그는 그걸 그냥 꿰어입기로 했다. 하인희가 쇠잔한 목소리로 묻고 있었으므로.

"바지 또 없으세요?"

"없나 봐."

"그거 벗겨내느라 얼마나 힘들었는지 아세요. 몸에 달라붙어 벗겨져야죠."

"미안해, 여러 가지로." 하면서 하인희 곁으로 다가갔다. "자, 우리 가자구."

"어딜요?"

"병원에 가야지."

"싫어요, 병원은."

"이러고 있으면 안 된다구."

그러나 하인희는 결단코 병원엔 가지 않겠다는 것이었다. 이제 곧 나을 거라고 장담할 뿐 아니라 임시진료소 같은 곳이 벌써 문을 열었을 리 없다는 핑계마저 대며 그녀는 일어서지 않았다.

"정 그러심 약이나 좀 지어다 주세요."

전치강은 별수없이 환자의 장담을 따를 수밖에 없었다. 그는 신발을 꿰어신기 바쁘게 미끄러운 내리막길을 뛰어 내려갔다.

그러나 하인희의 상태는 조금도 좋아지지 않았다. 아니 그녀는 시간이 갈수록 점점 나빠져 가서, 오정 때쯤엔 이미 몸을 일으키지 못할 정도로 기운을 잃어가고 있었다. 전치강은 슬그머니 짜증이 나기 시작했다. 진작 의사를 찾아가자고 했을 때 따라나섰어야 하지 않았느냐. 그는 해쓱한 얼굴로 앙금처럼 가라앉아 있는 하인희 곁을 떠나 창 앞으로 걸어갔다. 거긴 화살 같은 햇빛이 쏟아지고 있었다. 다시 북적거리기 시작한 바다도 내다보였다.

혹시 하인희는 일어설 엄두가 나지 않아 병원에 안 가겠다고 버틴 건 아닐까. 시체는 어디로 운반되어 간 것일까, 전치강은 그런 생각을 하며 하인희 쪽을 돌아봤다.

"바닷가가 다시 활기를 되찾았겠죠?"

"모래도 젖고 흙탕물이라서 못 들어가."

하고 전치강은 능란하게 거짓말을 했다. 그러곤 지체없이 단안을 내렸다.

"나 잠깐만 나갔다가 올게."

"어딜 가시게요?"

"곧 돌아와."

밖으로 나서자 눈앞이 어찔거렸다. 태양의 강렬함 때문이 아니었다. 허기 탓일 것이다. 식은땀이 나뱄다.

하인희를 진찰하고 난 의사는 별것 아니라는 투로 심드렁하게 말했다.

"세균성 급성 위염입니다. 너무 오래 나쁜 상태를 방치해 둬서 탈

수중세가 겹쳤구먼. 그리고 갑자기 어깨도 너무 태웠소."

의사는 말하고 나서 두 대의 피하주사를 놓았다. 간호사가 옷걸이를 끌어오고 있는 것은 아마도 긴 시간을 필요로 하는 혈관주사를 위해서일 것이었다. 기운을 못 차리는 하인희를 위해선 5프로보다는 20프로 포도당이었으면 하는 생각을 하며 전치강은 거들 일이 없을까 하여 그녀의 침대 곁을 끈질기게 지켜 서 있었다.

"우리 간호사가 다시 오겠지만 그 전에 약이 끊어지거든 지켜보고 있다가 바늘을 제거하시오. 저녁부턴 죽을 먹어도 됩니다."

의사는 말하고 나서 곧 일어섰다. 간호사가 서둘러 왕진용 가방을 챙겼다.

"움직이면 안 돼요. 조심해요, 바늘이 빠지면 그 손등마저 팅팅 부어요, 삔 손가락처럼 말이오."

삔 손가락에 대한 의사의 진단으론 뼈가 상한 것 같지는 않다는 것이었지만 그러나 단순히 삔 것치곤 너무 오래 부기가 계속된다는 모호한 단서를 달았다. 뿐만 아니라 의사는 현관을 나서며 무슨 뜻인지 이렇게 투덜거렸다.

"이놈의 지긋지긋한 여름이 빨리 지나가 버려야지."

조용해진 방 안에 누워 하인희가 말했다. 기어들어가는 듯한 목소리였다.

"제가 어떻게 주사를 맞아 냈는지 모르겠군요."

"그래서 아침에 의사한테 안 가겠다고 한 거야?"

"제가 주살 맞아본 건 첨예요. 학교 댕길 때두 예방주사 한 번 맞은 적이 없걸랑요."

"그통에 골탕먹은 건 누군데."

"미안해요."

전치강은 옷걸이에 거꾸로 매달린 약병을 들여다보고 나서 소파로 가 앉았다. 알고 보니 그건 포도당이 아니라 소디움 클로라이드

134 바람난 도시

가 아닌가.

한참 만에 하인희가 놀란 듯한 목소리로 말했다.

"참, 치강 씨 뭐 좀 드셔야잖아요."

"얌전히 누워 있지 않으면 바늘이 빠져 버린다고 했어."

"얌전히 있을 테니까 식당에 다녀오세요. 빨랑 가세요."

"생각 없어."

"안 돼요. 그러다간 치강 씨마저 드러누워요."

전치강은 못 들은 체 그대로 앉아 있었다. 정말 허기가 너무 심했다. 꼼짝달싹도 하고 싶지 않았다. 그리고 그런 나른한 무력감에 약이 올라 머리끝이 욱신거렸다.

이건 도대체 어떻게 된 것인가. 이런 허망한 것을 경험하기 위해 이렇게 외딴 바다를 찾아왔다니. 그는 섣불리 약속을 한 최초의 결정을 후회하지 않을 수 없었다.

그때 누군가가 문을 두드렸으므로 전치강은 혀를 차며 간신히 몸을 일으켰다. 다리가 후들거리고 온몸에 쥐가 오르는 것 같았다.

문간으로 나가자 웬 사나이가 땀을 씻으며 서 있었다.

"누구슈?"

"이거 댁의 옷이오?"

사나이는 손에 구겨 들고 있던 남방셔츠를 그의 코 앞으로 불쑥 내밀었다.

"어디서 났수?"

"댁의 샤쓰냐구?"

"그렇소."

"그런데 뭘 그래. 당신이 이걸로 시쳴 덮어 줬다며?"

"그게 뭐 잘못됐수?"

"잘못됐지, 우릴 골탕먹였으니까."

"우리라니?"

"난 경찰이오."

"경찰? 내가 언제 경찰을 골탕먹였단 말이오?"

"하여튼 앞으로 그딴 짓 말아요. 시첸 추위를 모른다구. 덮어 주지 않아도 돼." 하고 나서 경찰은 들고 있던 옷을 그의 가슴에다 집어던졌다. "이 약통도 당신 거지?"

전치강은 찜질약을 받아 들었다.

"여기 머물고 있는 줄 알았더면 당신 어젯밤 잠 다 잤을 텐데."

"왜?"

"우린 당신이 연고잔 줄 알았으니까. 오늘 연고자가 나타났소. 어쨌든 앞으로 그런 자리에 끼어들지 말아요. 우리가 귀찮아져."

경찰은 말하기 바쁘게 돌아서서 내리막길을 걸어 내려가기 시작했다. 자살인지 단순한 익사인지 궁금한 전치강이 냅다 고함을 쳤으나 그는 돌아보지도 않았다.

하인희가 완전히 일어난 것은 그 이튿날 아침이었다. 그리고 여자란 별수없어서 그 경황에도 그녀는 몸을 털고 일어나기 바쁘게 화장부터 시작하고 있었다.

"치강 씨, 고마워요."

"뭘?"

"어젯밤에 죽 끓여다 주신 것."

"이따가 내려갈 때 가리켜 줄 테니 그 여자한테나 감사해."

"그게 누군데요?"

"음식점 주인."

"이따가라뇨? 지금 안 가실 거예요?"

"어딜?"

"서울루요."

"정말이야?"

전치강은 놀라지 않을 수 없었다. 그는 정상을 회복한 하인희를 보며 어떻게 그녀를 설득할 것인가 골치를 썩이고 있었던 것이다.

"그렇게 왔다 돌아가도 괜찮겠어? 앓기만 하고 돌아가도?"

"치강 씨 넌더리나셨을 거예요."

"내 사정 때문이라면 반갑지 않은데."

"아녜요. 치강 씨보담 전 더 넌더리나요."

그럴 만도 한 얘기였다. 전날 석양 무렵의 그녀는 실상 죽음에 이르는 고통을 겪고 있는 사람 같았으니까. 더뎅이가 허옇게 긴 입으로 헛소리까지 했으니까.

전치강이 우스갯소리로 말했다.

"어저께 오후엔 뭐랬는 줄 알어."

"제가요?"

"치강 씨, 나 차라리 죽는 편이 낫겠어요, 이 목 좀 졸라 주세요, 했다구. 헛소릴 하다가 제정신이 들 때마다."

"정말예요. 그런 고통이 끝없이 계속된다면 차라리 죽는 편이 나아요. 두통이 그렇게 심할 수가 없었어요."

하인희는 말하고 나서 그의 앞으로 다가와 등을 돌려댔다.

"어떤지 옷 한번 들춰봐 주세요. 지금은 또 거기 통증이 견디기 어려울 지경이에요."

블라우스를 말아 올려보고 난 전치강은 눈이 휘둥그레졌다. 어깨 받이에 징그러울 정도로 빈틈없이 물집이 맺혀 있지 않은가. 큰 것은 콩알보다 컸고 작은 것은 좁쌀처럼 소복이 맺혀 있었다. 그러나 사실대로 말하지 않는 것이 좋았으므로 전치강은 능청스럽게 시치미를 뗐다.

"조금 붉은 빛이 돌 뿐인데 뭘."

"그런데 왜 그토록 따갑죠?"

"하지만 긁거나 비비적거리면 세균이 스며들지 모르니까 손은 대지 않는 게 좋아."

"이만하면 치강 씨 사정 봐드리려구 돌아가자는 게 아님이 분명하죠?"

"마음이 놓이는데."

"그렇지만 지금두 바다에 진 게 치욕처럼 느껴져요, 한 번 더 겨뤄 보지 못하고 떠나는 게."

"그만하면 이긴 거야."

두 사람은 드디어 집을 나섰다. 관리사무실에서 온 사나이는 집안의 여기저기를 점검해 보고 나서 파손되거나 한 것은 없지만 실내가 너무 너저분하다고 투덜거렸다. 그러면서도 그는 계약된 기간보다 이틀 먼저 떠나는 것에 대해선 말하지 않았다.

두 사람은 땡볕이 내리쬐는 속을 뚫고 걸었다. 온몸이 단박에 땀투성이가 되었다. 전치강은 김홍배와도 마주치지 않고 천막술집 앞도 무사히 지나쳤으므로 마음 놓고 바다를 돌아다보았다. 역시 그건 거대한 새장이었다. 거기에 갇혀 있던 나흘 동안의 일이 그에겐 악몽처럼 느껴졌다.

땀에 젖자 더욱 견디기 어려운 듯 하인희는 쉴새없이 어깨를 추스르고 있었다. 그러면서도 그녀는 엷은 미소를 띤 얼굴로 말했다.

"전 성령을 믿어요. 그는 분명히 일하구 있었어요. 치강 씨를 되돌아오게 해주었으니까요."

"일하고 있는 건 악령인 것 같은데."

"건 어째서요?"

"인희 손가락을 꺾은 게 누군지 알어?"

"누구예요?"

"나야."

"알아요."

"알어?"

"하지만 우린 둘 다 성령의 구제를 받았거든요."

"그게 성령의 짓이라면 그는 참으로 한심한 존재가 아닐 수 없군."

"어쨌든 우린 이상한 여름을 보냈어요. 참으로 이상한 경험예요. 그렇잖아요, 치강 씨?"

두 사람은 얼굴을 마주하고 웃었다. 그러곤 지겨운 모래밭길을 다시 한 번 되돌아봤다. 아직도 끈질긴 여름이 거기 버티고 있었다.

사랑하는 기계

　예방이라니, 그건 고작해야 사탕발림이 아니냐고 장승문은 완강하게 반대했지만, 그리고 전치강의 생각도 그와 비슷했지만 결국에 가서 그들은 '이창오 장학금'을 만들고 말았다. 실로 두 달 만에 결말을 본 것이었다.

　그러기까지에는 여러 가지 우여곡절이 많았지만 그 신경질나는 고비 중 하나에는 장학금의 이름에 대한 것도 있었다. 여기서도 장승문은 '이창오'란 이름을 써서는 안 된다는 주장이었다. 더럽게 살아 있는 놈들이 더러운 감상주의를 모아 고작 이따위 짓이나 하면서 거기다 이름을 넣는 것은 사자에 대한 모독이다. 그러므로 적어도 그의 이름은 이번 일에 관한 한 막 뒤에서 영원히 보호되어야 한다.

　그럼에도 결국 '이창오 장학금'이란 이름을 사용하게 된 것은 전치강이 제의한 실로 해괴망측한 타협안이 받아들여졌기 때문이다. 즉 장학금의 본래 이름은 장승문의 주장대로 선명하게 '예방장치로서의 장학금'이라고 하되 외부적으로는 하나의 허명(虛名)을 써서 이창오의 이름을 넣자는 것이 그의 타협안이었다.

"교장한테 장학금을 전달할 때도 이창오가 죽어서 남긴 보상금이
라는 말은 절대로 하지 않는다. 어딘가 뒷전에, 정계나 재계 같은
덴 죽어도 아니고, 어쩌면 공사판일지도 모르는 그런 뒷전에 그는
하나의 거인이 되어 앉아서 우리한테 이것을 전달토록 심부름시
켰다고 말한다. 그렇게 하여 이창오의 존재를 영원한 미궁으로 남
아 있게 한다."

라고 전치강이 말했을 때 놈들이 먼저 최면의 미궁에 빠져 멍한 눈
들을 했다. 아주 그럴싸하다고 생각할 정도가 아니라 놈들은 그가
조작한 위대한 이창오에 취해 버렸음에 분명했다. 위대하긴, 공사판
에서 깔려 죽은 놈이란 걸 어느새 잊었단 말이냐, 제기랄. 전치강은
나중에 생각하자, 내가 이거 무슨 개수작을 붙였던가 하는 생각이
들었다.

경위야 어찌 되었건 장학금은 만들어졌다. 그것도 완강히 반대하
던 장승문과 둘이서 만들어 냈다. 만들어 냈다는 것은 이창오의 보
상금이 1만 원이 모자라는 5백만 원인데다(가 아니라 그것도 전치
강이 시공업자의 목을 눌러 받아낸 건데) 놈들의 주장은 7백만 원
정도로 늘려야 한다는 것이기 때문이다. 놈들이 그런 주장을 하는
건 전적으로 전치강, 그를 겨냥하고 하는 말임을 알아챌 수 있었으
나 그는 잠자코 있었다.

사고와 직접적인 관련이 있는 사람은 너 아니냐는 도덕적인 힐난
이라면 달게 받겠지만 단지 그걸 약점으로 이용하여 저흰 생색만 내
고 꽁무니를 뽑으려는 저의가 알미워서였다. 2백만 원쯤의 적당한
액수를 제시한 건 바로 그런 이유에서임이 분명했다. 모두 입을 닫
고 벙어리 흉내를 내는데 뒤늦게 나타난 판촉부장 박용탁이 또 뚱딴
지 같은 소리를 했다.

"장학금은 무슨 개소리냐. 더 보탠다면 오백만 원이나 채워가지고
유족한테 깨끗이 전달하는 게 도리지 무슨 수작들야."

"네가 찾아서 전달하라마, 이 개새끼야!"

그런 적이 없었던 다후다 장수 김항수가 갑자기 버럭 화를 냈다. 이럴 땐 장승문이 조용히 설명을 해줌직한데 그도 입을 다문 채 노려보기만 했다. 김항수가 헤매다 못해 모교에 찾아가 학적부까지 뒤져보고, 그래서 알아낸 주소로부터 시작된 셋방, 셋방……을 더듬어 나갔으나 결국은 도중에 끊어져 버려서 하는 수 없이 호적부를 들춰 봤다는 얘기를 할 만한데 들려주지 않았다. 들춰 보니 동생은 베트남 전선에서 죽고, 뒤따라 그의 어머니도 죽었다는 신고가 돼 있더라는 얘기를 아무도 하지 않았다. 누가 그런 얘기를 또다시 되풀이할 수 있으랴. 하는 수 없이 박용탁의 주장을 무시한 채 전치강이 말했다.

"얼마씩이든 낼 사람은 내. 그리고 다 거두거든 나한테 갖고 와."

"야 우리 31회 위신이 있지, 그런 모호한 소리가 어딨니. 액수를 딱 정해서 세금 걷듯이 해야 한다구."

라며 한수필이 허세를 떨었으므로 전치강도 급기야 울화가 솟구치지 않을 수 없었다.

"다른 사람 간섭 말고 네거나 내겠으면 내. 다 너처럼 여유만만한 줄 알어, 개자식아. 나머지 액순 얼마가 되든 내가 채울 테니 염려 마."

"좋아, 돈 굳었다. 난 십만 원정만 내겠어."

했지만 한수필이 결국은 십만 원을 냈느냐. 박용탁이며 접장이며 철공소 외판원까지 찾아다니며 달달 볶아쳐서 거둔 돈 23만 원을 들어먹고 후딱 날아 버리지 않았더냐. 고작 그까짓 걸 먹고, 오래 버텨 봤자 여섯 달 안엔 돌아와야 할 외국으로 뛰었다고 박용탁은 또 입에 거품을 물고 고자질이지 않았더냐.

"야, 내 뭐랬니. 생각은 좋지만 이 아사리판엔 씨가 안 먹는다고 하잖았니. 그 새끼 토꼈다구. 마누란 벌써 앨 뱄다는데 그것 땜에 안 돌아올지도 모른다구."

"알았다. 너보고 두 번 내라곤 않을 테니 안심해."

"무슨 소리야, 난 쌩돈 십만 원이나 뺏겼는데."

"고맙다 하여튼."

김항수가 가장 많이 내어 80만 원을 던졌다. 녀석은 적어도 다후다 장사 반년은 헛한 건지 모른다. 장승문은 6만 원을 내고, 대신 전임강사 양권선(梁勸善)을 족쳐서 10만 원을 받아 왔다. 장승문은 빼앗아 온 10만 원을 내놓으며 말했다.

"전임강사가 하나 더 있는데 거기도 가볼까?"

"누가 또 있어?"

"너희 맨션에 사는 여자. 화대로 만원 준 것도 있고 하니 말야."

"너 그 기집애하고 아직 거래하니?"

"내가 미쳤어? 하지만 찾아갈래도 그건 동창이 아니란 말야."

"농담 마, 꼭 병신같이 보여."

합계 1백 67만 원. 나머진 전치강이 보태 1천만 원을 만들었다. 장승문이 다시 트집을 잡았다.

"네가 거금을 낸다고 속죄가 될 줄 알고."

"내가 속죄할 게 뭐 있니, 죽일 놈아."

"어쨌든 고맙다. 우리 이제 어디 가서 문인 나부랭이 하나 불러다가 멋있는 취지문이랑 지급규정이랑 만들 차렌데…… 왜 우리 학교 출신 중엔 그런 치 하나도 없지?"

"뭣 땜에 멋있는 취지문이 필요하니. 선명하고 엄격하기만 하면 되는 거다."

그렇게 하여 취지문 따위는 없애고 '예방'에 중점을 둔 지급 대상자 기준을 그들은 손수 만들었다. 김항수는 아주 위대하게 상식적이어야 한다고만 주장했고 장승문은 쉴새없이 신경질을 부렸는데 최종적으로 합의된 조항을 재확인하는 과정에서도 그의 불만은 여전했다.

1. 날 때부터 가난한 학생일 것.
"그런 자식이 학교는 미쳤다고 다녀."——장승문.
"네깐 놈이나 다니는 곳인데."——김항수.
"내가 바로 그랬기 때문이다, 임마."——장승문.
"본인 모르게 조사해야 한다는 단서가 붙어야 돼."——김항수.
"좋다, 다음."——전치강

2. 절대로 유능하되 가급적 학업 성적도 우수한 학생일 것.
"성적 얘긴 빼자. 깨떡같이 온갖 잡동사니를 다 알아야 한다고 주
장하는 요즘 교육방식에선 가난한 놈은 애당초 따라붙을 재간이
없다구. 그럴 필요도 없고."——장승문.
"포기한 놈은 다른 면에서도 희망이 없어, 너같이."——김항수
"좋다. 제2의 장승문을 만들지 않기 위해 성적 조항은 삭제 않는
다."——전치강.
"죽일 놈들 같으니."——장승문.

3. 삼학년생 5명을 뽑아 균등 지급한다.
"이거야말로 고쳐야 한다. 왜 삼학년생에 한하니?"——장승문.
"의지로 버텨 왔다는 증거 아니냐. 일찌감치 포기한 놈은 소용없
다고 했잖니."——김항수.
"중학교서도 버텨 왔어. 적어도 이학년으론 내려야 하고, 필요하
다면 일학년도 대상이 될 수 있다는 단서를 붙여야 돼."——장승
문.
"그럼, 공사장으로 빠질 위험이 있는 건강한 놈이라야 한다는 단
서도 달아야겠구먼."——김항수.

"공사판으로 빠지면 왜 안 되니?"——장승문.

"이 장학금이 예방장학금이니까 그렇지."——김항수.

"그것만 예방하니?"——장승문.

"그러고 보니 정말 예방이라는 거 말이 안 되는구나."——김항수.

"모든 비참한 위험으로부터의 최소한의 예방이라고 생각하자."——전치강.

"학년 제한을 하자는 거냐, 않는 거냐?"——장승문.

"한다."——전치강.

"왜?"——장승문.

"돈 액수가 적어서."——전치강.

"할말 없군."——장승문.

"다음."——전치강.

"없어. 몇푼 안 되는 거 갖고 얼마나 비싼 기준을 만들겠다는 거냐?"——김항수.

"좋다. 끝났다. 동창회에 걸어 인준 받으면 교장 찾아가 전달한다. 이상."——전치강.

그러나 동기회엔 장학금 액수만 보고하고(는 또 무슨 보고냐. 상당수는 웬 영문인지도 모르는데, 이창오가 도대체 누구냐고 쑥덕거리는데) 돈을 낸 일곱 놈만 따로 약속을 하고 모였다. 늦더위가 아직 기승인데 모두 넥타이를 얌전히 매고 나타났다.

교장은 말끝을 어떻게 맺어야 할지 몰라 '대견합니다'와 '고맙네'를 모호하게 얼버무리면서도 기분이 좋아 연방 입을 헤벌쭉 벌리고 있었다. 장학금을 마련하게 된 것에 흔쾌한 것은 교육자의 당연한 자세 아니냐. 교장은 마침내 말투를 결정했는지 꼬리를 흐리지 않고 일관해서 말했다.

"그래, 우리 자랑스러운 제자 이창오 군은 지금 무슨 사업을 하고 있는가?"

"그건 말씀드리지 말아 달라는 부탁을 받았습니다, 교장 선생님."

"아 참, 그랬었지."

"적어도 사업을 하고 있진 않습니다. 뼈를 간 돈이라는 것만은 기억해 주십시오."

"무슨 뜻인지 알겠네."

알긴 뭘 안다는 거요, 화나게. 당신이 도대체 뭘 어떻게 안다는 거요. 전치강은 울화통이 터져 입맛을 쩝쩝 다셨다.

"전군은 건축가로 그 명성이 대단한 걸 알고 있지만, 그래서 우리 학교를 빛내고 있지만, 다른 사람들은 어떤 분야에서들 활동하고 있지?"

"모두들 저보단 더 뜻있는 일들을 맡아 하고 있습니다, 각 분야에서 교육자로서의 보람이 아니시겠습니까."

"암, 그렇고말고. 그래야지."

"저흰 이제 물러가겠습니다."

"모두들 바쁜 중에 고맙네. 이창오 군의 훌륭한 뜻을 그의 후배 학생들한테 전하고 그 갸륵한 뜻에 어긋남이 없도록 관리하고 시행하는 데 어김없겠네."

"부탁드리겠습니다. 이창오한테 그 말씀 전하겠습니다만."

"아마 나타나진 않을 겁니다. 안녕히 계십시오."

그들은 교장실을 나와 긴 복도를 바라보았다. 운동장 한가운데에 아스팔트가 깔린 건 전쟁 중에 미군 부대가 진주하였기 때문이라던 그런 시절에 다니던 옛 기억이 가물가물 되살아났다. 자유당 말기다. 장승문이 말했다.

"우린 참 허망한 시절을 여기서 뒹굴었군."

"그보다 교장, 왜 그렇게 좋아하지?"

하고 박용탁이 의혹 짙은 고개를 갸웃거렸으므로 전치강은 면박을 주지 않을 수 없었다.

"그게 교육자야, 순진해빠진."

"세상 모르는 소리 마. 요새 교육자가 순진해? 거저 목돈 생긴 걸로 생각하지만 않는다면 그런 다행이 없는 거다."

"아가리 닥쳐. 우린 일곱이나 돼."

"맘만 먹으면 열이라도 못 당한다구."

"닥치라니까. 장막 뒤엔 위대한 우리의 이창오가 있다고 말한 거 잊었어?"

그리고 나서 그들은 변소로 갔다. 길게 일렬로 늘어서서 오줌을 갈겼다. 모든 것이 끝난 것처럼 후련했다. 그러나 하나가 보이지 않았다. 아각아각 소리를 내며 깊숙이 흐르는 한탄강처럼 오줌은 줄기를 이루어 흐르는데 하나가 보이지 않았다.

나중에 알고 보니 그건 이창오였다.

이학년 때였다. 기마전이 끝나고 변소에 온 이창오는 길게 늘어선 사이에 끼여 서서 물었다.

"너 담배 없니?"

"너 담배 피우니?"

"있으면 하나 줘."

"저 안에 들어가서 피우는 놈들보고 달래라."

전치강은 뒤를 가리키며 말했다. 보나마나 한 놈은 꽁초를 빨고 다른 놈은 웃통을 벗어 연기를 쫓고 있을 거였다. 그 구린내나는 똥통에서.

"저놈들이 주니?"

"그럼 집어쳐."

"너, 그 이마 깨진 데 담뱃가루 붙이면 당장 낫는단 말야."

이창오는 그의 깨진 마빡을 가리키고 있었다. 아마도 말이었던 자신이 갑자기 앞으로 고꾸라져 버렸던 게 아직도 맘에 걸리는 모양이었다. 그래서 올라탔던 전치강으로 하여금 거꾸로 곤두박질치게 했던 게 미안한 것이다. 저는 콧잔등을 갈아붙여 놓고도.

"네 콧잔등이나 걱정해. 그냥 두면 딸기코 돼버려."

"미안하다. 나도 모르겠어, 어떻게 된 건지."

"네 잘못이니? 뒷놈이 잘못해서 밀은 거지."

"아냐, 내 잘못이야. 갑자기 깜박했어. 순간적으로 그랬어."

지금은 전치강은 그 이유를 안다. 그는 허기에 지쳐 현기증을 일으켰던 것이다. 이번에도 역시 그런 현기증이 공사장에 세운 패널 받침대를 찼는지 모른다.

전치강은 멀리 운동장 저편을 바라봤다. 눈에 뭐가 끼어 있는지 가물가물 잘 보이지 않았다. 안개 속이었다. 그는 갑자기 비명처럼 소리쳤다.

"가자. 우리 술마시러 가자!"

"대낮부터?"

"그래, 대낮부터 술독에 익사하자!"

그는 격앙된 목소리로 외치며 운동장 끝으로 뛰어가기 시작했다.

전치강은 차를 병원 주차선에 밀어넣고 분수대가 물을 뿜어대는 넓은 앞뜰을 걸어 들어갔다. 채송화와 다알리아, 글라디올러스 등속의 꽃들이 분수대가에 흐드러지게 피어 있었다. 하오의 땡볕은 어깻죽지를 태웠고 꽃의 강렬한 원색은 눈이 부셨다.

후줄근한 환자복의 옷단추를 풀어헤치고 환자 두 사람이 화단 가장자리에 나와 앉아 일광욕을 즐기고 있었다. 그 중 하나는 심각한 얼굴을 하고 휠체어에 앉아 있었다. 제기랄, 병원 뜰에 꽃을 피우는 건 속임수다. 아니 창밖을 내다보는 환자들에게서 쉴새없이 살 의욕을 앗아가는 잔인한 짓이다.

전치강은 느릿느릿 건물 현관 안으로 걸어 들어갔다. 어떤 개자식이 병원 플로어 설계를 이따위로 했을까. 그는 혀를 찼다. 두 번째로 찾아오는 것인데도 처음 들어섰을 때와 마찬가지로 그는 그런 생각을 했다. 꼭 호텔 프런트같이 설계된 구조였으니 말이다. 해보다가 안 되면 여관으로 바꾸고 말겠다는 병원 주인의 속셈이 작용한 것일까.

혹시나 해서 전치강은 안내에 물었다.

"아가씨, 임상의학연구소 그대로 있지?"

"어디에요?"

"3층에."

"부속건물루 옮겼어요."

"그래, 그게 어디지?"

"밖으루 나가서 왼편 쪽으루 가세요."

"고마워."

전치강은 시키는 대로 현관을 다시 걸어나와 건물 왼편으로 돌아갔다. 곧 야트막한 2층 벽돌 건물이 보이고 입구에 임상의학연구소라는 현관이 크게 걸려 있었다. 땡볕이 지겹게 느껴져서 그는 서둘러 건물 입구 쪽으로 걸어갔다. 그러나 안으로 들어서고 보자 완강하게 닫힌 어느 문을 밀고 들어서야 하는지 알 수 없었다. 그는 복도를 기웃거리며 망설였다. 그러다가 가운을 걸친 안경잡이 사내 하나를 붙잡았다.

"실례합니다."

"예."

"유영채 씨 있는 방이 어딥니까?"

"여기 없는데요."

"없다뇨?"

"예방의학연구실로 가보세요. 아, 아니 또 옮겼군. 물리치료실로 가보세요."

"거긴 어딥니까?"

"본관 안내한테 가서 물어보시오."

"여기서 가르쳐 주시면 안 됩니까?"

"본관에 있다니까 그래요."

전치강은 더 묻지 않고 사내와 헤어졌다. 아니 알고 보니 사내는 그와 동행이었다. 그는 재수없었으므로 햇볕이 따가움에도 불구하고 몇 발짝 뒤쳐져서 느릿느릿 뒤따라갔다. 낯익은 안내 앞으로 재차 다가갔을 때까지도 여전 재수없다는 생각은 달라지지 않았다. 그래서 그는 안내한테 묻는 것을 포기하고 공중전화통 앞으로 다가갔다. 병원 교환수를 거쳐 물리치료실 누군가를 통해 드디어 나타난 유영채는 어머, 치강 씨, 하고 소리쳤다.

"웬일이세요? 거기 어디예요?"

"병원 입구."

"네? 여기까지 오셔서 전화하시는 거란 말예요?"

"몇 층인지 알려주면 내가 올라가지."

"아녜요, 거기 정말 입굼 꼼짝 말구 계세요. 곧장 내려갈게요."

유영채는 선언한 대로 수화기를 걸고 기다린 지 5분이 채 안 되어 나타났다.

"어머, 치강 씨."

의사란 원래 말주변이 없는 인간들이어서 유영채는 맨 처음 전화에다 대고 소리친 말을 또다시 반복하고 있었다. 그러나 전치강은 그 반복이 말주변과 관련이 없다는 것을 고대 알아차렸다. 유영채는 그의 느닷없는 출현을 여간 신기해하지 않았으니 말이다. 여자가 남자를 만나는 행위는 이렇게도 신나는 것일까.

두 사람은 흰 물방울이 튕기는 분수대를 내다보며 현관을 걸어나 갔다. 약간 비낀 햇살을 받으며 환자들이 아직도 일광욕을 계속하고 있었다. 환자 하나가 더 가담해 있었다.

"정말 치강 씨 여기까지 웬일이세요?" 하고 유영채가 소녀처럼 또 물었다. "연락두 없이 갑자기."

"환자하고 다퉜어?"

"아뇨? 건 왜요?"

"그렇지도 않았는데 의사가 그렇게 감격을 잘해서 어떡하나."

"그럼, 의산 감정두 없는 동물인 줄 아셨어요?"

"내가 알기론. 내가 알기론 감정이 메마른 인간만이 의사를 할 수 있는 거 아냐?"

"왜 이러세요. 의사만큼 실은 감정적인 인간이 없다구요. 어쩜 예술가라는 사람들보다두 더 예민한지 몰라요."

"그건 억지다. 다 같이 인간을 주제로 한다고 그러는 모양인데 천만의 말씀. 의사들이란 사실은 모조리 수의사들이라구. 돼지를 수술하고 있는 거지 사람으로 보인 일은 역사적으로 없었다구."

"저 편견."

"편견이 아니야."

"그건 뭔지 아세요. 의사 앞에 주눅이 들 때 그런 편견이 생겨요. 말하잠 열패감의 보상행위죠."

"그깐 인간들한테 누가 주눅이 들어?"

"우기지 마세요. 치강 썬 더해요. 저한테두 적대감을 품어요. 좋게 말함 그런 감정은 생명에 대한 외경일 수는 있겠죠."

"생사람 잡는군."

전치강은 땡볕 속으로 들어서지 않으려 현관 앞의 짧은 그늘 끝을 서성거렸다. 유영채가 그런 그를 끌며 말했다.

"우리 어디로 가요, 이딴 데 서 있지 말구."

"어딜?"

"병원 밖으루."

"진찰하러 온 사람보고 무슨 소리야."

"네? 어디 아프시단 말예요?"

"너무 반가워하지 말라고 했잖어, 유 교수 만나러 온 거 아니라구."

"그럼 진찰권 끊어갖구 어느 과 문이든 두드려 보시지 왜 절 불러냈어요?"

"말마따나 주눅이 들어서. 그래서 구원을 청하려는 거지."

"농담 같기두 하구 아닌 것 같기두 하구. 정말 어디가 고장이란 말예요?"

"농담 아니야."

"어디 고장예요?"

"온 천지가 다. 안 아픈 데가 없어."

"어머, 갑자기 안색까지 달라지시네."

"벌써 주눅이 드는 모양이지."

"그럼 들어가요."

유영채는 지체없이 돌아섰다. 우선 제 방으루 가요, 하고 그녀는 말했다. 그러나 전치강은 마음을 정하지 못해 머뭇거렸다. 털어놔야 하느냐, 농담처럼 돌려 버리고 마느냐.

"왜 그러구 서 계세요?"

"돼지새끼 취급당할 걸 생각하니 억울해서 그래."

"우선 제 방으루 가서 의논해 보자니까요. 혼자 있는 방이 있어요. 저 이렇게 가운두 입지 않았으니까 겁내지 마세요."

전치강은 옷 소매를 잡아끄는 유영채의 재촉에 쉽사리 저항을 포기했다. 농담이었다고 말할 기회는 아직 있다. 단둘이 있고 싶어서 계략을 꾸민 거라고 둘러대도 될 기회는 아직 있다.

유영채가 승강기 앞으로 다가서며 말했다.

"웬일루 절 다 찾아오셨나 했더니."

"다시 안 올 거야, 괄시하면."

"맹목적으루 오세요."

"진찰 결과 요행히 살아 남을 수 있다면."

"끔찍한 농담 말아요."

마침 그때 승강기가 내려왔으므로 전치강은 더 이상 끔찍한 말을 할 여지가 없었다. 시체실로 실려가거든 한번 들러줘, 외롭지 않게, 라고 말할 틈이 없었다.

2층으로 오르자 산소호흡기를 단 환자 하나가 이동 병상에 실려 승강기 안으로 들어오고 있었으므로 전치강은 그 지리한 틈을 타서 물었다.

"물리치료실이란 덴 뭐하는 데야?"

"정형환자를 찜질시키는 곳이죠."

"그 정도 상식은 나도 갖고 있어."

"상식 이상 아무것두 없어요."

"왜 그렇게 자꾸 옮아 다니지? 난 또 임상의학연구소까지 갔었잖어."

"실력이 없어 쫓겨다니겠죠 머. 그동안 예방의학연구실두 거쳤어요."

"들었어, 헛걸음치면서."

"헛걸음칠 만큼 치강 씨 무심했어요. 임상연구소 있을 때가 언제예요. 일 년두 넘었다구요."

"어느새 그렇게 됐나."

유영채는 4층에서 승강기를 내리며 다시 말을 이었다.

"이제 보세요, 치강 씨한테 무시무시한 선고 내려 버릴 테니까."

"무슨 병명으로?"

"일 년은 입원해 있어야 한다는 병명으루."

"나도 차라리 그랬으면 좋겠다, 핑계삼아 여기서 늙어 버리게. 하지만 물리치료실에 누워 있자면 정형외과 환자가 돼야 할 텐데 어떡허지?"

"어디든 이 병원 안이면 돼요."

전치강은 유영채를 따라 물리치료실(이라고 쓰고 PT Room이라고 또 쓴) 팻말이 붙은 방으로 들어섰다. 조그마한 실내 체육관 같은 방이었다. 아무도 없었다. 그들은 그 방 벽을 뚫고 낸 문을 통해 또 한 번 다른 옆방으로 들어갔다.

유영채는 그를 소파에 앉히자마자 숨 돌릴 사이도 없이 물었다.

"정말 몸이 이상하세요?"

"아——니, 농담이었어. 아무나 병이 나는 줄 알아?"

"거짓부렁이에요. 의산 아주 예민하다구 이미 말했어요."

"그렇다면 한번 알아맞혀 보시지."

"이유 없이 나타나실 치강 씨가 아녜요."

"모함이다. 난 이미 온 적이 있어. 이번이 처음이 아니야."

"이번엔 목적이 달라요."

전치강은 잠시 생각했다. 아니 갑자기 피곤이 느껴졌다. 어떻게 하면 잡힌 발목을 뽑아 달아날 수 있을 것인가 하는 생각밖에 없었다. 아니면 아무도 없는 이 절호의 기회에 그만 이 여자를 와락 끌어안아 버릴 것인가. 그러면 아마도 소독 냄새가 나겠지.

유영채가 재차 다그쳤다.

"얘기해 주세요. 자꾸 큰일난 것 같은 느낌이 들려구 해요."

"그만하면 마음의 준비가 됐군" 하고 전치강은 별수없이 투항할 채비를 차렸다. "암이야."

그러나 그가 그렇게 말하는 순간 유영채는 갑자기 화난 얼굴을 하고 쏘아붙였다.

"자꾸 쓸데없이 회피하심 끌구 내려갈 거예요. 끔찍한 농담 함부로 하지 말아요."

"어디루 끌구 갈 거야?"

"검사실루요."

"그게 바로 틀린 생각이야."

전치강은 기회다, 하고 주장했다. 리트머스 시험지가 변색되지 않으면 당장 속수무책이 되는(이 아니라 그러면 이상 없다고 딱 잡아떼는) 의사들의 융통머리 없음이 문제다. 아무리 반응이 없어도, 아무 이상이 없다는 선고가 내렸는데도, 환자는 점점 더 나빠져 가는데 어쩌란 말이냐. 의사들이여, 제발 그 단세포적인 사고방식을 걷어치워라.

"그런 비난은 절 첨 만났을 때 이미 다 퍼부었어요. 증세나 말하세요."

"못하겠어."

"하세요.."

"좋아. 골치가 아퍼."

"어떻게요?"

"오후만 되면 왼켠 반쪽이 깨어지는 것 같어."

"또요."

"소화가 조금도 안 돼. 안 돼도 괜찮지만 찢어지는 것처럼 아픈게 문제야."

"얼마나 됐어요? 진통제 병째로 사다 놓으셨겠군요."

"진통제 대신 술을 마셔. 반 년은 됐구."

"또요."

"이유없이 가슴이 아퍼. 속인지 겉인지 모르겠어. 갑자기 팔다리에 무력감이 와서 움직일 수 없을 때가 있어. 아침에 일어나면 홑이불이 푹 젖어 있어. 오줌을 싼 건 맹세코 아냐. 편두통이 오면 동시에 환각이 동반돼. 눈 앞에 로마의 바로크식 기둥이 보여. 밤에 자리에 누우면 이명증으로 최소한 두시 전엔 잠들 수가 없어.

또 있어. 느닷없이 격렬한 기침이나 재채기를 하면 적어도 삼십분은 두드러기가 일고. 긁으면 피부 밑에 거품이 든 것처럼 부풀어 오르고, 꿀렁꿀렁 소리도 나고, 온몸이 가려워. 화장실에 가면 불쾌해. 배변이 쉽지 않아. 그리고 하루도 유쾌한 날이 없어."

"그게 결론이군요."

"이제 선고해 주십시오, 현명하신 의사 선생님."

"큰일났어요."

"거봐, 그렇다니까."

"우리 내려가요."

"검사하러? 검사 없이도 진단을 내린다 했더니 이 여의사도 역시 별수없구먼."

"그 많은 증셀 다 체크받아 보려면 이 병원 다 돌아다녀야 할 테니 포기해요. 포기하구 우리 밖으루 나가요. 전화하실 때 저 마침 나가려던 참이었어요."

"난 정말 가망이 없단 말이지. 충격인데!"

"여하간 나가세요."

유영채는 핸드백을 챙겨 들고 먼저 도어 쪽으로 걸어갔다. 병원 뜰로 나서며 그녀가 나직이 말했다.

"치강 씨, 언제부터 그렇게 고뇌하는 생활이 되셨죠? 치강 씨 병은 큰일 아닐 수두 있구 큰일일 수두 있어요. 아니 그대루 계속되면 어마어마하게 큰 병이 될지두 몰라요. 차 갖구 오셨죠?"

"응, 저기."

두 사람은 차가 서 있는 쪽으로 걸어갔다. 유영채는 좀 우울한 듯한 얼굴을 하고 문을 따는 그를 쏘아보고 있었다. 그러곤 운전대 옆으로 엉덩이를 밀어넣고 앉으며 이윽고 말했다.

"저랑 같이 생활해요. 제가 고쳐 드릴게요."

같이 생활해요, 라는 말에 약간 모호한 느낌이 안 든 것은 아니지만, 그러나 전치강은 그것을 미혼 여자의 말로서가 아니라 의사의 말로 이해해 버렸다. 어쩌면 그걸 '요람에서 무덤까지'라는 기치를 들고 졸졸 따라다니며 귀찮게 구는 저 북구라파 의사의 발상법인지 몰랐다. 제가 고쳐 드릴게요, 라는 분명한 단서를 달지 않았느냐. 그건 적어도 의사로서의 직업의식으로 받아들여야 속이 편한 거다.

전치강은 기어 레버를 잡아젖히며 물었다.

"자, 어디로 가서 같이 생활한다?"

"휘발유 잔뜩 들었음 교외루 나가요."

"교외 어디?"

유영채는 얼른 대지 못했다. 그가 거기서 그리 멀지 않은 무슨 능 이름을 대자 그녀는 군인이 많은 곳이라서 거긴 싫다고 했다. 그렇다면 거기보다 더 많은 군인이 득실거리는 더 북쪽으론 갈 수 없다는 결론이 난 셈이었다.

"최소한 한쪽은 갈 수 없는 걸로 결판이 나버렸는데…… 그럼 부산까지 내뻗칠까?"

"서툰 운전사 데리구 거기까진 못 가겠어요. 서쪽두 있잖아요."

"서쪽 어디?"

"인천두 좋구요."

"거 이상하다. 여자들이란 모조리 인천을 사랑하는 모양이군."

했는데, 그건 그의 순간적인 실수였다. 유영채가 단박에 추궁하고 달려들었으니 말이다. 여자 누구하고 인천을 갔었느냐. 한 소녀하고 갔었다. 그리고 또 누구랑 갔었느냐. 유감스럽게도 그러곤 없다. 거짓말이다, '모조리'라고 말하지 않았느냐. 그건 잘못 튀어나온 말이다. 얼버무리지 말고 바른 대로 실토하라.

"아니야, 과장하려다 보니 그렇게 됐어. 딱 한 번 가봤을 뿐야, 한 소녀가 졸라서."

"가선요?"

"뭘 그런 것까지 물어. 가선 같이 자고 왔겠지 뭘."

"소녈 데리구요? 아유 망측해. 부도덕해요, 치강 씨."

"세상이 나보다 훨씬 빨리 더 부도덕하지."

"제 얘긴, 시간 시간 더러워지는 세상에 그렇게도 보조를 잘 맞추는 치강 씨가 어떻게 그런 병에 걸릴 수 있을까 의문이라는 거예요."

"무슨 병인지 가르쳐 줘."

"아무 병도 아녜요."

"오로지 같이 생활하기만 하는 낫는 병이군. 치료비 비싸게 달래지 않을까?"

"물론 놀랄 만큼 비싸죠."

"신세 조졌군."

"빨랑 행선지나 정해요."

"인천 가자며?"

"싫어졌어요. 거긴 이제 불결해진 항구예요."

"실은 조금도 더럽힌 일이 없어. 믿어 줘."

"그래두 싫어요."

전치강은 하는 수 없이 차를 도시 동쪽으로 돌렸다. 인천은 적어도 내겐 아직도 무조건 아름다운 항군데, 하고 그는 몰래 혀를 찼다. 질투심이 많은 여자를 상대하는 것처럼 고달픈 일은 없다. 하물며 여의사가 질투심이 많으면 환자는 병을 더친다.

무슨 소리냐. 질투심도 없는 여자란 사막이지 뭐냐. 여자는 질투심이라는 윤기를 가져서 아름다운 것 아니냐.

전치강은 차창 밖으로 흘러가는 여자를 향해 후이후이 휘파람을 불며 내달렸다. 냉혈의 의사가 자동차의 바퀴를 돌릴 만큼 강한 질투심을 발휘했다는 것은 얼마나 기분 좋은 일이냐.

난봉꾼 흉내내지 마세요, 하고 유영채는 잠시 후 휘파람 부는 그에게 눈을 흘겼는데 따지고 보면 그것도 질투심이 아니고 뭐랴. 그는 소풍 떠나는 소년의 목소리로 말했다.

"우리 댐이나 하나 구경하자."

"그게 어딨게요?"

"덕소 지나서."

"팔당댐요? 좋아요. 하지만 거긴 차 없이 걷는 호숫가 오솔길이 좋아요."

"잡았다, 나도 드디어 증걸 잡았다. 그 오솔길 누구랑 걸었어? 남자들이란 모조리 팔당댐 오솔길을 좋아하더라고 자백하는 게 편할 거야."

유영채는 눈가에 웃음을 달고 그의 옆구리를 꼬집어 뜯었다. 이를 앙다물고 힘껏 꼬집어 뜯었다. 운전대를 잡은 손이 견디지 못해 차가 휘청했으므로 그는 교통경찰한테 일러바치겠다고 소리치는 수밖에 없었다.

"그러세요, 빨랑 차 세우구 쫓아가서 고자질하세요. 나두 따라가서 해명할 거예요. 우리 병원 의사들이랑 소풍간 것뿐인데 모함한다구요."

"남잔 남자 아냐, 아무리 동료들이라 한들. 더구나 상대가 엉큼한 의사들이라니."

"간호원들두 같이 갔는데요?"

"짝 맞춰서 잘들 논다, 죽는다고 소리치는 환자들은 내버려 두고."

"또 살쩜 뜯을 거예요, 자꾸 그러심."

전치강은 어느새 도시의 경계선을 넘어선 것이 후련해서 다시 휘파람을 쌕쌕 불어젖히기 시작했다. 정말 물가로 난 오솔길이 그렇게 호젓할까. 닿기만 하면 즉각 차를 어디다 처박고 손목을 잡아채리라 (했는데 이게 뭐냐).

덕소를 지나 십분을 채 달리지도 않았는데 바퀴가 터져 버리지 않는가. 전치강은 차를 스르르 길가에 세운 채 운전대를 잡고 잠시 동안 멀거니 앉아 있었다. 화를 삼키는 데는 시간이 필요했다.

이윽고 차를 내리는 그를 향해 유영채가 왜냐고 물었다. 그러나 그는 튜브에 구멍이 났다고 말하지 않았다. 트렁크를 열고 서둘러 공구를 끄집어내는 일이 더 바빴다. 기중기와 레버와 스페어 바퀴를 땅바닥에 메어꽂을 때까지도 유영채는 영문을 모르는지 차 안에 그대로 앉아 있었다. 무릎을 꿇고 자동차 밑창에 기중기를 밀어넣으면서 전치강은 마침내 소리쳤다.

"빨리 내려오지 못하겠어! 히프 무게 때문에 자크가 안 올라가잖어."

유영채가 문을 열고 내려서는 듯 차가 뒤뚱하고 요동을 쳤다. 그러나 이어 투덜거리는 말소리가 들렸다.

"낭떠러지에 세워 놓구서 내리람 어떡해요?"

"눈 감고 떨어지면 무섭지 않은데……."

하고 전치강은 기중기를 죄어 올리기 시작하며 중얼거렸다. 유영채가 등뒤로 다가와서 그의 손놀림을 들여다보고 있었다.

"무슨 고장이에요?"

"펑크가 났어."

"고물딱지 빌어 탈래니까 것두 쉽지 않군요."

"다 고칠 때까지도 그 말 취소 않으면 떼놓고 혼자 달아나 버릴 거야."

"치강 씨 솜씨룬 어째 고쳐질 것 같지 않은데요."

"두고 봐."

이윽고 차체가 기우뚱 들리고 전치강은 기어나오기 바쁘게 휠 실린더 덮개를 떼고 레버로 나트를 뽑기 시작했다. 땀이 번들거리는 그의 목덜미를 내려다보며 유영채는 강렬한 사나이를 느꼈다. 사나이의 등덜미 옷이 완전히 젖어 있었다. 턱끝에서는 땀방울이 떨어졌다.

"아름다워요."

"뭐가?"

"사람이 일에 열중하구 있는 모습은 언제 봐두 아름다워요."

"약 올리지 말고 할일 없으면 좀 도와."

"어떻게요?"

"이 나트 좀 뽑아."

"에게게."

"그럼 손수건으로 땀 좀 훔쳐주든지, 눈을 못 뜨겠어."

유영채가 운전대 쪽으로 뛰어가고 있었으므로 전치강은, 손수건은 내 바지 뒷주머니에 들어 있노라고 소리쳤다. 그러나 유영채는 꺼내온 자신의 얇고 작은 손수건으로 작업에 열중하고 있는 그의 눈두덩을 잘근잘근 눌러 주었다. 터진 바퀴를 들어내며 전치강이 말했다.

"식은땀 흘리는 환자 돌보는 폭으로 생각해. 어차피 손수건에선 소독 냄새가 나더군."

"그게 소독 냄새예요?"

"무슨 냄새야?"

"후각두 고장이군요."

"난 정말 구별 못하겠더라, 소독 냄새와 향수 냄새."

전치강이 장담한 대로 바퀴는 5분 안에 갈아끼워졌다. 터진 바퀴와 공구를 트렁크에 처넣고, 마지막으로 기름투성이 장갑을 벗어 던지며 그가 투덜거렸다.

"병 고치러 찾아갔다가 잘못 걸려 되려 병 얻었군, 허리가 끊어지는 것 같으니."

"대신에 저두 진찰 끝냈어요. 안심이에요."

유영채는 이 말을, 그들이 드디어 팔당댐 둑에 닿아 문제의 오솔길로 들어섰을 때 재차 반복하고 있었다.

"여태껏 치강 씨 지켜본 걸룬 염려할 만한 증세가 없어요."

"그럼, 같이 살림차릴 필요도 없어졌군."

"살림을 차려요?"

"아까 그랬잖어, 같이 살자고."

"무슨 환자가 이렇게 엉큼하담."

"이러지 마. 내 진짜 증센 아직 말 안 했어."

"알아요. 끝없이 초조하구 불안하구 신경질이 난다는 거."

"그게 아냐" 하고 전치강은 갑자기 유영채의 손목을 덥석 잡으며 말했다. "나 좀 살려 줘."

그의 얼굴에 갑자기 그늘이 끼었다. 정말로 심상찮다는 그런 뜻을 그 모습은 강렬하게 담고 있었다.

"실은 말이야, 가장 심각한 증세를 말하지 않았어."

"그게 뭐예요?"

"가끔씩 말이 안 돼. 때론 아주 자주 그래. 아무리 말을 하려 해도 벙어리처럼 입만 벌어지곤 말이 나오질 않어."

유영채는 마치 현미경 속을 들여다보듯 말없이 그의 눈을 빤히 쳐다보고 있었다. 전치강은 잡았던 유영채의 손을 놓고 돌아섰다. 저쪽 가파른 바위 밑까지 들어차서 산의 목을 조르고 있는 깊고 푸른 물은 그 양이 종잡을 수 없을 만큼 너무 많았다. 그 수면에 손바닥만한 배를 띄우고 있는 인간들, 실은 사랑을 속삭이는 남녀라 해도 얼마나 하잘것없는 존재들인가. 장마를 만나 물 위를 미끄러지는 물방개 떼의 쾌재와 무엇이 다르랴.

유영채가 옆으로 다가와서 팔짱을 끼었으므로 두 사람은 그러고 서서 말없이 짙푸른 호수를 내려다봤다. 유영채가 이윽고 말했다.

"인간의 삶이란 원래 허접스런 모든 걸 수용하는 거예요. 아름다운 것두 있지만 실은 추악하구 부도덕한 것이 더 많아요. 그 많은 부정적인 것들은 한꺼번에 쓸어내듯이 하려구 해선 실패하구 말아요. 더구나 무모한 몰입으루 빠지기는 쉽구, 몰입은 모든 노력을 도로루 만들어 버려요."

"무슨 얘길 하려는 거지?"

"걸으면서 얘기해요. 누가 바라보면 우리 모습이 아주 아름다울 거예요."

"질투심이 나서 돌팔매질을 할지도 모르지."

두 사람은 꼬불꼬불한 길을 따라 걸음을 떼어놓기 시작했다.

"치강 씬 신경을 휴양 보내야 해요. 너무 긴장해 있어요."

"그러니까 노이로제 환자라는 얘기군."

"아직 거기까진 가지 않았어요, 아까 차 고칠 때 보인 집중력으루 봐선. 하지만 사실대루 말하죠, 쇠약에 가까이 가 있어요."

"그건 오진이다, 나보고 노이로제라니."

"그러게 말예요, 그 쾌활하고 버르장머리없던 치강 씨가."

"환자 앞에 선 의사랍시구 마구 말하는군."

"저 모함하는 거 아녜요."

하면서 유영채는 거기 수풀 사이로 조그맣게 트인 잔디밭 쪽으로 그를 끌었다. 다리를 뻗고 앉자 녹색 풀밭에 놓인 그녀의 각선이 싱그러운 탄력으로 도드라졌다. 전치강은 지체없이 다리를 접어 들이도록 부탁하지 않을 수 없었다.

"왜요? 다리 아파요."

"제발. 남자란 원래 하찮은 각선미에도 욕정을 느껴. 그런데 저 아름다운 다리가 기습당할 위험이 없겠어?"

"치강 씨두."

유영채는 이어 말하고 있었다. 그를 처음 만난 자린 어느 건축미전에서였다는 얘길 하고 있었다. 그랬던가. 그런데 처음 인사를 나누자마자 치강 씬 대뜸 반말이었어요. 의사가 건방지게 예술을 아는

체 개막식에 참석했으니 이 건축전은 초장부터 잡쳤군, 하구요. 당신 사람 배 가를 때 뭘 생각해, 하구요. 그렇게 망나니였어요, 라고 유영채는 회상하고 있었다.

"케케묵은 얘긴 집어치우고 다리나 걷어들여. 끌어안고 싶어 죽을 지경이야. 입맞추고 싶어 죽겠단 말야."

"하구 싶은 대루 하심 되잖아요."

그러나 전치강은 그대로 앉아 있었다. 유영채가 다시 당부하듯 하는 말을 했다. 초조해하지 마세요, 하고.

"치강 씬 뭐든 마주치면 당장 사랑하지 않곤 못 배겨요. 사랑하는 기계예요."

"난 여자의 종아릴 특히 사랑해."

"그런 얘기가 아니구요, 연민이 너무 강해요. 예술가라구 누구나 그렇진 않아요."

"진짜 예술가가 어디서 들으면 웃겠다."

"정말예요. 세상 모든 일을 한꺼번에 안타까워 마세요. 때론 모든 것 내버리구 여자 하나만 사랑할 때두 있어야 해요."

"난 모든 여성을 다 사랑하고 싶은데? 모든 여성은 나 하나만 사랑하고."

"한 가지 부탁할까요?"

"뭐든지."

"치강 씨 결혼하세요."

"내가 방황하는 줄 알어?"

"그런 뜻이 아니라니깐요."

"아직은 자신이 없어, 상대도 없고."

"저랑 같군요."

"아이고 입맞추고 싶어."

하자마자 전치강은 유영채를 덮치고 달려들었다. 돌아가다가 또 바퀴가 터짐 어떡허죠, 스페어두 이젠 없구, 하고 유영채가 풀밭에 누운 그의 귀에다 대고 나지막이 소곤거렸다.

두 사람은 곧 몸을 털고 일어났다. 전치강의 강력한 자기 제동(이라니 빌어먹을!)에 의하여 둘 사이에는 더 이상 아무 일도 일어나지 않았다. 그러고 아무 일도 일어나지 않은 것에 화딱지가 나서 전치강은 혀를 찼다. 돼먹지 않게 건방진 자식이라고 그는 자신을 무자비하게 힐난했다.

그의 손아귀에 잡혀 있는 유영채의 조그마한 손이 가늘게 떨고 있는 것을 알 수 있었다. 그러나 갑자기 어색함을 느끼는지 그녀는 그의 팔을 끌며 잊었다는 듯이 다시 자동차 걱정을 했다. 그리하여 오로지 그들의 관심은 자동차 바퀴에밖에 없다는 듯이 서둘러 잔디밭을 떠났다. 주황빛 놀이 그들의 목덜미를 붉게 물들이며 따라붙었다.

고물딱지 자동차가 엉뚱하게 훼방을 놓는 것 같아 그는 화가 나지 않을 수 없었다. 그러나 아니었다. 자동차가 어쨌다는 거냐. 그는 어쩔 수 없었다. 아, 속수무책이었다. 그가 아는 여자들, 그 중에서 유일한 처녀라고 확신하고 있는 유영채를 더 이상 어떻게 할 수가 없었다. 빌어먹을. 건방지게. 그래서 어떻게 한다는 거냐. 입은 맞춰도 괜찮다는 거냐, 뭐냐. 돼먹지 않게.

두 사람은 이제 호숫가에 남아서 할일이 없으므로 곧장 떠날 채비를 차렸다. 목젖이 깔깔하게 탔으나 물 한 모금도 마시지 않은 채 그들은 주점 옆 길섶에 세워 둔 자동차로 다가갔다.

먼지를 흠뻑 뒤집어쓰고 차는 어딘가 처연한 느낌이 드는 모습으로 서 있었다. 전치강은 문을 따서 유영채를 들여 앉힌 다음 그녀가 걱정해 마지않던 차바퀴를 발로 툭툭 차보았다. 그러곤 걸레로 먼지가 쌓인 윈드 실드를 대강 훔쳤다. 그가 시동을 거는 동안 유영채가 물었다.

"여기 좋죠?"

"여자들 꼬시긴."

그는 차를 길 한가운데로 밀어넣으며 흘끗 유영채를 돌아봤다. 그러나 그녀는 무표정한 얼굴로 앞을 보고 앉아 있었다. 그의 농지거리는 그만큼 그녀에겐 실감이 없는 헛소리였다.

서울에 닿자 그녀는 팔뚝을 들여다보며 놀란 목소리를 냈다.

"시간은 비슷하게 걸렸는데 올 땐 턱없이 빨리 돌아와 버린 느낌이네요."

"그건 이 도시가 싫다는 징조지."

"정말, 정나미 떨어지는 곳예요."

"병원으로 돌아갈 건가?"

"아아뇨. 저 좀 데려다 줘요."

"어디든 분부만 내리슈."

"치강 씨 아파트에요."

"어?" 하고 그는 순간 놀랐지만, 그러나 잠시 후 명쾌하게 대답했다. "좋아."

주치의의 진료행위로서? 라고 말하려던 것을 꿀꺽 되삼켜 버린 것은 얼마나 잘한 일이냐. 그는 그렇게 멋대가리없이 말할 뻔한 순간을 넘기고 나자 또 다시 화가 났다. 조건반사처럼 단서나 달려고 드는 자신의 시건방진 자만심에 울화통이 터졌다.

유영채는 현관에 서서 짙은 어둠에 싸인 거실 쪽을 들여다봤다. 전치강이 재빨리 스위치를 올리며 말했다.

"유령집 같지, 어두우니까?"

"커튼이 너무 두꺼워요."

"겨울 걸 못 같게 했지."

"왜요?"

"빛이 싫어서."

전치강은 되는대로 대꾸했다. 유영채는 잠시 방 안을 휘둘러본 다음, 여기가 부엌인가요, 하면서 목을 뽑고 들여다봤다. 역시 여잔 여자였다. 여자가 부엌의 주인이어야 하는 이윤 거기 있었다.

"응, 저긴 욕실이고."

하고 손가락질을 해보이고 나서 전치강은 거실을 가로질러 가서 다른 문을 열어젖혔다.

"여긴 잠자는 방이고, 저긴 헛간이고."

유영채는 그가 지켜 서 있는 침실을 내버려 둔 채 헛간이라고 말한 데를 먼저 기웃거렸다.

"헛간이라뇨?……오, 치강 씨 작업실이군요. 널찍해서 치강 씨처럼 동적인 분 작업실룬 썩 좋네요. 벽돌을 노출시킨 채 미장을 안한 벽면두 아주 인상적이구. 벽을 파구 넣은 서가두. 뭐랄까, 공간감과 안정감, 그리고 적당한 조명 속에 경건함을 느끼게 하네요."

잔뜩 칭찬을 늘어논 다음 유영채는 작업실 겸 서재로 쓰는 방을 돌아나오며 혼잣말처럼 중얼거렸다.

"아주 좋아요. 이 방 너무 좋아요."

"그래서 일할 맛이 안 나겠다, 그 말이지?"

"그러세요?"

"난 게으름뱅이니까. 죄악이야."

"여긴 무슨 방이에요?"

"아마 빈 방일걸. 열어 봐. 나도 아직 한 번밖에 열어 본 일이 없어서 잘 기억이 나지 않는군."

전치강은 그녀가 문고리를 트는 동안 전등 스위치를 올려 주었다. 어머나, 여기가 정말 헛간이군요, 하고 유영채가 소리쳤으므로 전치강도 다가가 보았다. 방바닥에 허접스런 종이가 잔뜩 널려 있었다. 자세히 들여다보니 각종 월부 안내서, 선전 전단, 작성하다가 그만

두었거나 쓰고 버린 설계도들이었다.

"누구 짓예요, 이게 모두?"

"아마 가정부가 그랬을 거야."

"월부 안내서 같은 것을 왜 모아 두죠?"

"내가 그러라고 했어."

"왜요?"

"글쎄, 모르겠어."

"버리라구 하세요."

"그러지. 설계하던 것도 필요 없는 건데. 그만 닫아 버리자구."

유영채는 문을 닫고 돌아나오며 물었다.

"침실을 들여다봐두 될까요?"

"어때? 빤츠 같은 거 널어놓지 않았어."

그를 꼬집는 시늉을 하며 유영채가 침실 입구로 다가섰다. 그리고 침대와 옷장, 안락의자와 조그만 탁자, 머리맡에 놓인 전화기, 옷걸이(에는 저런! 분명히 팬티가 집게에 버퉁개질까지 되어 걸려 있는 게 아닌가) 등속을 빠른 속도로, 그러나 눈여겨 훑어보고 있었다.

전치강은 전에 안 하던 짓을 한 가정부를 원망하며 재빨리 유영채의 팔을 끌어냈다. 그녀는 돌아서며 말했다.

"혼자 사는 것두 괜찮겠군요."

"누구는 남편을 거느리던가?"

"전 양친이랑 동생들이랑 같이 살잖아요."

"그러니까 잠자는 방을 보고 난 소감이 아니었구먼."

"난 이 집 전체를 기웃거려 본 느낌을 말한 거예요."

"갑작스레 시찰을 당해서 내가 너무 긴장하고 있는 모양인데."

"목 말라요, 뭐든 마실 거 좀 내놓으세요."

"손님 접대를 해봤어야지."

전치강은 후닥닥 몸을 퉁기며 말했다. 유영채가 소파로 걸어가 앉았다. 냉장고의 문을 열고 들여다보며 전치강이 물었다.

"뭘 마실 테야? 술 한잔 할까?"

"싫어요. 냉수 주세요."

"냉수라면 저기 있는데, 저기 보온병에."

"갖다 주세요, 주인이."

전치강은 보온병과 물병이 놓인 쟁반을 받쳐다 주며 속옷이 널려 있는 것에 대한 암시로 가정부를 헐뜯었다.

"이것 때문에 가정부랑 맨날 암투를 벌이거든."

"왜요?"

"그 여잔 꼭 이 물만 마셔야 한다는 거야. 이걸 두고 수도꼭지를 빨면 용서 않겠다는 거지."

"그건 옳죠."

"수도꼭질 젖꼭지 모양으로 만들지 않는다고 불평하는 자식이 있는데? 그거 빠는 기분 몰라?"

"망측한 소리 말아요."

유영채는 물 한 컵을 따라 들고 일어서서 창틀 쪽으로 걸어갔다. 분명히 커튼을 젖힐 기세였으므로 전치강은 다급하게 경고하지 않을 수 없었다.

"커튼 열지 않는 게 좋을 거야."

"건 왜요?"

"뛰어내릴 맘이 생길 테니까. 그보다도 저격당할지 몰라. 망원경 들고 기회를 노리는 소녀가 하나 있어."

"소녀가요?" 하며 유영채는 커튼을 배경으로 하고 돌아섰다. "그게 인천 가자구 한 소녀예요?"

물론 전치강은 딱 잡아뗐다.

"아니."

"웬 소녀가 그렇게 많아요, 치강 씨한텐?"

"적개심을 품은 소녀가 많아."

전치강은 말하면서 한편으로 서용임을 떠올렸다. 꽤 오래 만나보지 못했구나 하는 생각이 들었다.

유영채는 기어코 밤하늘을 보기 위해 커튼을 젖히고 말았다. 실로 1년은 열린 일이 없는 겨울 커튼을……

"질투의 저격을 받아 죽는다면 행복할 거예요."

"난 송장을 쳐본 일이 없으니까 제발 몸을 노출시키지 말았으면 좋겠어."

"쓰러지거든 볼 것두 없이 장의사에 전화만 하심 돼요."

"돌아와. 와서 술이나 한잔 하자구."

"높은 데서 밤하늘을 내다보는 것두 맘을 가라앉혀 주네요."

"뛰어내리고 싶은 충동은 어떡하고, 어둠에 묻혀서 그렇지, 낮에 내다보면 휑한 빈터랑, 청바지 입고 하릴없어하는 여자들이랑, 차마 볼 수가 없다구."

"찢어진 깃발처럼 펄럭이는 빨래랑?"

"빨래야 괜찮지, 사람 사는 모습이니까. 아파트 사람들의 꼴불견은 그런 데 있지 않어. 일요일은 외식하는 날이라면서 아파트 단지 안의 양식집들이 초만원을 이룬다거나 서양 생활이 최상의 생활방식인 듯 행복에 겨워 오줌을 잘잘 싸는 무리들, 완벽하게 차단된 넓은 밀실에 들어앉아 밤낮없이 관능에 녹아나는 인간들, 그래서 마치 생리일 처리하듯이 산부인과에 아이 떼러 가는……"

"그만둘 수 없어요?"

"없어. 그러면서도 공중 도덕관념이라곤 티끌만큼도 없어서 이 건물 속의 공동시설 어느 것 하나 제대로 유지되는 게 있는 줄 알어? 내 방문 안쪽만 소중하게 다듬고 가꾸면 그만이라구. 어떻게 다듬고 가꾸느냐. 은은한 음악을 틀지. 꽃은 심을 데가 없으므로 고작 한다는 짓이 재수없는 꽃꽂이. 그래서 여기 꽃꽂이 강습소와 우유로 멱감기는 미장원 주인이 조금 있으면 재벌 명단에 오르게 될 거라구."

"제발 그만두세요. 전 그런 얘기 들으러 여기 온 거 아녜요. 그런 일들이 유독 이 아파트촌에서만 일어나구 있는 것두 아니구요."

"우리 술 마시자."

전치강은 벌떡 일어나 다시 냉장고 앞으로 다가갔다. 그러곤 생각이 나서 물었다.

"독한 술 할 테야?"

"맥주 한 잔만 하겠어요."

두 사람은 술잔을 가볍게 들어 보이고 나서 거품에 입술을 담갔다. 냉수로 갈증을 푼 유영채는 그와 보조를 맞추기 위해 무리를 하고 있음에 틀림없었으나 전치강은 목이 말랐으므로 도중에 잔을 내려놓을 수가 없었다. 유영채가 그의 빈 잔에 술을 채우며 말했다.

"알코올중독자한테 물어보면 모두 그럴싸한 이유를 대더군요. 하지만 치강 씬 술에 의존하지 마세요."

"나를 아주 술꾼으로 몰아치는데, 아냐. 어쩌다 주정뱅이가 되긴 하지만 이렇게 여자와 마주 앉아서가 아니곤 술 안 마셔."

"여자만 물구 늘어지는 터무니없는 허장성세 부리지 말아요. 건 새빨간 거짓말예요."

"그럼, 내가 혼자서도 홀짝거린단 말야? 그렇게 못난 인간으로 보여?"

"치강 씬 남자들이랑밖에 못 마셔요. 여자 앞에 서면 당장 서툴러지는걸요."

"날더러 버르장머리없이 군다느니 하면서 비난한 게 누구였지?"

"최초엔 그래요. 하지만 그 단계만 넘어서면 지체없이 심각해져요. 서먹서먹해하기까지 해요."

전치강은 술잔을 재빨리 내려놓고 말하고 있는 유영채 옆으로 바짝 다가들었다. 내가 정말 그런지 증명해 보이리라.

그러나 유영채는 약간 미소가 담긴 얼굴을 하고 제때에 소파의 건너편 자리로 옮겨앉았다. 전치강은 술래잡기를 시작할 것인가 말 건가에 대해 잠시 생각했다. 아니 술래잡기의 종국을 그려 보고 있었다. 궁지에 몰린 여자는 급기야 그의 침실로 달아난다. 그러곤 침대에 엎어진다. 술래는 붙드는 게 사명이므로 여자를 덮치고 달려들 수밖에 없다……. 유영채가 이미 기회를 놓친 채 망설이고 앉은 그를 건너다보며 말했다.

"치강 씨가, 여성이라면 모두 사랑하구 싶다구 한 건 사실일 거예요. 허지만 정작 맞닥뜨림 한 발짝두 다가들지 못해요. 재빨리 제동이 걸리거든요."

"낮에 말하던 그 아니꼬운 도덕주의가 제동을 거는 건가?"

"것두 한 이유가 되긴 하죠. 허지만 주범은 치강 씨의 놀랍게 어울리잖는 소심증이에요. 어쨌든 치강 씬 알 수 없는 중층구조의 성격을 가졌어요."

"알 수 없다고 할 게 아니라 이기주의 때문이라고 해야지."

"결국은 그런 말을 써야 할는지 몰라요. 인정에 약한 건 인간의 미덕일 거예요. 허지만 치강 씬 그것 때문에 손헬 보세요."

"갑자기 논리가 없어지는데, 좋은 말만을 골라 쓰려고 애쓸 거 없다구."

"긴장의 노끈을 푸세요, 술에 취했을 때처럼."

전치강은 술잔을 들어 목구멍으로 들어부었다. 취해서 간덩이가 젖은 스펀지처럼 부풀어오르면 그때 말하자, 우리 한 침대에서 자자고.

그러나 유영채는 잠시 후 핸드백을 챙겨 들고 일어섰다.

"이제 가봐야겠어요."

"허허."

"이 방에 가능하면 누구든 들여놓지 마세요. 드나들기 시작하면 방문객이 돌아간 뒤의 적적함을 치강 씬 견디지 못해요."

"어린애 취급이군."

"아녜요, 제가 진작 일어서지 못한 것두 치강 씨의 그런 점 때문이었어요."

"아무리 의사의 말이지만 그건 터무니없는 오진이다."

"저 가겠어요. 자주 연락하세요, 치료를 위해서요."

"자주 이 방에 와줄 순 없을까?"

하고 전치강은 현관으로 따라나가며 말했다.

"실은 저두 얼마 전에 이 근방으루 이사왔어요. 그래서 이렇게 시간을 끌 수 있었죠."

"어디쯤인지 내가 바래다 줄까?"

"아녜요. 나중에 초대할게요."

"눈이 빠지도록 기다리겠어. 이 방에 발을 들여논 최초의 여성이란 것 기억하고. 우리 시간제 가정불 빼곤 여자 그림자도 스쳐간 일이 없거든."

"저, 가요."

유영채는 승강기 문이 닫히는 틈새로 말했다. 돌아서자 휑뎅그렁한 복도뿐이었다. 여자를 배웅하는 건 단지 더할 수 없는 괴로움을 만드는 행위다, 하고 전치강은 중얼거렸다.

장승문은 말이 안 된다고 펄쩍 뛰었다. 땅거미가 내린 속에선 요부 아닌 여자가 없는데 밤중에 아파트까지 따라붙은 여자를 딱지도 한 번 떼보지 않고 그냥 돌려보냈다는 것은 거짓말이 아닌 한 말이 안 된다는 것이었다.

"우린 그럴 사이가 아냐, 임마."

"사이? 혼인 안 한 남녀가 만났는데 그럴 사인 무슨 얼어죽을 사이냐."

"의사와 환자 사이란 말야. 내 주치의가 되어 주겠다고 선언한 여자란 말이다."

"의산 밥도 안 먹고 변소도 안 가니?"

"엉큼한 수작 마. 그 여잔 단지 집이 근방이라서 지나는 길에 들렀어."

"근방이 아니라 옆방이면 어때. 어쨌든 네가 안방까지 불러들인 건 그 여자가 최출 거 아니냐. 그리고 네가 그 여자한테만 유독 출입금지를 해제했다는 데 뭔가 뜻이 있었던 게 분명하잖어, 설령 그게 전혀 의도적이 아니었다 하더라도."

"의사의 왕진행위였다는데, 이 자식은."

"갑자기 중환자 행세군. 넌 결론적으로 말해서 머저리야. 그 점이 바로 네가 치료받아야 할 중환이야."

"미주알고주알 말이 많다, 정말 별 머저리 같은 자식이. 임마, 지금부터 내 침대를 모든 여자한테 공개하기로 했다 그럼."

"안 될걸, 너 같은 머저린, 사랑할 자격이 없어."

"여자들은 나를 그렇게 말 안해. 그 여자, 나를 사랑하는 기계라고 말했다, 이거다."

"그러니까 안 된다는 말씀이다. 사랑이란 말을 혼동하지 마. 내가 말하는 건 정사를 뜻해."

그리고 정사란 뜻의 사랑은 하나의 잔혹연습이라고 자식은 주장했다. 자기 자신에게, 또 상대편에게 모두 잔인한 행위라는 것이었다. 자신의 아성을 무너뜨리지 않고 고스란히 지키려는 안간힘 때문에 가슴을 열어 상대편을 받아들이지 못하는 것, 그러면서도 사랑에 (가 아니라 정사에) 초조한 갈증을 느끼는 것——그건 언제까지고 진심을 내보이지 못하므로 위선에 그치고 만다는 것이었다.

"뿐만 아냐. 그런 더럽게 자만하고 소심한 사물에의 대응 버릇은 자칫하면 모든 사랑마저 위선으로 떨어뜨리고 말 위험이 커."

"내가 그러니?"

"넌 좋은 놈야. 하지만 사랑하는 기겐 아냐. 조금 달라. 넌 도덕주의, 교양주의, 그런 거에 제동이 걸려 재빨리 경직을 일으켜. 그래서 모든 희생자를 당장 사랑해 버리는 지극히 윤리적인 네 좋은 자질을 종국엔 위선으로 결론낼 가능성이 크단 말야. 어떠니, 내 말발 늘었지? 개떡이다, 제기랄. 무슨 얘길 했는지 나도 모르겠다."

"좋은 말 했으면 얼버무리지 않는 게 좋아."

"하여튼 넌 사랑을, 아니 정살 할 자격이 없어."

라고, 장승문은 재차 오금을 박았지만 그러나 '추상'의 안 마담 의견은 또 달랐다. 안연자는, 그가 드디어 그의 아파트 문을 개방했다는 것은 앞으로 모든 여성에게 기회 균등을 줄 계기를 만들었다는 뜻으로 본다고 했다. 마음을 단단히 잡수세요, 라고 그녀가 경고하자 장승문은 눈을 허옇게 까뒤집고 그렇게 말한 그녀를 힐난했다.

"안 마담, 질투심이 나서 그러는 모양인데, 좀 참아요. 이 친구 아파트엔 여자들이 문전성시를 이룰 때가 한 번은 있어야 돼."

"좋다, 임마, 문 앞에 환영 아칠 세울 테니 염려 마."

"안 마담이나 나같이 상대될 자격이 없는 사람은 멀찌감치서 구경이나 하자구."

전치강은 장승문의 이 느닷없는 자격론에 가슴이 뜨끔하지 않을 수 없었다. 그러나 안연자는, 전 왜 자격이 없어요, 라고 항의하지 않았다. 가슴을 죄고 기다렸으나 그녀는 끝내 그 말을 하지 않은 채 눈가에 어색함을 짓이기는 엷은 미소만 달고 있었다. 종이배 같은 그녀의 딸아이를 떠올리고 있는 것일까.

전치강은 시간을 놓치기 전에 서둘러 말했다.

"안 마담을 최초로 초대할 거야."

"그거 좋지, 초대연습으로. 오늘밤에 당장 결행하는 게 어때."
하고 장승문이 또다시 여자를 더욱 참담하게 몰아붙이는 희롱을 했
는데도 전치강은 참았다. 그가 충고한 잔혹연습을 위해서. 그가 결
심한 것이 있었다면 단 한 가지뿐이었다. 이젠 다시 이 자식하고 이
집에 오지 않는다.

안연자는 곧 자리를 떴다.

"술 많이 드세요."

그 때문에 전치강은 음울한 기분에서 좀처럼 벗어날 수가 없었다.
그러나 오해 없기 바란다. 그가 마침내 여자를 집 안에 들였다고 여
기저기 떠벌리고 다녀서 안연자한테까지 자랑한 것은 결코 아니다.
장승문이 안연자를 만나자 대뜸 아파트 개방할 계획을 일러바쳐 버
려서 문제가 된 것뿐이다.

"이 친구가 마침내 여자한테 아파트 문을 따주었는데 안 마담은
그 사실에 대해 어떻게 생각해? 축배를 들어야 할 사건이라고 생
각하지 않어?"
하고. 물론 전치강이 장승문한테도 말하려고 해서 그런 말이 나온
것은 아니다. 몸의 고장에 대한 얘기가 나오고, 그러자 녀석은 약간
심각해진 얼굴을 하고 늦기 전에 유영채를 한번 찾아가 보는 것이
좋겠다는 뜻의 말을 했으므로 그는 이미 그녀가 집까지 왔었다는
얘길 해버렸던 것이다.

"그래, 그 레지던트, 시집은 갔다던?"

"아직 상대를 못 찾았다더라."

"얼씨구, 그럼 처녀 의사가 총각 혼자 사는 아파트를 방문했다,
그 말야?"

"그래 임마. 그것도 밤중에."

"드디어 일났군. 그게 뭔지 아니. 난 알 수 있어. 유영채가 상댈
못 찾았다고 말한 건 바로 널 기다리고 있다는 뜻이야."

"이 자식 환장했구먼."

"이런 쑥맥 보게. 어쨌든 술이나 사라."

구차스럽게 변명하는 것 같지만, 이것이 발단이었다. 혹은 모른다. 그는 유영채가 다녀간 며칠 동안을 전전긍긍이었으니까. 그녀가 돌아가면서 외로움이라는 말을 썼기 때문인지는 모르지만, 요컨대 그는 어떤 놈이 술 마시자고 연락하지 않는 것에 부아를 끓이고 있을 정도였으니까.

그러고 있을 즈음 장승문이 걸려들었다. 녀석은 지나가는 길에 들렀다면서 제 발로 그의 사무실까지 나타나 주었다. 이렇게 누군가를 기다리고, 별것 아닌 자식이 이렇게 구세주 만난 것처럼 반가운 것이 바로 유영채가 말한 병적인 거다 생각하면서도 그는 장승문을 그냥 돌려보낼 수가 없었다. 아니 장승문 쪽에서 먼저 시키면 얼굴을 하고 술을 사달라고 했다. 녀석은 꼭 염세에 빠진 인간처럼 거푸 혀를 차며 고개를 떨구고 앉아 있었다. '개놈의 세상'만 되풀이하고 있었다. 그건 녀석의 상투적인 태도가 아니냐. 그래서 이쪽이 음울할 때도 그것을 녀석에게 위임하고 부담없이 술을 마실 수 있지 않느냐.

"나, 다 때려치웠어, 개놈의 세상."

하고 장승문은 느닷없이 소리쳤다. 담배개비를 들고 있는 그의 손이 가늘게 떨리고 있는 듯 파란 연기가 신경질적으로 파장을 일으키고 있었다. 전치강은 책상 앞을 떠나 장승문이 앉아 있는 소파로 가 앉았다.

"뭘 때려치워?"

"깐놈의 회사."

"이제 부장님이 아니란 얘기냐?"

"개뼉다귀 같은 부장 팽개쳐 버렸다."

"잘했다. 널 불러다 사동으로 부려먹었으면 좋겠다만 여긴 그런 자리도 빈 게 없어."

"부탁하러 온 거 아니니까, 미리부터 발뺌 안 해도 돼. 너 같은 녀석은 술이나 사 주면 되는 거다."

"좋다. 가자."

해서 끌고 나갔는데 도중에 족치자 녀석은 생판 딴 소리였다.

"야, 잔인한 소리 마. 내가 어떻게 사표를 쓰니. 처자식 영양실조 걸리기 알맞을 만큼의 지폐를 다달이 대주는 회살 어떻게 그만두니. 알다시피 난 생명을 보험해 두지 않았어. 그러므로 내 직장은 나와 내 처자식의 목숨을 위해 위대한 공헌을 하고 있어. 난 그 은혜에 보답하기 위해서도 사표를 쓸 수 없단 말야."

"암, 그건 배신이지."

"그러니까 빨리 술을 사."

"술집으로 가고 있잖어."

"휴우, 목말라."

전치강은 되레 걸려들었구나 생각했다. 목을 뽑고 술꾼을 기다리다가 숨이 차서 헐떡거리는 엉뚱한 녀석한테 걸려 되레 위로해 줘야 할 판이 됐구나 하는 생각이 들었다. 장승문의 말투로 보면 늘상 해온 불평 이상의 뭔가가 있는 것도 같은 느낌을 주므로 말이다.

그러나 막상 술상을 마주하고 앉자 장승문은 뜻밖으로 손쉽게 명랑을 회복했다. 싱글벙글 반편처럼 웃음을 흘리기까지 하는 녀석에 전치강은 징그러운 느낌까지 들었다. 화가 났다.

"이 자식아, 안 마담한텐 귀여운 딸애가 하나 있어."

"그러니까 말조심하라, 희롱하지 마라, 그 말이겠다."

"상처가 될 짓은 하지 마. 자칫 잘못해서 딸애 끌어안고 울게 만들진 말아야 되잖어. 그런 순간은 뭔지 아니? 그 여자가 아일 증오하는 순간이야. 넌 물 위를 미끄러지는 조그만 종이배에 돌을 던질 수 있어?"

"그래도 너 잘 참아 내더라. 넌 내 충골 받아들인 거야, 잔혹연습을 하라는 내 충고를."

"술잔 뒤집어쓰지 않은 거 다행으로 생각해, 임마."

"아냐, 어쩌나 보자 하고 안 마담을 술집 작부 취급했는데도 넌 잘 참아 냈어. 성공이야, 그만하면."

"저 여잔 그런 실험을 위한 모르모트가 되어야 할 의무가 하나도 없단 말야."

"있어. 술집 주인이니까. 안 마담은 일수가 나빴을 뿐이야. 그쪽도 그만하면 훌륭했어. 이 술집은 틀림없이 번창한다."

"번창하는 걸 원하지 않는다면?"

"야야, 개수작 마. 이 악바리 같은 상업주의 세상에서 배곯는 현상유지에, 수모를 즐거워하는 현상유지에 만족할 사람이 어딨어."

"저 여잔 번창보단 잊어 주기를 더 바래, 흔들지 말고 가라앉은 앙금으로 가만히 내버려 둬 주길 바란단 말이야."

"그걸 위한 약이다, 오늘밤은. 자, 축배를! 안 마담을 위해 축배를…… 술잔 들어, 임마!"

"너하곤 이 집에 다시 오지 않을 테니 고배나 마셔라."

"어쨌든 술잔 들어. 그건 나중 문제야."

전치강은 술잔을 들어 장승문과 마주쳤다. 녀석은 장담할 수 있지만 식도확장증 환자임에 틀림없었다. 눈 깜짝할 사이에 잔을 비워 냈으니 말이다. 아직 반을 삼키지 못한 채 전치강은 잔 너머로 장승문의 표정을 살폈다. 그는 스스로 제 빈 술잔을 채우고 있었다.

확실했다. 장승문은 조금도 명랑해져 있지 않은 것이 분명했다. 홀로 내버려 둔 순간 순간의 그는 어딘가 혐오의 늪을 허위적거리는 인간 같은 모습을 하고 있었다. 전치강은 단서를 잡은 이상 늦기 전에 급습하지 않을 수 없었다.

"너 또 증세를 나타내는군."

하고 전치강은 마시던 술잔을 내려놓으며 말했다. 장승문이 흠칫 놀라 몸을 움직였지만 그러나 이내 시치미를 뗐다.
"뭘?"
"또 우울반응을 일으킨단 말야."
"모함하지 마. 모처럼 기분 존데 무슨 소리야."
"술은 존거야 잊어버려."
"뭘 잊어버려?"
"사표 쓰는 일."
"아니야. 그딴 건 관심도 없어."
"그럼 네가 지금 관심갖고 있는 건 뭐냐?"
"아무것도 없어."
"이 자식아, 나보고 잔혹 훈련을 하라며 넌 왜 그따위냐? 너야말로 좀 잔인해져라, 사랑하는 기계 되지 말고."
"나는 좀 달라. 나는 너처럼 어떤 아성도 갖고 있지 않어. 내게 남아 있는 유일한 것이 있다면 그건 열패감일 거다."
"뭣에 대한 열패감?"
"모든 것에 대한. 나도 모르겠어. 어쨌든 나를 숨쉬게 하고 움직이게 하는 건 열패감이야. 그것이 나를 지탱시켜 줘. 그리고 그것에 대한 보상을 찾아 헤맨 것이 오늘까지의 내 행적의 전부고 내 존재 의의였는지 몰라."
"신통찮은 수작 그만둬."
"야, 제발 내 얘기 좀 진지하게 들어 다오."
"술자리가 진지해질 수도 있나?"
"맘만 먹으면 어떤 자리보다 적당한 자리지."
"그만 일어서는 게 어때?"
"더 마셔야겠어."
전치강은 엉거주춤 일어서던 엉덩이를 붙이고 도로 주저앉았다.

그러곤 오로지 술을 마시기 위해 태어난 것처럼 두 사람은 적어도 30분 이상 줄기차게 마셔 댔다. 자, 이젠 일어서자고 전치강이 재차 종용했을 땐 이미 장승문은 제정신이 아닌 듯했다. 목을 꺾고 시트에 처박혀 있었다.

바 쪽을 통해 입구로 장승문을 끌어냈으나 안연자는 보이지 않았다. 누구에게 그녀의 행방에 대해 묻진 않았지만 전치강은 그녀의 모습을 볼 수 없는 것이 마음에 걸렸다. 딸아이한테로 달려간 것일까. 가서 장승문의 말을 곱씹고 있는 건 아닐까.

18번 도로

나를 지배하고 있는 기억이 하나 있어. 시커먼 철조망이야. 그것이 나를 끝없이 붙잡고 있어. 그 검은 실루엣이 안경대처럼 내 눈 앞에 걸려 있단 말야.

웬 철조망이냐고? 내 이야기를 들어. 내가 3년을 지낸 부대의 울타리에 걸려 있던 철조망이야. 선명하게 걸려선 나를 쉴새없이 돌부리에 차이게 만든단 말야.

시뻘건 황토흙 보리밭을 배경으로 하여 어설픈 포플러 몇 그루가 잎이 다 떨어져서 서 있었어. 그건 뒷산 등성이를 베고 둔덕 훨씬 위쪽으로 올라앉은 부대 막사 앞에 나서면 언제나 보게 되는 허망한 살풍경이었지. 아래로 그리 넓지 않은 연병장이 역시 버얼건 황토흙 배때기를 드러내고 누워 있고, 그 연병장이 끝나는 지점에 위병소가, 그리고 잎이 없는 포플러는 그 위병소 바깥 18번 작전도로에 면해 허깨비 같은 모습으로 서 있었어.

나는 신병의 공포에 싸여 매일밤 보초를 섰지. 달빛 속에 얼어붙은 그 재수없는 풍경을 지켜 서 있었다구. 그렇게 서서 울었느냐고.

아니.

그러다가 어느 날 아침 차가운 햇살 속을 건너다보자 저쪽편 황토
흙 보리밭에 파르스름하게 보리싹이 돋아나고 있지 않았겠어. 갑자
기 가슴이 울렁거렸어. 정말이야, 나는 가슴이 뛰었어. 새싹이 돋다
니…… 그 얼어붙은 땅을 헤집고 새싹이 고개를 들다니…… 나는 사
정없이 가슴이 뛰었어.

아니야, 그게 아니야. 부대 바깥에 여자가 나타났다는 소문이 들
리기 시작했어. 노란 저고리에 자주 치마를 입은 여자가 단 두 채밖
에 없는 위병소 바깥 민가에 흘러 들어와 젓가락 장단을 맞추기 시
작했다는 거 아니겠어.

며칠 뒤엔 문제의 여자를 직접 확인할 수 있었지. 헛소문이 아니
라 사실이었단 말이야. 모두가 얼어 터진 손가락을 입에 넣고 호루
라기 소리를 내는 속에 끼여 서서 나는 추녀끝에 쪼그리고 앉아 아
침 햇볕을 쬐는 여자를 보았지. 하지만 소문처럼 노란 저고리에 자
주 치마를 입고 있지는 않았어.

강추위 속을 뚫고 거기까지 나타난 여자의 옷은 멀리서 보기에 단
지 거무스름한 빛깔이었어. 나는 몸을 후루룩 떨었지. 필녀야 한번
하자, 하고 제가끔 소리치는 속에서 히죽 웃고 있었어. 어땠느냐
고? 질투심이 뿌듯이 목구멍을 치받긴 했지. 자지 않아도 좋다고
생각했어. 따뜻한 가슴을 끌어안기만 해도 좋다고 말이야.

그러나 그뿐이었어. 고참들은 밤마다 철조망을 들치고 개구멍을
타는데 나는 봄이 올 때까지 여자한테 다녀온 고참병들 뒷얘기나 들
으며 지냈어. 더러는 삼삼하더라 했고 또 더러는 밥맛없다고 했지.

끓어오르던 질투심도 시간이 갈수록 스르르 가라앉았지. 그러나
포기하고 싶은 생각은 조금도 없었어. 흘러들어온 술집 작부 하나를
놓고 너무 과장해서 말한다고 할지 모르지만 이건 조금도 과장이 아
니야. 그땐 적어도 그랬어. 군침 흘리는 것들 다 떼내 버리고 데려

가 같이 살았으면 싶을 정도였으니까. 그걸 넌, 민간인을 회복하기
엔 너무 길게 남은 시간이 주는 좌절감의 반사작용이라고 말할 테
냐. 글쎄 그럴까.

하여튼 나는 봤어. 사역을 나갔다가 허옇게 버짐이 핀 여자의 얼
굴을 봤어. 여자는 밭고랑에 엎드려 달래를 캐고 있었어. 보니까 삼
삼하더냐고? 그 점은 모르겠어. 난 그때 그런 점은 보지 않았어.
모두 자고 싶다는 희망을 주장하는 대열 속에 끼여 있어선지 내가
신경쓴 건 그 법석에 대한 짜증뿐이었으니까. 나는 부대로 돌아오자
시치미를 떼고 김 상병이라는 친구한테 물었지.

—저 아래 술집 여자, 노랜 잘 부르우?

—말도 마.

나는 말도 말라는 게 무슨 뜻인지 곱씹어 보며 좀더 길게 물어 보
기로 했지.

—젓가락도 잘 두들기고요?

—말도 마.

—김 상병도 입맞췄수?

—말도 마.

—끌어안고 잤수?

—말도 마.

—여보슈.

—새까만 쫄짠 잠자코 세월만 기다려. 그러다 보면 제대 날짜도
빨리 와. 정 못 참겠으면 변소에 가. 그게 신상에 좋을 거야.

—누구 누구 잤수?

—나 하나.

—정말이우?

—야, 야, 사실대로 말하면 나도 아직 깃빨 못 꽂았어.

—소문은 그렇잖던데?

―누가 그래? 누가 그딴 소리 하든?

―모두.

―생사람 잡을 소리 말라고 해.

―생사람 잡다니요?

―이거 소식 깜깜이군. 쫄병은 역시 죽었다 복창하고 가만 있는 게 좋다니까. 지금 이 중위 새끼가 잔뜩 열을 올리고 있는 거 몰라?

―이 중위가요?

―살림차렸다는 소문이야, 임마. 헛물켜지 말고 쫄병은 그저 페치카 당번이나 잘 서서 쪼인트나 까이지 마.

―나도 철조망 탈 겁니다.

―멀쩡한 놈 하나 또 영창 가게 생겼군.

―가거든 김 상병 안부 전하죠.

―그래. 월급 타면 몽땅 빠다라시 바꿔 갖고 간다고 전해.

―그러죠.

―그러죤 뭐가 그러죠야. 너 그 기집애 몸에 손만 댔다간 죽어. 나도 아직 손끝 하나 안 건드렸어, 임마. 그런데 중위 새끼가 끼여들어 훼방을 놓고 있단 말야. 알어?

―어쨌든 오늘밤 뛸 거요.

이 중위가 살림을 차렸다는 소문은 알고 보니 이미 사병 대부분이 듣고 있었어. 중위가 초저녁부터 방을 차지하고 있어서 주인 할망군 장사 안 된다고 자나깨나 불평이라는 말도 들렸어. 고참들은 이제 철조망을 뚫어도 그 옆집으로나 가서 화풀이를 할 수밖에 없다는 거였어. 절망감 같은 게 느껴지더군. 때로 중위와 마주치면 분통이 치받쳐 바로 보이지 않았지. 눈도 휑하게 들어가 뵈고. 나는 밤 보초를 서며 혼자 애창했지.

인제(麟蹄) 가면 언제 오리.

원통(元通)해서 내 못 살겠네.

그러던 어느 여름밤 나는 마침내 결행을 결심했어. 미쳤다고? 그래, 미쳤었어, 누구나. 보초 교대가 끝나자 지체없이 철조망 개구멍을 탔지. 위병소 옆까지 살금살금 기어 내려와 포플러 나무 뒤에 숨어 주위를 살폈지. 아무 기척도 없더군. 위병소도 등화관제 속에 묻혀 잠든 듯했어. 나는 위병소 앞을 자른 18번 작전도로를 건너 오십 미터 이상 떨어진 문제의 민가를 향해 빠른 걸음으로 돌진했어. 그러다가 도로 끝 어둠 속에 버티고 선 사람 그림자와 마주쳤어. 나는 헉 하고 놀라지 않을 수 없었지만 알고 보니…… 중위였냐고? 아니야. 그럼 김 상병이었을 거라고? 천만에, 그 집 주인 할망구였어. 나는 대뜸 묻지 않을 수 없었어.

—이 중위 여기 있죠?

—저 방에서 자요.

—여자하고?

—기집년은 이 방에서 자고.

—같이 자는 게 아니고?

—같이 안 잔다니까 그러네. 깨울 테니 술이나 들어요.

—관둬요. 그럼 돌아가겠어요.

—술 마시러 온 거 아니우?

나는 잠시 망설이고 섰다가 곧 신발끈을 풀기 시작했어. 노파가 깜깜한 방으로 들어가 여자를 깨우는 소리가 들렸어. 안 잔단 말예요, 하는 여자의 목소리를 듣는 순간 나는 왜 그랬을까, 느닷없이 낭패감에 사로잡혔어.

나는 마당에 선 채로 굴 속같이 어두운 방 안을 응시했지. 피지직 성냥불 타는 소리가 들리면서 노파가 내 멱살을 잡아챘어. 어이 들어와요, 라고밖에 노파는 말하지 않았는데 나는 왠지 멱살을 잡힌 것 같은 느낌이 들었어. 희미한 호롱불빛을 받으며 여자가 서 있었어. 노파가 문지방을 넘어서서 이번엔 정말로 내 팔을 끌더군. 어이 들어와요, 위병소 사람들 봐요, 하고.

나는 여전히 낭패감에 압도당한 채 방 안으로 들어섰어. 노파가 얼른 내 작업화를 방 안으로 집어 내던지더군. 그때까지도 여자는 아무 말 없이 서 있었어. 나는 고개를 떨구고 선 여자를 내버려둔 채 털퍼덕 엉덩이를 깔고 앉았어. 흙바닥이더군. 초배만 붙여 오래 두었을 때와 같이 군데군데 흙이 패어 있었어. 아냐, 아주 흙바닥이었다고 말하는 편이 좋아. 나는 더욱 낭패감에 사로잡혀 흔들리는 호롱불을 멀거니 바라다봤어. 이건 너무 잔인한 학대다, 하는 생각을 하며. 잠시 후 여자가 윗목 벽에 기대어 논 술상을 내 앞으로 옮겨 오더군. 노파가 산나물 무침인 듯한 시커먼 안주 그릇과 나무젓가락 네 가치를 들고 나타났어. 치마 끝에 쓸려 흙먼지 냄새가 확 풍기더군. 술은 윗목 구석배기에 있었어. 여자가 술주전자와 함께 양은 양재기 두 개를 엎어 들고 왔어. 어때, 그런 데서 하는 영업 행위론 썩 어울리는 상차림이라고 생각되지 않어?

뭐야? 미주알고주알 다 얘기할 생각 말라고? 그러다간 핵심이 흐려진다고? 흐려져도 좋으니 넌 들어 둬야 해. 넌 겪지 못했으므로 들어 둬야 해. 그 사이에 나는 휴가를 얻어 널 찾은 일이 있는데 그때 넌 해외에 나가고 없었어. 그 전에 벌써 넌 군대생활을 마쳤다고? 그랬었군. 하지만 너는 전방에서 살아 보지 않았으므로 전방을 몰라.

좋다. 그럼 모래가 어석어석하는 흙바닥 얘기는 그만두자. 다만 그 흙바닥을 벌거숭이가 되어 뒹군 얘기만 하자.

인제 가면 언제 오리

원통해서 내 못 살겠네

하고 여자는 노래를 흥얼거렸지만, 그러나 조금도 취해 있지 않었어. 말짱하면서 내가 묻는 말에는 한마디도 대답하지 않았어. 고향도, 이름조차도, 그리고 그곳까지 흘러들어온 경위도 말하지 않았어. 중위와 왜 떨어져 자느냐고 물어도 대답이 없고 벙어리냐고 물어도 아무 말이 없더라니까. 나는 마침내 여자를 쓰러뜨렸어. 여자는 흙바닥을 베고 눈을 감았어. 마치 수형(受刑)의 자세로. 나는 여자를 다루는 아주 통속적인 방법밖에 몰랐으므로 우선 스스럼이 낀 몸짓으로 여자와 입을 맞추었지. 담배 냄새가 나는 듯했어. 그때까지도 여자는 여전 아무런 반응도 보이지 않았어. 또다시 낭패한 느낌이 들기 시작한 탓일까, 나는 나도 모르게 여자의 젖가슴을 확 풀어헤쳤어. 아, 나는 뒤에 그런 짓을 한 내 이 손을 어마나 저주했던가.

희떠운 수작 말라고? 그게 아니야. 절대로 그런 값싼 감상주의가 아니야. 뭔지 알어? 여자는 가슴이 하나도 없었단 말야. 참으로 말하기 싫지만 갈비뼈가 앙상하게 드러나 있더란 말이야. 섬뜩한 느낌이 든 건 어쩔 수 없었어. 그런 느낌과 함께 나는 무의식중에 벌떡 몸을 일으켰어.

그러자였어. 여자가 갑자기 내 목을 감고 매달렸어. 또 그만두려고요? 안돼요, 못 가요. 여자의 목소리는 차라리 헛소리처럼 메마른 울부짖음이었어.

—가슴이 없으면 왜 못해요? 가슴이 없다구 그것두 없어요? 왜 모두 가슴만 보곤 그만둬요? 왜요? 왜 그만둬요?

나는 그게 아니라고 말하고 싶었어. 오해라고.

—벗겨 보세요, 자. 내가 벗어 뵈드려요?

여자는 느닷없이 자기 치마를 북 찢었어. 또 찢고 또 찢었어.

—날 안아 줘요. 빨랑요. 나두 다 알아요. 돌릴 줄두 알구, 나두 다 안단 말예요.

나는 문을 차고 달아났어. 집 앞 도로가에 섰던 노파가 어둠 속으로 뛰어드는 내 소매를 붙들었어. 제발 다른 사람한텐 말하지 말아요, 저년 가슴 없더란 애긴 제발 하지 말아 줘요, 라고 노파는 재빨리 속삭이고 있었어. 나는 두 손으로 귀를 틀어막고 뛰었지, 나중에 보니 손이 아니라 신발로 틀어막고 있더군. 뿐만이 아냐. 콧잔등이 섬찟하여 정신을 차리고 보니 가시철조망이 코에 걸려 있었어. 피가 주루룩 턱끝으로 흘러 떨어지더군. 이게 그때 긁힌 상처 자국이지.

그런데 그게, 철조망 그게 왜 그 여자의 가슴으로 바뀌어 버렸는지…… 왜 안경대처럼 걸린 철조망을 내려다보며 여자의 가슴을 떠올렸는지…….

나는 이튿날에야 술값을 치르지 않은 사실을 기억해 내고 다시 그 집을 찾아갔어. 그로부터 사흘 뒤였나 봐. 마침 노파가 어두운 방문턱에 걸터앉아 있더군. 나는 돈을 지불하고, 그러고 나서 안심시킬 셈으로 말했어. 누구에게도 말하지 않았노라고 되풀이 말했어.

—일없수. 다 끝났수.

—그게 무슨 뜻예요?

—가버렸다오.

—가요?

—그 이튿날 새벽으로 달아나 버렸수.

—어디로요?

—그럴 내가 어떻게 알우.

—보따리도 갖고요?

—보따린 무슨 보따리가 있어서.

—돈은 가졌어요?

—올 때도 땡전 한닢 없던 년이 무슨 돈이 있었겠수. 필경은 어디 가다 꼬꾸라져 뒈졌겠지.

장승문은 마침내 말을 끝냈는지 석고상처럼 앉아 있었다. 그러다가 고개를 들어 천장을 올려다보며 중얼거렸다. 아, 이 철조망, 하고. 담배를 권하는 전치강을 충혈된 눈으로 노려보며 그가 물었다.

"꼬꾸라져 죽었겠지?"

"인간의 목숨은 생각보다 질겨."

"그때까지 산 것만도 너무 질겼어."

"술 한잔 더 할 테야?"

"나 가겠어."

"무슨 소리야. 지금이 몇 신데?"

"그래도 가겠어. 난 가야 해."

장승문은 단호한 몸짓으로 자리를 차고 일어섰다. 전치강은 장승문을 붙들어 두려고 현관까지 따라 나갔지만 결국은 그를 배웅한 폭이 되고 말았다. 장승문의 태도에는 어딘가 결정적으로 완강한 데가 있었기 때문이다. 통행이 금지된 새벽 한 시 반이라고 분명히 세 번씩이나 일러주었는데도 제가 마치 특별 통행증이라도 가진 것처럼 조금도 귀담아 듣지 않았다. 놈은 다만 되풀이 주장했다.

"나한테도 갈 데가 있어."

너무 강조했으므로 전치강은 반문하지 않을 수 없었다.

"왜 그러니? 그게 어디냐?"

"가까워."

"가까운 어디? 철조망가로 가려는 거 아냐? 이 아파트 끝에 둘러쳐져 있는 철조망 찾아가는 거 아니냐?"

"철조망은 그렇게 멀리 가지 않아도 있어. 내 눈앞에 걸려 있다고 했잖어."

"내가 오늘밤 안으로 그걸 걷어치워 줄 테니 가지 말고 나랑 같이 자자, 여기서."

"안 돼. 갈 데가 있다니까."

전치강은 복도 끝 승강기 앞까지 갔을 때 다시 말했다.

"봐라, 이것도 움직이지 않어. 돌아가자."

"걸어 내려가겠어. 모래를 넣고 매일같이 삼십 리를 뛴 몸이야."

전치강은 더 이상 붙들지 않았다. 장승문은 요란하게 발걸음 소리를 내며 비상구 계단을 내려뛰기 시작했다. 그가 사라진 계단 밑을 멀거니 내려다보며 전치강은 생각했다. 경찰서로 연행되는 것도 지금의 그에겐 해롭지 않을지 모른다는 생각을 했다. 그것으로 안경대처럼 코 앞에 걸려 있다는 철조망이 걷힐 수만 있다면.

그러나 아파트 끝 변전소 철조망 둘레를 서성거리다 순찰 경관한테 들키는 장승문을 그려 보는 것은 아무리 그것이 약이 된다 해도 전치강에겐 조금도 유쾌한 연상이 아니었다. 전치강은 심지어 별 생각이 다 났다.

그는 안연자의 술집을 나오자 느닷없이, 너희 아파트에 가겠어 라고 선언한 장승문을 집으로 돌려보내려고 온갖 듣기 싫은 소릴 다 해댔는데, 그것도 마음에 안 걸리는 것이 아니었다. 뚜쟁이 만났군, 하고 말한 건 너무 심했을까.

전치강은 콧잔등을 쓰다듬으며 휑뎅그렁하게 빈 거실로 올라섰다. 장승문처럼 그의 코 앞에도 철조망 쇠가시가 얹혀 있는 것 같은 느낌이 들었다.

피로가 몰려왔으므로 서둘러 불을 끄고 벌러덩 침대에 자빠졌으나 잠이 오지 않았다. 오지 않을 뿐 아니라 뭔가 가슴을 누르는 것 같았다. 그는 다시 일어나 불을 켜고 거실로 나왔다. 불행한 경험을 안고 살아가게 된 자식이라니. 그는 소파에 몸을 던졌다.

그렇게 하고 있다가 잠이 들어 버린 것일까. 그렇다면 그건 술을 마셨기 때문일 것이다. 목이 몹시 타서 눈을 떴을 땐 아침이 코 앞에 와 있었다. 전치강은 팔뚝시계를 들여다보고 나서 현관으로 뛰어나갔다. 그러나 초인종을 누르다 지쳐 장승문이 거기 문 앞에 쓰러져 있진 않았다. 그건 꿈에서만 그랬다. 전치강은 맥이 빠져서 우유병과 조간 신문을 주워 들고 돌아섰다.

거실로 올라서자 하얗게 빛이 바랜 전등이 아직도 소파 머리에 켜져 있는 것을 알 수 있었다. 침실 전구에도 불이 들어와 있었다. 전치강은 스위치를 내리고 나서 우유를 벌컥벌컥 들이켰다. 조간 신문을 펼쳐 들었으나 읽고 싶은 생각이 조금도 나지 않았다. 신문을 내던지고 그는 욕실에 들어가 손가락 두 개를 입 안에 쑤셔 넣었다. 구역질이 나는데도, 그러나 아무것도 토해 낼 수 없었다. 그는 포기할 수밖에 없는 것이 화가 나서 잇솔질할 생각마저 나지 않았다. 찬물을 얼굴에 두어 번 끼얹고 수건을 집으려는 찰나에 전화벨이 울렸다.

"골치 아프지 않어?"

장승문의 목소리가 아닌가.

"거기 어디야?"

"난 골치가 빠개지는 것 같어. 진통제라도 하나 사 먹어야겠어."

"거기가 어디냐니까?"

"걱정할 만한 데는 아냐. 또 만나자."

장승문은 거기서 전화를 뚝 끊어 버렸다. 수화기를 든 채 전치강은 그가 있을 만한 데를 더듬어 보았다. 경찰서 보호실이 아니라면 생각나는 데가 한 군데도 없었다.

전치강은 저고리를 떼어 들고 곧 방을 나섰다. 승강기가 떨어져 내리는 무중력감이 드디어 균형을 깬 것일까. 갑자기 뭔가 목구멍을 타고 울컥 치받쳤다. 문이 열리기 바쁘게 전치강은 손수건으로 입을 틀어막고 아파트 출입구 밖으로 내달았다. 어느새 쓰디쓴 물로 변한 우유를 반납하고 나자 골치가 욱신욱신 쑤셔 대기 시작했다. 아니, 이미 벌써부터였다. 장승문이 묻기 훨씬 전부터 쑤셔 댔다는 사실을 전치강은 그제야 알아차렸다.

더러워진 손수건으로 이마에 나밴 땀을 문지르며 전치강은 자동차가 서 있는 쪽을 건너다봤다. 차는 비를 맞고 서 있었다. 가지런히 서 있는 그것들의 지붕과 범퍼 위에 하얗게 빗방울이 튀고 있었다.

왜 비가 오는 것을 모르고 있었을까. 장승문은 왜 그 사실을 말해 주지 않았을까.

전치강은 자동차 열쇠를 꺼내 들고 차 곁으로 뛰어가며 확신이 섰다. 경찰서 지하실 유치장에 갇혀선 일기를 알 수 없으므로 녀석은 아직도 이렇게 비가 뿌리는 날씨를 모르고 있는 거다.

그러나 아파트촌 입구 경비실에서 위치까지 물어서 찾아갔는데도 장승문은 경찰서의 통금 위반자 명단에 올라 있지 않았다. 그 밖의 어떤 범법자 명단에도 장승문이란 이름은 보이지 않았다. 그리고 적어도 경찰관은 그보다 현명했다.

"마치 잡혀와 있길 바라는 듯한 말툰데 우리 서엔 그런 사람 없으니 더 이상 귀찮게 굴지 말고 돌아가시오. 어디 가까운 여관에 드러누워 전화질을 한 걸 거요. 명단에 없으면 다행이지 뭘 그러오."

그렇다. 경찰서 보호실에 와 있지 않은 게 확인된 이상 조금도 머뭇거릴 게 없다. 전치강은 머리를 싸안고 경찰서 입구를 걸어 나왔다. 빌어먹을 녀석, 비오는 줄도 모르고 여관에 틀어박혀 있다니. 빗줄기가 더욱 기승을 부리며 쏟아지는 속에 그의 자동차는 혼자서 열심히 와이퍼질을 하고 있었다. 엔진을 끄지 않은 채 둔 모양이었다. 전치강은 경찰서 앞을 떠나며 터무니없이 〈세일즈맨의 죽음〉을 떠올렸다. 그는 진눈깨비 속을 달렸지만 이렇게 물안개를 피우며 쏟아지는 빗속을 달리는 것도 같은 정황이 아니랴. 하지만 나는 자살은 하지 않는다, 하고 그는 여전히 생각했다. 죽음의 연습을 할 수 있을 뿐이다. 그것도 잔혹연습의 하나가 될 것이므로.

그는 눈을 가리는 젖은 머리칼을 쓸어 올리지도 않고 무서운 속력으로 차를 내몰았다. 사무실에 이르렀을 때의 그는 거의 절망감에 가까운 자기모멸감에 사로잡혀 있었다. 운전대를 잡은 손이 부르르 떨렸다. 내가 무슨 짓을 하고 있는 건가. 이건 자살의 만용이 아니냐. 그러나 어떤 인간이 감히 죽음을 희롱할 수 있다는 것이냐.

그는 신경질을 부리며 사무실 계단을 걸어 올라갔다. 땀이 목덜미를 타고 기어내렸다. 그는 그러면서도 장승문이 말한 이 중위란 인물은 어떻게 되었을까, 하는 생각을 하고 있었다. 그가 여자의 옆방에서 혼자 자고 있었다는 것은 무엇을 뜻하는 것일까. 아니 거덜이 난 장승문 이 자식은 아직도 코끝에 철조망을 걸고 여관방에 누워 있는 건가.

오후에 유영채로부터 전화가 걸려 왔다.

"좀 어떠세요?"

"언제 무슨 치료를 해줬어, 어떠냐고 묻게?"

"병인을 말했음 스스로 노력해얄 것 아녜요."

"술 먹었어, 엊저녁에."

"그럼 또 편두통이겠군요, 지금."

"새로운 증셀 말할까. 아침에 일어나니 구역질이 나더군."

"상식적으로 말함 그건 간이 나빠졌다구들 얘기하죠."

"성한 덴 몇 군데 없군, 이제."

"근간 사무실루 한번 찾아갈게요. 끊어요."

"잠깐. 눈 앞에 안경 대신 철조망을 걸고 다니는 친구가 하나 있는데, 그걸 무슨 수술 같은 걸로 떼낼 순 없을까?"

"농담할 정도면 치강 씨 편두통이라는 것두 별거 아녜요."

"그렇군. 이건 농담으로 해도 괜찮을 그런 이야기가 아니야. 장승문이 알잖어, 그 친구가 바로 철조망 허깨비 보기에 시달리고 있는 장본인이라구."

"아니 왜요? 정말예요?"

"그렇다니까. 그것도 고질이 되어 벌써 십 년은 그런 증상에 계속 시달리고 있다잖어."

"나중에 만나서 자세히 듣기루 해요."

"들어봤자 의사 따윈 못 고칠 병이야. 그래서 걱정이야."

"여하간 만나서 애기해 봐요. 고치기 쉬운 치강 씨 경우부터 열심히 노력하구요. 안녕."

전치강은 통화를 끝내고 나자 생각이 나서 두 번째로 장승문의 생명보험 회사 사무실 다이얼을 돌렸다. 아침에와 마찬가지로 같은 여자의 목소리가 그의 결근을 재확인해 주었다. 녀석이 시들어 가는 꽃이라고 표현했던 여사원은 홀대당한 줄도 모르고 걱정이 대단했다.

"전화도 없었수?"

"네. 아침에 한 번 왔었다는 말씀은 드렸죠?"

"들었지. 알았시다. 어젯밤에 술을 너무 많이 한 탓일 거요. 내일은 나타날 테니 걱정 말아요."

전치강은 수화기를 내려놓고 일어섰다. 창가로 다가가자 비에 젖은 도시의 한 귀퉁이가——창녀의 눈물자국처럼 서글퍼 보이는 한 모퉁이가 내다보였다. 전치강은 돌아섰다. 빗속으로 나갈 참이었다. 건물 입구를 거의 다 내려와 가는데 누군가 방정맞은 발걸음 소릴 내며 쫓아 내려왔다. 문세대였다. 전치강은 걸음을 멈추고 짜증이 섞인 목소리로 물었다.

"뭐야?"

"전화 왔습니다."

"여행 중이라고 해."

"그렇게 말하면 굉장히 속상해할 사람 같던데요."

"잔소리 말고 그렇게 말해."

"어여쁜 여자 목소리라서 거짓말이 나올 것 같지 않은데 어쩌죠?"

"미스터 문이 언제부터 전화 당번이야?"

"미스 김이 저더러 뛰라고 부탁했을 뿐입니다."

"귀찮게 구는군. 입구 안내대로 돌려줘."

"벌써 돌려놨을 겁니다."

전치강은 건물 입구로 내려가 안내대 위에 놓인 수화기를 집어들었다.

"저예요."

"저라니?"

"어머, 저예요."

"저가 누구야?"

한 것은 사실은 반가운 감정을 얼버무릴 여유를 갖기 위한 반복일 뿐 전치강은 이미 첨부터 그것이 서용임을 알고 있었다. 내겐, 분명히 말할 수 있지만 난봉기가 있어, 하고 그는 저쪽의 대답을 기다리는 동안 속으로 생각했다. 여자라면 이렇게 무조건 좋으니 말이야.

"계속 그러심 전화 끊을래요."

"끊어라."

"어마, 약 올라."

"웬일로 전화냐? 도무지 감감 소식이다가."

"있잖아요, 바닷가에 갔다왔걸랑요."

"여름 간 지가 언젠데 지금 바다 애기야."

"오머머, 전 어저께 올라왔다구요. 아직두 수영하는 사람 많아요, 왜 그러세요."

"소식 없은 지 두 달은 됐을 테니 그렇게 오래 가 있었으면 새까매졌겠군."

"죄송해요. 저두 선생님이랑 같이 가구 싶었지만 집안이 한꺼번에 떠난걸요."

"죄송하면 말로 끝낼 생각 말고 차라도 사면서 사죄해."

"그럴 참으루 전화드렸죠. 근데 왜 그렇게 오래 전화 기다리게 하세요?"

"오 초만 늦었어도 못 받았어. 밖으로 나가던 참이야."

"보세요, 저 얼마나 운이 존 아인가."

운이 좋았던 건 되레 내가 아니랴, 생각하며 전치강은 통화를 끝낸 수화기를 내려놓았다. 그럼 곧장 나오실 수 있겠군요, 빨랑 만나서 우리 비 맞아요, 하고 소리치던 서용임의 목소리를 재차 떠올려 보며 전치강은 허헝 하고 소리내어 웃었다. 하루 중 처음으로 웃어 보는 웃음이었다.

그래 좋다, 감기 들 염려가 조금도 없는 여름비이므로 옷을 적셔도 좋다. 이런 날은 차라리 그 편이 좋다. 전치강은 바지 주머니에 손을 찌르고 차고 쪽으로 가려고 건물 후문을 밀고 나갔다. 경찰서를 드나드느라 옷을 적신 것보다야 얼마나 기분 좋게 맞을 수 있는 비냐, 하고 열심히 자신을 타이르면서.

그러나 그는 화가 났다. 비를 맞았으면 맞았지, 그걸 가지고 조잔하게 자기합리화할 건 또 뭐냐 해서였다. 미리 스스로를 설복해 놓아야 할 건덕지가 어딨느냐. 내가 여자와 우산을 접어 들고 빗속을 걷지 않는다고 장승문의 철조망이 걷히는 거냐. 종일 음울해 있어야 그게 우정이냐. 아니 그보다도 장승문은 멀쩡한 목소리로 무사함을 알려 오지 않았느냐. 십 년을 그렇게 무사히 살아오지 않았느냐 말이다.

오히려 이쪽을 보고 잔인하지 못하다고 비난할 만큼 정상인 그를 꾸준히 동정하려고만 노력해야 할 건 없었다. 전치강은 차를 끌고 조심스럽게 빗속으로 들어섰다. 지붕에 부서지는 빗소리가 경쾌한 음향으로 들릴 순간을 기다리며——

"안녕하세요?"

서용임은 눈을 마주치자 활짝 웃었다. 전치강은 순간 그 밝은 웃음에 위화감 같은 게 느껴졌다. 약간 탄 듯한 그녀의 얼굴을 쳐다봤다.

"얼굴을 태웠군."

얼굴보다는 소매 없는 블라우스 밖으로 삐어져 나온 어깻죽지가 훨씬 윤기 있는 검은 빛깔을 띠고 있었다. 검은 색깔이 건강을 상징해 보이는 경우가 있다면 이럴 때뿐일 것이다.

"아직두 비가 오구 있죠?"

"응, 몹시."

"아이, 신나."

건강한 젊음을 구가하며 건강하게 살고 있는 아이의 말이므로 그런 탄성엔 조금도 그늘이 끼어 있지 않았다. 비를 기다리는 것은 농부와 음울한 성격의 소유자만이 아니니까. 그리고 수해대책본부에 관계하고 있지 않는 한 모두가 언제나 홍수 끝에 잠기는 마을만 염려하고 있어야 하는 건 아니므로 서용임의 탄성은 적어도 건강의 자신감으로 느껴졌다.

우리 나가요, 빗속으루, 하고 그녀는 재촉했다. 그러나 전치강에겐 여전히 어떤 주저의 찌꺼기가 남아 있었다.

"비를 꼭 맞아야겠다, 이거냐?"

"그럼 이런 날 가만히 있을 수 있어요?"

"가만히 있는다고 해서 꼭 나쁜 건 아니지. 감기 들 염려도 없고."

"무슨 아저씨가 이렇게 멋대가리 없으실까."

"홀랑 젖어 버리면, 담뱃갑도 젖고 성냥갑도 젖어 버리면, 어떻게 하나 해서 그래."

"염려 마세요. 제가 사 드릴게요."

"돈도 젖어서 인쇄가 지워져 버릴 텐데."

"동전도 그래요?"

"난 무거워서 그런 건 안 넣고 다니거든."

"저한테 한 주머니나 있어요."

"미리 준비한 모양이구나."

"이제 도망가실 데가 없으시죠, 건건한 아저씨."

"감기약부터 먹어 둬야겠군."

그래서 전치강은 서용임을 따라 커피숍을 나왔다. 보도 옆의 빈터에 세워 놓은 자동차까지 가는 동안 서용임이 뜻밖으로 조그만 여자용 우산을 씌워 주었으므로 전치강은 되묻지 않을 수 없었다.

"아니, 이거 어떻게 된 거냐?"

"이런 번화가에서 어른들이 비를 맞구 다님 사람들이 숭봐요."

"남의 사정 다 볼 바엔 포기하는 게 낫겠다."

"거짓부렁 마세요. 선생님은 지금 두려우세요. 잘못 걸렸구나 생각하세요."

"잘도 아는군. 하지만 늙은이 취급은 기분 나쁘다."

"하여튼 우산을 편 건 선생님 땜예요. 선생님이 도시 한가운데서 그러셔선 안 돼요."

"설계 주문 안 들어오나?"

"그럴걸요? 세상은 상식적이거든요. 그러니까 이쪽두 그렇게 대응해 주는 게 편해요."

"결국은 음모를 꾸미자는 얘기군."

"어째서 그게 음모예요?"

하면서 서용임은 문을 따는 전치강의 옆구리를 찔렀다. 빗발을 피하려는 건 본능이어서 전치강은 문이 열리자 재빨리 몸을 운전대로 밀어넣으며 소리쳤다.

"빨리 타지 않으면 혼자 달아나 버릴 거다."

우산 위를 두드려 대는 빗소리 탓인지 그의 목소리는 경황이 없었다. 서용임이 반대편 문으로 엉덩이를 들이밀며 추궁했다.

"그렇게 싫으세요, 비 맞는 게?"

"자연스럽게 비를 맞게 된다면 몰라도 말이야, 말하자면 준비 없이 나섰다가 갑자기 쏟아지는 찬 소낙비를 만났다든가. 그런데 이건 작정을 하고 강짜로 비를 맞자니. 그것도 여기선 안 되고 어디 밖으로 맞으러 나가자니……."

"어린애 같다, 이거죠. 반대하시는 아저씨 땜에 다투다 보니 그렇게 돼버렸어요. 첨부텀 말하지 않는 건데 잘못했나 봐요."

"그래 좋다, 발진이다."

전치강은 자동차에 시동을 걸었다. 서용임이 생각을 바꾸었는지 비원으로 가자고 했으므로 전치강은, 그럴 바엔 한강둑으로 나가 보자고 했다.

"비원은 싫어. 물에 빠진 사람같이 돼서 수위 앞을 어떻게 걸어나올 거냐."

"한강은 싫어요. 살풍경하구 더러워서."

"그럼 첨 얘기대로 교외로 나가자."

"우정 나가는 게 우습게 느껴지신다면서요?"

"그래. 우리 요담에 비 맞자. 예고 없이 맞아야 맛이 나지, 동전 같은 것 준비 없이."

서용임도 동의하였으므로 두 사람은 도시 바깥을 한 바퀴 휘둘러오는 데 그친다는 조건에 쉽게 합의되었다. 전치강은 곧 차를 차도로 밀어냈다. 와이퍼가 열심히 빗물을 닦아 내고 있었으나 유리판 안쪽에 김이 서려서인지 앞을 달리는 자동차의 행렬이 반투명으로밖에 보이지 않았다.

전치강은 운전대를 잡은 손이 미끄러지는 것을 느꼈다. 그건 간단없이 일어나는 하나의 착각인지 모르지만 차가 좌우로 마구 뒤뚱거리는 느낌이었다. 아침에 있었던 일이 되살아나고, 그는 그것이 기분 나빠 혀를 찼다. 죽음을 희롱하다니. 그는 흘끗 서용임을 돌아보

았다. 그녀는 팔짱을 끼고 유리에 곤두박질치는 빗줄기를 응시하고
있었다.

더 이상 차를 몰 수 없는데, 하는 말이 곧장 입 안을 맴돌았으나
전치강은 여전히 앞차의 꽁무니를 물고 따라붙었다. 구역질을 참아
낸 승강기 속에서의 괴로움보다 더 고통스러웠으나 그는 말하지 않
았다. 의심할 줄 모르는 아이를 속일 수 없는 것처럼 비가 무조건
좋은 여자를 증오로 바꿀 수는 없는 것이다. 더구나 그는 그걸 납득
시킬 만한 적절한 말을 갖고 있지도 않았다.

얼마나 달렸을까. 전치강은 참을 수 없었으므로 차창을 반쯤 열어
놓았다. 모퉁이를 돌 때마다 빗줄기가 한꺼번에 몰려 들어왔으나 비
바람을 쐬자 기분은 한결 가벼워졌다.

"안색이 좋지 않아요. 웬일이죠 ? "

"잠깐 쉬었다 갈까" 하고 전치강은 말했다. "멀미가 나나 봐. "

차를 길섶에 붙여 세운 다음 전치강은 서용임을 돌아보며 멋쩍게
웃었다.

"안 되겠어요, 선생님. "

"금갔지 ? "

"왜 금이 갔죠 ? "

"모르는군. 삼십대는 폭주(暴酒)야. 삼십댄 외로워. 정당한 음모
가 거부되는 것이 외로워서 술을 마셔. "

"그건 패배 아녜요. "

"그렇게 단순한 논리로 결딴나 버리나 ? "

"그렇잖구요. "

"한 친구가 말야, 철조망병을 앓고 있어. "

"그게 무슨 병인데요 ? "

"코끝에 가시 철조망을 걸고 다니는 병이지. "

"어마나. "

"그래도 삼십댄 패배냐? 패배가 아니라 앓고 있는 거다."

이 낙천주의 아가씨야, 라는 말을 전치강은 얼른 되삼켜 버렸다. 그러곤 조금도 기세가 꺾이지 않는 빗줄기를 멀거니 내다봤다. 정말 가시 철조망을 안경처럼 걸구 다닌단 말예요, 왜요, 하고 서용임이 거푸 묻고 있었지만 대답하지 않았다. 벼포기가 비바람에 견디지 못해 온 들판이 회색으로 물결치고 있었다.

전치강은 운전대를 버린 채 슬그머니 문을 따고 밖으로 나섰다. 오머, 어디 가세요, 하고 서용임이 놀란 목소리를 냈다. 비는 삽시간에 옷을 적셨다. 젖지 않은 데가 없을 정도로 속속들이 다 적셔 버렸다.

서용임이 뛰어나와 그의 팔을 끼었다. 그녀는 물이 흐르는 긴 머리카락을 걷어올리며 소리 없이 웃었다. 그러나 빗물이 튀어들어 완전한 웃음이 되지는 않았다.

"여기가 어디에요?"

"나도 모르겠어. 안양을 지나 얼마 안 되는 곳이야."

"놀라운 아저씨예요. 멋져요."

"뭐가?"

"이렇게 느닷없이 빗속으루 들어서시는 거."

"오해하지 마라. 난 멀미를 견딜 수 없었을 뿐이니까."

"그렇게 멋쩍어하실 거 없어요, 선생님."

자기본위로 사물을 수용하도록 방치해 두자 했다. 그의 행위를 멋이라는 것 하나로 해석해 버리든 않든 그가 그녀와 함께 비에 젖고 있다는 사실만은 공유하고 있는 것이 아니냐. 그가 설령 장승문에 대한 상념의 찌꺼기를 이 빗속에서도 여전 씻어 내지 못하고 있다 하더라도——

서용임이 갑자기 그를 버리고 앞쪽으로 뛰어 나가고 있었다. 그리곤 저만큼에서 손을 내저었다. 한손으로 가슴을 받치고 서서 손짓을 했다. 전치강은 걸음을 재게 놀렸다. 서용임은 그런 그가 불만인 모양이었지만 바짓가랑이가 다리를 휘감아서 쉽사리 뛸 수가 없는데야 어쩌랴.

전치강은 가까이 다가가며 그녀의 하얗게 흘기는 눈을 보고자 했다. 그러나 그렇게 되지 않았다. 윤곽을 드러낸 어깨에 먼저 눈이 갔다. 스커트가 달라붙은 아랫도리의 굴곡을 보지 않을 수 없었다. 아니 벌거벗은 모습이나 마찬가지로 하나의 나신이라고 해야 했다.

그는 서너 발자국을 남기고 우뚝 멈춰 섰다. 더는 다가설 수가 없었다. 숨이 찼다. 머리밑이 욱신거렸다. 순간 그녀가 달아나기 시작했다. 성숙한 여인의 둔부를 선명하게 드러내며 뛰어가기 시작했다.

뒤를 한번 돌아보고 나서 전치강은 구두를 벗어던졌다. 이제 겨우 차가 서 있는 길에서 1백여 미터를 벗어났을 뿐이라는 것은 너무 능장을 부리고 있었다는 것이었으므로 그는 바짓가랑이를 움켜잡고 뛰기 시작했다. 이미 서용임은 저 앞에 있는 나지막한 둔덕에 거의 이르고 있었다. 거기에 뜻밖에도 작은 언덕이 보였다.

그러나 그녀는 둔덕에 이르기 전에 논둑 아래로 미끄러져 떨어졌다. 전치강이 더욱 기를 쓰고 뛰어갔을 때 그녀는 흙투성이가 된 모습으로 논둑을 기어오르는 중이었다. 전치강은 팔을 내밀어 그녀가 논둑으로 올라서도록 도와주었다. 그러나 그녀는 논둑 위에 올라서는 순간 또다시 몸의 중심을 잃고 그를 와락 끌어안고 매달렸다.

"괜찮어?"

"괜찮아요."

"다친 데도 없고?"

"없어요."

"거봐, 토끼 걸음은 거북이한테 지지."

그가 말하기 바쁘게 서용임은 그의 가슴을 밀어젖혔다. 그러곤 거의 눈앞에 다가와 있는 야산 자락을 향해 뛰기 시작했다. 전치강은 다시 뒤를 돌아보았다. 자오록한 물안개 속에 묻혀 그의 차는 희미한 윤곽만 짐작케 했다. 좁은 들판엔 인적이 보이지 않았다. 드문드문 질주하는 자동차가 있었지만 가물가물 한없이 먼 거리같이 느껴졌다.

전치강은 뛰어갔다. 갑자기 잔디가 벗어지고 없는 뚝방을 미끄러지지 않으려 전전긍긍하고 있는 서용임을 따라붙으려 기를 쓰고 뛰었다.

두 사람이 둔덕에 닿은 건 거의 동시였다. 전치강은 그에 한 발 앞서 뛰어오르는 서용임의 허리를 끌어안고 쓰러졌다. 서용임은 몸을 뽑지 않았다. 아니 지체없이 고개를 전치강 쪽으로 돌려 주었다. 전치강은 그런 그녀를 격렬하게 포옹했다. 입술을 포개자 비에 씻겨 싸늘해진 입술이 파르르 떨고 있었다. 전치강은 참을 수 없었다. 그녀를 끌어안고 풀밭 위를 뒹굴었다.

그러나 그것으론 더욱 참을 수 없었다. 그녀도 목을 죄어 안고 가늘게 신음하고 있었다. 전치강은 그녀의 넓적다리에 달라붙은 스커트 자락을 뜯어냈다. 팬티에 손이 닿는 순간 그녀가 가늘게 부르짖었다. 안 돼요, 선생님. 그건 안 돼요. 여기선 안 돼요. 그것은 단단한 그물처럼 거부적이었다. 벗겨지지 않았다. 그녀가 둔부를 비틀며 더욱 무섭게 그의 목을 죄었으므로 더더구나 난관이었다. 그러나 전치강은 곧 방해되는 것을 제거하는 일에 온건한 방법을 쓰지 않기로 한다. 그리고 그가 그런 결정을 내리는 순간 그것은 찢기고 말았다. 그는 폭군답게 간단히 사과했다.

"용서해. 어쩔 수 없어."

전치강은 지체없이 독전(督戰)의 박차를 가했다. 입성은 곧 천국으로의 인도였겠지만 감격 때문에 명백히 확인되지 않았다. 여자는 고통으로 몸부림쳤다. 그러나 끝내는 아아 하고 열반의 순간을 같이 해 주었다.

이윽고 격랑을 함께 건넌 두 사람은 피안의 둑에 엎드려 격정을 가라앉혔다. 등받이를 어루만지는 빗소리를 듣고 있었다. 아니 빗소리가 아니었다. 그것의 여운이었다. 비는 어느새 기세가 꺾여 부슬비로 변해 있었다. 전치강은 몸을 일으키고 서용임의 어깨를 안아 주었다.

"일어날 테야? 비가 그쳐가."

"그냥 둬 두세요."

서용임은 한참 만에 물기로 번들거리는 얼굴을 하고 일어나 앉았다. 그건 빗물일 것이었다. 저쪽 국도 쪽이, 땅거미가 질 듯한 속에 더욱 선명하게 건너다보였다. 그러나 까맣게 멀게 느껴졌다. 전치강은 그녀를 부축해 일으켰다.

"용서해."

서용임은 대꾸하지 않았다. 논둑을 거의 다 추어나왔을 때에야 그녀는 처음으로 입을 열었다.

"선생님, 저 앞으루두 비가 좋을까요?"

전치강은 대답 대신 그녀의 어깨를 지그시 안아 주었다. 그녀는 이를 딱딱 맞부딪치며 떨고 있었다. 전치강 역시 사정없이 몸이 떨렸다.

"차 안에 들어가면 몸이 좀 녹을 거야."

서용임이 뭐라고 말하려 했으나 곧 포기하고 이를 갈았다. 이 여자가 앓아눕게 되면 어떻게 한담. 전치강은 문을 따기 바쁘게 여자를 시트 위로 밀어넣었다. 서용임은 차가 움직이자 더욱 요령부득으로 차의 요동을 감당해 내지 못했다. 그러나 전치강이 한손으로 어깨를 안아 주었을 때, 그녀는 그 판국에 이런 것을 다 기억해 내고 있었다.

"웬일이세요? 논둑에다 신발을 벗어던지구 따라오셨으니."

"돌아올 때 어차피 찾아 신게 될 텐데 뭘."

두 사람은 시선을 마주쳤다. 서용임의 눈가에 보일 듯 말 듯한 웃음이 실렸다. 빗방울이 다시 굵어지기 시작하고 있었다.

　차가 거의 영등포에 이르렀을 때 전치강은 전조등에 스위치를 넣었다. 짙은 구름 때문인지 여섯 시가 조금 넘은 시각에 벌써 어둠의 장막이 쳐지고 있었다.

　전치강은 몸을 한번 후루룩 추스르고 나서 신호가 풀린 네거리를 건너려고 기어를 바꾸어 넣었다. 부탁이 있어요, 라고 서용임이 말했다.

　"어디 가셔서 스커트 하나만 사다 주세요."

　"그러지 말고 내 방으로 가."

　"싫어요. 선생님 싫어졌어요."

　"여태 앉아서 생각한 결론이야?"

　"그래요. 저 자신두 싫어졌구요."

　"그러지 마. 내 방에 가서 뜨뜻한 물에 목욕하고 나면 마음이 풀릴 거야."

　"이제 춥지 않아요."

　"증오하지 마."

　"증오하지 않아요. 하지만 스커튼 사 주셔야 해요. 이대론 나설 수가 없어서예요."

　"그럼 한 벌을 사지."

　"블라우스는 거반 말랐어요. 젖었어두 상관없구요."

　어느 집으로 가든 그냥은 나설 수 없다는 여자를 위해 난생 처음 치마를 사자. 전치강은 영등포 시장 근처의 주차장을 찾았다. 그러곤 서용임을 차에 남겨 둔 채 시장으로 들어섰다. 웨스트가 23이라고 일러준 당부를 되뇌며. 돈 여깄어요, 싸구려루 사오세요, 라고 한 말도 떠올리며.

　"돈은 내게도 있어."

"선생님 돈은 젖어서 못 써요."

전치강은 바지주머니에 손을 쑤셔넣었다. 밑창에 질척하게 떡이 되어 뭉쳐져 있는 것이 있었다. 정말 아주 못 쓰게 돼버렸는지 몰랐다.

"어머, 신사분이 어쩌다 비를 홈빡 맞으셨을까?"

하고 호들갑을 떠는 가게 여주인의 말을 귓가로 흘리며 전치강은 허리 23인치짜리의 싸구려 치마 하나를 위한 값을 지불했다. 빛깔은 선생님 좋아하는 색으루 고르세요, 라고 서용임이 위임해 주었으므로 푸르뎅뎅한 무늬가 든 치마지만 그녀는 만족할 것이었다. 그런 색깔밖에 없는 데야 어쩌랴. 그러나 시장을 돌아나오던 전치강은 생각이 나서 다시 돌아섰다. 난처함을 무릅쓰고 여자용 팬티 하나를 사서 배상하지 않을 수 없었다.

"허리가 이십삼 인치랍디다."

"호호호……빤스는 그런 치수를 재지 않아요."

서용임은 두 가지 옷을 받자 어색하게 웃었다. 그러곤 마치 여자 강도처럼 어디 으슥한 골목 같은 데로 빨리 차를 몰아가라고 명령했다.

전치강은 인적이 없는 골목길이 얼른 기억나지 않았으므로 차를 몰고 강변도로로 내달렸다. 여의도로 들어서서 윤중로라는 둑방길을 달려 국회의사당이 시커멓게 서 있는 뒤꼍 길섶에 이른 다음 차를 세웠다.

"여기가 적당하겠군."

"밖으루 나가세요."

"내 찬데?"

"나가세요, 빨랑."

전치강은 밤비 속으로 쫓겨나지 않을 수 없었다.

서용임은 꾸준히 반대했다. 그의 아파트로 가지 않으면 어디든 가서 저녁이나 하자고 해도 고개를 내저었다. 나는 술이 먹고 싶은데, 라고 했지만 그녀는 여전히 고개를 저었다.

"머리카락이 헝클어져서 그래?"

"그런 건 아무 상관 없어요."

"그렇다면 아직도 나를 증오하고 있군."

"아뇨, 증오한 일 없어요."

전치강은 더 이상 강요할 수 없었다.

그녀는 그녀의 아파트 뒤(일 뿐 아니라 그의 69동 앞이기도 한) 녹지대에서 차를 내리며 시트 커버를 더럽힌 것에 대해 사과한다고 말했다. 전치강은 그녀가 그런 작은 일에까지 세심하게 신경을 쓸 만큼 여유를 회복한 것이 반가워서 팔을 내저으며 소리쳤다.

"괜찮어, 괜찮어."

"저두 몰랐어요. 스커트가 젖어 있어서 묻었나 봐요."

"괜찮다니까. 난 용임이가 나를 증오하고 있는 것만 유감일 뿐이야."

"증오하지 않는다니까 그러세요."

"그럼 됐어. 괜찮어, 괜찮어."

"당장 세탁하세요. 챙피해요."

"괜찮다니까. 마르면 그만이야."

"안녕."

"잘 자."

서용임이 문을 닫고 돌아섰다. 그러나 두어 발짝 걸어가던 그녀가 뭔가 잊었다는 듯이 되돌아섰다. 그러고는 망설이는 몸짓으로 어두운 차 안을 들여다봤다. 전치강은 허리를 잔뜩 구부리고 손을 흔들어 주었다. 그녀는 가랑비가 풀벌레처럼 흩날리고 있는 수은등을 배경으로 하고 서 있었다.

전치강은 문을 열어젖히고 소리쳤다.

"마음이 변했어? 내 방으로 가자구."

서용임이 차 앞으로 되돌아왔다. 그러곤 소곤거렸다.

"저 말예요. 시골에 가서 살고파요. 전기두 들어오지 않는 곳에요. 다음해쯤엔 들어온다는 전설이 있는 그런 곳에요. 해만 떨어지면 시간이 정지돼 버리는 거 있죠. 그런 곳에 가서 살고파요. 저 혼자서요."

"갑자기 그런 생각이 들었어?"

"저 있죠…… 첨예요."

서용임은 말하기 바쁘게 돌아서서 팔랑팔랑 뛰어갔다. 전치강은 머리가 띵해 오는 것을 느꼈다. 운전대를 잡고 앉아 서용임이 뛰어간 자리를 멀거니 내다봤다. 회색의 수은등 불빛 아래는 이미 아무것도 보이지 않았다. 서용임이 불빛 빤한 아파트 출입구 안으로 사라지고 있었다.

이건 에러다, 하고 전치강은 자기도 모르게 중얼거렸다. 그럴 수 없었다. 있을 수 없는 일이었다. 그는 순식간에 자기혐오감에 사로잡혔다. 해만 떨어지면 시간이 정지돼 버리는 거 있죠, 그런 곳에 가서 살고파요. 그는 서용임의 말을 떠올리고 있었다. 저 혼자서요, 라고 한 마지막 말을 곱씹어 보고 있었다. 서용임은 왜 그런 말을 했을까. 왜 시계가 없는 곳에 대해 말했을까.

전치강은 차를 몰고 아파트 건물 사이를 빠져 나갔다. 나는 왜 여자에 대해 무책임한 속단을 가졌었는가. 왜 아무런 근거도 없이 유영채의 처녀임을 인정해 주었으면서 서용임은 그럴 리 없다고 손쉽게 단정해 버렸던 것인가. 그건 얼마나 큰 과오였던가.

이럴 땐 차라리 박용탁을 만나야 도피처가 나올까. 어떤 여자에게도(란 녀석의 어머니에게까지도) 주저없이 동물의 논리로 대응하는 녀석을 만나면 자기혐오감에서 도망칠 수 있을까.

그러나 그건 생각뿐이었다. 공중전화통이 걸린 약국 앞을 전치강은 그냥 지나치고 있었다. 자신의 부도덕한 도피를 위해 서용임을 모욕당하게 할 순 없었다. 서용임이 아니라 해도 그랬다. 그가 아는 어떤 여자에게도 그래선 안 되었다. 박용탁에게만은 말할 수 없었다.

전치강은 달렸다. 어디로 가고 있는 것이 아니었다. 질주를 의식하고 있는 것도 아니었다.

그러다가 이상한 생각이 퍼뜩 머리를 스쳐갔다. 전치강은 서용임이 앉았던 시트를 돌아보았다. 어둠 속에선 아무 기미도 찾아낼 수 없었다. 그는 차를 급히 길가에 세우고 라이터를 켰다. 시트 커버 등받이까지 눅눅하게 젖어 있었다. 그리고 그 한가운데 서용임이 더럽혔다고 걱정하던 분명한 흔적이 남아 있었다. 희미하게, 그러나 역력히 분별되는 불그레한 자국. 체중에 깔렸던 치마를 그냥 입고 불빛 아래 나설 수 없었던 사정이 거기 있지 않던가.

라이터를 켜 들고 검증을 나선 순간을 말하자. 예감을 적중시키는 유흔(遺痕)의 확인과 함께 몸을 떨게 하는 어떤 쾌감 같은 것이(아니 분명히 쾌감이) 전광처럼 스쳐가던 순간을 사실대로 말하자. 그건 인간 존재에 대한 순백한 신뢰감 같은 것이었는지 모른다고 말하자.

그러나 그런 찰나와 같은 긍정의 순간이 다시 찾아오는 일은 없었다. 그런 감정을 느낄 수 있는 부도덕함이 두려워서 다신 찾아오지 않았다. 다만 확인의 아픔만이 괴롭게 지속되었다. 그랬으므로 전치강은 마침내 딴전을 피울 수밖에 없었다. 웨스트 23짜리루요, 라고 소리친 서용임의 말을 자꾸 흉내내며 고통에서 해방되려 몸부림칠 수밖에 없었다.

무늬가 칙칙한 허리통 23인치 치마를 떠올리며 전치강은 피식 웃었다. 그러곤 차를 길 가운데로 밀어넣었다. 다시 질주가 시작되었다. 도시엔 길이 없었다. 길이 길만으로 존재하는 곳은 없었다. 가

다가 지치면 아무 데서나 돌아설 수 있는 그런 길이 없었다. 서용임은 그래서 시골을 말한 것일까. 타박타박 지칠 때까지 걸어도 끝나지 않는 길을 걷고 싶은 것일까.

"어머나, 이게 웬일이세요? 흠빡 젖으셔 갖구."

라고 안연자는 놀라서 소리쳤다. 전치강은 생각지도 않게 거기 가있었다.

"꼭 실연하신 분 같네요, 선생님."

위안 같은 것이 느껴지는 이유는 무엇인가. 술을 마시며 뭐든 이야기하고 싶은 이유는 무엇인가.

안연자는 늘 하던 버릇대로 그를 조그만 칸막이 안으로 밀어넣었다. 우윳빛 전구가 커다란 갓을 쓰고 이마 위까지 내려와 있는 칸막이 안으로 그녀도 따라 들어와 주었다.

"또 이 방이군."

"이 방을 선생님은 전용으루 쓰시겠다구 하셔 놓구서."

"그랬지만 어떻게 언제나 비어 있지?"

"요즘 손님 없어요. 여름은 그렇대나 봐요."

곧 술병이 날라져 오고 전치강은 술에 대한 탐욕증으로 병마개를 따는 안연자의 손놀림을 초조한 눈으로 지켜보았다. 지난밤에 있었던 일에 대해 사과를 해야 하나. 그러나 그는 다만 장승문이 고주망태가 되었었다고 과장해서 말하는 것으로 대신했다.

"그분 어딘가 우울해 보였어요. 쾌활을 가장하구 계신 듯했어요."

안연자는 술병을 기울이며 말했다.

"알고 보니 병을 앓고 있더군."

"어마나, 무슨 병을요?"

"잔인해지지 못하는 병. 개수작이야."

"선생님은요?"

"나야 비 맞기를 좋아하지."

"웬일이세요, 정말? 어디서 이렇게 비를 맞으셨어요?"

"도시 한가운데서."

"혼자서요?"

"둘이서. 저 바깥 들판에서."

"저두 맞아본 일이 있어요."

라고 안연자가 말했다.

"운동 연습을 게을리한다구 감독이 기합을 줬어요. 겨울비를 맞으
며 세 시간 동안이나 코트를 뛰었어요."

안연자는 더 이상 간섭하지 않으려고 그렇게 말을 돌리고 있었다.
전치강은 술잔을 들어 목구멍으로 들어부었다.

"저두 한 잔 주세요."

"매상 오르겠는데."

"바가질 씌울 테예요."

"아인 잘 커?"

하고 나서 전치강은 고개를 젖히고 술을 마시는 여자를 쳐다보았다.
감기에 걸렸어요, 라고 여자가 말했으므로 그는 환절기임을 일깨워
주었다. 종이배에 물이 괴어 들어서는 안 된다는 말을 빼먹은 싱거
운 대화를 의식하는 순간 전치강은 자기도 모르게 이런 질문을 던지
고 말았다.

"처녀가 처녀성을 잃는다는 건 뭘까?"

그러나 안연자는 한참 동안 말이 없었다. 술이 반쯤 남은 컵을 만
지작거리고만 있었다.

"비가 너무 짓궂게 오는군."

"저, 말이에요. 처녀다 아니다가 중요한 건 아니잖을까요?"

"……그렇지."

그의 대답은, 그러나 아무런 확신이 없는 모호한 무의미의 동의에
지나지 않았다.

"여자에겐 그건 잃는 게 아녜요. 기도보다 더 경건한 것을 얻는 행위죠."

여전히 알아들을 수가 없으면서, 나는 기도 같은 거 해본 일이 없거든, 하고 전치강은 속으로 되뇌었다. 안연자도 더 이상 말이 없었다. 그는 쓸데없는 질문을 던진 것을 후회하며 술을 마시는 일에 열중했다.

안연자는 그런 질문을 받은 것이 차츰 언짢아지는 듯 자리를 뜨지 않았다. 그가 시계를 들여다보고, 그리고 마침내 자리를 일어설 채비를 차렸을 때도 그녀는 말하지 않았다. 그런 문제에 대해 저한테 물으러 오시지 마세요, 위안이 돼드릴 수 없어요, 라는 말을 하지 않았다.

안연자가 문간에 서서 인사했다.

"밤비는 맞지 마세요."

"그럴 이유도 없어. 잘 있어."

전치강은 아직도 가랑비가 뿌리고 있는 어두운 골목을 터덜터덜 걸어 나갔다.

차가 아파트 입구를 들어섰을 때, 전치강은 저만큼 앞에 경찰차의 붉은 회전 경고등이 뱅글뱅글 돌고 있는 것을 보았다. 또 무슨 사건이 났군, 하고 그는 혀를 찼다. 짜증이 났다. 그는 이 아파트를 떠나야 한다고 생각했다.

사건은 52동에서 일어난 듯 가까이 다가들자 경찰들이 긴 우의 속에 소총을 감추고 늘어서 있었다. 그리고 그들의 제지선 밖으로 사람들이 비를 맞으며 아파트 출입구를 멀리 둘러싸고 서 있었다.

전치강은 경적을 울리며 사람들 뒤쪽을 뚫고 지나갔다. 우산으로 시야를 가리고 모른 체 서 있는 구경꾼들을 밀어내는 일은 여간 신경질나는 일이 아니었다.

차를 빗속에 세워 두고, 지리하게 승강기를 기다리고, 그리고 마침내 소파에 눅눅한 몸을 던지자 전치강은 나른한 피로가 한꺼번에 몰려들었다. 바로 그때였다. 전화벨이 방정맞게 울렸다.

"에——"

그러나 수화기에 나타난 목소리는 서용임이 아니었다. 아, 놓아 버리고 싶다.

"댁이 전치강 씨요?"

"그런데요?"

"어딜 그렇게 쏘다니슈, 비가 오는데."

"누구요, 당신?"

"경찰이오. 장승문이란 사람 아슈, 친구라는데?"

전치강은 순간적으로 자세를 고쳐 앉았다. 52동 앞의 광경이 불현듯 머리를 스쳤다.

"그 친구가 어떻게 됐습니까?"

"빨리 이리 좀 오시오. 당신을 만나봐야 일어서겠다는 거요. 여긴 52동 606호요, 우린 적어도 두 시간 이상 범인의 사정을 봐주고 있다는 사실을 알아두시오."

전치강은 놀라지 않을 수 없었다. 경찰은 장승문을 '범인'이라고 부르지 않던가. 전치강은 수화기에 나타난 목소리가 경찰을 사칭했을 가능성에 대해선 조금도 생각할 수 없었다. 앞서도 말한 것처럼 52동 앞께를 지나올 때 기분 나쁜 일이 벌어지고 있는 것을 그는 이미 목격하지 않았던가. 붉은 회전 경고등이 팽글팽글 돌아가는, 적어도 세 대 이상의 페트롤 카와 비옷 속에 소총을 멘 순경들이 비를 무릅쓰고 동원되어 있지 않던가.

아니, 그게 전치강이 송화자를 의심 않은 유일한 근거는 아니었다. 전치강은 수화기에 나타난 상대가 경찰이라고 말했을 때 이미 뭔가 예감이 적중한 것 같은 전율이 머리를 스쳤었다. 뭐라고 할까, 엄청난 낭패감 같은 것이었다고 할까. 그런 불길함이 상대가 장승문의 이름을 들먹이기 전 벌써 그를 경련시키고 있었던 것이다.

생각해 보면 그가 종일 마음의 안정을 찾지 못했던 것도 그런 예감 때문이었는지 몰랐다. 그러나 전치강은 당장 그런 것에 대해 생각할 겨를이 없었다. 그는 더듬거리는 말투로 물었다.

"그 친구가 무슨 일을 저질렀습니까?"

"와보면 알 거 아니오."

"때려부쉈습니까?"

"그 정도라면 미쳤다고 이 우중에 수십 명의 경찰을 동원해요?"

"알겠습니다. 곧 가지요."

"빨리 오시오."

"알았습니다."

전치강은 수화기를 내려놓기 바쁘게 방을 뛰쳐나갔다. 젖었다가 마른 옷이 뻣뻣한 게 기분 좋지 않았다. 그 경황에도 그런 것이 느껴졌다. 부분적으로는 아직 젖어 있는 것을 확인하는 것은 더욱 기분이 좋지 않았다. 그건 사건 현장으로 달려가지 않으면 안 된다는 사실에 대한 혐오감의 다른 증상인지 몰랐다.

52동 아파트 동편 출입구로 뛰어들려고 사람들을 헤쳐나가던 전치강은 누군가 알은 체를 하며 앞을 가로막는 사람과 마주쳤다. 자세히 눈여겨보자 우산을 들고 선 여자는 유영채였다.

"건축가가 무슨 상관이라구 이런 사건 현장에 다 나타나요?"

"집이 근방이라더니, 이 아파트로 왔어?"

"네, 바루 여기루 왔어요. 사건이 난 이 동."

"우산까지 쓰고 여자가 이게 무슨 악취미야…… 집으루 들어가잖고."

"들어가게 해야죠. 벌써 두 시간째 이러구 있는걸요. 집으루 돌아오다 보니 이 모양 아네요."

"그럼 여기서 기다려. 나 잠깐 들어가 보고 올 테니까."

"관두세요, 쓸데없는 신경 쓰시는 게 아녜요. 경찰이 쫙 깔렸는데 치강 씨가 왜 나서요?"

"무슨 일이 일어났는지 알기나 하고 그러는 거야?"

"살인사건이 났다는 거 아녜요."

"뭐, 살인? 그게 정말이야?"

"그럼 치강 씬 무슨 일이 난 줄 알구 뛰어드시는 거예요? 쇼라두 벌어진 줄 아셨어요?"

전치강은 더 이상 대꾸할 겨를도 없이 돌아섰다. 그러나 뛰어 달아나려는 그를 유영채가 잽싸게 붙들어 세웠다.

"아니 치강 씨 정말 왜 이러세요? 그런 일은 형사들이 하는 거예요. 여자가 죽었다나 봐요."

"지금 누가 붙들려 있는 줄 알어? 장승문이 수갑을 차고 있단 말이야."

"뭐라구요?"

"사람이 죽었다면 따라오지 않는 게 좋아."

전치강은 지체없이 둘러선 사람들을 뚫고 앞으로 뛰어 나갔다. 그러고는 그를 제지하려 드는 경찰을 상대로 항변했다.

"당신네들 상관한테 물어보고 잡든지 말든지 해. 난 현장에서 오라고 해서 왔단 말이야."

"정말이오? 당신 혹시 속이는 거 아냐?"

"골이 벼서 속이면서까지 이런 현장에 와."

"연락해 보고 오겠는데, 당신 신문기자면서 그딴 거짓말 한 거라면 없어."

"물어봐서 사실이면 어떡허고?"

"당신, 그럼 범인 친척이야?"

"아직은 범인이 아니라 피의자일 뿐이야."

전치강은 잡힌 팔을 뿌리치며 소리쳤다. 쓸데없이 입씨름을 늘어

놓던 경찰이 당장 워키토키에다 대고 뭐라고 연락을 했다. 아파트 출입구에 연락한 듯, 그는 무전기를 내리며 말했다.

"저기 아파트 정문까지 가서 지시를 받고 올라가슈."

"저두 가겠어요." 하고 유영채가 뛰어들었으나 전치강은 그녀의 어깨를 밀어붙였다. "오면 안 된다니까 그래."

전치강은 서치라이트 불빛 속을, 나부끼는 가랑비를 맞으며 느릿느릿 걸어갔다. 그러곤 거기 지키고 섰던 경찰 하나와 함께 곧 안쪽으로 사라졌다. 승강기를 기다리며 경찰이 물었다.

"범인하고 어떻게 되는 사이요?"

"아직은 피의자일 뿐이잖우."

"우리한테 자수를 해왔는데 무슨 소리요."

순간 전치강은 놀라지 않을 수 없었지만 그런 표정을 나타내진 않았다. 궁금한 것에 대해 반문하지도 않았다. 이젠 끝장이군, 하는 생각이 자꾸 그를 옭아매려 들었다. 그러자 승강기 안으로 들어서며 오히려 경찰이 궁금한 표정으로 물었다.

"혹시 죽은 여자에 대해 아우?"

"대학강사라지 아마."

"저런!"

"그것도 전임강사랬지 아마."

"온통 발에 차이는 게 여잔데 하필이면 그런 여자를 골라 죽일 게 뭐람."

"그 여잔 고독을 사랑했다던가, 뭐라던가."

전치강이 말하는 사이에 승강기가 6층에 닿았으므로 그와 동행한 경찰은 표정을 잡고 재빨리 보고할 자세를 취했다. 경찰은 복도로 뛰어가며 소리쳤다.

"여기 왔습니다!"

"당신이 전치강 씨요?"

전치강은 고개를 끄덕거려 주었다. 복도를 지키고 섰던 경사가 그를 606호실로 데리고 갔다.

그도 같은 식으로 소리쳤다.

"여기 왔습니다, 범인이 만나보겠다는 사람!"

"들여보내."

"들여보내지 마!" 하는 소리는 분명히 장승문의 음성이었다.

"나 그 친구 안 만나겠어! 안 만나겠단 말야!"

그러나 전치강은 현관으로 들어섰다. 안에 앉은 그의 취조관이 장승문을 윽박지르는 소리가 들려서는 아니었다. 그는 돌아설 수가 없었다. 장승문의 목소리를 들었으므로 돌아설 수가 없었다.

장승문은 그가 거실로 올라서는 순간 재빨리 고개를 돌려 커튼이 드리워진 창틀 쪽에다 대고 냅다 소리쳤다.

"돌아가, 이 자식아! 여긴 왜 나타나니. 너 미쳤어?"

전치강은 그때 뭐든 말해야 한다고 생각하지 않았다. 할말이 떠오르지 않는 것에 조바심치지도 않았다. 그는 다만 장승문의 손에 이미 수갑이 채워져 있다는 사실을 확인하고만 있었다.

장승문은 곧 고개를 떨구고 잠잠해졌다. 경위가 말했다.

"아까 전화로도 말했지만 우린 봐주고 있는 거요. 이런 일은 내 경찰 투신 이십삼 년 동안 단 한 번도 없던 일이오."

"고맙습니다" 하고 전치강은 마음에 없는 인사를 했다. "이왕 봐주시는 김에 우리 둘만 있게 자리를 좀 비켜 주십시오."

"말도 안 되는 소리 마시오. 누구 목떨어지는 거 보고 싶소."

"수갑까지 채워 놓고 뭘 그럽니까. 증거 보완에 필요하다면 한마디 빼놓지 않고 나눈 얘기 모조리 보고해 드릴 테니 좀 비켜 주시오. 나를 기다린 것도 실은 그런 이유 때문 아닙니까?"

"좋소. 단 오 분만이오."

"들어오라고 할 때 들어오시오."

경위는 일어서기 전에 장승문의 수갑 채워진 손목을 확인했다. 그러곤 문 앞에 선 경사한테 눈짓을 하며 현관 밖으로 걸어 나갔다.

그들이 문 밖 담벼락으로 몸을 숨기자 전치강은 어색한 침묵이 흐르기 전에 심문하는 투의 사무적인 목소리로 물었다.

"죽은 게 전임강사니?"

"돌아가, 임마. 네가 개입할 문제가 아냐."

"네가 정말 죽였니?"

"돌아가라니까."

"언제 죽였니? 어젯밤에 내 방에서 나와 여기로 왔으리라는 건 지금에야 짐작할 수 있지만, 죽인 건 언제니?"

"꺼지라니까, 이 자식아!"

"말해, 임마. 오늘 아침에 너 여기서 전화했지? 그 직전에 죽였니? 시첼 눕혀 놓고 전활 한 거니?"

장승문은 고개를 떨군 채 이젠 나가 버리라는 고함조차 치지 않았다. 전치강은 그의 그런 모습을 보는 것에 화가 났다. 그래서 느닷없이 벽력 같은 고함을 지르기 시작했다.

"이 자식아, 자수는 왜 하니. 사형이 두려워서야? 넌 죽게 돼도 어쩔 수 없어, 임마. 콧잔등에 철조망을 걸고 다닌다고 말해 줄 수 없단 말야. 정신적으로 불안한 상태에 있었으므로 그쪽 감정부터 받아 봐야 한다는 증언을 해줄 수 없어. 난 죽어도 그런 일은 안 하겠어."

"너더러 증언해 달라는 거 아냐."

"아니긴 뭐가 아냐. 넌 일을 저지른 것을 실감하자 빠져 나오고 싶어진 거지 뭐냐. 터무니없는 위증이라도 받아 도망치려 하는 게 아니고 뭐냐. 아냐, 그보다 넌 더 지능적이었는지 몰라. 치밀하게 계획된 범행이었는지 모른단 말야. 그래서 나한테 불쑥 나타나 술을 사 달라고, 집에 그렇게 가래도 따라와서는 철조망 얘기를 하

고, 그러곤 통금 시간에 이 집으로 오고…… 그렇게 꼭 정신착란
증 환자처럼 우정 행세한 게 아니냔 말야."

"네 좋을 대로 생각해. 난 살고 싶은 생각 조금도 없으니까."

"그럼 나를 꼭 만나야겠다고 주장한 이윤 뭐야?"

"나도 모르겠어."

"나, 돌아가겠어."

"그래, 제발 돌아가 줘."

"야, 그러지 말고 뭐든 한마디라도 해 봐, 뭐든."

"할 얘기가 도대체 없어. 다만……."

"다만 뭐야?"

장승문은 그러나 무슨 생각이 났는지 다시 입을 다물고 말았다.
전치강이 되풀이 독촉을 댔으나 '다만 한 가지 사실'에 대해 말해 주
지 않았다. 전치강은 자리를 일어서며 마지막으로 다시 한 번 더 다
그쳤다.

"다만 뭐냐니까."

"원수를 갚아 줬어."

"누구 원수?"

"가슴 없는 여자."

"그게 살인의 유일한 이유야?"

"그건 이유가 될 여지가 없다고는 제발 말하지 말아 다오. 제발이
야. 그 여자가 가슴에 절망했던 건 생존의 수단을 잃은 데 대한
절망이었어. 죽은 이 여잔 남자의 성기가 생존 그것의 유일한 목
적이었고, 그것을 달성하지 못해 절망에 빠져 허우적거렸단 말야.
난 물론 이제 법정에 설 거고, 그리고 명쾌하게 전개될 그곳의 형
식논리를 감수할 거야."

"하지만 범죄였다는 생각은 없다는 말이군."

"야, 치강아. 이 여자, 행복한 얼굴을 하고 죽었다면 믿어 주겠

니? 그렇게 죽었어. 그편이 절망보단 행복했단 말이야. 물론 전방의 여자도 이름 없는 행려병자로서 아마 죽었겠지만, 그 죽음은 절망 그 자체의 응고야. ……맞아어, 그 여잔 이름이 없었어."

"너, 이 여잘 몇 번이나 만났니? 그동안 한마디 말도 없이."

"수도 없이 만났지. 만나기 바쁘게 옷을 벗어던졌고."

"나, 돌아갈 수밖에 없다. 뒤에 경찰서로 찾아갈게."

다신 만나지 않겠다고 거푸 단언하는 장승문의 울부짖음을 들으며 전치강은 거실로 걸어 나왔다. 그러다가 생각이 나서 되돌아서서 물었다.

"그때 말한 중위는 어떻게 된 거니? 정말 그 여잘 어떻게 했니? 사랑했느냔 말야?"

"전혀 근거없는 헛소문으로 결론났었어."

복도로 나서자 벽에 붙어 섰던 경위가 물었다. 무슨 얘길 하려고 그렇게 만나고 싶어했느냐고 물었다.

"다 엿들어 놓고 뭘 그러슈."

"약간은 들었지만 똑똑히 들리지 않더군."

"그럼 나한테 한 가지 약속하슈. 자세히 얘기해 줄 테니까."

"뭔데?"

"저 아래 비 맞으며 몰려 서 있는 구경꾼들 다 돌려보내고 나서 저 친굴 연행해 가슈."

"좋소."

경위는 당장 경사한테 명령했다.

"모조리 쫓아버려. 비를 맞아가며 그게 무슨 청승들이야. 사람들이 왜 그렇게 잔인해. 비참한 사건이 터졌는데 구경이나하려 들다니, 도대체 이 동네 사람들 어떻게 돼먹은 거야."

전치강은 드디어 쫓겨갈 운명에 놓인 유영채에겐 뒤에 따로 들려주리라, 마음속으로 양해를 구했다.

살인자 장승문이 포박된 모습으로 잡혀간 광경이 좀처럼 전치강의 머리를 떠나지 않았다. 너무나 오래 선명했으므로 그는 장승문이 일을 저지른 것은 나흘째 계속 내리고 있는 비 때문이라고 하늘을 향해 냅다 소리를 질렀다.

　"이제 뭐라구 소리치셨죠?"

하고 유영채가 물었다. 그녀는 세운 레인코트 깃을 잔뜩 움켜쥐고서 있었다.

　"아무것도 아냐."

　"면회 하셨어요?"

　"못했어. 아직은 안 된대."

　"아직두요? 벌써 이틀이나 됐는데?"

　"이제 겨우 이틀인가……."

　"안쓰러워 못 견디겠어요."

　"소용없어. 느긋하게 생각해. 잘못 걸리면 극형일 테지."

　"그런 말씀 마세요."

　"살인을 했으니까."

　"끔찍해요. 도무지 상상이 안 돼요. 그분이 그럴 분예요?"

　"하지만 현실이야."

　"이제 어떻게 해야죠?"

　"가야지 뭐. 여기 종일 서 있을 수도 없고."

　전치강은 유영채와 함께 유치장 앞을 걸어 나갔다. 비는 여전히 처적처적 내리고 있었다. 으스스하게 추위를 느끼게 하는 그런 날씨였다. 전치강이 제의했다.

　"우리 이렇게 어물쩡거릴 게 아니라 헤어지자구. 비 맞아 가며 걱정해 줬다고 녀석이 알아줄 것도 아니고."

　"그럼 치강 씬 장승문 씨 알아달라구 면회 신청하구, 그러신 거예요?"

"물론이지. 그렇잖고야 살인범을 왜 찾아다녀."

"농담할 기분이람 치강 씬 여유만만하군요."

"농담이라도 해야지" 하고 나서 전치강은 허공에다 대고 주먹을 휘둘렀다. "자, 의사 선생께선 병원으로 돌아가시지."

"못 나간다구 전화할래요. 이런 기분으론 못 가겠어요."

"잘못하면 환잘 잡을지도 모른다는 뜻인가. 하지만 이런 땔수록 남은 사람들이라도 충실해야지."

유영채를 보내고 돌아서며 전치강은 생각했다. 형식논리에 체포되어 감방에 쭈글뜨리고 앉아 있는 녀석은 지금 무슨 생각을 하고 있을까 하고. 창 밖으로 떨어지는 빗소리를 듣지 않으려 머리를 무릎 사이에 처박고 있을지도 몰랐다.

전치강은 차를 몰아 차도 가운데로 들어섰다. 유리창 앞이 안개 속처럼 흐려서 그는 자꾸만 눈두덩을 비볐는데 나중에 알고 보니 와이퍼에 스위치를 넣지 않고 있어서였다.

사무실에 도착했으나 도무지 종잡을 수가 없었다. 이렇게 앉아 있어선 안 된다는 생각만이 자꾸 뒤통수를 끌어당기고 있었다. 그는 복도로 나섰다. 임훈이 와이셔츠 소매를 걷어붙이고 열심히 제도를 하고 있는 모습도 그를 견딜 수 없게 했다. 집어치우라는 소리가 목구멍까지 치받쳐 올라왔다.

사건이 일어난 줄도 모르고 자기 작업에만 골몰하고 있다는 것은 얼마나 비인간적인 태도냐. 아니 무슨 사건이 터진 지는 이미 방송이 떠들어졎히고 신문에 대문짝만하게 보도되어 온 나라가 다 알고 있을 뿐 아니라, 그런 보도를 통해 늦게야 알게 되었다며 사건 다음 날 집으로 전화까지 했으면서 저럴 수 있느냐. 그 친구분이 어떻게 그런 사건을 저질렀지요, 하고 한마디 했으면 됐다는 거냐. 이틀이 지났는데 또 무슨 할말이 있을쏘냐, 그런 뜻이란 말이냐.

전치강은 아무 말도 하지 않기 위해 그의 방으로 들어와 버렸다.

장승문이 담뱃재를 떨어뜨리며 앉아 있던 모습이 떠올랐다. 녀석한테 술을 사지 않았더라도 사건은 막을 수 있었을지 모르잖느냐. 임훈이 설계도를 들고 들어왔다. 보나마나 강릉에 지을 동해 관광호텔 설계도일 것이었다. 그 설계를 맡기며 재벌 총수는 말했다.

"부하들이 모두 안 된다고 하는 걸 내가 우겨서 당신한테 맡기는 거니까 알아서 잘해 달라구. 부하들 말대로 도저히 쓸 수 없는 졸작이 나오면 별수없이 미국인한테 다시 설계를 맡겨야 한다는 것도 명심하고. 그렇게 되면 당신 아직 보아하니 젊은데 설계장사 영향 크다구."

전치강은 재수없는 기억을 떨어 버리려 머리를 한번 내젓고 나서 설계도를 내미는 임훈을 적의에 찬 눈으로 올려다보았다.

"경황 없으실 것 같아서 제가 대충 만들어 봤는데요. 호텔건 말입니다."

"됐어. 아주 잘됐어."

"잠깐 좀 봐주시죠."

"볼 거 없어. 그걸로 안 된다면 협박한 대로 미국놈한테나 맡기라고 해."

"그럴 바엔 아예 내보이지도 말죠, 못하겠다고."

"그렇지. 그게 좋겠군. 지금 당장 전화해, 딸라 주고 받아 쓰라고."

"장승문 씨건은 아직 아무런 진전이 없겠죠?"

"진전이고 나발이고 있을 성질의 사건이야?"

"허긴 그렇죠. 오늘 아침 신문에 속보라면서 또 났더군요. 그분이 수감되는 사진이랑 그동안 두 사람이 어떻게 만나 어떻게 지냈느니 하는 행적이랑 미주알고주알 다 써서 법석이더군요. 사건 기자들이란 원래 그렇게 너저분하잖아요."

"죽은 여자가 말하나?"

"그러게 말입니다. 어디까지가 사실인지도 모르죠, 신문에선 장승문 씨의 자백이라고 했지만."

"그만두자구."

"변호산 됐나요?"

"본인이 싫대."

"그래도 대야죠…… 참 시첼 해부한다더군요. 제가 기억하기론 뭔가 수상쩍다는 말이 기사 끝에 붙었던 것 같은데요."

"그래봤자 아무 소용 없어."

"걱정되시겠어요."

"가서 일 봐."

"어저께 나오시지 않은 동안은 별일 없었구요."

전치강은 대답 대신 고개를 끄덕여 주었다. 빌어먹을 세상 어쩌고 중얼거리면서 임훈이 설계도를 끌어안고 돌아섰다. 전화벨 울리는 소리가 가늘게 들렸다. 미스 김이 굳은 얼굴을 들이밀고 그의 전화라고 했는데, 수화기를 들자 다후다 장수였다.

"야, 어떻게 됐니, 면회라도 가봐야 하잖을까?"

"소용없어."

"벌써 가봤어?"

"못 만나게 해. 만나게 해도 그 자식이 만나 줄지 알 수 없고."

"같이 가지 못해서 미안하다. 일이 좀 생겨서 그래."

"무슨 일이?"

"받은 어음 두 개가 한꺼번에 부도군."

그는 그들이 전날 만나 일그러진 얼굴을 맞대고 한숨을 쉬는 시간에 두 개의 어음이 부도가 나고 있었다고 했다. 그는 방송을 듣고 곧장 전치강의 아파트로 달려왔었다. 긴가민가 했는데 정작 사실인 것을 확인하자 녀석은 새파랗게 얼굴빛을 바꾸었다. 그러곤 속수무책으로 앉아 담배 개비만 연거푸 태워 댔다.

다후다 장수는 전화기에다 대고 소리쳤다.

"그깐 어음쪼가리야 어떻게 됐든 우리 당장 좀 만나자. 내가 지금 곧장 네 사무실로 갈게."

"와봤자 소용없어."

"그래도 가겠어. 가서 뭐든 의논해 보자. 시원한 구석이라곤 한 군데도 없군."

"어음 수습이나 해. 비도 오는데 와서 뭐하니."

"……나 여기서 이리저리 물어봤더니 모두 참혹한 소리밖에 안 하는데, 뭣보다 급한 건 우선 변호사부터 구해서 선임계를 내는 일이라는데."

그렇잖아도 냈더니 장승문이 거절했다고 하자 다후다 장수는 펄쩍 뛰었다. 그 자식 죽으려고 환장했구나 하고. 전치강이 그 말을 받아 말했다.

"아무 소리 없이 고개 숙이고 죽겠단다."

"미친 자식."

"미친 게 아니라 살인을 했어."

"그런 실감이 도대체 나질 않아."

"나도 그래. 현장까지 갔던 나도 말이야."

"그 자식이 그런 끔찍한 짓을 할 놈이냐."

"하지만 사실임엔 틀림없으니까 이제 우린 실감을 해야 돼. 그래야만 그 자식 뒤치다꺼리나마 제대로 해줄 수 있어."

"망할 자식. 하여간 곧 네 사무실로 가겠어. 만나서 얘기하자."

수화기를 내려놓기 바쁘게 또 전화가 걸려 왔다. '추상'의 안 마담이었다.

"어머, 선생님!"

"내 친구 일로 놀라게 해서 미안해."

그러나 안연자는 더 이상 말이 없었다. 전치강은 전화의 연결이 끊어졌는지 모른다는 생각이 들었으므로 통화자를 불러 보았다.

"여보세요."

"네. 저 여기 있어요."

그녀의 목소리는 분명히 떨리고 있었다. 아니 그녀는 흐느끼고 있었다.

"너무해요. 신문들이 너무해요."

"세상 사람들이 그런 애기를 흥미있어하니까."

"그러니까, 너무해요. 챙피해요. 산다는 것이 챙피해요."

"다 그런 거 아니겠어. 안 마담은 읽지 말라구."

"읽지 않았어요. 한 자두 읽지 않았어요. 그런데 모두 애기해요. 어저께 밤에 온 술꾼들은 모두가 그 애기였어요. 그 애기 땜에 수두 없이 몰려왔어요. 초저녁부터 몰려들 왔어요. 챙피해서, 인간이라는 것이 챙피해서 문을 닫아 버리구 말았어요. 모조리 쫓아내구 말았어요."

"미안해. 뭐라고 할 말이 없군."

"아녜요. 선생님 목소리 들으니까 마음이 좀 놓여요. 어저껜 선생님 사무실루 몇 번이나 전활 했는지 몰라요."

"어젠 못 나왔지."

"그러셨을 거예요. 얼마나 당황하셨겠어요."

"그런 것도 아니고, 나올 맘이 안 나서 다른 데 처박혀 있었어."

"선생님, 믿어지지가 않아요."

"나도 그래. 친구들도 모두 그래. 하지만 난 이제 사실로 받아들이기로 했어."

"그렇게 말씀하시니까 더 겁이 나요."

"저녁에라도 한번 들르지. 만나서 애기해."

"싫어요. 애기 듣구 싶지 않아요. 그리구 문두 열지 않을 거예요. 사람들이 그 사건 다 잊어버릴 때까지 열지 않을 거예요. 연락드릴게요."

전치강은 이미 죽어 버린 전화의 수화기를 들고 앉아 멀거니 천장을 올려다봤다. 안연자의 떨리는 음성이 아직도 귓가를 울리고 있었다.

더 이상 견딜 수 없었으므로 그는 벌떡 자리를 차고 일어섰다. 실감하기 위한 진통은 고통스러웠다. 그건 살인의 실감이 아니었다. 콧잔등에 걸린 철조망의 실감이 오히려 그는 그렇게 아팠다.

그러나 문을 나서려는 순간에 그는 한 사나이와 마주쳤다. 어딘가 낯이 익은 듯도 한 사나이였지만 생각이 나지 않았다.

"또 만나게 됐습니다."

"누구신지……?"

"저 모르시겠습니까?"

아, 그랬다. 경찰이었다. 아파트 6층 복도에 서 있던 경사였다. 전치강은 기억이 나는 순간 뭔가 위축감을 느꼈다.

"웬일이십니까?"

"기억나시죠. 저 경찰입니다. 잠깐 같이 좀 가주실까요?"

"……?"

"아, 별거 아니고…… 뭐 여쭤 볼 게 좀 있어섭니다."

경사는 말하고 나서 한발 앞서 복도를 걸어 내려가기 시작했다.

전치강은 경찰의 말투에 또다시 어떤 위축감 같은 것이 느껴졌다. 그리고 그들은 항용 그런 말투를 쓴다는 데 생각이 미치자 차츰 불쾌해졌다.

경사가 계단을 밟으며 말했다.

"선생, 알고 보니 대단히 유명한 건축가시더군."

"웃기지 마쇼."

"몰라봐서 미안하오. 우리 같은 따위가 뭘 아오."

"그딴 소리 집어치고, 내가 가야 하는 이유나 압시다."

"가보면 알겠지. 나야 심부름꾼인데 뭘 알겠소."

"이건 꼭 범인 취급이군."

"기분 나쁘오? 내 말버릇이 원래 그 모양이니까 용서하시오. 경찰 투신 이십 년에 말투만 싹 버렸시다."

전치강은 더 이상 말이 없이 건물 입구로 따라 내려갔다. 입구 앞에 경찰 지프가 막아 서 있었다. 경사가 먼저 차에 오르며 말했다.

"앞자리에 타슈, 유명하신 분이니까."

그런데 그때였다. 전치강이 막 운전대 옆자리로 오르려는 찰나에 "선생님!" 하고 다급하게 부르는 여자의 목소리가 있었다. 뜻밖에도 안연자였다.

전치강은 발을 내리며 경사한테 말했다.

"잠깐만 기다리슈."

안연자는 저만큼에서 뛰어온 나머지 숨을 가쁘게 몰아쉬었다.

"웬일이지, 이렇게?"

"아무래도 안 믿어져서요."

"뭘 새삼스럽게."

"정말 어떻게 된 거예요?"

"신문에 난 대로."

"첨부터 살인할 계획이었다는데두요?"

"그렇게 썼던가?"

"어쩜 꼭 남의 말 하듯이 하세요, 그 끔찍한 일을."

"미안해."

"아녜요. 선생님이 저보다 열배 백배 더 놀라시구 더 걱정되실 테죠. 제가 공연히 호들갑스럽게 야단이네요."

"경찰이 나보고 좀 와달래."

"가보세요. 좋은 일인지 모르잖아요."

"낌새가 그렇진 않고 보아하니 증인이 필요한 것 같어."

"그럼, 선생님이 그분한테 해로운 증언을 해야 하신단 말예요?"

"할수없잖어. 이미 녀석이 미주알고주알 다 말했을 거야. 자수한 놈인데 말해 뭐해."

"그래두 선생님이 어떻게 그런 고통스런 일을 해내실 수 있어요."

"바로 그날이야. 우리가 술마시러 갔던 날 밤, 그날 밤에 사고였어."

"그랬군요. 역시 제가 짚어본 시간이 맞았군요. 죄송해요. 정말 어떻게 해야 될지 모르겠네요."

"쓸데없는 소리 마. 안 마담이 이번 사건과 무슨 상관이야."

"술을 드렸으니까요. 술이 그런 끔찍한 일을 저지르게 했으니까요."

"그런 소리 말라구 녀석은 내 아파트에 가서 몇 시간을 말짱한 정신으로 얘기했었다구. 콧등에 걸린 철조망은 바로 그때 나온 얘기야."

"그게 다 술 때문이에요."

"공연한 소리 말고 돌아가. 나 갔다가 돌아오는 길에 들를게."

"꼭 그래 주셔야 해요. 문 열구 기다릴게요."

"알았어."

"아녜요. 바쁘신데 저희 집까지 오실 건 없으세요. 어느 경찰선지 제가 그 앞에 가서 기다리구 있을게요."

"언제 나올지 알고?"

"밤새두룩이라두 기다릴 수 있어요."

"그러지 말고 돌아가." 하면서 전치강은 경찰 지프 앞으로 걸어 갔다. "돌아오는 길에 꼭 들를게."

"알겠어요. 하지만 선생님, 조심하세요. 그분이 다 털어놓으셨다구 해서 아무렇게나 말하심 안 돼요."

"알았어."

차가 움직이자 경사가 투덜거렸다.

"무슨 얘기가 그렇게 길우？"

"신문에 대문짝만하게 난 얘긴데 길 수밖에."

"장승문이 가족이오？"

"가족이면 저러고 있겠소."

"그럼, 또 무슨 모의한 거요."

"모의라니？"

"말을 맞춘다든지."

"무슨 말을 맞춘다는 거요？"

"전 선생, 그날 범인하고 만나 무슨 얘기 했소？"

"뭐요？"

하고 전치강은 고개를 비틀고 경사를 돌아봤다. 경사는 냉소 같은 웃음을 흘리고 있었다. 저 웃음은 무슨 뜻이냐.

"우리 듣게는 큰 소리로 말하고 사실은 무슨 모의한 거 아니오？"

전치강은 처음으로 놀라운 암시를 받은 셈이었다. 그리고 그것을 알아차리자 뭔가 심상찮은 것이 있다는 생각이 펀뜻 들었다. 그러나 그것이 결코 두려움 같은 것은 아니었다. 어느 편이냐 하면 어딘가 미궁이 있구나 하는 예감 같은 것이었다.

전치강은 속으로 충격을 가라앉히며 항의하는 어조로 말했다.

"무슨 얘긴지 똑똑히 말하시오. 말을 맞추다니？"

"가보면 알게 된다잖았수. 나는 내용을 모른다니까."

"당신네들 뭔가 조작할 작정 아니오？"

"자수한 범인을 두고？"

"그런데 말을 맞춘다느니 한 건 뭐요？"

"한번 해본 소리지. 우리 이제 아무 말 맙시다."

경사는 더 이상 말하려 하지 않았지만, 그러나 전치강은 어딘가 의혹이 있음이 분명하다는 강한 예감에 몸을 떨지 않을 수 없었다. 아니 온갖 가능성에 대한 생각이 다 떠올랐다. 그 중엔 장승문이 고

문을 견디지 못해 혀를 빼물고 늘어진 광경을 볼 지도 모른다는 두려움도 있었다. 전치강 그 자신이 그렇게 될 지도 모르므로 마음을 다부지게 먹어 둬야 한다는 근거없는 각오도 생겨 어금니가 지그시 깨물어지기도 했다.

그러나 확실한 건, 이건 어디까지나 희망이다, 하는 점이었다. 사건 자체에 미궁이 있다면 장승문은 결단코 그런 짓을 했을 리 없다는 확신이 그를 더없이 긴장시켰다.

"내립시다."

"여기가 어디요?"

"유명한 건축가 선생이 어떻게 검찰청도 모르오?"

"검찰청?"

"겁낼 것 없어요. 선생이 사람을 죽인 건 아니니까."

전치강은 한마디 하고 싶었지만 참았다. 저건 무슨 건물이오, 라고 그가 아무렇지 않은 듯 물었을 때 경사는 그것이 법원이라고 일러주었다. 그는 경사와 함께 승강기를 타고 올라갔다. 검찰청 건물이 법원보다 높다는 데 전치강은 묘한 아이러니를 느꼈다.

"영감님, 건축가 데려왔습니다."

하고 그를 복도에 세워 둔 채 한 발 앞서 방 안으로 들어간 경사가 소리쳤다.

"들어와!"

경사가 문고리를 잡고 돌아서서 손가락질을 했으므로 전치강은 화가 난 얼굴로 그를 한쪽으로 밀어붙이고 방 안으로 들어섰다. 아파트 현장에서 본 수사과장도 거기 와 있었다. 검사가 말했다.

"어서 오시오, 전치강 씨죠?"

"그렇습니다."

"오시라고 해서 미안합니다."

"검찰청이 여기 있는 줄은 몰랐습니다."

"섭섭한데요, 건축가께서 여태 검찰청을 모르셨다니. 이 건물도 건축가의 설계로 지었을 텐데."

"죄송합니다."

"아니올시다. 그만큼 전 선생은 선량한 시민이었다는 얘기가 아니겠어요. 요즘 어떻습니까? 워낙 유명하시니까, 이래저래 여간 바쁘지 않죠?"

"별 말씀을."

"어떻습니까, 내가 금년에 집을 한 채 지을 작정인데 좀 부탁하면 안 될까요?"

"왜 이러십니까."

"전 선생 설계를 받는다면 여간 영광이 아닐 텐데……."

라는 둥, 검사는 용건을 말하지 않고, 더러는 비아냥거리는 투로 들리기도 하는 건축 설계 얘기만 길게 늘어놓았다. 뭔가 홍두깨 내밀듯이 들이댈 예비 조짐임이 분명하였으므로 전치강은 검사의 무슨 말에도 긴장의 노끈을 풀지 않았다. 그러나 이쪽에서만 끝없이 기다릴 수는 없는 일이 아니냐.

전치강은 자세를 고쳐 앉았다.

"이제 용건을 말씀하시죠."

하고 전치강이 말했을 때 검사가 느닷없이 이렇게 말했다.

"전 선생 사실대로 말해 주시오."

"허허."

"우린 이미 현장 검증까지 끝냈어요. 모든 걸 다 알아냈다 그 말입니다."

"그런데요?"

"그러니까 사실대로 말해 주시오. 나도 우정이라는 거 존중합니다. 그러나 전 선생이 그러시는 건 결코 친구를 돕는 게 아녜요."

"도대체 무슨 얘깁니까?"

"어떻게 생각하십니까? 이 사회의 지도적 위치에 있는 전 선생으로서 양심적으로 말씀해 보시오. 죄를 지었으면, 그것도 살인이라는 엄청난 죄를 저질렀으면 응분의 처벌을 받아야 한다고 생각하십니까, 안 하십니까?"

"검사라는 직분을 가진 분이 왜 그런 질문을 저더러 답하라는 겁니까?"

"교묘한 각본이 숨어 있기 때문이오. 알겠소?" 하고 검사는 갑자기 목소리를 높여 호통치듯 소리쳤다. "범인은 전 선생을 꼭 만나야겠다고 처음부터 우겼고, 만나고 나자 완강히 우긴다 이겁니다, 번연한 거짓말을."

"어떤 거짓말을? 그가 살인을 하지 않았다고 우깁디까? 그랬다면 그건 사실일 겁니다. 그 친구는 거짓말을 할 줄 모르는 인간입니다."

"차라리 죽이지 않았다고 할 정도로 어리숙하다면 동정이라도 가겠는데…… 이건 너무 간교해서 제가 죽였다는 말만 끝까지 되풀이할 뿐이라 이거요."

전치강도 목소리를 높여 항의하지 않을 수 없었다.

"말씀 삼가시오. 그를 간교하다고 말한 것 취소하시오."

"못 알아들으시는군. 간교하다고 한 건 바로 전 선생을 보고 한 말이오."

"이것 보세요. 나는 피의자가 아니란 사실 명심하시오. 이 집에선 아무나 함부로 모욕해도 괜찮우?"

"발뺌해도 소용없어. 당신 입건할 거야. 각본을 짜고 위증까지 한 장본인이니까."

"입건을 하든지 구속을 하든지 맘대로 해도 좋은데, 한 가지 물읍시다. 아까부터 각본, 각본하는데, 뭐가 각본이란 말이오?"

전치강은 그렇게 물은 다음 오히려 웃음을 띠고 이렇게 덧붙였다.

"난 왠지 자꾸 희망이 생기는데."

"어떻게?"

"아주 조그만 의혹이라도 있다면 그 친군 절대로 이번 사건과 관련이 없다는 심증 같은 거랄까."

"좋소. 우리 까놓고 얘기합시다."

"간교한 나한테 까놓고 얘기한다는 건 모험일 텐데."

"직업상 얘기한 걸 자꾸 곱씹지 마시오. 그런 건 나중에 얘기하면 되고, 우선……."

"우선 뭐요?"

"그 친구가 끝까지 우기는 것이 있소. 여자를 죽일 때 베개로 질식시켜 죽였다는 것이오."

"그런데?"

"사실은 죽은 여자는 질식사한 것이 아니거든. 극약을 먹고 죽었거든."

"아니, 그래요? 그렇다면 내가 그렇게 우기도록 가르쳤다는 얘기요? 그런 어리석은 각본이 어째서 간교하다는 거요? 아니, 당신네들 그 친구 자백받으려고 고문한 건 아니오?"

"문제는 거기 있지 않아요. 사망시간이오. 선생은 그 친구가 선생과 같이 있다가 새벽 한시가 넘어 방을 나갔다 했고, 그 친구도 끝까지 그렇게 우기는데, 우리 상식적으로 생각해 봅시다. 그 시간에 적어도 오백 미터 이상을 아무 이상 없이 걸어다닐 수 있다고 생각하시오? 서울 시내 경비망이 그렇게 허술하다고 생각되시오?"

"요컨대 여자는 그날 밤 한시 이전에 사망했다 이 말인 것 같군."

"의사의 진단으로는 늦어도 그날 밤 열시 이전에 죽었소."

"그거 참 누가 만들었는지 기막힌 각본이군."

전치강은 혼잣말처럼 이죽거렸지만 사실은 손가락을 튕기고 싶을 만큼 여간 기분 좋은 일이 아니었다.

분명하거니와 범인은 장승문이 아니었다. 그는 단지 멜로드라마를 구성하는 어리석은 주인공으로 뒤늦게 현장에 나타나 형식논리의 범증을 남겼을 뿐이다. 그가 그 수많은 방범대원 어느 한 사람의 호각소리도 듣지 못한 채 통금 시간에 52동까지 갔다는 것이 아무리 믿어지지 않는다 하더라도 그것은 사실임에 틀림없지 않느냐. 그건 전치강 그 자신이 바로 움직일 수 없는 증인이니까.

그의 증언을 믿을 수 없다면, 그래서 한밤에 잠을 자지 않고 문틈으로 내다본 제3자를 찾아내야 한다면 법은 얼마나 소갈머리 없이 악의에 찬 올가미냐.

전치강은 주먹을 불끈 쥐었다.

"늦기 전에 수사 결함을 솔직히 시인하고 진범을 찾으시오."

전치강은 자신에 차서 검찰이 제2의 인물에 대한 수사에 당장 착수해야 한다고 강력히 주장했다. 뿐만 아니라 어쩌면 이미 너무 늦었는지 모른다고 그는 약까지 올렸다.

"아무런 증거도 없이 생사람한테 수갑을 채우고, 신문에 대문짝만하게 보도하고…… 그런 인권유린이 어딨수?"

"인권유린 좋아하시네. 장승문이 범인이 아니란 증거가 어디 있어?"

"내가 증인 아니오. 같이 있었다고 누누이 말하지 않았소."

"그걸 누가 믿어?"

"사실이니까. 그리고 그날 밤 아홉시면 추상에 있었다잖았소."

"추상이 뭐하는 데랬지?"

"술 마시는 데."

"술집에서 주정뱅이들 드나드는 걸 다 기억한단 말이오?"

"주인하고 아는 사이니까 그렇지."

"혹시 전 선생, 당신네들 조직적으로 짜고 나서는 거 아뇨? 모두 아는 사람이고 모두 비 오는 날에 한 자리에 있었다니, 너무 완벽하잖어."

"그런 모욕적인 말을 듣고도 참는 건 친구를 구출하기 위해서라는 사실, 명백히 해두겠시다."

"구출해 내기 어려울 텐데……."

하면서 검사는 히죽 웃음을 흘렸다. 전치강은 그 능글맞음에 정나미가 떨어졌다. 그래서 마침내 그는 고함쳤다.

"빨리 범인을 찾아내요, 진범을."

"범인은 없소."

"뭐라구요? 그럼 여전히 장승문이가 한 짓이라고 우길 작정이오?"

"아니."

"그럼?"

검사는 한참 뜸을 들인 다음, 그러나 느닷없다는 느낌을 주며 이렇게 말했다.

"그 여자는 자살했어요."

자살? 아, 그랬구나. 자살이라는 것이 있었구나. 전치강은 가슴이 철렁 내려앉는 것을 느꼈다. 검사가 계속해서 말했다.

"혹은 모르오. 과실사인지. 그 대학 선생은 수면제를 상용해 왔으니까. 검시반이 그걸 밝혀 냈소."

"그렇다면……" 하고 전치강은 받아 말했다. "상용해 왔다면 말입니다, 복용량에 대해 잘 알고 있을 텐데 과용했을까?"

"상습적인 복용은 중독을 일으키고, 중독은 복용량에 상승 작용을 일으킨다는 사실을 모르슈?"

"나는 그렇게 보지 않아요. 그 여선생은 자살했음에 틀림없을 겁니다."

"무슨 증거로?"

"그 여자는 이상한 데가 있었거든. 죽은 사람을 이렇게 말하는 건 예의가 아니지만."

"그 얘긴 장승문 씨한테서 이미 다 들었소."

"그 친구가 그런 얘기까지 했단 말이오?"

"왜요?"

"그렇다면 포기하지 않았다는 애기니까. 맞아요, 삶에 대한 의욕을 포기하지 않았기 때문에 그 친구 그런 애기까지 한 것 아니겠수."

"모르는 소리. 우린 무슨 얘기든지 다 말하게 만들어요."

전치강은 우기지 말자 했다. 장승문이 풀려나게 된 이상 그의 정신적인 질환에 대해, 상관없는 사람들과 토론하지 말자 했다.

그러나 검사가 먼저 그 문제에 대해 말했다.

"우리는 장승문 씨가 정서적으로 불안정상태에 있는 인물이라는 사실도 알고 있어요. 조그마한 사실 하나로 삶의 의욕을 회복했느니 않았느니 속단하지 않는 것이 좋을 거요."

"신경써 줘서 고맙시다. 그럼 그 친군 언제쯤 풀려납니까?"

"곧."

"검사께서는 장승문, 그 친구한테 아무런 혐의도 없다고 보시는 거죠?"

"무슨 뜻이죠?"

"그 친군 자수했고, 베개로 질식시켜 살해했다고 자백했습니다. 검사께선 그 자백을 믿지 않습니까?"

"좋소, 물론 그건 사실일 거요. 그는 시체를 베개로 누르고 버텼던 거지요."

"그게 아니고 그 친군 시체가 되어 있는 줄을 모르고 그랬을 거라 이겁니다. 처음으로 조용히 자고 있는 여자의 모습을 발견했을 때 그는 발작적인 범의를 일으킨 겁니다."

"잘도 아시는군, 전 선생. 그러니까 어떻게 할까요?"

"그러나 그건 도덕의 영역이니까. 형이하인 법률의 범주가 아니니까."

"장담 마시오. 그건 얼마든지 법률적인 범죄 구성이 돼요. ……장승문 씨가 석방될 수 있는 건 다만 법이 베푸는 관용이오. 그런 점에선 법률에도 형이상학적인 데가 있는 거지."

"그게 아니고 검사님의 개인적인 관용이라는 것을 저는 압니다."

하고 전치강은 치켜세웠다. 검사를 치켜세워서 조금도 손해될 것이 없고, 실제로 그는 감사한 마음이 없지 않았다.

그러나 검사는 손을 내젓기까지 하면서 그 점을 강하게 부인했다. 법률 조항에 엄연히 있다는 것이었다. 정신적으로 불건강한 장승문 같은 인물이 보호받을 수 있게 법조문은 규정하고 있다는 것이었다.

"그리고 아직은 그를 석방한다는 최종적인 결정이 내려진 것도 아니고. 그러고 보니 내가 너무 경솔했군. 이건 실순데, 결론도 얻기 전에 쓸데없는 소릴 지껄이고."

"어쨌든 감사합니다. 하지만 언론에 너무 경솔하게 흘려 그 친구 명예를 심대하게 훼손한 게 미안한 거죠, 검사께선?"

"그건 내 손에 넘어오기 전에 이뤄진 일이에요, 경찰에서."

전치강은 엉거주춤 엉덩이를 떼고 일어설 채비를 했다. 검사가 마치 반사작용을 일으키듯 재빨리 따라 일어섰다.

"이건 뒷거래가 아니니까 모두 있는 데서 얘기해야겠어요. 아니 경찰관이 입회한 가운데 밝혀 두는 게 오히려 떳떳하겠소."

"뭘 말이오?"

"우린 알고 보니 동창이었소. 내가 아마 몇 년 윌 거요."

"어느 학교 말씀입니까?"

"고등학교지. 이럴 경우 사건을 맡지 않는 게 예원데. 물론 그가 만약 범인이었다면 난 손을 뗐을 거요."

전치강은 이런 경우에 뭐라고 말해야 할지 몰라 겸연쩍은 표정만 지은 채 의자를 벗어났다. 몇 회 졸업생이냐는 따위를 묻는다거나 그때 기율부장이 누구였느냐고 따질 순 없지 않은가.

　　검사는 출입문 바깥까지 따라 나와주었다.

　　"선배님 만나봬서 반갑습니다."

　　"그에겐 절대로 우리가 동창이었다고 말하지 마시오."

　　"약속하겠습니다."

　　"지금 그를 어떻게 납득시켜 석방할 수 있을는지 고민 중이오. 그는 완강히 버틸 거거든. 그런 채로 내몰아 버리면 정말 무슨 일을 저지를지 모르겠고."

　　"전 모르겠습니다. 선배님한테 떠넘겨 버렸으니까."

　　"법률이 범죄의 예방을 위해 존재하긴 이렇게 어렵소." 하고 난 다음 검사는 표정을 펴고 손을 내밀었다. "더욱 명성을…… 우리집 지어 준다는 거 잊어버리면 섭섭해."

　　"제가 건축업잔 줄 아십니까, 집을 지어 드리게."

　　"내가 또 실언을 했군. 성악가를 보고 가수라고 부른 셈이군."

　　"농담입니다. 나중에 상담해서 지어 드리죠, 물론 설계료 톡톡히 받고."

　　"물론이지. 자, 그럼."

　　검사는 잡은 전치강의 손을 힘없이 흔들었다. 경찰차로 돌아가게 할 수 있지만 그러지 않기로 했다고 검사는 마지막에 덧붙였다.

　　"택시로 가겠습니다."

　　"그 편이 나을 거요."

　　"안녕히 계십시오."

　　"그 친구 내보낼 땐 연락하겠소."

　　"아뇨. 전 이제 모릅니다."

　　전치강은 휘파람을 불며 승강기 앞으로 걸어갔다. 머리가 띵하지만 요컨대 한없이 기분이 좋았다. 우선 덮어놓고 현실대로 실감하고 싶었다. 장승문은 해방되는 거다. 검사는 그가 해방감을 맛볼 수 있게 조심스레 다뤄 줄 것이다. 그건 검사 자신의 명백한 부인에도 불구하고 선배로서의 배려도 어딘가 배어 있을 것임이 분명하므로 전폭적으로 위임해 둬도 좋은 거다.

전치강은 사무실에 닿는 대로 죽어라고 전화 다이얼을 돌려 대리라 했는데 실제로는 한 남자와 두 여자에게밖에 알리지 않았다. 다후다 장수 김항수와 안연자와 유영채에게만 말이다. 즐거움의 독점욕이 갑자기 발동한 것은 아니었다. 이렇게 무턱대고 즐거워만 해야 할 일인가 하는 생각이 문득 들어서였다. 아니 장승문이 수갑을 벗는 것이 반드시 즐거운 일인가 하는 생각도 들어서였다.

안연자는 심하게 항의했다. 돌아오는 길에 곧장 자기한테 들르겠다고 철석같이 약속해 놓고 전화나 해주는 법이 어디 있느냐고 추궁했다. 너무 기뻐서 항의의 수준이 그렇게 높았다.

"하지만 괜찮아요. 얼마나 기쁜 소식이에요. 약속 잊으신 거 이해할 만해요. 저 같은 거한테 전화해 주실 만큼 이성을 잃지 않으신 것만두 얼마나 고마운지 몰라요."

"그런 게 아니고, 어쨌든 미안해. 대신 저녁에 찾아갈게. 우리 한잔 하자구."

"그럼요. 오늘은 제가 한턱 쓸 테예요."

술을 마시자는 약속은 유영채와도 맺어졌다. 퇴근하는 대로 그의 사무실로 오겠다고 그녀는 말했다. 그러나 그런 약속을 하고 통화를 끝낸 지 30분도 채 안 되어 두 여자가 거의 동시에 그의 사무실에 나타났다. 이게 도대체 웬일들이야, 하고 그가 눈을 휘둥그렇게 떴을 때 두 여자는 합창하듯이 똑같은 소리를 냈다.

"무슨 영문인지 답답해서 견딜 수가 있어야죠."

"설명해 줬는데. 내가 그렇게도 말주변이 없었나?"

그러자 두 여자가 또 똑같이 말했다.

"아녜요. 그게 아녜요. 도무지 믿어지지 않아요."

"믿어 둬. 공연히 위로하려고 한 소린 아니니까. 두고 보면 알 거아냐, 녀석이 수갑을 벗고 그대들 앞에 나타나나, 않나."

"정말이겠죠?"

"아마 내일쯤은 만나게 될걸…… 서로 인사나 나누시지."

두 여자는, 알듯해요, 라면서 서로 시선을 부딪치고 인사를 했다. 이름만 대고는 옛날부터 안다고 서로 장담했으므로 전치강이 주를 달아 주지 않을 수 없었다.

"이쪽은 우리 애인이고, 저쪽도 우리 애인이고."

피이, 하고 입술을 삐죽 내밀며 두 여자는 마주 웃었다. 혹시 어색한 분위기가 되기 전에(는 물론 공연한 염려겠지만) 전치강은 재빨리 다음 말로 계속했다.

"애인들이 대낮부터 이렇게 사무실로 몰려들면 사업에 지장이 있어. 별볼일 없으면 돌아들 가줄 수 없을까?"

"천만에요. 우리 이 애인 납치해 갈까요?"

라고 유영채가 안연자를 돌아보며 제의했다. 안연자가 손으로 입을 막고 웃었으므로 전치강이 대신 말했다.

"그거 좋지. 어디로 납치돼 갈까?"

"하여튼 치강 씨 사업 훼방 놓는 방향으루요."

"망했군. 그럼 나가지, 어차피 앉아 버텨 봤자 놓아 주지도 않을 거고."

"놓아 드린들 일이 손에 잡히겠어요, 오늘 같은 날."

"나야 농땡이니까. 사실은 할일도 없다구."

세 사람은 지체없이 방을 나섰다. 전치강은 두 여자를 그의 차 뒷자리에 나란히 앉힌 다음에야 목적지를 물었다. 그러나 두 여자는 어느 쪽도 선뜻 의견을 내지 못했다. 대신 유영채가, 왜 남자 친구분들은 한 분도 나타나지 않죠, 하고 물었으므로 전치강은 거침없이 말했다.

"남자들이란 다 생업에 골몰해. 여편네들 벌어 먹이느라 얼마나 불쌍한 동물들이야, 이렇게 궁금하다고 당장 뛰어오지도 못하는 신세가."

"그게 아녜요" 하고 유영채가 반기를 들었다. "무심해서들 그래요. 결혼한 남자들 보면 하나같이 나밖에 몰라요."

"그러게 불쌍하지. 내 코가 석자라니."

전치강은 더 이상 여자들의 의견을 기다리지 않고 차에 시동을 걸었다. 자동차가 마침내 차고를 빠져나가 길바닥으로 들어설 때까지도 여자들은 어디로 가는 거냐고 묻지조차 않았다.

그러나 전치강이 차를 몰고 간 곳은 별난 데가 아니었다. 고작 안연자네 술집이었다. 그녀는 목적지가 자기 집인 줄 알아차렸을 때 놀라 자빠졌을지 모르며, 그렇게 의견도 묻지 않고 일방적으로 행동한 것이 잘한 것인지는 전치강 자신도 알 수 없었다. 그럼에도 안연자는 희소식을 축하하는 장소로 자기네 술집을 선택해 준 걸 영광스럽다고 말했다. 유영채는 그녀대로 귀띔없이 들어서게 되어 꽃송이 하나도 준비 못하게 만들었다고 불평이었다.

"꽃은 녀석 나타날 때 줘여줘."

"아 참, 그분 언제 풀려나신댔죠?"

"오늘 나올지도 모르지."

"꿈만 같애요."

그러나 전치강은 꿈만 같은 녀석의 출현을 보지 않으려고 그날 밤으로 줄행랑을 놓고 말았다. 그와 얼굴을 마주쳤을 때 무슨 말을 할 수 있을지 그는 자신이 없었으므로 핑계도 대놓지 않은 채 도망치고 말았다.

모략하는 즐거움

　여자들이 재수없는 것은, 마치 사내들이란 예외없이 난봉기 하나만 가지고 태어난 동물인 듯이, 그래서 저네들이 만약 유인할 맘만 있다면 사내들 코를 꿰는 건 식은죽 먹기보다 쉬운 것처럼 착각하고 있는 점 때문이다. 치마폭만 한 번 스쳐도 남자들이란 오줌을 잘잘 싸는 줄 알지만, 천만의 말씀이 아니냐. 무기를 가졌다면 사내들이 가졌지, 여자들이 냄새나는 치맛자락 속에 무슨 요상스런 무기가 숨겨져 있다는 거냐.

　전치강은 사뭇 맹숭맹숭한 기분으로 앉아 있었다. 조금도 어쩌자는 생각이 나지 않았다. 확신하거니와 무기는 이쪽에서 지녔는데 공격적이게 되지 않았다. 술도 취해 오는 것이 아니었다.

　미자가 눈꼬리에 웃음을 달고 안주 젓가락을 그의 코앞으로 들이대는 것은 실은 사정권 안으로 그를 유인해 들이기 위해서가 아니라는 데 생각이 미쳐서도 아니었다.

　실은 그것이 미자의 생계수단이고, 그걸로 남동생 학비도 대주고 있을 것이라는 생각이 들어서는 더구나 아니었다. 등록금도 대주고 학도호국단복도 사 입혀 집총훈련 받는 데 지장을 주지 않고…… 그렇게 공부는 시켜 뭘 하겠다는 거지. 무슨 말씀이에요, 제 몸 하나 바쳐 동생 출세시키려는 거예요, 떳떳이 사람 대접 받으며 살게 하려는 거예요, 그러시지 마세요, 이제 대학 3년밖에 남지 않았어요, 우리두 인간 대접 받으며 살아볼 날이 있어야잖아요. 뭐 그러는 것인가. 하지만 '우리'라니? 미자가 몸을 바쳐 봉사하는 우리란 누구냐. 입술 시뻘겋게 칠하고 가짜 속눈썹 붙이고 날마다 해거름에야 출근하는 누나를 창피해하며, 원망하며, 비싼 등록금 갖다 바치고 개망나니가 돼가는 동생을 '우리'로 묶어 어쩌자는 거냐. 희망이라니? 캄캄한 바다의 등대라니?

그러나 그런 것에 울화통이 터져서가 아니었다. 요컨대 전치강은 계집이라는 것들이 가진 속단이 싫었다. 그런 속단이 없었더라면 미자도 돼먹지 못한 동생을 위해(가 아니라 '우리'를 위해) 내 몸 하나 바치겠다는 각오를 아예 세우지 않았을 게 아니야.

"미자, 너 말야……."

전치강은 미끼처럼 코앞을 어른거리는 안주 젓가락을 밀어내며 말했다.

"어머, 전 선생님, 제 이름이 왜 미자예요? 미영이라니까요."

"미자나 미영이나…… 차라리 미녀라고 해버리자."

"제가 그렇게 미녀예요?"

"그럼. 나한테 인삼뿌리만 자꾸 집어다 먹이려 들지 않는다면."

"그래두 생각해서 집어 드리는데 무슨 그런 섭한 말씀을 하세요."

"좀 덜 생각해 줬으면 좋겠다."

"괜히 좋으시면서. 그래야 이따가 뛰어두 몸 축나지 않죠."

"뛰다니?"

"아이, 왜 이러실까, 전 선생님. 능청스럽게."

놈들이 촌놈들처럼 와하고 웃었다. 이따가 뛰긴 뭘 이따가 뛰니,

지금 당장 옆방으로 끌고 갈 일이지, 하고 말하는 놈들에 아랑곳않고 접대부의 미소를 바라보며 전치강이 물었다.

"나하고 자고 싶니?"

"자긴요, 뛰자니까요."

"그럼 내가 얼마나 줘야 하니?"

"기분인데 받긴 뭘 받아요?"

야, 미영이가 홀딱 반했구나, 하고 놈들이 다시 모아논 반편들처럼 사지를 뒤틀며 아우성을 쳤다.

"깝데기 벗기려고?"

"유명한 전 선생님이 왜 이렇게 답답하실까. 깝데긴 벗어야지, 그럼 입은 채루 뛰어요?"

놈들이 또다시 배꼽을 움켜잡고 꼬꾸라짐으로써 헐개빠진 머저리들임을 더더욱 여지없이 노정시키고 있었다.

전치강이 제법 단호한 어조를 만들어 말했다.

"난 안 가겠어."

"그렇게 깝데기 벗길까 겁이 나면 아랫도리만 벗으세요."

"남동생이 대학 몇 학년이지?"

"갑자기 그게 무슨 말씀이세요?"

"내가 그렇게 허술한 줄 알어. 사랑을 하려면 그런 뒷조사부터 다 해놓고 달려들어야지."

"뒷조사 잘두 하셨군요. 이제 겨우 고등학교 다니는 앨 대학생이라니. 벌써 대학에 다닌담 얼마나 좋게요."

"그렇지, 집안의 등불이지, 걔가."

"유일한 희망이죠. 아녜요, 그딴 소리 집어치세요. 술맛 다 떨어져요."

"희망 같은 거 걸지 말라구 팬히. 배신당하는 거 무섭지 않어?"

야, 야, 넌 왜 한 가닥 등불을 끄려고 그러니, 하고 놈들이 구박을 주었으므로 전치강은 등불을 끄려는 이유를 설명해 주지 않을 수 없었다.

"희망이 남기는 거라곤 본래부터 배신뿐이다!"

놈들은 그의 그러한 허무주의가 싫다고 했다. 전치강은 그의 접대부가 가슴을 죄며 기다리는 희망이라는 것이 얼마나 위험한 것인지를 놈들한테 되묻고 싶었으나 당사자와 동석하고 있었으므로 참았다. 그건 너무 가혹했다. 아니 지금껏 말한 내용도 사실은 소름이 돋을 만큼 지나치게 잔인한 것이 아니었더냐. 두당 2만 원짜리 술상 앞에서 접대부를 비참한 우울증에 빠뜨릴 이유가 뭐냐. 전치강은 술잔을 집어들었다. 여자가 태연한 목소리로, 쭉 드세요, 라고 말하고 있었다. 여자의 이런 강인함에 눈물겨워해야 하느냐, 않느냐.

그 이후였다. 잠시 잠잠하던 놈들이 다시 지껄이기 시작했다.

"가을은 내 이 드넓은 가슴팍에 구멍을 내는도다."

"바지에 빗장을 버퉁기는 게 아니고?"

"금간 것들이 모여 앉아 술기운만 믿고 허세를 부리는군."

어쩌고 저쩌고 하던 놈들이 느닷없이 화제를 장승문 얘기로 바꾸고 있었다.

그 자식 요즘 어떻게 지내나, 라고 어느 놈이 처음에 물었던 것일까. 한 놈도 만나본 놈이 없다면서 무슨 자신으로 따따부따 주고받기 시작하는가 말이다. 짜식, 정신이 번쩍 들었을 거라니, 그건 당치도 않은 소리 아니냐. 세상을 떠들썩하게 해놓곤 미친놈이라는 딱지를 달고 옥문 밖으로 쫓겨났으니 얼굴 들고 나타날 수 있겠어, 라고 열을 올리다니. 놈들이 장승문 얘길 슬그머니 들고 나온 의도는 뻔하지 않느냐.

"이 개새끼들아, 왜 비싼 술 처먹으면서 헛주둥일 놀리고 지랄이니!"

하고 전치강이 무지막지한 욕지거리로 일찌감치 제동을 걸었지만 그래도 소용이 없었다. 책임질 사정이 조금도 없는 남의 일은 깎아 내림으로 자신이 그럴듯해 보일 수 있다는 착각을 놈들은 한없이 즐 거워하는 것일까. 아니 놈들은 저네들이 신문에 대문짝만하게 보도 된 사건의 주인공과 실은 동창 사이라고 은근히 떠벌리는 것이 술집 접대부 앞에서 우쭐댈 수 있는 유일한 근거라고 생각하고 있음에 틀 림없었다. 나는 그렇게 유명한 사람이야, 라는 표정을 놈들은 짓고 있었다. 그 미친놈이 우리 체면을 깎아내렸단 말이야, 라고 말함으 로써 더욱 접대부들의 존경심을(이 아니라 숭배를) 살 수 있다고 놈들은 단정짓고 있었다.

"어쨌든 그 장가놈 때문에 우리 동긴 얼굴도 못 들게 된 거야."
라고 박용탁이 결론을 내리듯이 자신에 찬 어조로 말했지만, 그러나 그건 결론이 아니었다. 그런 결론들은 말만 바꾸어 끊임없이 반복되 었다.

"똥칠을 한 거라구. 난 요즘도 직장에서 그 자식 어떻게 됐느냔 질문을 자주 받는단 말야."

"그 정도는 약과야. 난 어떤지 알어?"
어떠냐? 나 찾아오는 우리 동창들 보면 모두가 음흉해 뵈고 어딘 가 미친놈들처럼 보인다는 거야, 하고 한수필이 말했다.

"혹시 학교 터가 좋지 않거나 한 건 아니냐는 거야. 사람 환장하 게 만드는 소리 아냐."

"건 그래도 괜찮어. 난 무슨 소리 듣는지 아니. 법의 증거 위주 논리를 용케 악용해서 빠져나온 거지 실은 장승문이 살인을 한 게 틀림없다는 거야. 그런 심증이 있다는 거지. 그 점은 나도 그래. 장간 약은 놈이야. 미리 딱 자수를 해놓곤 미친 척 했던 것 같애, 우리끼리니까 얘기지만 말이야."

전치강은 참을 수 없었으나, 양주잔이 쉴새없이 돌뭉치같이 보였 으나, 이를 악물고 참았다. 두당 2만 원의 술값에 걸맞은 처신을 위해서는 천만에 아니었다. 참는 데는 한계가 있다지만 사실은 한번 참자 하니까 거기엔 한계가 없었다. 참기 위한 명분을 재빨리 찾아내어 위안을 삼기 때문이었다. 그건 모멸이다. 나는 너희놈들을 모멸하노라 하면 되었다. 조급해지지 않았다. 모멸해 마지않는 놈들을 상대로 술상을 뒤집어엎을 이유가 없었다. 다후다 장수가 만약 있었더라면, 장승문이 애길 들려주자 눈물을 질금질금 쏟던 그 녀석이 들었다면, 당장 마빡을 찢어 놓고 말았을지 모르지만 전치강은 한계 없는 인내 하나로 버텼다.

그러나 그가 참은 건 큰 착오였다. 접대부들이 놈들의 말귀를 드디어 알아차리고 말았으니 말이다. 미잔지 미영인지가 그의 귀밑에다 대고 소곤거렸을 때까진 그래도 괜찮았다.

"전 선생님, 저분들 하시는 얘기가 뭐예요? 이상하네요?"

"사람이 술에 취하면 개자식이 돼. 너, 개자식이 뭐라고 짖는지 알아들을 수 있니? 못 알아들어."

했는데 앞에 앉은 노랑저고리가 단박에 참견하고 나섰던 것이다.

"넌 것두 모르니. 지난 여름에 사건 난 거 잊었어?"

"무슨 사건?"

"저 아래 52동 여강사 죽은 거 몰라?"

"어마, 그거. 근데 이분들 얘긴 그럼 무슨 뜻이니?"

"미영이 너 정말 형광등이구나. 그때 웬 실성한 남자분 하나 자수했었잖니. 그분하구 이 선생님들하구 친구 되신단 말야."

"어머나, 그래요, 선생님?"

하고 접대부가 재빨리 전치강을 돌아봤다. 전치강은 얼굴이 화끈 달아오르는 것을 느꼈다. 창피해서가 아니었다. 화가 나서였다. 여자가 대답이 없는 그에게서 시선을 떼며 중얼거렸다. 어머, 그랬군요, 하고.

"어쩜 넌 그렇게두 말귀가 어둡니. 난 첨부터 알아듣겠더라 애.

그게 얼마나 시끄러웠던 사건이었니, 애."

놈들은 드디어 자신들이 유명해진 것을 확인하자 서로 눈길을 주고받으며 히죽히죽 웃음을 흘리기 시작했다. 우린 적어도 그 유명한 사건의 주인공으로 입후보한 작자의 친구들이란 말이야, 하는 투로 어깨를 젖히고 있었다. 국회의원 덕분에 출세한 운전사의 기분인지 몰랐다. 그래서 장승문을 자기도 모르게 우러러보게 되는지 몰랐다.

아니, 다음 순간, 장승문은 다섯 명의 접대부에 의해 실제로 칭송의 대상으로 올라앉고 말았다.

하나가 먼저 말했다.

"선생님들, 그분 모시구 오시잖구요?"

"왜?"

하고 한수필이 방정맞게 되받자 다른 여자가 재빨리 받아 말했다.

"정말 뵙구 싶어요. 어쨌는 줄 아세요. 우리 그때 그분 면회갈 뻔했어요. 의논까지 다 됐었다구요."

"면회를?"

"그럼은요. 면활 가야죠."

"그럼 정말 그 자식 한번 끌고 와야겠는데."

"정말이세요? 약속하실 수 있으세요? 정말 모시구 오심 술 공짜루 대접해 드릴게요. 거짓말 아녜요. 한번 꼭 모시구 오세요."

"그렇게 만나고 싶어하는 이유가 뭐니?"

"만나뵙구 싶죠. 왠지 아세요? 그 죽은 여자 우리 영업을 방해했단 말예요. 그런 여자들 땜에 우린 파리만 날린단 말예요."

"아항, 그런 얘기가 된다? 세상에 그런 여자가 그 여자 하나뿐야? 세상 여자가 다 환장을 해서 날뛰는데."

"그러게 우리만 죽을 맞이지 뭐예요. 우리가 그분을 존경 안 하게 됐어요?"

"존경할 것까진 조금도 없고 어딘가 좀 덜떨어진 인간이야. 만나

보면 실망할걸, 더구나 정신이상기가 있는 걸로 결론이 나가지고 풀려났으니 말야."

"사실은 그런 게 아니구 교묘하게 법조문을 피한 거라구 말씀하셨 잖아요."

"쉿! 그건 우리끼리 얘기지."

"그러니까 우리끼리 그분 한번 뵙자 이거예요. 전 그분이람 뭐든 바치겠어요. 미련없이 바치겠어요."

"허어, 그 자식 살판 만났군."

"정말예요. 약속할 수 있어요."

이판인데도 전치강은 어금니를 앙다물고 참아 냈다. 참는다는 것 자체에 비감을 느끼면 참아 냈다. 그가 원망한 것이 있었다면 그 집 여주인이었다. 같은 동 7층과 12층 사이에 살면서 그렇게 한번 찾 아 달라고 했는데 세상에 그럴 수가 있어요, 전 선생님, 하고 만날 때마다 저주하듯이 말하던 여주인 때문에 그 집에 온 것이 아닌가. 어떻게 된 건지 박용탁이 놈이 그 집 존재를 듣고 떼거리를 지어 그 를 찾아온 것이 화근이긴 했지만 전치강이 끝까지 가지 않겠다고 버 티지 못한 것은 그 여주인의 그런 앙심이 두려웠던 것이다.

그러나 이 아파트 12층 꼭대기 비밀 요정으로 술을 마시러 온 건 얼마나 큰 실수냐. 전치강은 슬그머니 자리에서 일어섰다. 그러나 그가 술자리를 뜰 기미가 있다는 걸 놈들은 귀신같이 당장에 눈치챘 다. 그리고 눈치채자마자 다짜고짜, 물주가 꽁무니 뽑으려 한다며 와아 소리쳤다.

"빨리 잡아! 곁에 있는 놈이 붙잡아!"

그러나 미영이란 여자가 다행히 즉각 개입해 주었다.

"이쪽예요, 선생님."

달아난다고 소리치는 바람에 전치강은 재빨리 방 안쪽 벽을 더듬 거리고 있었는데 미영이가 그러는 그의 팔을 끌었다. 아랫도리를 움켜잡고 나서는 그를 지켜보며 쓸개 빠진 놈들은 그제야 기분 좋아했다.

"저 친구 취했군, 방문도 못 찾는 거 보니."

취하여 벽을 더듬거릴 뿐 달아날 뜻은 전혀 없다고 속단하는 놈들은 두고 봐라 하고 전치강은 방문을 나서자마자 당장 멀쩡한 걸음걸이로 현관을 향해 걸어나갔다.

미영이가 따라붙으며 가리켰다.

"현관 못 미처 오른쪽에 있어요."

"따라와서 가리켜 줘."

기다랗게 설치된 바에 나비타이를 한 사나이가 하나 서 있었으므로 전치강은 여자를 현관으로 유인해 낼 수밖에 없었다. 그러곤 현관으로 나온 여자의 어깨를 붙잡고 재빨리 소곤거렸다.

"나 먼저 돌아갈 거야."

"네? 화장실 가시려는 게 아녜요? 그러심 안 돼요. 전 어떡허구요?"

전치강은 주머니를 부스럭거렸다. 그러는 그를 지켜보며 여자가 억울하다는 투로 말했다.

"어머, 제가 돈 때문에 그러는 줄 아세요. 그렇게 생각하심 오해예요."

전치강은 못 들은 체하고 꺼내 든 지폐를 세어 보였다.

"이건 두당 2만 원에 해당하는 술값 중의 내 몫이고, 이건 너를 사랑하는 뜻으로……"

하고 나서 그는 환심을 사두려는 나머지 이런 쓸데없는 말까지 덧붙였다.

"난 아직 여자한테 뭘 줘 본 일이 없어."

"그게 아니라니깐요, 선생님. 제 생각두 좀 해주셔야죠. 선생님 가시게 그냥 됐다구 하면 전 뭐가 되겠어요."

"그럼 너도 도망쳐 버려. 다시 안 나타나면 자식들 멋대로 지껄일 것 아냐, 둘이서 자러 갔다고."

"호호호…… 그런 말 들을 바엔 아예 선생님이랑 같이 도망가 버릴까요? 같이 새버리는 건 허락이 되걸랑요, 이 집 풍습으룬."

"난 지금 어딜 가야 하거든. 그렇잖으면 뭣 땜에 이렇게 구차스럽게 도망치려 하겠어."

전치강은 어색한 거짓말로 여자를 따돌렸다. 그러나 여자가 그의 핑계에 더욱 난처한 얼굴을 했으므로(가 아니라 아니꼽게 서툰 수작 말라는 눈빛이었으므로) 전치강은 아무래도 그 말만으로는 돌아설 수가 없었다.

"약속을 해놓고 깜빡 잊고 있었단 말야."

"선생님, 괜히 거짓부렁 마세요. 7층이 여기서 얼마나 멀다구 그러세요. 저분들이 선생님 방으루 밀어닥치지 않을 성싶으세요?"

"내 방으로 가지 않는다니까…… 도무지 믿지 않는군. 좋아, 그럼 나랑 같이 가자, 입장이 난처하면."

"이런 차림으로요?"

"여자가 치마저고리 입었는데 뭐 어때?"

"정 그러심 할수없죠. 선생님 가세요, 저 혼자 욕 먹구 말죠. 하지만 선생님, 7층에 계시진 마세요."

여자는 꼭 그를 위해 거룩한 희생물이 되기로 비장한 결의라도 세운 것처럼 말했다. 그런 표정과 그런 어투에 낭패감이 들어 전치강은 자기도 모르게 간청하듯 했다.

"그러지 말고 나랑 같이 가자니까."

"정말이세요?"

"정말이잖고."

정말은 뭐가 정말이냐, 아무리 사정이 난처하게 됐기로 일을 이렇게 우습게 만들 수야 있느냐. 아니 난처해야 할 사정이란 또 뭐냐.

잠깐만요, 하고 여자가 바 쪽으로 뛰어 들어간 다음에야, 전치강은 정말 낭패 만났구나 했다. 그러나 때는 이미 늦어서, 여자는 바텐더한테 그의 몫의 술값을 전하고 이내 돌아왔다.

"가요, 선생님. 술집 여자 표가 나두 괜찮죠, 선생님?"

"괜찮고말고."

"챙피하세요?"

"챙피하긴."

"저 이런 차림으루 문 밖 나서긴 이게 첨예요." 여자는 치맛자락을 들어올려 보였다. "허긴 양장차림 해봤자죠 머. 속임수 써봤자 술집 여자가 어디 가나요."

"미영이가 원래 이름인가?"

"진짜 이름예요."

"왜 가명을 쓰지 않고?"

"주인 마담이 못 쓰게 해요. 그게 신용이래요."

여자는 승강기 안에서 다시 물었다.

"챙피하시죠, 선생님?"

"미영이 취한 모양이군."

"하지만 안심하세요. 차나 한잔 사주세요, 진한 커피루요. 그러군 저 다방에 남겨 두구 가세요."

"집은 어디지?"

"지금 나온 곳. 이 건물 12층."

"거기서 먹고 잔단 말야?"

"네, 먹구 자요."

"미영이, 시내로 나갈래, 지금?" 하고 전치강은 뜻하지 않게 또 엉뚱한 소릴 했다. "우리 손님이 돼서 한잔 할까?"

"알구 보니 선생님두 보통 아니셔."

"어이쿠 들통났구나, 유혹하려다."

"아녜요, 농담예요. 선생님 그러실 분 아니란 거 알구 있어요."

"사람 잘못 봤어."

"척 보면 알아요."

"난봉꾼인가, 아닌가?"

"그럼요."

"그 관상술이 얼마나 엉터린지 증명해 주지. 우선 차를 타고서……."

전치강은 여자를 데리고 아파트 앞 주차선으로 걸어갔다. 여자는 환한 수은등 불빛을 저주하며 긴 치마꼬리를 걷어 들고 따라왔다.

여자는 차를 타고 다방을 찾아가는 동안 두 마디밖에 하지 않았다. 하나는 그의 운전솜씨가 대단하다는 칭찬, 그리고 다른 하나는 장승문이 정말 그의 친구냐는 다그침.

"만약 술을 마신 뒤가 아니었으면 이보다 훨씬 잘 몰 텐데."

"그럼 차가 날겠군요."

"때론 조금씩 날지."

"조심하세요. 위험한 일예요, 그런 건."

"조심하는 중이야."

"그분은 지금 어떻게 하구 계세요?"

"지금 그 친구 만나러 가는 중이지. 약속한 게 그 친구거든."

또다시 거짓말을 하고 나자 전치강은 정말 장승문을 당장 찾아가 봐야겠다는 생각이 간절했다. 두 달이면 오래 만나보지 못한 게 아니냐.

"전 만나면 안 되겠죠?"

"그건 안 돼. 그 친군 그런 일이 있은 뒤로 잔뜩 여성혐오증에 걸려 있거든."

"괜히 해본 소리예요. 아까 면회니 뭐니 한 것두 모두 농담예요."

"술꾼들 그 친구 얘기 자주 하지?"

"더러요. 기분 나쁘시죠?"

"미영이라면 어떨까?"

"기분 좋을 리 없죠."

"그렇다면 됐어."

"그래서 그 자리 나오신 거군요."

"약속이 있다니까."

"실은 그 얘기 말구 요즘 한창 떠들썩한 얘기 있어요."

"뭔데?"

"선생님 들으셨을 거예요, 바루 이 아파트촌에서 일어난 일이니까. 우리 동 여자가 둘이나 끼여 있나 보던데요."

"그게 뭐야? 또 무슨 사건이 났었어?"

"모르세요?"

"전혀."

"다방 저기 보이네요. 들어가서 얘기해 드릴게요."

했는데 정작 다방에 앉아 미영이가 귀엣말로 들려준 얘기란 기도 차지 않았다.

뭐냐, 그런 여편네들이 있어, 하고 자칫 촌놈 같은 기색을 나타낼 뻔한 것을 꿀꺽 참았지만 세상 아무려면 그럴 수가 있느냐. 미영이 표현대로라면 '유한 마담들'이라고 했지만 그런 여편네들이 대낮에 남창을 집 안에 끌어들였다는 것이 아닌가. 그것도 까까머리 고등학생을 끌어들였다니.

대학에 다니는 그들의 선배 한 놈이 포주가 되어 체격 좋고 물건 그럴듯한 일곱 놈을 모집했다는 것이다. 그러고는 이 아파트 57동 어느 집에 처박아 놓고 알게 모르게 광고를 했다나. 참으로 싱싱한 생선 한번 사보지 않겠느냐고. 남편 출장 잦고 자식들 학교 가버린 빈 집에서 몸이 근질근질하여 간단없이 사지를 비트는 여편네들은 신고하라고. 그깐 병이야 단박에 고쳐 주겠다고. 희망이라면 현지로 왕진을 가줄 수도 있다고. 그리고 이 모든 사실은 목숨을 담보로 비밀에 붙여진다고. 여보슈, 우리도 허가 안 낸 장산데 들통나면 끝장 아뉴, 아주머니 입에서 흘러나오지 않는 한 비밀은 유지될밖에 없잖우. 에그머니나, 내가 미쳤어, 그런 얘길 누구한테 하게. 그럼은요, 거야 아주머니가 비밀을 누설하신다면 스스로 무덤을 파는 거죠, 그렇잖아요? 그렇게 되면 나만 당하나, 거기들두 다 퇴학당하구 마는 거지, 안 그래? 그러니까 염려 놓으시고 기분 한번 내시라 이겁니다, 까짓것 한강에 배 지나가기지 뭡니까. 어머머, 총각이 못하는 소리가 없구면. 유부녀는 별겁니까, 까놓고 얘기해서 그렇잖습니까 …… 이러저러하게 망신살 뻗친 흥정이 붙어 일은 마침내 벌어졌다는 거다.

"그럼, 아이들은 책가방을 들고 학교로 간 게 아니라 57동으로 등교했겠군."

하고 전치강은 어이없다는 투를 가장하고 말했다.

"성업이었대요."

"그런데, 그런 극비의 사실이 어떻게 누설되어 미영이까지 알게 됐을까?"

"들통이 났다니까요."

"들통이 났어? 언제?"

"나흘 전에요."

"경찰이 왔나?"

"와서 고스란히 다 옭아갔어요, 학생 아이들만."

"여편네들은?"

"학생 아이들이 정말 목숨을 담보루 입을 열지 않은 건지, 모두 무사하대요."

"그럴 리 있나."

"그럴 수 있어요. 신문에두 한 글자 비치지 않거든요."

"그럼 헛소문인가 보지."

"이 두 눈으로 잡혀가는 사내아이들 직접 본걸요."

"가방 들고, 교모도 쓰고?"

"네에. 진 사입을 돈 벌려구 그짓 했대요. 그렇게들 경찰에서 말했대요."

"진이 뭔데?"

"청바지지 뭐예요."

"아, 진, 청바지. 허허허, 허허허."

전치강은 자꾸만 웃음이 나왔다. 허허허, 허허허…… 직접 현장을 문틈으로 들여다본 것도 아니고 단지 얘기만 들은 것뿐인데다 그걸 다시 남보기 부끄럽고 창피하고, 말하기 민망스럽고 한 부분은 다 빼고 뼈다귀만 추려서 글로 전하자니 아무것도 아닌 얘기처럼 되고 말았지만 처음 얘기 들을 때의 전치강은 솔직히 말해서 태국의 군부 쿠데타 소식을 들었을 때보다 더욱 충격적이었다. 그리고 얘기를 들어가는 동안에 충격이 차츰 가라앉자 그깟 별것 아닌 일에 펄쩍 놀란 것이 계면쩍어 전치강은 더 이상 앉아 있을 수가 없었다.

"어쩌지, 미영일 올데 갈데 없이 만들어 놓고 일어서야 하니?"

"전 괜찮아요. 선생님 가보세요."

"그래도 되겠어?"

"커피 사 주신 것 감사해요. 막혔던 가슴이 트였어요."

"가슴이 왜 막혔댔어?"

"늘상 그렇죠 뭐."

"정말 동생이 고등학교에 다니나?"

"왜요? 걔두 그런 짓 하구 다니나 해서예요?"

"알 수 없지."

"농담 마세요. 걔두 전가예요. 선생님과 같애요."

"어이쿠, 미영이 나랑 종씨구나. 그럼 미영이 혼자 남겨 두고 가도 되겠군."

"안녕히 가세요. 또 뵙구 싶어요."

"안녕."

전치강은 꽁무니를 뽑듯이 다방을 빠져나왔다. 입구를 나서자, 그러나 다리에 힘이 빠졌다. 이렇게 서둘러 도망쳤지만 과연 장승문을 찾아갈 수 있을지 갑자기 자신이 없어졌다.

그러나 가자, 이렇게 오래 회피하고 있는 건 우정이 아니다, 하는 생각을 하면서 전치강은 자동차에 시동을 걸었다.

한강을 건너 상도동 골짜구니의 어둠을 가르며 신림동으로 넘어갔다. 자오록하게 가라앉은 무한대의 어설픈 마을 속으로 들어가자 어디가 어딘지 어림조차 잡을 수가 없었다. 불과 몇 달 동안에 고무판처럼 비비적거리고 집들이 더 끼여앉은 뜨내기촌. 전치강은 귀를 기울이면 악악대는 아우성을 들을 수 있을 것 같았다.

와── 친구의 집을 찾는 이 어려운 돌격작전을 어떻게 치러 낼 것인가. 무슨 애길 할 수 있을지 모를 친구를 찾아나선 것은 애당초 잘못이 아닐까. 그러나 그는 마침내 낯익은 골목을 찾아내는 데 성공했다.

"이 밤중에 전 선생님이 웬일이세요?"

여인은 철대문의 사잇문으로 고개를 내밀고 말했다. 얼굴이 어둠에 묻혀 어떤 표정인지 분간할 수 없었지만 아주 냉랭한 목소리였다. 전치강은, 아마도 여인이 보채는 아이를 끼고 선잠을 자던 중이었으리라, 그래서 아직 제 정신을 찾지 못한 탓이리라 생각하고 싶었다.

그러나 전치강은 참으로 난처했다. 사잇문을 반쯤 막아선 채로 여인은 어떤 제의도 하지 않았던 것이다. 대문 밖으로 나설 기미도, 그렇다고 그가 마당으로 들어설 수 있도록 문 앞을 비켜설 기미도 보이지 않았다. 제발, 그만 잠을 깨시오, 하고 각성할 때까지 기다려야 하느냐. 냉랭한 목소리가 졸음기와 관련이 있다고 본 건 과연 옳은가.

전치강은 더 이상 침묵을 견딜 수 없었으므로 두 손을 앞으로 모으고 말했다.

"진작 찾아본다는 게…… 죄송합니다, 부인."

여인은 여전히 말이 없었다. 대문 모서리에 한쪽 어깨를 붙이고 서서, 쩔쩔매는 그를 내다보고만 있었다. 그러나 전치강은, 그렇다면 당신 상대 않겠시다, 하는 말이 나오지 않았다. 장형 있습니까, 라고 물을 용기가 도저히 나지 않았다. 아, 돌아서 버리고 싶구나.

그때 여인이 드디어 입을 뗐다.

"찾아볼 거 뭐 있어요?"

그 말끝에 다른 말이 따라 나오리라는 것을 미리 알아차려서 재빨리 귀를 틀어막을 수 있었더라면 얼마나 행복했을까. 한 아내가 자기 남편에게 인격을 부여하지 않는 수모를 목격하지 않을 수 있었던들 말이다. 여인은 자기 남편을 '그따우 인간'이란 말로 표현하고 있었다. 전치강은 다급하게 제지하지 않을 수 없었다.

"부인, 고정하십시오. 사내들이란 때로……."

"때로 난봉을 부리게 돼먹었다, 그 말씀예요?"

"그렇다는 건 아니지만…… 부인이 이해하셔야죠."

"뭘 어떻게 이해해야 하죠?"

"아이들도 있고 하니 말씀입니다. 그리고 이번 사건은……."

"이번 사건은 어쩔 수 없었던 경우라구 말씀하시려는 거죠? 선생님두, 그 친군 마음이 너무 약해서 말려들었을 뿐입니다, 라는 말을 하시려는 거죠?"

전치강은 더 이상 어떤 말도 할 수 없었다. 여인의 미처 몰랐던 완고한 보수성(이라니 그렇게 몰아붙일 일이냐)에 놀랐다는 얘기는 아니다. 어느 편이냐 하면 전치강은 앞에서도 말한 대로 한 부부가 인격자로서의 균형을 잃어버린 비극에 생각이 미치고 있었다. 그 고통스러움을 이기지 못해 몸을 떨고 있는 여인을 그는 겨우 1미터의 거리에서 지켜보는 중이었던 것이다.

전치강은 작별 인사를 해버릴 상황도, 그렇다고 문 안으로 들어설 여지도 없는 궁지에 빠져, 제삼자로선 개입이 불가능한 어떤 말을 궁리해 내려고 애썼다.

여인이 긴 한숨을 쉬고, 그러고 그 끝에 말했다.

"이웃에서들, 그리구 제 어머니두 그랬어요, 살인자의 혐의를 벗구 풀려난 것만으루 천만다행이 아니냐 하구 생각해야 하잖겠느냐구요."

"……."

"그래요. 맞아요. 전 아무 말두 하지 않았어요. 선생님을 뵈니 갑자기 설움 같은 게 복받쳤을 뿐예요. 그래서 쓸데없는 소릴 지껄였어요. 죄송해요. 정말예요, 전 면휠 갈 수 없었지만 그분이 풀려나셨을 때두 한마디 하지 않았어요. 시어머님은 멱살을 잡구 우셨지만 전 눈물 한 방울 나오지 않았어요."

전치강은 갑자기 더욱 난감한 궁지에 빠졌다. 여인이 쇠대문 모서리에 얼굴을 대고 여태까지 참아 냈다는 울음을 터뜨리기 시작했던 것이다. 어깨라도 부축해 줘야 할 것인가. 그러나 발이 떨어지지 않았다. 친구의 아내라는 빌어먹을 보수성 때문은 아니었다. 어떤 행동도, 말도 여인에겐 역시 위로가 되지 않으리란 생각 때문이었다.

"전 선생님, 이 일을 어떻게 하죠?"

"……전 ……부인을 믿습니다."

"그게 아녜요. ……애 아빠가 집을 나갔어요."

"네?"

"벌써 보름이 넘었어요."

"행방을 전혀 모르신단 말씀입니까?"

"알 수가 없죠."

"저 좀 집 안으로 들어가야겠습니다. 들어가서 자세히 애기 들어야겠습니다."

"지금은 안 돼요. 제가 며칠새 선생님 사무실루 찾아뵐게요. 오늘 밤은 그냥 돌아가세요."

"그렇게 늑장부릴 일이 아닙니다."

"그래두 들오심 안 돼요. 시어머님이 계세요. 선생님 봉변당하실지두 몰라요. 막 잠이 드신걸요."

"봉변을 당하다니요?"

"…… 시어머님이 이상해지셨어요, 아들이 저지른 일련의 일에 대한 충격을 이겨 내지 못하시나 봐요."

"……."

전치강은 혀만 끌끌 차고 있는 자신을 발견했다. 여인이 다시 헉하고 흐느끼기 시작하고 있는데 말이다.

"전 어떻게 해야 하죠. 시어머님 깨어 있는 시간은 정말 견디기 어려워요."

"장형이 갔을 만한 어디 한 군데라도 지금 생각나는 데가 없습니까?"

"의정부에 누님이 한 분 계시긴 해요."

"그렇죠, 여관업하시는."

"선생님두 아시는군요. 하지만 거긴 가지 않았나 봐요. 전보를 쳤는데 회답이 없어요."

"……내일 아침에 다시 오겠습니다. 괴로우시더라도 조금만 더 참아 주십시오."

"전 괜찮아요."

"그럼 돌아가겠습니다."

"괜한 말씀 드린 게 아닌지……밤길 조심하세요."

전치강은 대문이 닫힐 때까지 기다렸다. 그러곤 한쪽으로 기우뚱 일그러진 대문의 녹슨 빗장 소리를 들으며 돌아섰다. 개자식, 하는 소리를 그는 자신도 모르게 거푸 중얼거리고 있었다. 개자식, 개자식(은 난데).

그러나 달아나고 싶다. 아니 잊어버리고 싶다. 개자식들의 우정이란 차라리 포기하고 싶다. 두 달 이상 코끝도 보이지 않을 만큼 미적지근한 우정을 운영할 바엔. 그렇다, 차라리 포기하는 거다.

전치강은 골목 초입에 처박아 둔 자동차에 올라앉아 시간을 재어보았다. 의정부를 다녀올 시간은 충분하다. 아니 충분하지 않았다. 자칫하면 야간 통금의 바리케이드에 차바퀴를 찢길지 몰랐다. 전치강은 차를 길 가운데로 울컥 밀어냈다.

너무 조급했던 탓일까. 전치강은 도봉산 밑 길에서 자전거를 쓰러뜨린 일을 떠올리며 팔뚝을 들췄다. 시계는 10시 56분을 가리키고 있었다. 자전거 주인은 길 옆 도랑으로 처박힌 자전거를 쉽게 끌어올렸을지…… 소금 가마니를 싣고 있었던 건 아닐지…… 전치강은 논둑으로 내려가 오줌을 누고 섰던 자전거 주인을 생각했다. 펄쩍 놀라 돌아보던 사나이의 얼굴이 떠올랐다. 달처럼 둥그렇게 확대되며 떠올랐다. 여드름 자국도 보였다. 그러나 용무를 보고 있는 중이므로 당장 속수무책이던 사나이. 그 놀란 눈. 전치강은 쿨쩍 웃음을 지으며 자동차 밖으로 나섰다. 실은 자전거 주인의 얼굴이 어떻게 생겼는지 그냥 내빼 버린 그는 아는 것이 아무것도 없잖은가.

청수여관은 현판의 글씨가 달라져 있었다. 2층 건물의 앞면도 그럴듯하게 고치고 페인트칠이 되어 있었다. 다행히 이름이 그대로 청수여관이 아니었던들 못 알아볼 위험마저 없지 않았다.

전치강은 할일 없는 짓이라는 생각이 들었다. 전보를 쳤는데 회답이 없어요, 하던 장승문 아내의 말이 생각났다. 녀석이 만약 여기서

성업 중인 여관 업무를 도와주고 있다면 왜 그 아내가 회답을 받지
못했으랴. 아니 그러고 있을 녀석인가.

"아이구, 이거 미스타 전 아니우."

엉거주춤 현관문을 밀고 들어서는 그에게 여관 안주인은 그렇게
알은 체했다.

"몰라 보겠어요, 도무지."

라고 말하지만, 이쪽이 알아보기도 전에 먼저 소리치며 뛰쳐나온 친
구의 누나를 정작은 이쪽에서 못 알아볼 형편이었다.

전치강은 인사를 잊고 궁금한 사정부터 물었다.

"승문이 여기 없죠, 누님?"

"글쎄, 그게 말이야. 아니 내가 말을 이렇게 해두 되나?"

"아무렇게나 하십시오."

"어쩌지. 전보 받구 여태 회답두 못했으니? 한번 올라간다, 간다
하면서 차일피일 이러구만 있구먼."

"저한테 말씀하십시오, 급하니까."

"어쩐담? 여긴 나타나지두 않았다우."

"그럴 줄 알았습니다. 누님한테 와서 속을 썩일 친구가 아니죠."

"걔가, 근데 어딜 갔죠? 암만 생각해두 갈 만한 곳이 생각이 안
나요."

"부인도 그런 모양입디다."

그런데 장승문의 누나는 거기서 느닷없이 화제를 바꾸고 있었다.
체중을 한쪽 엉치뼈에 싣고 비스듬히 선 유유자적한 여인에게 아주
어울리는 그런 화제를 찾아내고 있었다.

"에그, 올케 얘긴 하지두 말아요"라고 여관 안주인은 팔까지 내
휘두르며 서두를 떼고 나서 꺼냈던 손을 기다란 치마의 앞주머니 속
으로 찔러 넣었다. "미스타 전한테 내 이런 얘기해서 안 됐지만, 미
우나 고우나 내 친정 얘긴데 어쩌겠수. 뭐니 뭐니 해두 이번 일은

올케가 책임져야 한다 그 말이야."

요컨대 남자란 별거 아니란 것이고, 그런 남자 하나 제대로 건사하지 못하여 눈을 딴 여자한테로 돌리게 했다면 그것은 오로지 아내의 책임으로 돌리지 않을 수 없다는 애긴 듯한데, 문제는 그런 결론에 대해서 전치강더러 어떤 응대를 해달라는 것인지 알 수가 없는 점이었다. 맞장구를 쳐달라는 것인지. 그러나, 옳소, 하고 소리칠 단 몇 초의 기회마저 친구의 누나는 주지 않았다.

전치강은 갑자기 골치가 쑤시기 시작했으므로 현관 왼쪽 벽에 뚫린 접수구로 시선을 옮기고 두통을 가라앉히려 줄곧 침을 삼켰다. 그러나 친구의 누나는 조금도 양보하지 않았다. 실은 침을 삼키는 것이 두통에는 조금도 도움이 되지 않는다는 사실도 알아차리지 못했다. 곧장 튀어나오려는 어떤 단어에다 고통스레 침세례를 퍼붓고 있다는 사실을 한집안 식구 같다는 친구의 누나는 눈치채지 못했다.

"미스타 전이 한집안 식구 같으니까 하는 소리지만 우리 올케 그 사람 어디 여자다운 데가 있어요? 한 군데라도 매력 있는 데가 있더냐구요? 내가 사내라두 그런 여편네 됐음 바람 피지. 동생이 워낙 쑥맥 같으니까 여태껏이라두 그냥 산 거라우. 안 그래요, 미스타 전? 언제 봐두 꾀죄죄한 그 꼴이라니…… 일년 내내 머리 한 번 안 빗나 봐."

용렬한 인내심을 하루 두 번 이상 시험당한다는 것도 그리 흔한 일이 아니련만, 전치강은 불과 몇 시간 동안에 참으로 참기 어려운 인내의 고통을 두번째로 당하고 있었다.

정신 차려요, 라고 파괴적으로 말할 건 없다. 자, 결론을 들읍시다, 하고 말하면 되잖는가. 한집안 식구 같은(이란 언제부터 그렇게 깊은 유대를 맺었는지 모르지만) 내게 말하시오, 올케한테 모든 책임을 밀어붙이고 있는 동안에 동생은 어느 인적 없는 골짜기에서 쓰러지고, 어머니는 정신병원에 들어가도 좋다는 건지, 아닌지를. 좋아요, 골치 썩이지 않게 잘됐지 뭐요, 라는 말만 들을 수 있다면 곧장 돌아설 수 있으런만…… 전치강은 초조해서 팔뚝시계를 들쳐보면서도 그 질문을 던지지 못하고 있었다.

"에그머니나, 내 정신 좀 봐, 반가운 손님을 여태 현관에 세워 두구. 어이 올라와요, 일루."

"아닙니다. 돌아가야 합니다."

"가긴 지금이 몇 신데 돌아가요?"

"열한시 십오분입니다."

"그런데 어떻게 가요? 그리구 내가 미스타 전 그렇게 놓아 줄 것 같우?"

"승문이 어머님이 몹시 상심하시고 계신 것 같으니 시간 있으시면 한번 위문을 가십시오."

"에그, 불쌍한 노친네. 늘그막에 그게 무슨 못할 노릇이람. 얼른 돌아가 버리기나 했음. 내 속 그만 썩이구."

"사실은 모든 게 승문이 책임이지요. 부인이 머리 빗을 시간이 없는 것도 역시 승문이 책임이구요. 그 친구가 제대로 살질 못해서 모두들 그렇게 고생시켜 온 것 아닙니까. 시간이 없어 이만 돌아가겠습니다. 안녕히 계십시오."

전치강은 말하기 바쁘게 재빨리 돌아섰다. 그가 현관 출입문을 여는 동안 당황한 여관 주인은 신발코를 제대로 못 꿰어 허둥대고 있었다.

"아니, 이봐요, 그렇게 왔다 가는 법이 어딨수."

"승문이하고 다시 오죠, 언젠가 등산 왔을 때처럼."

전치강은 희망 없는 말을 흘리며 지체없이 얕은 계단을 뛰어내렸다. 그런데 바로 그때였다. 계단 끝 길가의 검은 어둠 속을 뚫고 웬 여자 하나가 다가들고 있었다. 다가들 뿐만 아니라 코를 맞대고 바짝 맞부딪자 여자는 마치 비명처럼 이렇게 외치는 것이 아닌가.

"어머, 치강 씨!"

여자는 추위를 타는 듯 코트깃을 어설프게 세우고 있었다.

실수하지 않으려 눈을 비비고 자세히 들여다보자, 코앞에 다가서 있는 여인은 뜻밖에도 오숙녀였다. 그리고 그가 마침내 알아내는 순간에 상대편도, 저 오숙녀예요, 라고 동시에 확인해 주었다.

"숙녀가 여기 웬일이지?"

"제가 묻구 싶은 말예요. 치강 씨야말루 웬일이세요?"

"나? 이 여관에 왔댔어." 하면서 전치강은 몸을 비틀어 여관 건물을 가리켰다. "친구의 누나가 하는 여관이야."

"그래요?"

"혹시 친구가 들렀나 해서 왔더니 안 들렀구먼."

"그럼, 이제 어떻게 하실 거예요?"

"서울로 돌아가야지."

"너무 늦었잖아요?"

"서둘면 닿을 수 있을 거야. 그건 그렇고, 숙년 여기 어쩐 일이야? 어떻게 이런 애매한 시간에 우리가 만나게 됐지, 얘기할 시간도 없게……"

"서울 가는 거 포기하세요, 중간에 걸려서 고생하시지 말구요. 나가는 차도 없어요. 실은 저두 포기했어요. 포기하구 막 여관을 찾던 길예요."

"그래? 그럼 마침 잘됐어. 내가 차를 끌고 왔거든."

전치강은 말하기 바쁘게 길가에 세워 둔 자동차 곁으로 걸어갔다. 오숙녀는 마치, 그가 차를 가지고 있다는 것이 과연 사실인지 두고 보자는 듯이, 그가 자동차의 문을 딸 때까지 그대로 서 있었다. 전치강은 운전대로 들어앉기 전에 짧게 소리쳤다.

"빨리 와!"

오숙녀는 여관 출입문 위에 매달린 백열등 불빛을 등지고 재게 걸어왔다.

출입문을 빼꼼 열고 이쪽 동정을 살피는 친구의 누나가 그 뒤에 보였다. 음, 알고 보니 여잘 달고 왔었구먼, 하고 오해하고 있을 것이었다. 그럼 그렇지, 친구 일이 궁금해서 이 밤중에 달려왔을 리 있나 하고.

그러나 전치강은 새삼스레 자동차 밖으로 나서서 해명하지 않았다. 그럴 시간도 없고 그럴 맘도 나지 않았다. 만에 하나라도 장승문이 여관에 나타나 그의 누나로부터 그런 모략을 듣는다 해도 하는 수 없었다. 그런 귓엣말을 속삭이는 순간의 그 누나는 얼마나 즐거우랴. 얘, 뭐니 뭐니 해도 동기간 뿐이다, 남이란 다 쓸데없는 거라구, 하면서.

오숙녀는 그가 시동을 거는 동안 팔뚝시계를 들여다보고 있었다.

"열한시 반이 다 됐어요."

"충분할 거야. 빨리 내빼자구."

"그래요. 여관 신세 지지 않아두 된 게 얼마나 기분 좋은지 몰라요."

"여관에서 자는 거 싫어?"

"을씨년스러워요. 여자라서 그럴 거예요."

"남자도 마찬가지야, 혼자 자는 건."

"우스워요" 하고 오숙녀가 한참 만에 다시 말했다. "제가 치강씨 친구분 누나네 여관에서 잘 뻔한 거 말예요."

"섭섭한데, 난 우리가 그런 엉뚱한 곳에서 만나게 된 게 신기해 죽겠는데."

"저두요. 전 우습다구 했어요, 그 여관에서 잘 뻔한 것이요."

"세상은 좁지?"

"넓죠. 우리가 몇 년이나 못 만났는데요."

"오래 됐지?"

"삼 년이나 됐어요, 치강 씬 첨에 절 알아보지두 못했어요."

"그건 모략이다. 아무렴 내가 못 알아봤을까, 어두워서지. 그리고 이건 오숙녀다 하고 단정지으려니 갑자기 너무 벅차서 말문이 딱 막혀 버리더군."

"정말 그렇게 반가웠어요?"

"정말이잖고."

"전 그랬어요. 너무 놀라워 악 소리를 지를 뻔했어요."

"왜 놀라?"

"이런 거 있죠, 까마득하게 멀리 느껴지는 어떤 일이 어느 순간에 우연히 떠올랐는데 느닷없이 현실루 딱 나타나는 거."

"내 생각을 했었단 말야?"

"왜 그랬는지 모르겠어요. 어둠에 싸인 낯선 거리를 걸으며 치강 씨 생각이 언뜻 떠올랐어요. 아네요, 언뜻 떠오른 건 아니구 막연하게 제 생각 한 구석에 치강 씨가 자리를 차지하구 있었어요."

"여관을 나오는 나를 발견하자 그랬겠지."

"여관 간판을 찾아내기도 전에 그런걸요."

"분명해?"

"분명해요."

"이상한데?"

"두려워요."

오숙녀는 두렵다고 했다. 나직한 목소리로 그렇게 말했다. 무슨 뜻일까. 오숙녀는 무엇이 두려운 것일까. 그러나 전치강은 거기에 대해 어떤 질문도 던지지 않았다. 숙명으로 받아 안아 버리게 될까 두려워요, 라는 대답을 듣지 않을까 그것이 치강으로선 두려웠다. 숙명이란 무슨 뜻이지? 제 속에 만드는 저와 전치강 씨의 관계예요, 저 혼자서 치강 씨를 수용해 버리는 거 말예요, 그렇게 되지나 않을까 그것이 두려워요.

전치강은 생각을 떨치고 말했다.

"운전사한테 자꾸 말을 붙이지 않는 게 승객이 지켜야 할 예의야. 잘못하면 우린 내일 신문에 날지도 몰라."

"왜요?"

"전복사골 내고. 숙녀의 애기 듣고 있으니까 이상한 생각이 들어 운전이 제대로 안 되는군, 갈 길은 먼데."

"자신 없으심 우리 포기해요. 여관 간판은 사뭇 보였어요."

"그럼 두렵다는 게 죽음이었나?"

"죽음이라뇨?"

"사뭇 여관 간판만 내다보며 왔다니 말이야."

"다급함 경찰한테 붙잡히지 않게 찾아들면 되겠구나, 그런 생각을 한 거예요. 전 죽음 같은 거 두려워하지 않아요. 아주 친해요."

전치강은 정말로 차에 더 이상의 속력을 붙이기 어려웠다. 오숙녀는 많이 변해 있었다. 죽음과 친하다는 말을 할 만큼 많은 변화를 보여주고 있었다. 소식을 모른 3년 동안 오숙녀는 어디 가 있었을까. 그녀는 왜 서울 가는 차를 놓치고 낯선 도시에서 여관을 찾아 전전하고 있었을까. 전치강은 자동차의 속력을 줄이며 말했다.

"기분이 좋잖으면 포기할 수 있어. 하지만 곧 검문소를 통과하게 되는데."

"십오 분 전인데 집까지 닿을 수 있을까요?"

"아직도 집이 혜화동이지."

"역시 우린 너무 오래 못 만났군요. 천호동 바깥으루 이사한 지가 언제라구요."

"천호동 바깥?"

"둔촌동예요."

그렇다면 오래 못 만난 게 문제가 아니라 이 여자를 집까지 데려다 줄 수 없잖은가. 전치강은 난처한 궁지를 느끼며 차에 잔뜩 속력을 붙였다. 검문소를 통과한 한숨을 깨물며 그는 아린 눈을 비볐다. 마주 스치는 자동차의 불빛이 잦아지자 운전대를 잡은 손바닥이 쉴 새없이 땀에 미끄러지기 시작했다.

"나 한 가지 제의하고 싶은데……."

하고 전치강은 그동안 혼자서 궁리한 것을 말했다.

"뭔데요?"

"천호동까지 갈 수는 있을 거야. 하지만 그렇게 되면 내가 거기 어디 여관에 들 수밖에 없어."

"그럴 거 없어요. 전 어차피 의정부에서 잘 생각이었으니까요."

"아무 데나 내려놓겠다는 얘긴 아니니까 화내지 마. 기왕 오늘은 집에 못 간다고 생각했으니까 나랑 같이 가는 게 어떠냐 이거지. 내 잠자릴 비워 줄게."

"치강 씨 아직 결혼 안 하셨어요?"

"숙년?"

"아뇨."

"그럼, 집으로 데려갔다고 따귀 맞을 일은 안 생기겠군. 여관 가는 것보다야 낫잖을까?"

"치강 씨만 괜찮담 전 염려 마세요. 소파 같은 데서 자게 해주시면 돼요."

해서 가까스로 합의를 보았으므로 전치강은 마음놓고 차를 내달렸다. 어머나, 통금 시각이 넘었네요, 라고 오숙녀가 팔뚝시계를 들쳐보며 놀란 소리를 냈을 땐 이미 차가 아파트 단지 안을 달리고 있었으므로 제지당할 염려가 없었다.

"오 분이나 지났어요."

"괜찮을 거야."

"이 아파트에 사세요?"

"사는 게 아니고 잠만 자지."

그랬는데 두 사람은 69동 출입구를 들어서기도 전에 아파트 경비
원한테 체포되고 말았다. 경비원은 이미 오래 전부터 그를 노리고
있었던 듯 그가 건물 입구의 계단을 오르기 바쁘게 다짜고짜 그의
옆구리를 치며 달려들었다. 그러곤 다급한 목소리로 말했다.

"전 선생님, 큰일났어요."

"큰일이 나다니요?"

"선생님 방문이 다 부서졌어요."

"왜요?"

"발길로 차고 쥐어박고 하는 걸 저흰 몰랐습죠. 나중에사 옆집에
서들 알고 저희한테 알려줘서 쫓아 올라갔는데 제가 올라갔을 땐
이미 다 부순 다음이었습죠."

"그게 도대체 무슨 말예요? 누가 그랬단 말이오?"

"선생님 친구분들이라고 하더굽쇼."

"친구? 한 놈입니까? 그 자식 지금 어디 있죠? 이름이 뭐랍디
까?"

"이름은 모르굽쇼, 한 사람이 아니라 네 명이었습죠. 모두 경찰이
연행해 갔습죠."

전치강은 그제야 그게 어떤 작자들인지 생각이 났다. 그리고 생각
이 나자 화가 났다. 혹시 장승문이 불량배가 되어 나타난 건 아닌가
하고 처음에 잔뜩 긴장했던 것에 울화통이 터졌다. 그가 돌아와서
완강히 닫힌 우정의 문에 발길질을 한 거라면 얼마나 기분 좋았으랴
마는.

경비원 김씨가 말했다.

"술이 몹시들 취했더군요. 틀림없이 친구분들이었겠죠, 전 선생
님?"

"미친놈들!"

"전 선생님, 하지만 오해는 마세요. 전 경찰에 연락한 일 없습니

다. 아마 어느 집에서 놀라 경찰을 부른 모양인지 당장 사이렌을 틀며 들이닥쳤습죠."

전치강은 더 이상 말없이 곧장 오숙녀의 등을 밀며 승강기 앞으로 걸어갔다. 경비원이 망치를 들고 쫓아오며 말했다.

"제가 못을 뽑아들입죠. 문짝에 구멍이 훤히 뚫려 우선 급한 대로 각목을 대고 못질을 해뒀습죠."

"망치나 주시오. 내가 뽑죠."

"불상사를 내서 면목이 없습니다, 선생님."

"옆집들 보기에 내가 면목이 없시다, 돼먹지 못한 놈을 친구로 둬서."

"참, 전 선생님" 하고 경비원은 승강기 안으로 들어서는 그의 등받이에다 대고 잊었다는 듯이 소리쳤다. "그분들 붙잡혀 가면서 저보고, 선생님 돌아오시는 대로 꼭 부탁드려 달라구 하더굽쇼."

"뭘요?"

"경찰서로 오셔서 뽑아내 달라굽쇼."

"내가 미쳤어요, 그딴 놈들 뽑아내게?"

"그냥두면 즉결로 넘어갈 텐뎁쇼?"

"즉결만 받고 풀려나면 손해배상 청구소송 낼 거요."

"전 하여간 전해 드렸습니다, 분명히."

라면서 확인하고 싶어하는 걸 보면 경비원은 놈들을 정말 무슨 깡패 패거리로 본 모양 아닌가. 그래서 보복을 두려워하고 있는 것이 아닌가. 전치강은 얼굴이 화끈 달아오르는 것을 느꼈다.

"난 그동안에 이렇게 타락해 버렸어."

전치강은 문짝을 가로질러 못질한 각목을 떼어내며 말했다. 문짝은 경비원이 허풍을 떤 만큼 그렇게 크게 파괴되어 있지는 않았다. 그 정도면 놈들은 분명히 즉결감밖에 안 되었다.

"치강 씨가 무슨 죄를 지셨어요, 그 친구분들한테?"

"나보고 술값을 내라는데 도중에 도망쳐 버렸어."

"언제요?"

"오늘밤에."

"오늘밤요? 그럼 의정부까지 도망 오신 거군요."

"꽁지 빠지게 달아나다 보니 거기까지 가 있더군."

하고 나서 전치강은 허허 웃었다. 오숙녀가 더 묻기 전에 재빨리 딴 말을 해야겠는데 생각나는 화제가 없었으므로 그는 공연히 수선스 럽게 열쇠꾸러미를 찾았다. 장승문 얘기를 오숙녀한테 들려줄 이유 가 뭔가. 어마나, 신문에 났던 그분이 그분예요, 라면 뭐라고 대답 할 수 있는가.

경비원이 풀어 놨는지 문은 열쇠를 끼워 넣었지만 채워져 있지 않 았다. 아니 알고 보니 망가져서 채워지지도 않았다. 전치강은 하는 수 없이 오숙녀의 도움을 받아 소파를 세워 문 앞을 막았다. 그런 어수선한 속에서도 오숙녀는 여자답게 거실의 여기저기를 빠르게 둘러보고 있었다.

"하필이면 숙녀를 모셔 오는 날 이런 수라장이 돼서 미안한데. 내 타락의 치부를 과장해서 보여주게 되어 챙피하고."

"남자들의 우정이란 때로 참 고달프군요."

"정말이야, 아주 고달퍼."

"그런데 치강 씬 이렇게 착실하게 사시죠. 놀랐어요."

"뭘 보고?"

"이 방 분위기."

"비싸게 먹혔다는 얘긴 것 같은데……"

"그런 느낌두 들구요. 저 물 한 컵만 주세요. 목이 말라요."

라고 하여 전치강은 우선 보리차 한 잔을 따라다 줬는데 그것을 받 아들던 오숙녀가 뜻하지 않게 조그만 실수를 저질렀다. 아니 물컵이 손과 손 사이를 빠져 버린 건 그의 실수인지도 몰랐다. 그런데도 오숙녀는 그들 두 사람 사이의 카펫 위에 떨어진 물컵을 여간 난처해하지 않았다. 엎질러진 물을 손으로 움켜잡으려 그녀는 몸을 구부리고 있었다. 전치강이 그런 그녀를 재빨리 안아 일으켰다. 뿐만 아니라 그의 부축으로 일어선 오숙녀가 헉 흐느끼는 것을 알아채고 재빨리 그녀를 가슴에 끌어안았다.

"전 왜 이렇죠. 어쩔 수가 없어요. 언제나 이 모양이에요."

오숙녀는 전치강의 가슴에 얼굴을 묻고 서서 말했다. 언제나 물컵을 엎지르고, 그렇지 않으면 사레가 들려 점잖은 자리에서 볼썽사나운 꼴이 돼요, 라고 말했다.

"금세 주눅이 들어선 그런 촌스런 실수를 거듭해요. 용서하세요. 전 어려운 자릴 실수 없이 넘기는 방법을 몰라요."

전치강은 오숙녀의 등을 더욱 힘주어 안았다. 그러곤 언젠가 어느 집에서 식사를 하다가(아, 그건 고등학교 때의 담임선생 집이었다) 갑자기 사레가 들려 밥상을 망친 일을 떠올렸다. 너무 긴장한 탓이었다. 하지만 숙녀가 지금 이 자리를 어렵게 생각해야 할 이유가 어디 있느냐. 이 여자는 왜 이렇게 변해 있을까. 왜 주눅이 든다고 말할까.

"숙녀, 우리 옛날로 돌아가자."

"그렇게 되지 않아요."

"왜지?"

"전 분위기를 수용할 줄 아는 능력이 없어요. 그러기 전에 재빨리 가위 눌려 버려요."

전치강은 오숙녀의 얼굴을 젖히고 가볍게 입술을 포갰다. 그녀는 몸을 떨고 있었다. 그는 아무런 저항도 받지 않았지만, 그러나 환영도 받지 못했다. 오숙녀의 입술은 냉랭한 그대로 남아 있었다. 전치강은 꼭 거부당하고 있는 듯한 초조감에 압도당했다.

우리 옛날로 돌아가자. 혜화동 골목에서 마주치면 얼굴이 달아오르던 옛날로 돌아가자. 땀이 괸 손을 잡으며 목이 깔깔하게 마르던 그런 옛날로 돌아가자.

전치강은 오숙녀를 덥석 안아 들었다. 목이 타들어갔다. 끓는 욕망을 참을 길 없었다. 그는 그것이 애정이라고 확신했다.

침대에 누인 오숙녀는 오로지 입술밖에 허용하지 않았다. 그러나 전치강은 그것으로 만족할 수 없었고 그럴 맘도 전혀 없었다. 그는 자기의 애정에 자신했고, 그러므로 전의를 잃어서는 안 된다고 스스로를 타일렀다. 물론 사랑함을 확신하는 상대에 대한 온당한 태도가 아닌 줄 알면서도 그는 자신이 받는 저항은 아주 의례적인 것이라 단정했다. 그가 폭력을 행사할 수밖에 없다고 생각한 것은 그 때문이었다. 사랑의 핵심은 흔히 수치심에 싸여 있는 것으로 착각되지 않느냐. 그 거북한 껍데기를 적절히 걷어내지 못하여 얼마나 많은 연인들이 서로 얼굴을 돌리고 지쳐 돌아섰더냐. 아니 오숙녀와는 얼마나 오랫동안 소식조차 모른 채 우회하고만 있었느냐.

그러나 전치강의 그런 속단은 어처구니없었다. 절 놓아 주세요, 하고 쉴새없이 호소하던 여인은 단추가 뜯길 위국에 처해 마침내 이렇게 말했다.

"제 스스로 옷을 벗을 수 있어요. 하지만 절 놓아 줘야 해요. 제 발예요, 치강 씨."

사람이 무뢰한으로 전락하는 것은 얼마나 손쉬운가. 전치강은 느꼈다. 그런 치욕감을 느꼈다. 소식조차 모르던 옛 여자친구를(이라고밖에 할 수 없는 상황이 돼버리지 않았는가) 만나 느닷없이 치한으로 돌변한 꼴이 되었으니 말이다. 그러나 그가 고통을 느끼는 것은 자신이 사랑한다고 장담한 여인에게까지 자존심으로 대응하고 있기 때문이 아니냐는 데 생각이 미쳤으므로 그는 마침내 숙녀를 포옹에서 풀고 나직이 말했다.

"잘 자."

"용서하세요."

"아냐. 내가 숙녀를 괴롭힌 것 같아."

전치강은 침대를 벗어나 스위치를 내려 주려고 침실 입구로 걸어 나갔다. 그때 오숙녀가 치강 씨, 하고 불렀으므로 그는 불을 끄려던 손을 멈추고 돌아봤다.

"우리, 얘기했음 좋겠어요."

"피곤할 텐데……."

"저 혼자 침댈 차지하는 건 싫어요."

전치강은 이미 담담한 심경으로 돌아가 있었으므로 단지 손님의 요구를 받아 주는 주인의 입장이 되어 다시 오숙녀의 침대 곁으로 돌아갔다. 그는 침대 가장자리에 엉덩이를 붙이고 앉았다.

"내가 포기한 건 위선이 아니었겠지? 판단이 서지 않는군."

"뭘 포기하셨어요?"

아마도 오숙녀의 그런 반문 탓일 것이었다. 가까스로 잠재워졌던 격정이 느닷없이 되살아났다. 그리고 그건 그 자신으로서도 감당할 수 없는 것이었다. 마치 제동이 풀린 채 언덕을 굴러 내려가는 바퀴같이 그건 그로선 어쩔 수 없는 것이었다.

전치강은 마침내 침대로 엎어지며 오숙녀의 어깨를 으스러지게 끌어안았다. 오숙녀의 두 볼이 조금 전보다 훨씬 뜨거워져 있었다. 뿐만 아니라 격앙된 감정을 이기지 못해 몸을 비틀며 전치강의 목에 팔을 휘감아 죄었다.

그녀가 응대해 준 게 백기를 들었다는 의미는 아닐 것이었다. 그러므로 전치강은 단숨에 환희 속으로 빠져 버렸다. 숙녀, 너도 나와 동감이거라, 하고 속으로 외치면서. 그러나 오숙녀는 그보다 더 솔직하였는지 모른다. 그녀는 마치 고통과 같은 신음소리로써 자신의 환희의 감정을 표현하고 있었으니까.

"으으음——"

한참 후 두 사람은 호흡을 가다듬으며 나란히 누워 마치 포만감 같은 만족감을 조용히 음미했다. 전치강은 뭔가 묻기 위해 몸을 모로 눕히고 오숙녀를 돌아봤다. 그때 오숙녀가 재빨리 제지했다.

　"아무 말두 마세요."

　전치강은 아무것도 말하지 않았다. 무엇을 물어보려 했던 것인지도 생각나지 않았다. 그가 묻고자 했던 것이 무엇이었는지 생각이 난 것은 이튿날 아침 그녀와 헤어져 돌아선 다음이었다. 스스로 옷을 벗을 수도 있으나 오늘은 안 된다고 했던 이유는 무엇이었을까. 생리 중이라든지 하는 정도의 이유를 오숙녀는 갖고 있었던 것이 아니었지 않은가.

　오숙녀는 그러나 그 사정이라는 것에 대해 끝내 말하지 않은 채 떠나갔다. 그가 그것에 대해 알게 된 것은 그 이튿날 밤이었다. 그리고 알아차리는 순간 전치강은 가슴이 철렁 내려앉았다.

　수화기에 나타난 남자는 오숙녀와 통화하고 싶다는 이쪽의 의사를 무시하고 대뜸 심상찮은 대응으로 도전해 왔다. 그녀의 아버지임이 분명했다.

　"당신은 누구요?"

　전치강은 이 나라의 아버지들이 갖는 지나친 노파심을 별로 달가워하진 않지만 순순히 대답해 주었다. 이름은 무엇이며 오숙녀와는 오래 전부터 아는 사이라는 사실까지를 아주 예의바른 말투를 신경 쓰며 자백했다.

　"바로 네놈이었구나, 남의 집안을 망쳐 놓은 놈이. 네놈이 뒤에서 우리 기집애를 홀리고 있었구나!"

　전치강은 그러나 당장 무슨 말을 해야 할지 알지 못했다. 수화기에서는 권총만 뺀 모든 흉기가 다 동원되고 있는데도 말이다. 도끼, 칼, 망치, 곡괭이, 방망이, 톱…… 만약에 당장 자기 딸을 돌려보내 주지 않으면 그런 흉기로 두 사람 다 요절을 내고 말겠다는 거였다.

그러다가 어느 순간 느닷없이 통화자가 바뀌어 나타났다. 아, 여보세요, 하고 격정을 억누르고 나타난 목소리는 당장 알 수 있었지만 오숙녀의 어머니였다.

"집안이 워낙 똥칠망칠되구 보니 아버지가 저렇게 화가 나서 그러시는데 고깝게 생각하진 말구 내 말 들으세요. 난 개 에미 되는데, 우리 딸애나 당신이나 한두 살 먹은 아이두 아니구, 그러면 안 돼요. 나, 우리 숙녀가 죽어두 시집 안 간다 할 때 이미 뭔가 사연이 있구나 눈친 챘수. 숙맥이 아닌 담에야 어느 부모가 그런 눈치 하나 못 채겠수."

"아, 아주머니."

"글쎄, 내 말 들어요. 기왕지사 이렇게 됐으니 우리두 나이 서른이 넘은 딸 놓구, 제 앞 못 닦는 철부지두 아닌데, 이래라저래라 않겠어요. 저쪽 집안에선 저쪽 집안대루 일가친척 다 불러 놓구 이게 무슨 망신이냐구 야단들이지만, 어쨌든 이젠 끊어진 인연 아니우. 그러니 이제 사내답게 나타나 보우. 내 솔직한 애기루, 당신이 더 답답허우. 우리 딸애를 좋아한다면 딱 나타나서 앞은 이렇구 뒤는 이래서 내가 데려가겠다든지, 하다못해 협박이라두 좋아요. 그렇게 해야 도리지, 뒤에서 우물쭈물…… 약혼식 파탄낸 다음에야 전화 걸어 동정이나 살펴야 허우?"

"아주머니!"

"글쎄, 내 비난하자는 거 아니니 내 말 들어요. 그렇게 두 사람이 죽구 못 떨어지는데 왜 못 나타나요. 나타나서 죽여 줍쇼 해봐요, 지금 당장. 알아들었수? 전화룬 더 이상 말 말아요."

전화는 지체없이 딸깍 끊어졌다. 전치강은 죽은 수화기를 들고 앉아 침실 쪽을 멀거니 들여다봤다. 터무니없는 오해와 모략을 받은 게 문제가 아니었다. 그런 못난 짓을 저지른, 그러나 혼자서 엄청난 고통을 치른 오숙녀는 지금 어디로 가고 있는 것일까.

전치강은 그녀가 남긴 말을 떠올리고 있었다. 제가 오늘 집에 도착할 수 없었던 건 제 책임이 아녜요. 물론 아니다. 그녀는 드디어 주말을 이용하여 집을 방문하자 하고 아침 일찍 화진포를 떠났다고 했으니 말이다. 그랬는데 도중에서 버스가 고장을 내어 최소한 세 시간 이상 지체하는 바람에 차를 바꾸어 타는 등 최선을 다했지만 그녀는 의정부까지밖에 올 수 없었다는 것이므로 '차가 고장을 냈다는 건 제게 많은 암시를 줬어요' 했을 때도 전치강은 새벽녘의 졸음에 시달리고 있었으므로 건성으로만 듣고 있었다.

그리고 거의 뜬눈으로 하룻밤을 보낸 아침에 그들은 헤어졌다. 오숙녀는 한 침대에 나란히 누워 보낸 하룻밤에 감사한다는 말을 남기고 떠났다.

"오래 기억하자고 말해야 되잖어?"

"지워지지 않을 거예요. 하지만 기억에는 방편이 없어요."

"잘 가. 가까운 장래에 숙녀가 있는 학교를 보러 그 바닷가를 가 보고 싶군."

"내년 해수욕철쯤일까요?"

"훨씬 그 전에."

"쉽지 않을 거예요."

오숙녀는 그렇게 말하고 부서진 문을 통해 사라졌다. 천호동까지 데려다 주겠다는 그의 제의를 그녀는 거절했고 전화번호를 말하라고 했을 땐, 오늘 강원도로 돌아가야 하므로 전화를 받을 수 없다고 했다.

전치강이 어딘가 이상한 오숙녀를 그런 식으로 돌려보낸 것은 바쁜 일과 때문이었다. 아침에 딱딱한 빵 한 조각과 냉우유 한 컵씩을 먹으면서도 그는 줄곧 장승문을 생각하고 있었다. 지금 생각하면 분명히 이상한 기미가 너무 많았던 오숙녀였는데도 그를 눈치채지 못한 건 실은 그가 장승문의 일에 너무 골몰하고 있었던 탓이었다.

그는 찾아가 봤자 별수없는 장승문의 아내와의 약속을 지켜야 했고, 오숙녀가 떠나자 곧 그렇게 했다. 즉결재판에 회부된 놈들을 뺀 나머지 녀석들한테 연락을 해서 장승문의 행방에 대한 수소문에 나서도록 내몰았고 경찰에도 신고하여 그의 수색을 의뢰했다. 다만 그가 하지 않은 일이 있다면 전단을 만들지 않은 것뿐이었다. 다후다 장수가 그 짓을 하자고 우겼지만 뿌린 전단이나 벽보가 본인의 눈에 띄는 충격이 너무 위험하여 당장 착수하진 않기로 의견을 모았다. 아무래도 그건 더 검토해 보는 것이 좋았다.

어쨌든 오후가 되자마자 장승문은 마치 이제 독 안에 든 쥐의 신세가 된 것 같은 느낌이 들었다. 전치강은 다후다 장수와 함께 거의 완벽에 가까운 수색망이 구축된 것에 안도의 한숨을 내쉬었다.

고등학교 동창회와 동기회, 장승문의 대학 동창회를 통한 연락망에다(그들은 모두 지체없이 안내문을 각 회원에게 띄우겠다고 약속했다) 전국 경찰 조직망까지 동원한 수색전은 고작 10만 평방킬로밖에 안 되는 땅덩이에다 물샐틈 없는 비상망을 쳐놓은 것이나 다름없지 않던가.

그러나 과연 그런가. 과연 그건 안도의 숨을 돌려도 괜찮을 만한 것인가.

—천만의 말씀이다.

하고 전치강은 아무도 없는 방 안에다 대고 소리쳤다.

그건 이론으로나 그럴듯한 하나의 허구였다. 아니 애당초 그림이 되지도 않는 허구였다. 그럼에도 많은 다급한 사람으로 하여금 꼼짝없이 목을 뽑고 기다리게 만들므로 그런 것은 차라리 처음부터 작성하지 않느니만 못했다. 하지만 누가 시험하면 연락망은 두절되어 있지 않아야 하므로 전치강은 들고 있던 수화기를 조심스럽게 내려놓는 수밖에 없었다.

오숙녀는 지금 어디에 가 있을까. 화진포로 돌아가 있는 것일까,

아닐까. 그는 완벽하게 쳐진 전국적인 비상망에다 또 한 사람의 이름을 올려야 할지 어떨지 갈등을 하며 휘청휘청 침실로 걸어갔다. 그러다가 전화번호부를 뒤져 오숙녀 아버지의 이름을 찾아내는 구차한 일을 한 이유는 무엇인가. 침실로 들어서자 오숙녀의 강한 체취가 맡아졌다. 말끔히 재정돈되어 있는 침대가 감미로운 여자의 체취를 풍기고 있었다. 그는 자신이 사랑의 감정이라고 했던, 오숙녀를 향한 지난밤의 확신이 사실이 아닌지 모른다는 것을 깨닫고 있었다. 그건 아직도 그 감미로움에 동물적으로 떠는 단순한 하나의 욕정에 지나지 않는 것이 아니냐.

그렇다면…… 그렇다면 애정이란 건 뭐냐. 거세된 남근과 같은 것이냐, 제기랄. 전치강은 풋풋한 새 시트 자락으로 코를 덮고 지친 몸을 뒤챘다. 잠이 오지 않았다. 눈꺼풀은 무겁게 내려앉는데 잠은 오지 않았다. 사람이 뜬눈으로 버틸 수 있는 시간은 도대체 얼마나 되는 것일까. 아마도 오숙녀는 더욱 잠을 이루지 못하고 있을 텐데 말이다.

다후다 장수가 전화질을 한 것은 꼭두새벽녘이었다. 녀석은 전화한 이유를 이렇게 설명했다.

"연락망이 살아 있나 점검하는 중이다."

"야, 이 개자식아!"

하고 전치강은 가래가 걸린 목소리로 고함쳤다. 머리가 뻐개지는 것 같이 쑤셔 댔다.

"단잠 깨웠다고 그러는 모양인데, 정신 좀 차려. 난 벌써 보따리 싸들고 시장 나갈 참이야."

"돈독 오르면 잠도 오지 않는다구."

"누구한테 물어봐도 그건 모략이다…… 건 그렇고 너 가발쟁이니 하는 놈들한테 무슨 죄를 졌니? 무슨 죌 져서 놈들이 그렇게 야단이니?"

"뭐라든?"

"그냥 두지 않는다더라."

"그 시러베놈들이 내 방 문짝을 다 부숴 놨잖아. 그래서 경찰보고 잡아가라고 했지."

"정말이야?"

"정말이잖고. 놈들이 벌써 풀려났으면 유감인데."

"장승문이고 나발이고 일없다는데. 네가 달래 보는 게 어때?"

"그깐 놈들 있어 봤자 아무 소용 없어. 연락망이니 뭐니 하는 것도 다 소용없는 짓이고."

"허긴 그래. 그럼 어떻게 해야지?"

"속수무책이지 뭐."

"자꾸 불길한 생각이 들어서 그래. 그 자식 왜 끝까지 위태위태한 존재지."

"모두가 그래. 멀쩡해 뵈는 놈도 실은 모두 위험하다구."

전치강은 수화기를 내려놓으며 꿈에 본 장승문을 떠올렸다. 놈은 반편같이 눈을 씀벅이며 문 앞에 서 있었다. 네놈들이 제멋대로 모략하는 것이 싫어서 더럽지만 이렇게 살아 돌아왔다, 임마 하는 그런 표정을 하고. 그러나 다음 장면의 장승문은 어느 끝없이 넓은 갈대밭 한가운데 부패한 시체로 드러누워 있었다.

장승문의 행방은 과연 어디인가. 그리고 오숙녀는······.

귀로

비행기는 서서히 고도를 낮추었다. 활주로를 겨냥하여 거대한 몸집을 수그리고 있었다.

전치강은 갑자기 오줌이 마려워 오는 것을 느꼈다. 비행기가 주둥이를 처박고 곤두박질칠 것 같은 불안 같은 건 조금도 없었다. 제기랄. 전치강은 순간 좌석 벨트를 풀고 일어섰다. 화장실에 가기 위해서였다.

"앉아 계세요."

스튜어디스가 짧게 소리쳤다. 그 금발의 여승무원은 바로 그의 뒤쪽에 외톨로 놓인 승무원 좌석에 앉아 있었다.

"미안."

전치강은 다시 엉덩이를 붙이고 앉을 수밖에 없었다. 제기랄, 외국년 앞에서……

"좌석 벨트를 매세요!"

시키는 대로 했다. 그랬는데 정작 비행기가 완전히 멎어서자 소변 볼 생각이 없어졌다. 그는 일제히 벨트를 풀어던지고 일어서는 승객들과 함께 열린 해치 쪽으로 걸어갔다. 제기랄, 되도록 빨리 돌아오려고 기를 써놓곤 왜 도착하자 화가 나느냐.

오숙녀——전치강은 그 비참한 생각에만 시달리기 시작했다. 나비처럼 훌쩍 치마폭을 날린 그녀, 아니 낙엽처럼 떨어져 간 오숙녀. 시간을 재촉하여 돌아온다고 이제 어디 가서 그녀를 만날 수 있다는 거냐, 뭐냐.

오숙녀가 그의 아파트에 다시 나타난 것은 그녀가 다녀간 닷새 뒤였다. 그날은 일요일이었는데 오숙녀는 오전 열한시가 조금 넘어 찾아왔다. 문을 따자 그녀가 서 있는데 전치강은 놀라지 않을 수 없었다. 오숙녀가 재차 찾아와 주었구나 하는 사실보다 그녀의 얼굴이 알아보게 해쓱한 것에 그는 더 놀랐는지 모른다. 그러나 오숙녀는 명랑한 목소리를 만들어 수다스런 여자처럼 태연스레 굴었다.

"어머, 햇빛이 좋은데 왜 커튼을 가려 놓구 계세요."

"그럼 열까?"

하고 전치강은 말했다. 오숙녀가 하고 싶어하는 것이라면 무엇이든지 들어줄 수 있다는 생각이 들어서였다.

"그럼요. 열어야죠."

오숙녀는 스스로 두꺼운 커튼 자락을 걷어젖혔다. 그리고 바깥을 내다보며 놀란 목소리를 냈다.

"치강 씨 참 멋없는 분이세요."

"왜?"

"이렇게 좋은 발코니를 닫아 두고 계시니까요."

"거기 나가 앉아 볼까? 먼지로 덮여 있을걸."

"괜찮아요."

전치강은 테라스로 통하는 문을 따고 오숙녀의 등을 밀었다.

"한번 나가 봐."

"먼지 한톨 없군요 머."

정말이었다. 파출부는 커튼을 도로 쳐놓을 뿐 사실은 매일같이 거기도 닦아 놓는 모양이었다.

두 사람은 거기 놓인 작은 탁자를 사이에 두고 마주앉았다. 내가 언제 여기에 의자와 테이블을 놓아 두었던가, 하는 생각을 하며 전치강은 오숙녀를 건너다봤다.

"정말 날씨가 좋군."

"거 보세요. 가슴이 두근거리도록 해맑잖아요."

"숙년 옛날부터 맑은 날씰 좋아했지."

"제가 그랬나요?"

"그럼."

"아녜요. 전 이런 거울같이 해맑은 햇빛 아래 서면 슬퍼지군 했어요."

"소녀 시절 애기겠지."

오숙녀는 대답하지 않았다. 전치강은 속으로 따져 봤다. 오숙녀가 온 건 말하기 위해서인지 허탈감을 어쩌지 못한 단순한 발걸음인지를. 아니 그녀의 부모가 그에게 모든 것을 다 말했다는 것을 알고 있는 것인지…… 그래서 그걸 해명하기 위해 혹시 오숙녀는 찾아왔는지 알 수 없었다.

그렇다면 이 좁은 테라스는 적당한 자리가 아니라는 생각이 들었으므로 전치강은 한참 뒤 고개를 떨구고 앉아 있는 오숙녀한테 제의했다.

"이렇게 좋은 날 우리 어디 교외로 나가 볼까?"

"여기가 바깥보다 더 좋아요."

"그럼 뭐 마실 거라도 가져와야겠군."

전치강은 곧 자리를 일어서서 거실로 들어섰다. 찬장 앞으로 걸어가며 생각했다. 따지자, 하고. 따진 다음 옛날 혜화동 시절과 같은 사이로 돌아가자고 제의하자.

"뭘 마실 테야?"

그러나 그때였다. 전치강이 고개를 돌리고 테라스 쪽을 바라봤을 때였다.

"아니, 무슨 짓이야!"

하는 소리도 할 겨를이 없었다. 오숙녀의 치마폭은 이미 테라스 난간 위의 허공에 떠 있었다. 그렇게 한순간이었다. 그가 미처 한 발짝을 떼놓기도 전에 오숙녀의 모습은 벌써 보이지 않았다.

전치강은 테라스 난간 끝으로 달려가 볼 엄두가 나지 않았다. 그러나 그는 달려갔다.

나비처럼 사뿐히 내려앉은 것일까.

전치강은 혀를 찼다. 그러곤 손가방의 무게를 재며 휘청휘청 트랩을 걸어 내려갔다. 아직도 트랩을 사용하는 공항도 몇 개 없을 것이었다. 세관 검사원은 지친 그에게 말했다.

"짐이 이것밖에 없수?"

"없소."

"간단해서 좋군."

전치강은 검사가 끝난 손가방 하나를 들고 보세구역을 빠져나왔다. 완전히 내국인으로 돌아오는 관문이었다.

오숙녀는 과연 그의 아파트를 죽음의 장소로 택하여 찾아온 것일까. 그러나 그건 결코 아닐 것이었다. 그녀의 최후의 행동은 그 행동의 결과에 상관없이 극히 순간적으로 이뤄졌는지 몰랐다. 그건 그녀가 말했던 슬픔을 느끼는 햇빛 때문이었는지도 몰랐다.

어디선가 그의 이름을 부르는 소리가 들리지 않는가.

"치강 씨, 여기예요!"

누굴까. 밀입국자처럼 소리 없이 들어서려는데 훼방을 놓는 여자가 누굴까. 휘둘러보자 빽빽하게 둘러서서 이쪽을 노려보고 있는 사람들 틈에 하인희가 끼여 서서 팔을 훼훼 내젓고 있었다.

전치강은 덤덤한 표정 그대로 통로를 걸어나갔다. 철책 칸막이가 끝나는 지점에서 그와 맞닥뜨리려고 사람들을 헤쳐 나오고 있는 하인희가 느껴졌다.

"웬일이야, 인희가 공항에?"

"웬일은요. 치강 씨가 오신다기에 나왔죠."

"거짓말 마. 누구 마중나온 거지."

"치강 씨 마중나왔다니깐요."

"내가 오늘 오는 줄 아는 사람이 없는데? 아무한테도 알린 일이 없는데?"

"그래두 전 알아요."

"인휜 내가 떠난 줄도 몰라. 괜히 생색내지 마."

"생색이 아녜요. 말해 볼까요? 치강 씨 닷새 전에 비엔나 건축가 회의에 가셨잖아요."

"어?"

"어때요, 이만함 제가 괜히 생색내는 거 아닌 게 확실하죠."

"신문에서 읽은 모양이군."

"그럼 아무한테두 알리지 않은 오늘 일은 어떻게 된 거죠?"

"필경 다른 사람 마중나온 걸 거고."

"치강 씨 참 나빠요. 손톱두 안 들어가게 차요."

"우리 그런 거 갖고 말다툼하지 말고 빨리 이 기분 나쁜 곳을 나가자구."

"택시 타는 데루 가요, 그럼."

하인희가 그의 손가방을 받아들며 말했다. 아니, 짐이 이거뿐예요, 라고 그녀도 세관원과 같은 질문을 했다.

"꼭 부산 다녀오는 사람 같네요."

"닷새 여행으론 그것도 거추장스러웠어. 잇솔 하나면 됐을걸."

"넥타이 선물 같은 것두 안 사구요?"

"난 그런 거 매어 본 일 없어."

"볼펜 같은 거 한 묶음씩 사온다던데, 모두들."

"난 한 번도. 또 손톱 안 들어간단 소리 듣겠지만."

"그럼 저 괜히 기를 쓰구 왔군요, 뭐 하나 얻어걸릴까 잔뜩 기댈 걸었는데."

"미안해."

"한국 돈두 없으실 텐데 택시값마저 제가 내야 할 거구요."

하인희는 택시 뒷자리로 몸을 밀어넣으며 정말 섭섭한 것처럼 가장했으므로 전치강은 주머니를 뒤져 구겨진 천원짜리 지폐 두 장을 꺼내 보였다.

"어마나, 그 돈 외국에서 통해요?"

"통하다마다."

"정말예요."

"응, 기념품으로."

하인희는 입술을 삐죽 내밀며 눈을 흘겼다. 그럴 때 보면 그녀는 아주 귀여운 데가 있었다. 천진난만한 소녀 같은 면을 그녀는 가지고 있었다. 전치강은 손톱 안 들어가는 사나이라는 누명을 벗으려고 그녀의 어깨에다 팔을 걸었다. 오랜만에 만난 그녀가 정말 밉지 않았다. 그는 벌써 오숙녀를 잊고 있었다.

"외국선 택시 안에서 이래요?"

"잘 모르겠는데."

"여기선 이런 치한 만나면 경찰을 불러요."

"부르면 오나?"

"그럼요. 단박에 끌어내려 유치장에 집어넣죠."

"거 되게도 할일없는 사람들이군."

하인희가 어깨에 얹힌 전치강의 팔을 마주 붙잡았다. 할일이 없어서 그럴까요? 하고 되물어보면서 그의 옆구리 밑으로 자기 어깨를 끼워 넣었다. 전치강은 대답 대신 목소리를 낮추어 재차 물었다.

"정말 어떻게 공항엘 나왔어?"

"또 그 소리예요?"

"좋아. 그럼 내가 오늘 오는 줄 어떻게 알았어?"

"전 다 알아요. 치강 씨의 모든 움직임을 다 알아요."

"나를 흥신소에 맡겼어?"

"앞으루 조심하세요. 그늘처럼 따라다니는 사람이 있으니까요."

전치강은 어쩌면 하인희의 그 말은 협박만이 아닌지도 모른다는 생각마저 들었다. 그는 팔을 뽑고 자세를 고쳐 앉았다.

"보세요. 제가 그 말 하니까 벌써 치강 씨 심각해져서 방어태세에 들어가죠."

"갖고 놀아라."

"전 틀린 말 하지 않았어요. 치강 씬 분명히 그런 분예요."

"재미없는 사나이다?"

"치강 씨의 재빠른 방어태센 아주 맹목적이에요. 저한테만 그렇지 않을 거예요. 어떤 여자한테두 치강 씬 그럴 거예요."

"아주 잘 봤는데."

"가볍게 듣지 마세요. 치강 씬 누구한테나 그럴 거예요. 아녜요, 대인관계뿐만 아니구 부닥뜨리는 모든 사물에 그런 식으루 대응해요."

"반성할게."

"가볍게 듣지 마시라니깐요."

하인희는 그러고도 그가 가볍게 듣지나 않을까 염려되는지 시내의 찻집에 와서까지 그 말을 또 끄집어냈다.

"아까 택시에서 한 말 전 힘들여 한 거예요."

"또 그 소리야."

"거 보세요. 전 일껏 별러서 한 말을 치강 씨는 귀담아 듣지 않았죠."

"별렀다는 건 공항에 마중나올 만큼 별렀다는 얘기야?"

"그 이상으루."

"이거 돌아오자마자 호된 꾸중부터 듣는군."

"집에두 못 가시구, 죄송해요. 하지만 짐두 없는데 어때요. 여기서 얘기하다가 제가 맛있는 저녁 사 드릴게요."

"야단칠 일이 아직도 많은 모양이군."

"아주 많아요."

"그럼 나 우선 전화 한 통 하는 거 허락해 줘, 급해."

"공중전환 입구 오른쪽에 있어요. 동전은 제게 있구요."

전치강은 하인회가 주는 동전을 받아들고 가리키는 곳으로 갔다. 그가 없는 며칠새 문을 연 새 호텔의 프런트를 그는 거기 에스컬레이터가 끝나는 지점에서 내려다봤다. 그는 지금 그 호텔의 2층 커피숍 입구에 서 있는 것이므로 양탄자가 깔린 1층 바닥부터 3층까지를 훤히 내다볼 수 있었다. 장식의 기조는 붉은 벽돌을 그대로 노출시켜 꾸민 로코코 스타일이었다. 그러나 일본인의 호텔답게 도처에 가벼운 잔재주를 부리고 있었다.

전치강은 구미에 거슬리는 무엇을 느끼며 전화 다이얼을 돌렸다. 그러나 그가 느끼는 거부 감정은 전적으로 직업의식에서 나온 것이므로 그 거대한 호텔 건물이 왜 일본인의 소유냐 하는 것과 같은 애국적인 저항감 같은 건 아니었다. 그렇다고 하여 그가 묵은 비엔나의 에어 터미널에 있는 힐튼도 체인호텔이 아니었더냐 하는 따위의 회상도 물론 아니었다. 어쨌든 그는 혀를 차며 다후다 장수가 수화기에 나타나기를 기다렸다.

김항수는 그를 알아차리자 놀란 목소리로 소리쳤다.

"아니 거기가 어느 도시냐?"

"서울이다."

"벌써 돌아왔어, 그 비싸게 먹힌 여행에서?"

"무슨 소식 있어?"

"전혀. 그 때문에 돌아왔다면 너도 참 한심하다. 그 자식 소식 있으면 너 없다고 우린 처리할 줄 모르니?"

"그런 건 아니고, 피곤해서 돌아와 버렸다."

"난 외국이란 델 못 나가 봐서 그런지 모르지만 내 생각으론……."

"잔소리 마. 그렇게 잔뜩 기댈 걸고 나가면 서양이란 병균에 제꺽 감염돼."

"무슨 소린지 난 모르겠다."

"내일 다시 연락하자. 넥타이 하나도 안 사와서 미안하다."

"언젠 사왔니. 어쨌든 피곤하다니 그만 끊자."

여전히 장승문 소식은 모른다는 것 아니냐. 두 달이나 소식 없는데 그가 자리를 비운 며칠 동안에 들어와 있으리란 기대를 건 건 아니지만 전치강은 맥이 빠졌다. 자리로 돌아가자 하인희가 물었다.

"무슨 나쁜 소식이에요? 안색이 안 좋아요."

"아니."

"그럼 우리 저녁 먹으러 가요."

"그만 돌아가는 게 어떨까? 좀 피곤한데."

"약속했잖아요, 제가 마지막으루 멋진 저녁 산다구."

"난 비행기에서 먹었거든."

"비행기 안 타본 사람 앞이라구 마음놓고 거짓부렁 마세요. 비행기에선 때두 안 됐는데 밥을 주나요."

"그럼 간단한 걸로 하지."

"어쨌든 나가요. 꼭대기루 올라갈까요?"

"다른 데로 가지."

"아, 김치 사 드릴게요, 얼큰한 국하구."

"고작 닷새 만이야. 그쪽에서 먼저 흥분하지 마."

그들은 불고기 전문 식당에 가서 비빔밥을 먹었다. 그러곤 어두운 덕수궁 돌담길을 안고 걸었다. 청승맞은 생각이 쉴새없이 들었다.

"청승맞게, 유치하게 이게 무슨 꼴이냐 하는 생각을 하구 계시죠, 치강 씨?"

"잘도 알아맞힌다."

"그게 나빠요. 아까 저보구 흥분하지 말라구 하셨지만 치강 씬 일생에 흥분 몇 번 해보셨어요? 제가 말할까요? 한 번두 없어요, 단 한 번두. 외국 여행을 하게 되면 좀 상기된 얼굴을 해두 괜찮아요. 좀 들떠서 한 보따리씩 사갖구 무거워서 쩔쩔매두 괜찮아요. 그게 인간적예요. 유치해질 수 있는 것이 아주 인간적인 거예요."

"오늘 된통으로 당하는군."

"치강 씬 어떤지 아세요?"

"다 말했잖어."

"아녜요. 분노는 아주 쉽게 나타나요. 슬픔은 숨기지 않아요. 하지만 기쁨 앞에선 딱 굳어져 버려요. 겸양이라구 좋게 봐드리지 못하겠어요."

"그럼, 인희가 오늘 생각나는 거 모조리 다 말해 버리고 싶어하는 이윤 뭐야?"

"왠지 아세요? 전 지쳤어요. 치강 씨한테 지쳤단 말예요."

하인희는 갑자기 걸음을 멈추고 어둠에 희미하게 가린 그의 얼굴을 쳐다봤다. 그러곤 말했다. 전 죽어두 치강 씨와 결혼한다구 생각했댔어요, 하고. 그랬는데 포기했어요, 하고.

"저 솔직히 다 말할게요, 실은 오늘 저 치강 씨 마중나간 거 아녜요. 떠나는 연습 하러 나갔어요. 제가 떠날 수 있는지 보러 나갔어요. 전 신문을 먼저 본 게 아니구 치강 씨 출국하시는 거 닷새 전에 멀리서 봤어요. 전 치강 씨가 이렇게 일찍 돌아올 줄 몰랐어요. 그래서 발견하는 순간 저도 모르게 고함을 치구 만 거예요."

"무슨 말인지 모르겠군. 인희가 떠나다니 ?"

"저 여권 나왔어요."

"여권 ?"

하인희는 여권을 보여주려는 듯 핸드백을 열었다. 그러나 손수건을 꺼내 눈꼬리를 훔쳤다. 그러곤 언젠가 그를 찾아와 위협적인 말을 하던 남자와 동행이라고 그녀는 말했다. 시카고에 국제 결혼한 그 남자의 누이가 살고 있다는 것이었다.

전치강은 그럴 때 무슨 말을 해야 할지 생각이 나지 않았다. 그는 침묵의 거북살스러움을 느끼며 멈춰 섰던 걸음을 다시 떼어 놓았다. 뭔가 허전한 느낌이었다. 충격이라고 말해도 좋았다.

"포기하다니, 그렇게 일방적인 생각이 어딨어 ?"

"위로 안 해 주셔도 돼요. 전 실연당한 아픔을 견디구 있는 건 아니니깐요."

"아까 인희가 마지막이란 말을 썼을 때도 난 농담인 줄만 알았지, 설마."

"제가 여태 치강 씨 비난한 게 우리가 마지막이 된 이윤 절대루 아녜요. 절대루 오해 마세요. 전 자위받구 싶어 마구 지껄였어요. 전 사실 치강 씨 만나기가 부끄러워요. 전 치강 씨에 대해 아주 속된 저의를 품었거든요. 일류 건축가의 아내…… 말하잠 그런 거였죠. 명사가 아닌 치강 씨는 생각해 보지 않았는지 몰라요. 전 그런 절 깨닫자 괴로웠어요. 떠나기루 했죠. 몰래 떠나기루 작정했죠. 이렇게 된 건 정말 뜻밖이에요."

하인희는 얼굴을 저쪽으로 돌렸다. 또다시 손수건으로 눈꼬리를 누르고 있었다. 그러나 전치강이 그런 그녀 곁으로 한 발짝 다가서려는 순간 그녀는 돌아서서 고개를 들고 말했다.

"안녕히 계세요, 치강 씨."

전치강은 꼭두새벽에 떠나는 강원도 원통행 첫차를 타려고 딱딱하게 얼어붙은 어둠을 뚫고 마장동 시외버스 터미널로 달려갔다. 눈곱을 뜯으며, 쉴새없이 김이 서리는 윈드 실드를 닦으며 달리는 택시 운전사를 지켜보면서도 그랬지만 대기실의 시멘트 바닥으로 들어서자 그는 더욱 서글픈 생각이 들었다. 모든 것이 단단히 얼어붙어서 그 안은 어딘가 침통하기까지 한 분위기를 만들고 있었다.

만약에 안연자가 나와 있지 않았더라면 되돌아서 버렸을지 모를 만큼 겨울 첫새벽의 버스 터미널은 거부적인 분위기를 이루고 있었다. 그러나 그런 싫은 분위기를 견디며 적어도 20분 이상 기다린 여자가 있었으므로 전치강은 지체없이 그런 낯빛을 걷어치웠다.

"미안, 미안." 하는 소리를 연발하며 그는 안연자의 등을 밀었다. "어느 버스지?"

그러자 옆에서 지켜보고 섰던 김항수가 그런 그를 힐난했다.

"늦게 나온 작자가 넉살도 좋군. 반 시간을 떨며 기다린 사람들을 되려 족치려 들고."

"그러니까 미안하다고 했잖어. 도무지 택시가 잡혀야지."

"첫차 벌써 떠나 버렸는데 뭘 서둘러."

"알어. 이번 차까지 놓칠까봐 그래."

새벽 4시 40분에 뜨는 첫차를, 그는 을지로 입구를 달리는 택시 안에서 이미 놓쳐 버린 것을 알고 있었다. 그가 서두는 것은 어물어물하다가 5시 20분에 있는 두번째 차마저 좌석이 차버릴까 해서였다. 김항수는 버스 승강구 앞에서 작별하는 전치강을 뿌리치고 차 안까지 따라 들어왔다.

"내가 따라가야 되는 게 아닌지 모르겠다."

"그런 걱정 말고 장돌뱅이는 빨리 돌아가서 돈이나 벌어."

"그게 아니고, 안 마담이 염려돼서 그래. 너 같은 치한한테 맡겨 놔도 괜찮을는지."

다후다 장수는 말하고 나서 제가 먼저 쿨적쿨적 웃었다. 안연자도 따라 웃었다. 승차권을 챙기며 전치강이 말했다.

"안심이 안 되면 정말 따라붙어."

"관두자, 괜히 눈치도 없다는 소리 듣기 전에."

"너, 말이 왔다갔다하는구나."

하고 전치강이 받자 안연자도, 그러게 말예요, 라며 맞장구를 쳐주었다.

"어쨌든 내가 늦는 동안 네가 일찍 나와 줘서 안 마담한테는 큰 위안이 됐겠어. 고맙다."

"주민등록증은 제대로 챙기고 나왔는지 모르겠구나, 도중에 검문이 자주 있을 텐데."

"가졌어. 이제 돌아가 봐라."

"그래. 정말 내가 동행 못해서 미안하다."

하고 나서 다후다 장수 김항수가 주머니 속에서 봉투 하나를 꺼내어 그의 손에 쥐여주었다.

"이게 뭐냐?"

"혹시 모르니까 암말 말고 넣어 둬."

"그 자식 예의 발라서 좋군. 하지만 장국밥 사 먹을 돈은 내게도 있어."

"장승문을 연행해 오자면 과외의 준비가 있어야 할지도 몰라. 그 자식이 순순히 따라붙을 것 같아?"

"꼭 거기 그 녀석이 있는 걸 보고 온 놈같이 말하는군."

"틀림없이 거기 있어. 넌 용케 그 생각을 해냈어."

"그랬으면야 이렇게 떠는 보람이 있겠다만."

"내 예감이 맞을 거야. 어젯밤 꿈에 만나보니 그 녀석 거기 민가에 있더라."

"하여튼 희망을 걸어 보자."

"그럼 잘 다녀와라."

김항수는 차를 내려가기 전에 안연자한테도 감사의 말을 전했다.

"안 마담 고생시켜서 정말 미안한데요."

"여행 떠나는 기분이 얼마나 좋은데 그러세요."

"그런 기분만은 아니겠지만, 어쨌든 안 마담은 여간 마음이 곱지 않아요. 그러니 이 치한 조심하시오."

"네, 명심할게요."

김항수가 내려간 지 얼마 안 되어 차는 고작 여남은 명의 승객만을 싣고 이내 떠났다. 안연자는 차창에 낀 성에를 긁곤, 밖에 웅크리고 선 김항수한테 손을 흔들어 보였다.

차가 망우리 고개를 넘어설 즈음에야 전치강은 몸을 한 번 후룩 떨고 나서 안연자한테 물었다.

"춥지?"

"전 옷을 잔뜩 껴입었어요."

"괜히 사서 고생이군."

"왜 이게 괜히예요?"

"어쨌든 고마워."

안연자가 원통에 가는 그와 동행하게 된 것은 그녀가 장승문의 옛 부대를 안다고 했기 때문이다. 전치강이 느닷없이 떠오른 생각을 가지고 김항수를 '추상'으로 불러냈을 때 옆에 앉았던 안연자는 의논이 다 되기도 전에, 그 부댄 제가 알아요, 라고 말해서 그들을 놀라게 했다.

왜냐하면 전치강이 김항수를 불러낸 건 그가 혹시 장승문의 옛부대 위치를 알고 있나 해서였기 때문이다. 전치강이 기억하고 있는 건 단지 인제 아니면 원통 근처의 어느 부대라는 것밖에 없는데 그 정도로는 찾아 나설 수 없지 않던가.

"야, 그 부댈 생각해 낸 건 기가 막히는데……."

라고 김항수는 감탄했지만 그는 단 한 번도 장승문의 병정 생활에 대해 들은 일이 없다는 것이었다. 그때 안연자가 안다고 나섰으니 놀랄 일이 아닌가.

"안 마담이 어떻게 알어?"

"장 선생님이 언젠가 저희 집에 오셨을 때 얘기해 주셨어요."

"언제?"

"언젠가 여기서 술 드시기루 세 분이 약속하신 일 있으시죠? 그 리구 두 분은 약속 시간보다 늦게 오셨어요. 그때 무료하실 것 같 아서 제가 상대해 드렸는데 그 얘길 하시더군요."

"그렇다고 얘기만 들어서 어떻게 알어? 나도 그 정돈 들었다구, 포플러가 어설프게 몇 그루 서 있고 황토흙 보리밭이 둔덕에 비스 듬히 일궈져 있고 하다는 정도는."

"하여튼 저랑 같이 가세요. 제가 알아요. 제 동생이 바루 장 선생 님 계시던 그 부대에서 군대생활했으니까요."

"어럽쇼, 그런 수가 다 있었군."

"동생 면회를 가느라 두 번이나 그 부댈 찾아간 일이 있어요."

"포플러가 있고 그래? 민가 두 채가 있고, 하여튼 황량한 풍경이 라던데……."

"맞아요, 전 선생님. 제가 엉뚱한 부대를 괜히 안다구 그러겠어 요."

"야, 이거 가벼운 경련마저 이는데. 뭔가 좋은 징조야, 이건." 하 고 김항수가 눈을 똥그랗게 뜨고 소리쳤다. "뭔가 있는데. 맞았어, 틀림없이 좋은 징후야. 예감이 좋아."

이렇게 해서 전치강이 그 부대 앞 민가를 찾아가는 데 안연자가 동행하기로 된 것이다. 그리고 그렇게 합의된 것은 오래 전도 아닌 바로 전날 밤이었다.

"제가 갔을 땐 민가가 네 채루 불어나 있었어요. 지금은 더 많아
졌을지도 모르죠."

하면서 안연자는 생각났다는 듯이 차창 밖으로 내보내고 있던 시선
을 끌어들이며 말했다.

"그러니까 민가가 많아졌다고 그 부대가 아니라는 주장은 말라 그
말인가?"

"선생님은 아직두 제 얘길 긴가민가하구 계셔서 그래요."

"여자들 얘기란 본래 전폭적으로 신용할 것이 못 되거든."

"어머머."

"농담이야. 화내지 마."

직행 버스는 예정대로 정시에 닿지는 못했지만 네 시간 조금 넘는
거의 비슷한 시각에 그들을 원통까지 실어다 주었다. 흙먼지를 누더
기같이 뒤집어쓰고 누운 살풍경한 길갓집들을 어리뻥뻥한 눈으로
쳐다보고 있는 전치강의 팔을 끌며 안연자가 말했다.

"실은 여기서 인제 쪽으루 되돌아가야 돼요."

"그럼 인제에서 내릴 걸 그랬잖어."

"아뇨. 그쪽에서보담은 이쪽이 훨씬 가깝구요."

두 사람은 아침 열시의 실버들 같은 햇살을 안고 시골길을 걸었
다. 선생님, 아무리 걸어두 끝나지 않는 시골길 있죠, 하고 소곤거
리던 여자가 있었는데 하는 생각을 전치강은 했다. 해가 지면 시간
이 정지돼 버리는 거 있죠, 그런 시골에 가서 살고파요, 하고 말하
던 여자가.

서용임은 왜 연락을 완전히 끊고 있는 것일까. 가을이 가고 어느
새 겨울의 한중턱에 들어서고 있는, 적어도 넉 달 이상을 그녀는 왜
소식이 없을까. 정말 시골에라도 가버린 것은 아닐까.

"시골길이 좋죠, 선생님?"

하고 안연자가 물었지만 전치강은 듣지 못했다. 뭔지 몰랐다. 그는 자책 같은, 떨떠름함 같은, 그런 감정에 사로잡혀 있었다. 혹은 까맣게 오래 되어 퇴색해 버린 감미로움에 빠져 있는지 몰랐다. 그러나 감미로움은 조금도 아니었다. 안연자가 한참 뒤에 재차 말했다.

"전 이런 길이 너무너무 좋아요. 쓸쓸하구 을씨년스러워서 저하구 아주 잘 어울려요."

"풍경에다 자신을 비춰 보게 되구?"

"무슨 생각을 골똘하게 하구 계셨어요?"

"그냥 이것저것."

"풍경에다 비춰 보시는 일을요?"

"글쎄……."

"선생님은 어울리지 않아요, 이런 풍경에."

"인간은 누구나 다 이런 풍경을 고향으로 하고 있어."

"전 쉽게 외롬을 타걸랑요. 그래서 이런 길을 걸으면 가슴이 막 아파와요."

"그렇잖을 것 같았는데?"

"아뇨, 그래요" 하고 나서 안연자는 그의 팔을 끌었다. "일루 오세요. 이제 더욱 호젓한 길루 가야 해요."

"십팔 번 작전도로가 나 있다던데?"

"글루 가려면 더 내려가야 해요. 이건 지름길이구요."

두 사람은 꼭 끊어져 버릴 것같이 불안한 좁은 풀섶길을 따라 거의 반시간은 걸었다. 겨울 햇볕은 조금도 뜨뜻하지 않았고 발끝에서는 쉴새없이 녹은 서릿발이 묻어 올랐다.

그러나 허탕이었다. 가슴이 설레요, 선생님, 하고 안연자는 긴장한 눈으로 도중에서 몇 번이나 되뇌곤 했는데 헛걸음이었다. 어머, 민가가 여전히 네 채밖에 없어요, 라고 탄성 같은 외침으로 손가락질을 해보였는데도 거기 민가에 장승문은 잠복해 있지 않았다. 스쳐간 흔적도 없었다.

"그런 사람 여기 온 일 없어요."

누누이 장승문의 모습에 대해서 설명했는데도 그곳 네 집 사람들은 똑같은 대답이었다. 만약에 찾아내지 못하면 위험하다고 했는데도, 그들은 마치 건성으로 대꾸하듯이 똑같은 대답만 되풀이했다.

"글쎄, 그런 사람 못 봤다니깐유. 두 노인 내외분이 아들 면회 온 거 빼군 몇 달새 타관 사람이라군 그림자두 비치지 않았시유."

전치강보다 안연자의 실망이 더 큰 듯했다.

그녀는 전치강이 돌아가는 수밖에 없지 않겠냐는 뜻의 말을 했을 때 거의 쏘아붙이다시피 하는 어투로 화를 냈다.

"이대루 돌아가면 어떻게 해요."

"글쎄 어떡하는 게 좋을까?"

전치강은 결정을 위임한 사람의 목소리로 묻지 않을 수 없었다. 우정을 시험당하고 있는 듯한 느낌이었다. 그러나 안연자도 딱히 어떻게 했으면 좋을지 생각이 나지 않는 모양이었다.

전치강이 시계를 들여다보며 돌아갈 시각에 대한 말을 꺼내려 했을 때 그녀는 이렇게 말했다.

"선생님, 오늘 우리 여기서 기다려봄 어떨까요?"

"그게 무슨 말이야? 기다리다니?"

"길목을 지켜 서 있음 나타나실 것 같애요."

안연자는 마지막 기대가 무너져 버린 것을 감당해 내지 못하여 총명을 잃고 있음이 분명했다. 상황에 함몰해 버린 연약한 여자의 가슴으론 실망을 감당해 낼 수가 없어 당황하고 있는 것이다. 전치강은 그런 안연자에게 논리를 가지고 대응할 수는 없었다. 하루쯤 기다려 보려 거기 남아 있는 일의 무의미함을 말할 수는 없었다.

"그러는 게 좋다면 나 혼자 남지. 먼저 돌아가. 내가 원통까지 데려다 줄게."

"저 혼잔 안 돌아가겠어요."

"고집부릴 일이 아니야. 실은……."

"실은 하루쯤 기다리는 게 무슨 소용이냐 그런 말씀이시죠?"

"사실은 그렇잖어?"

"저두 알아요."

"우리 돌아가자구. 우리가 여기서 기다린다면 내일은 장승문에 대한 우리의 기대를 더 비참하게 만들어 버릴 거야."

"이대루 돌아서야 하는 허망함두 너무 비참해요, 선생님."

"견뎌 내야지, 어떻게 하겠어. 그 자식 나타나면 즉시 연락해 주도록 내가 모든 조철 취해 놓을게. 그러고 떠나자구."

안연자가 그의 이런 말에 설복된 것 같은 기미는 없었지만, 그렇다고 당장 다른 반응을 보이지도 않았으므로 그는 즉각 네 채의 민가 중에 남아 있는 유일한 남자를 마당으로 불러냈다. 그러고는 장승문의 사진과, 그 자신과 김항수의 주소, 전화번호를 적은 종이쪽지를 전했다.

"그리고 수고해 주시는 대가로 이걸 드리고 싶습니다."

김항수가 찔러 준 봉투에는 2만 원이 들어 있었다.

봉투를 받아든 중늙은이 부부는 만약 장승문이 나타나기만 하면 당장 오랏줄로 결박이라도 해놓아 버릴 것처럼 거듭 과장해 가면서 약속 이행을 다짐해 주었다.

"자, 부탁드리고 우린 돌아가겠습니다."

하고 전치강이 한 말은 사실은 안연자에게 들려주기 위한 말에 지나지 않았다. 전치강에 팔목이 잡혀 안연자는 마침내 걸음을 떼놓기 시작했다.

그러나 그들이 지친 다리를 끌고 원통에 도착했을 때 그들은 서울행 막차가 이미 떠나 버린 것을 알았다. 서울로 돌아갈 차를 놓친 것이 확실해지자 안연자는 팔뚝시계를 들여다보며 말했다.

"제가 착각하구 있었군요. 전 막차 시각이 한 시간 된 줄 알았어요."

"아냐, 원인을 캐자면 그보다 아침에 내가 늦어서 첫찰 놓쳐 버린 게 원인이지."

"어떻게 해야죠?"

"그 전에 왔을 땐 이런 일 없었어? 동생 면회 왔을 때 말야."

"첫 번째 왔을 땐 아예 당일루 돌아갈 생각을 안 했구요, 두 번짼 용돈만 전해 주구 늦지 않게 돌아갔어요."

"첫 번짼, 그래 어떻게 했어?"

"동생이 인제루 나가구 싶다구 해서 글루 가서 하룻밤 잤어요."

"그럼 우리도 그러는 수밖에 없겠군."

"선생님 오늘루 돌아가셔야 하잖아요."

"왜 유독 나만 그래?"

"어저께 밤에 그러셨잖아요, 오늘밤에 설계 상담 있으시다구."

"그까짓 게 문제야. 그리고 문제가 되건 안 되건 우선 갈 방법이 없잖어. 인제로 가자구, 여기가 싫으면."

"선생님, 바다 안 보시겠어요. 겨울 바다요?"

"그게 어딘데?"

"많죠. 속초두 있구 화진포루 나가두 되구."

"화진포?"

전치강은 펄쩍 놀랐다. 여기서 화진포를 갈 수 있단 말인가?

"왜 놀라세요."

"화진포가 가까워, 여기서?"

"속초보담은 가까울지 몰라요. 양쪽 다 진부령을 넘어야 하긴 하지만."

"그런 걸 어떻게 그렇게 잘 알어?"

"선생님은 외국을 잘 아시는데 전 국내 지리라두 알아야죠. 외국에서도 어디 잘못 들어가면 차편이 끊기구 그러나요?"

"글쎄. 그런 거라면 여행가한테 물어봐야 되겠지만 이렇게 대낮부
터 발이 묶이기야 할려구."

"선생님, 화진포에 누구 있으세요?"

"……그건 왜?"

"놀라셨잖아요."

"너무 북쪽이라서" 하고 전치강은 이유 없이 시치미를 뗐다. "내
가 괜히 놀라지?"

"그러니까 아주 북쪽인 화진포까지 한번 가봤음 좋겠어요. 내일
새벽에 떠나 강릉으루 내려오기루 하구요."

"또 새벽에 나서?"

"그래야 일찌감치 강릉에 닿아 고속버스 탈 수 있죠, 오전 중으루
서울 닿잠 말예요."

전치강은 사뭇 화진포엔 별 맘이 없다는 투의 어정쩡한 표정을 짓
고 있었지만 사실은 가슴이 섬뜩했다. 내년 해수욕철쯤일까요, 라고
하던 오숙녀의 말을 떠올리고 있었던 것이다. 만약에 그녀가 살아
있었대도 이렇게 일찍이 그녀를 만나게 되리라곤 상상도 못했던 일
이 아니냐.

"네? 뭐라구 하셨죠?"

하고 또 안연자가 느닷없이 반문했다.

"뭐라고 하다니."

"이제 뭐라구 하셨잖아요, 이렇게 일찍 오다니 하셨던가요?"

"아니, 그럴 리 없는데."

전치강은 그녀의 말에 놀란 나머지 더욱 완강하게 시치미를 뗐다.
안연자는 더 이상 따지지 않고 아침에 내렸던 버스 정류장 매표소를
향해 걸어갔다. 그러곤 잠시 뒤 되돌아와 이제 곧 화진포행 버스가
들이닥칠 거라고 일러주었다.

"표 두 장 사버렸어요. 괜찮으시죠?"

"화진포행?"

안연자는 그렇다고 고개를 끄덕였다. 그랬던 그녀였는데 막상 버스가 꽁무니에 뽀얀 먼지를 달고 들이닥쳤을 때 그녀가 갑자기 타기 싫다는 말을 하고 있었다. 전치강은 먼지 속에 뿌옇게 묻힌 안연자를 쳐다보며 물었다.

"표를 샀다며?"

"그래요. 하지만 찰 놓쳤다구 반대방향으로 가는 게 우습잖아요."

"그뿐이야? 그렇다면 타. 이런 데서 방황하다간 정말 미아꼴 된다구."

안연자는 더 이상 주저하지 않고 버스에 올랐지만, 그러나 그녀는 드디어 말했다. 요동치는 차체의 흔들림에 어깨를 떨며 말했다.

"갑자기 제가 싫어지네요, 선생님. 아주 죽어 버렸음 싶게 싫어져."

"무슨 소리야?"

"제가 선생님을 유혹하구 있는 거죠? 그렇게 생각하시죠? 겨울 바다니 뭐니 하면서요. 일방적으로 표를 끊구요."

"안 마담답지 않은 소리다."

"마담이라구 불리는 게 귀에 거슬리니 이상하잖아요?"

"미안, 미안."

전치강은 손을 훼훼 저으며 자신의 실수를 재빨리 사과했다. 많은 승객 사이에 끼여 앉아 그건 모욕적인 호칭이었다.

"제가 선생님을 유혹한 것이라두 좋아요. 그냥 연자라구 불러 주세요, 오늘만은."

"정말 미안해. 용서해. 내가 중대한 실수를 했어."

"제가 공연한 투정을 부리나 봐요. 선생님이 미안해하실 건 조금도 없어요."

"그렇게 말하면 내가 더욱 난처해지지 않어. 유혹이니 하는 얘기도 전혀 연자답지 않은 얘기고."

"아녜요, 그렇잖아요" 하고 안연자는 고개를 떨구고 나직이 말했다. "표 두 장을 끊으며 사실은 저두 모르게 이상한 상상으루 줄달음치구 있었어요. 화진포에 닿아 여관에 드는 생각을 말예요. 바다루 창이 난 방에 들리란 생각을요."

"그거 아주 좋은 생각이군. 멋진데."

"아녜요. 선생님이 방을 두 개로 얻으실까, 그런 터무니없는 생각을 전 하구 있었다니까요."

"난 하날 얻을 생각인데?"

전치강의 대답은 생각할 겨를도 없이 대뜸 튀어나왔다. 당황한 나머지였으며, 그는 다만 그럴 때의 대답은 빠를수록 좋다는 생각밖에 하고 있지 않았다.

그러나 전치강이 자신의 그와 같은 대응이 마치 장난기처럼 오해를 살지도 모른다는 불안에 빠져 있는 동안 안연자는 차창 밖으로 시선을 내보내고 있었다. 그리고 서둘러 장갑을 벗는 일을 하고 있었다. 전치강은 핸드백을 열고 있는 여자의 떨리는 손을 들여다보았다. 조금 열린 틈으로 손수건이 딸려나오고 있었다. 그러나 그는 그것이 그녀의 얼굴로 가고 있는 것을 방치해 두는 도리밖에 없었다.

안연자는 되도록 표 안 나게 손수건으로 눈꼬리를 누르고 있었다. 전치강은 초조했다. 도무지 이토록 속수무책이어야만 할까. 그는 다음 순간 핸드백 위에 남아 있는 그녀의 한 손을 슬그머니 움켜잡았다. 벗은 잿빛 장갑은 그 손에 쥐어져 있었다. 실은 내가 왜 화진포에 조금도 가고 싶은 생각이 없는지 모르지, 왜 떨고 있는지 모르지 하고 그는 속으로 되뇌었다.

그러나 그가 그러는 순간 안연자가 후루룩 어깨를 떨며 무섭게 그의 손을 뿌리쳤다. 두 손으로 얼굴을 감싸며 재빨리 시트 사이로 어깨를 구부렸다. 전치강은 격렬하게 떠는 여자의 어깨를 감싸안았다. 그는 다만 그럴 때 할 수 있는 말이 무엇인지 생각나지 않았다. 진정해, 라는 말이 나오지 않았다. 이러면 안 돼, 라거나 버스간임을 환기시키는 그런 따위의 말을 할 수가 없었다.

좀처럼 진정될 것 같지 않던 안연자의 격렬한 흐느낌은, 그러나 의외로 빨리 가라앉아 주었다. 전치강은 격랑이 지나간 여자의 어깨를 부축하고 앉아 뭔가 착잡한 생각에 부대끼고 있었다. 그 생각 가운데는 그녀가 말한 종이배 얘기도 스쳐가고 있었는지 모른다. 그러나 그랬다 해도 그건 종이배 그 자체일 뿐 이상하게도 그것이 그녀의 딸아이 생각으로 연결되고 있지는 않았다.

"미안해요, 선생님."

하고 안연자는 버스가 드디어 화진포의 종착점에 닿았을 때야 처음으로 입을 뗐다.

"괜찮겠어?"

"괜찮아요. 일어서세요, 먼저."

안연자는 버스를 내리자 애써 명랑을 가장하면서 말했다.

"이 버스, 어디서부터 온 줄 아세요?"

"서울서 온다고 써붙였던 것 같던데."

"그래요. 그렇게 멀리서 왔어요."

"자, 멀리 왔으니 바다 구경을 가야지?"

"빨랑 가요, 선생님."

두 사람은 서둘러 버스 종점을 걸어나갔다.

그들은 이내 바다를 볼 수 있었지만 날이 고대 땅거미로 덮이기 시작했고, 그러자 세찬 겨울 바닷바람은 너무나 차고 억셌다. 전치강은 쉴새없이 치맛자락을 끌어내리고 있는 안연자의 어깨를 끌어안으며 소리쳤다.

"안 되겠어, 돌아가자구. 이러다간 연자 감기 들겠어."

"자칫하면 바람에 날려가 버리겠어요. 벌써 장갑은 날아가 버리고 만걸요."

"저런! 끼고 있지 그랬어."

"끼려는데 바람이 한 짝을 뺏어가 버리잖아요. 그래서 남은 한 짝 두 줘버렸어요."

안연자는 넓은 모래톱을 휩쓸어오는 따가운 바람을 무릅쓰며 웃어 보였다. 전치강은 그런 그녀를 힘껏 끌어안았다. 두 사람은 바람을 등지고 걸음을 떼어 놓기 시작했다. 전치강은 등받이로 부서지는 모래 소리를 들으며 바지에 대해 말했다. 그러자 안연자가 자기는 바지를 입어 본 일이 없다고 말했다.

"여행할 땐 바지가 좋은데 전 왠지 그게 그렇게 입게 안 돼요."

"너무 여자다워서 그래. 연잔 여성다움의 원형이야."

"어머머, 그런데 술장사를 해요?"

"그러니까 장사가 안 되는 거야, 어울리지 않으니까. 아마 이 나라에서 가장 어울리지 않는 일을 하고 있는 사람이 있다면 그건 단연 연잘 거야."

"그래두 전 그걸루 먹구 사는 중인걸요."

"내가 연자에 대해서 한 가지 제안할까?"

"하세요."

그러나 전치강은 입이 떨어지지 않았으므로 고개를 들고 짙은 회색의 어둠에 싸인 사방을 두리번거렸다. 그들은 모래밭 끝의 민가 앞에 이르고 있었다. 아까 오면서 보았을 때 을씨년스럽게 궁기가 끼어 있던 그 거리는 날이 저물자 더욱 마음에 안 들었다.

"말씀하세요."

"여관부터 찾아 놓고."

"꼭 바다루 창이 난 방이 아니라두 괜찮아요."

"그래야 될 것 같아. 그런 집을 찾아낼 것 같지 않군."

"버스 터미널 앞에 간판이 몇 보였어요."

"그랬어? 그럼 아예 그쪽으로 잡을까?"

"그게 내일 아침 떠나는 덴 편리하죠."

두 사람은 합의하였으므로 걸음을 재게 놀리기 시작했다. 너무 주체할 수 없게 몸이 떨려서 그들은 어디든 얼른 방 안으로 들어앉고 싶은 생각밖에 없었다. 그들은 점심조차 거르고 있었던 것이다.

추적당하는 사람처럼 되도록 걸음을 서두르던 전치강은 마침내 생각이 나서 안연자의 어깨를 낀 채 우선 길섶의 식당으로 뛰어들어갔다. 그러고는 놀라서 쳐다보는 안연자에게 말했다.

"우리 멋진 만찬부터 베풀자구. 거지반 온 것 같으니까. 여관은 식당 주방이 성찬 준비를 하는 동안 내가 잡아 놓고 올 테니까."

식당 주인은 그들을 방으로 안내했다. 훈훈한 기운이 눈두덩으로 확 덮치는 그런 방이 있었다.

전치강은 안연자를 방 안으로 밀어넣고 서서 말했다.

"주문해 놔, 뭐든 맛있는 걸로. 나 곧장 돌아올게."

전치강은 말하기 바쁘게 거리로 뛰어나갔다. 여관은 가까이에 두 집이 있었다. 바다와 꽤 떨어진 곳이므로 그는 창이 난 방향에 대해 신경쓰지 않았다. 그리고 조금도 주저 없이 맞붙은 두 개의 방을 예약했다.

선금을 지불하고 나서 전치강은 오래 별러 오던 일을 하기 위해 전화를 빌렸다. 그는 아까부터 결정을 못하고 있던 오숙녀의 학교를 불렀다. 수화기에 나타난 교환원의 재촉에 몰리다시피 하여 그렇게 되었는지도 몰랐다.

숙직교사는 오숙녀에 대해 알려 주기 전에 이쪽의 신원을 알고 싶어했으므로 전치강은 난처하여 서울에서 온 사람이라고만 얼버무렸다.

"서울 누구신데요?"

전치강은 대꾸하지 못했다. 그러곤 그의 신원에 대해 추궁하고 있는 수화기를 슬그머니 내려놓고 말았다. 서울에서 왔다면서 오 선생이 어떻게 됐는지도 모른단 말이냐, 하고 수화기는 따지는 중이었다. 오숙녀는 분명히 이 을씨년스러운 도시에 살았었군.

전치강은 추위 속을 뚫고 식당으로 돌아갔다. 오숙녀를 그려 보며. 그는 뭔가에 쫓기고 있는 것처럼 초조했다. 안연자는 주인이 자신 있다고 하여 전복죽을 주문했다고 일러주었으나 그는 그녀의 말에 조금도 실감이 가지 않았다.

음식은 그가 도착한 잠시 후 곧 나왔다. 상을 받는 그들을 문 밖에서 들여다보며 식당 주인이 너스레를 떨었다.

"한번 자셔 보세요. 두 사람이 먹다가 세 사람이 죽어도 모른다구요. 참, 반주는 안 하시나요."

"해야죠."

주인의 장담 이상으로 전복죽은 훌륭한 맛이었으므로 전치강은 매우 만족하였다. 포만감이 슬픔을 짓밟았다. 조금 마신 술도 여행자의 기분을 한껏 돋워 주었다. 전치강은 담배에 불을 댕겨 물고 지긋한 자세로 안연자를 건너다봤다.

"저한테 제안이 있으시다면서요?"

"있어. 직업을 바꿔."

"뭘루요?"

"결혼해."

"제가요?"

"응. 나랑."

"그럼 식을 올려야죠."

"물론이지."

"언제요?"

"의논해서 곧."

"그럼 지금 의논해요."

"진심이야?"

"농담 마세요."

"농으로 듣는 모양인데 난 할 거야. 혼자 사는 일에 이젠 지쳤어. 넌덜머리가 나."

"그런 얘기 하시럼 그만 일어나세요."

두 사람은 곧 외투를 끼어 입으며 식당을 나섰다. 거리로 나선 다음 전치강이 다시 다짐을 달았다.

"진심이야. 난 연자하고 결혼할 거야. 그래서 여관방도 하나만 얻었다구."

"전 그 여관 가지 않겠어요."

안연자가 단호한 몸짓으로 돌아섰다. 그녀의 그런 행동은 전치강으로 하여금 낭패감에 빠지게 했다. 전치강은 그런 안연자의 팔을 끌며 말했다.

"아직 예식을 안 올렸는데 한방에 들 수야 있겠어."

두 사람은 여관에 이르러 각각 자기 방으로 갈라져 들었다. 그리고 이튿날 아침에는 예정대로 강릉으로 떠났다. 전치강뿐 아니라 안연자도 잠을 설쳤다고 말하진 않았지만 충혈된 눈이 그랬다고 보여주고 있었다.

서울로 돌아온 다음 전치강은 궁리 끝에 동대문시장 김항수의 가게로 전화를 했다. 장승문에 대한 얘기는 전날 오후 그가 막 사무실에 도착하는 순간에 마침 전화가 걸려와 다 해버렸으므로 새삼스럽게 녀석과 그 애길 또 하자는 것은 아니었다. 그가 하고자 하는 애긴 다른 내용이었다.

"너 잠깐 좀 만났으면 좋겠다."

"왜?"

"의논할 게 있어서."

그러나 장승문의 일로 너무 실망이 컸던 탓인지 김항수는 의논이
있다는데도 시큰둥한 대답이었다.

"장돌뱅이한텐 이 시간이 하루 중 가장 바쁘다는 거 몰라."

전치강은 녀석의 그런 반응에 웬일인지(란 개인사정 얘기라고 꼭
떳떳하지 못할 것도 없는데) 별안간 기가 꺾였다. 공연히 전화질이
었다는 생각마저 들어 더 이상 말을 붙여 볼 용기가 나지 않았다.

그는 잔뜩 주눅 든 목소리로 말했다.

"그럼 알았다."

"무슨 얘긴데?"

"나중에 얘기하지. 별것 아냐."

"자식, 싱겁긴. 좋다, 내 곧 그리로 가마."

"아냐. 그렇다면 내가 너희 가게로 갈게."

"도대체 무슨 일인지 궁금하다야."

"만나서 얘기해야지, 전화로 다 말해 버리면 만나서 뭘 하게?"

"그럼 이 근방 어디 와서 전화해 줘."

"좋아."

"미안하다, 내가 못 가서."

전치강은 전화를 끊고 나서도 망설여졌다. 정말 얘길 해야 하나.
그러나 그는 결심을 세우고 사무실을 나섰다.

김항수는 그의 다후다 가게인 통일상점 앞에 나타난 전치강을 눈
이 휘둥그레져서 쳐다봤다.

"여, 저 높으신 분이 누추한 시장 골목까지…… 가까운 데 와서
전활 하라니까."

"큰소리 땅땅 치더니 이 쬐끄만 가겔 가지고."

"이게 왜 작니."

"몇 평이냐?"

"일곱 평하고도 반. 차관 없는 순수한 민족자본의 모습이란 바로

이런 형태라는 거 몰라."

"이 민족 상점 찾아내기 참 더럽게 힘들더라."

"시장인데 그럼, 복잡하지 않고."

"시간 낼 수 있겠니?"

"안 나도 내야지. 우선 우리 마누라쟁이 선이나 한번 보고."

전치강은, 주판을 든 채 다가서는 녀석의 아내를 향해 허리를 굽혀 보였다. 남편보다 더 나이들어 뵈는 게 전치강은 공연히 못마땅했다. 김항수는 어정쩡해서 서 있는 그의 어깨를 밀며, 성냥갑이라도 사들고 나타날 일이 아니냐고 투덜거렸다. 불이나 내버리게 말이야, 하고.

"그래, 의논이란 게 뭐냐?"

김항수는 시장 건물 지하 다방에 들어서자 엉덩이를 걸치기 바쁘게 다그쳤다. 전치강은 숨이나 돌리고 보자고 말하고 싶었으나 그렇게 딴전을 피울 시간이 김항수한텐 없었으므로 곧 이렇게 말했다.

"나 좀 도와줘."

"내가? 뭔데?"

"장가 들게."

"뭐야?"

"왜 난 장가 못 가나?"

"하도 큰 사건이라서 그런다. 우리 건축가 입에서 장가가겠다는 말이 다 나와? 그렇잖아도 들뜬 연말 장안이 시끌뻑적하게 됐구나. 금년 십대 뉴스의 톱이 때늦게 터지겠어."

녀석이 하도 답지 않게 너무 큰 소리로 떠들어젖혔으므로 전치강은 경고하지 않을 수 없었다.

"소문냈다간 가만 두지 않을 거야."

그러나 김항수한텐 그런 경고를 하지 않아도 되었다. 녀석은 저렇게 허풍을 떨지만 사실은 아주 내성적인 성격이어서 자신이 가깝다고 생각하는 친구 앞에서 그러지 조금만 거리가 느껴져도 댓바람에 뀌다논 보릿자루가 돼버리기 때문이다. 동창회에 나온 녀석은 언제나 파하는 시각만 기다리는 것처럼 시종 근엄한 얼굴로 말없이 앉아 있는 것이다. 그러면서도 녀석이 그 자리에 꼭꼭 나오는 것은 당파적이기 때문이다. 솔직히 말하면, 시러베자식들 노는 꼴을 같지 않게 생각하는 전치강이나 장승문이 있어서 녀석은 거기 나온다. 녀석은 그렇게 편을 짜고 싶은 것이다. 그래서 녀석은 실제로 파하는 시각에 초조하다. 빨리 끝이 나 셋이서 2차 가고 싶어 녀석은 자주 팔뚝시계를 들쳐보는 것이다.

전치강이 돼먹지 못한 놈들과 어울리기만 해도 속이 상하는 녀석이므로 장가 애기에 제가 가는 것보다 더 기분 좋아 들뜨는 것은 녀석의 진심이다.

"그래, 나보고 도와 달라는 건 뭐냐? 함진애비 돼달라는 거냐, 숯검정 바르고?"

"그래 임마."

"신분 누구냐?"

"안연자."

"그게 누군데?"

"추상 안 마담."

"뭐야?"

녀석은 단박에 얼굴빛을 바꿨다. 기분 좋아 어쩔 줄 몰라하던 기색은 씻은듯이 가시고 없었다. 전치강은 거부반응이 나타난다면 미리 막아 버려야 하므로 재빨리 역습을 취했다.

"왜, 안 된다고 말하고 싶은 거냐? 코가 비뚤어진 것도 아닌데 왜 하필이면 이혼한 여자하고 하느냐고 묻고 싶은 거냐?"

김항수는 말이 없이 빤히 쳐다보고만 있었다. 잘라 할 말을 준비하느라 그런지 몰랐으므로 전치강은 허튼 수작을 못하게 재차 역공을 가하지 않을 수 없었다.

"아니면 꺼림칙하다는 거야? 실망했다, 기분 나쁘다, 그런 말을 하고 싶은 거야?"

"너…… 화진포까지 갔다더니 그 여자하고 무슨 일이 있었구나."

"그런 말 나올 줄 알았다. 누구한테 얘기하기엔 지금은 시기적으로 적당치 않다는 걸 나도 알아. 오해 사는 건 당연해. 하지만 시간이 없어서 기다릴 수가 없어. 그리고 하늘에 맹세코 우린 화진포 여관에서 한방에 자지 않았어. 믿지 않아도 좋아."

김항수는 시간이 없다는 건 이미 청혼을 했다는 얘기냐고 물었으므로 그는 그렇다고 대답했다. 녀석의 표정이 더욱 굳어졌다.

"안 마담의 반응은?"

"농으로 받아들이더군."

"그럴 거야. 나도 처음엔 그랬으니까."

"지금은?"

"안 마담이 기분 나빠하고 있잖을까 하는 생각을 하고 있어."

"왜? 왜 기분 나빠해?"

"동정받았으니까. 희롱당한 기분일걸."

"이 자식아!"

"동정이야, 그것도 충동적인."

"내가 결심을 세운 건 이미 어제 오늘의 일이 아니라는 사실을 말해 두겠다. 나도 내 결심이 동정에서 출발하고 있는 건 아닌지 오랜 기간 생각해 봤댔어. 결코 동정이 아니란 결론을 얻은 거야."

"객관성을 상실한 검토는 할수록 결정한 사실에 대한 동정의 부피만 키울 뿐야."

"넌 그 여자가 왜 안 된다는 거냐? 왜 그 여잔 동정받아야 하구?"

"젊은 여자가 결혼에 실패하고 혼자 사니까. 그건 충분히 동정받을 만한 조건이야. 그리고 만약에 이뤄진다면 무엇보다도 그 결혼은 안 마담한테 불행해. 일생 동안 부담을 안고 살아가야 할 테니까, 굴종 같은."

"너 정말 이제 보니 한심한 자식이구나. 인간관계라는 게 그렇게밖에 안 보여? 그러면서 어떻게 여편네 데리고 사니?"

"좋다. 그렇다면 내가 간섭할 문제가 아니라고 하자. 여러 모로다 따져서 얻은 신중한 결론이라고 하자."

"너하고 말하고 싶지 않어."

"하지만 넌 이걸 알아야 해."

"필요 없다니까."

"네가 내린 결론만으로 모든 일이 해결난 건 아니라는 거. 만약에네 결정만 중요하고 네 결정이 곧 최종 결론이라고 생각한다면 그건 불순한 착각이다. 안 마담도 안 마담의 고유한 결정권을 마땅히 가져야 하니까. 네가 뭐라고 말하든 안 마담은 명백히 약점이 있는 여성이므로 넌 그 점에 신중하지 않으면 안 될 거야."

하고 난 다음 김항수는 목소리를 바꾸어 물었다.

"너, 나보고 네 중매쟁이 하라는 거지? 도와 달라는 거 바로 그 얘기 아냐?"

"말하는 거 보니 넌 안 되겠어. 도와주기는커녕 훼방 놓겠어."

"외롭게 됐구나, 승문이도 없고."

김항수는 그의 긴장을 누그러뜨리려 농조로 말했지만 전치강은 사실 뭔가 쫓기는 것 같은 초조감을 떨쳐 버릴 수가 없었다. 김항수는, 일단 말을 꺼냈다는 것은 정말 농지거리가 아닌 한 결론을 봐야겠지만 안연자에게도 생각할 여유를 줘야 하므로 시간이 급한 것은 아니라고 말했다.

"안 마담이 네 청혼을 농으로 받아들인 사실에 너무 신경쓰지 마. 설령 받아들였다 해도 그냥 지나쳐 버렸을 리는 없으니까. 아마도 지금 심각하게 고민하고 있을 거다."

김항수는 말하고 나서 어쩌겠다는 말도 없이 자리를 일어섰으므로 전치강도 따라 일어설 수밖에 없었다. 그는 지하 다방을 올라와 헤어질 지점에 이르러서야 이렇게 말했다.

"도와줄게. 이삼 일 안으로 안 마담 만나서 네가 움직일 수 없는 결심을 하고 있다는 사실을 전하고 나도 종용해 보지. 난 종용해도 되니까. 단 넌 그동안 딱 잊어버리고 잠 잘 자라."

"부탁한다."

전치강은 사무실로 돌아와서도 안정이 되지 않았다. 김항수의 말대로 딱 잊어버리자 해도 그렇게 되지 않았다. 이삼 일 사이라니, 그 자식 사람 말려 죽이려는 수작 아니냐는 생각도 들고, 과연 중간에 다후다 장수를 내세운 것이 잘한 일일까 하는 회의도 끊임없이 고개를 들었다. 그런 얘기라면 끝까지 둘이서만 해결해야잖겠어요, 라고 힐난하는 안연자를 보는 것만 같았다.

그는 곧 수화기를 들고 다이얼을 돌리기 시작했다. 그러나 그는 김항수가 수화기에 나타나기 전에 들었던 수화기를 도로 내려놓아 버리고 말았다.

그럼에도 이틀을 기다려야 할 일은 까마득하게 느껴졌다. 하지만 안연자에게도 생각할 시간적인 여유를 줘야 한다고 김항수는 말하지 않았느냐.

그랬는데 웬일인가. 녀석은 뜻밖에도 바로 그 이튿날 오전에 그의 사무실에 나타났다. 전치강은 애써 담담한 표정을 지었지만 녀석과 눈이 마주친 순간부터 쿵닥거리기 시작한 가슴을 진정시킬 수가 없었다. 김항수는 우선 담배에 불을 댕기고 있었다. 뜸을 들이고 있는 건 무슨 징조일까, 하고 전치강은 초조가 낀 눈으로 녀석이 입을 여는 순간을 기다렸다. 그러나 무슨 결론을 가지고 온 것은 아닐지도 모른다는 생각이 들었으므로 그는 참다 못해 먼저 입을 뗐다.

"너 아직 만나본 거 아니지?"

"만나봤어, 어젯밤에 당장."

"그래? 벌써?"

"안 되겠더라. 손톱도 안 들어가."

"고작 그런 얘기라면 집어쳐!"

전치강은 자기도 모르게 버럭 소리를 질렀다. 김항수가 팔을 내저었다.

"내 말 끝까지 들어."

"들을 필요 없어!"

"어쨌든 어저께 밤에 만났어" 하고 김항수는 그의 말에 개의치 않는다는 투였다. "얼굴이 알아보게 못해졌더라. 네 선언 듣고 고민했다는 증거야."

그렇다면 된 거 아니냐. 그만큼 신중하게 받아들일 수 있었다면 김항수의 단언은 터무니없는 수작이 아니냐.

"난 네 특사 자격으로 갔다온 거니까 넌 내 얘길 끝까지 들어야 할 의무가 있어. 안 마담한텐 특사라고 말하지 않았지만."

그가 고민을 털어놨는데 옆에서 보기에 딱해서 찾아왔노라고 말했다는 것이다. 의논하러 온 것은 아니고 다만 그의 결심이 확고부동하더라는 말을 미리 전하여 두는 것이 그녀가 결정을 내리는 데 어떤 면으로든 도움이 될 것 같아서 당사자 몰래 당장 달려왔다고 말했다는 것이 아닌가.

"내가 실패하더라도 네 자신이 나설 수 있는 여지를 남기려면 그렇게 말하는 수밖에 없었어. 또 그게 특사 자격보담은 너한테 훨씬 떳떳하고."

이만하면 나도 얼마나 고민했는지 알 만하지, 라는 둥 김항수는 쓰잘데없는 말 몇 마디를 끼워 넣은 다음 다시 말을 이었다.

"안 마담은 내가 말을 다할 때까지 시종 듣고만 있었어. 이상입니다, 하고 내가 말했지. 그랬더니 이렇게 말했어, 선생님 제발 그분이 맘을 돌리도록 해주세요. 나는 안 된다고 했지. 노력해 봤는데 철벽 같더라고 했지. 내가 그러니까 안 마담이, 그건 절대루 안 돼요, 라더군. 왜 그렇게 생각하느냐고 했더니……."

"임마, 그딴 질문이 어딨어."

"했더니, 어쨌든 안 돼요, 그분이 끝까지 그러심 저 아주 멀리 숨어 버릴 거예요, 절 여기서 살게 내버려 두시려거든 제발 선생님이 말려 주세요, 라더군. 그러면서 뭐랬는 줄 알어? 네가 그런 고집을 부리게 된 동기는 여기에 있다는 거야."

안연자는 김항수한테, 그와 그녀가 화진포에서 한방에 들었다고 말했다는 것이었다. 그리고 화진포까지 간 것도, 그런 일이 이루어진 것도, 모두 그녀의 책임이라고 했다는 게 아니냐. 당자는 부인하겠지만 고작해야 그런 동기에서 그러므로 그건 하나의 죄책감의 보상행위에 지나지 않는다고 안연자는 말했다는 것이었다.

"넌 그 말 믿었니?"

"난 이렇게 말했어. 그런 얘긴 제가 믿기 전에 전치강에 대한 모독입니다, 그 친군 그렇게 단순하지 않습니다, 하고."

"좋다. 그럼 네 예상은 어떠니?"

"일이 간단하지 않어, 분명히."

"난 꼭 함락시키고 말 거다."

"나도 그렇겐 말했어. 움직일 수 없는 결심인 것 같으니 두려워하지 말라고. 내가 보기엔 지금의 안 마담에겐 받아들일 준빌 하는 일만 남은 것 같다고 했지. 지금의 안 마담에게 가장 위험한 것은 자신감을 잃는 일이라는 말도 했지."

"그랬더니?"

"꼭 듣고 싶니? 내가 말한 것은 제삼자로서의 일방적인 통고였는데 대답이 뭐였는지 꼭 듣고 싶니?"

"들려줬으면 좋겠다."

"결혼이란 어느 한쪽의 의사로 되는 것이 아니라고 하더라."

"그럼에도 나는 성공하고 말 거다."

"그러길 빈다. 다만 신중하고 평화적으로. 실패하는 한이 있더라도 평화적으로."

김항수는 그렇게 말하고 돌아갔다. 그를 복도에서 작별하고 돌아서는데 김수정이 사무실을 쫓아나오며 소리쳤다.

"소장님, 전화예요."

"누군데?"

"여자분예요."

여자 전화라는 말에 가슴이 뜨끔했으나 전화의 주인공은 안연자가 아니었다.

"저예요, 하인희요."

"웬일이야?"

"저 지금 떠나는 길예요."

"떠나다니?"

"여기 공항이라구요."

"뭐야!"

"작별인사 하려구 전화했어요. 삼 분밖에 얘기할 수 없는 공중전화예요."

"정말이야? 거기 기다려, 나 곧 갈 테니까."

"안 돼요, 치강 씨. 출발 시간 삼십 분 남겨 놓은걸요. 저 곧 램프루 나가야 해요."

"무슨 소리야!"

"우리 그런 것 가지구 다투지 말기루 해요. 그러지만 않으면 작별인사 나누는 덴 삼 분이면 넉넉한 시간이에요."

전치강은 무슨 말을 해야 할지 생각이 나지 않았다. 지난 일들이 불현듯 되살아나고 있는 것은 그 짧은 시간에 참으로 어처구니없었다. 그런 그에 비하여 하인희 쪽이 훨씬 용의주도했다.

"가서 편지 쓸게요. 플로리다루 가요. 지난 여름 우리가 갇혀 있던 바닷가 생각을 하게 될 거예요. 그땐 지옥 같았지만 지금은 아주 아름다운 기억이 되었어요. 치강 씨와의 모든 일이 그래요. 야구 구경두요. 정말이에요, 전 지금 아주 담담해요. 바닷가루 가는 게 조금도 겁나지 않아요. 단지 엄마가 자꾸 울려구 해서 우울하게 만들 뿐예요. 엄마랑 아빠랑 동생들이랑 떼를 지어 나와 주었어요."

"인희 참 나쁘다."

"왜요?"

"꼭 이렇게 별러서 마지막 순간에 통고해야 하나?"

"사실은 저 이미 요전에 작별인사 드렸잖아요."

"그땐 떠날 자신이 없다고 했잖어."

"그렇겐 말하지 않았어요. 치강 씨 만나구 마음을 더 굳힌 건 사실이구요. 어머, 끊어지는 신호네요. 안녕히 계세요, 치강 씨."

"다시 전화해, 다시."

"싫어요. 치강 씨 결혼하시게 됨 연락해 주세요. 기뻐하겠어요. 그리구……."

전화는 하인희의 다음 말을 삼켜 버린 채 딸깍 끊어지고 말았다. 전치강은 죽은 수화기를 들고 앉아 뭔가 허망한 느낌에 사로잡혔다.

모두가 실종되고 있었다. 하인희도 실종되고, 한수필이도 돌아오지 않는다는 소식이고, 장승문이도 자꾸만 영원한 실종을 예감시키고, 오숙녀도. 분명히 하나둘 사라져 가고 있는 것만 같았다. 아, 그렇다, 서용임은 왜 한 번도 연락이 없을까. 무슨 오해라도 쌓고 있는 것은 아닐까. 전치강은 자신도 모르게 책상서랍을 정리하고 있었다. 나도 이제 정리하고 떠나자, 그런 생각에 매달리고 있는 자신을 그는 발견했다.

그러나 어떤 결정도 내린 것 없이 전치강은 오후 내내 사무실을 지키고 있었다. 임훈이 소극장 설계의 플랜 4를 들고 와서 천장에 대해 의논하고 싶어했으나 머리에 들어오지 않았다.

"왜 이러세요, 의논이 안 되잖아요."

"내일 보지."

"우정도 좋지만 사무실 일이 엉망이잖아요, 요즘."

"우정이라니?"

"장승문 씨요. 그렇게 걱정한다고 돌아와요?"

임훈은 그가 오로지 장승문의 실종에 대해서만 생각하고 있는 줄 알고 있었으므로 그는 우정이란 말을 듣고 있는 것에 죄책감 같은 걸 느끼지 않을 수 없었다. 그러나 그는 아무 대꾸도 하지 않았고 임훈도 더는 말하지 않았다.

전치강은 오후 늦게야 사무실을 나섰다. 겨울의 짧은 하루는 이미 마감된 지 오래여서 바깥엔 짙은 땅거미가 져 있었다. 그는 어둠 속에 들어서서 그것을 응시했다. 그러곤 주먹을 불끈 움켜쥐었다. 마지막 결단이었다.

그러나 '추상'은 문을 열고 있지 않았다. 덧문까지 완강하게 닫혀 있었다. 왜 '금일 휴업'인지 조회해 볼 곳도 없었다. 전치강은 닫힌 출입구 앞에 서서 다시 어둠 속을 바라봤다. 김항수가 하던 말이 되살아나고 있었다.

안연자는 정말 어디론가 숨을 계획으로 문을 닫아 버린 것일까. 초조감이 스르르 머리를 들기 시작했다.

그는 서성거리던 발길을 돌렸다. 그러나 그는 곧 되돌아서서 닫힌 널빤지 덧문을 꽝꽝 쥐어박았다. 거푸 두들겼지만 시커멓게 어둠이 낀 창틀에는 끝내 불이 들어오지 않았다. 그는 딱딱하게 언 골목길을 되돌아 나오는 수밖에 없었다.

사무실로 돌아가자 거긴 아직도 불이 켜져 있었으므로 전치강은 마치 잠입하는 도둑처럼 발뒤꿈치를 들고 차고로 갔다. 임훈한테 걸리면 또 귀찮게 굴 것이었다. 전치강은 썰렁한 냉기에 후룩 몸을 떨며 자동차에 시동을 걸었다. 그는 또다시 떠난다는 착각에 빠지고 있었다. 운전대를 잡은 손이 가볍게 경련을 일으켰다. 그는 장갑을 찾아 끼었다. 그러곤 지체없이 차를 밀어냈다.

차는 얼음판 위를 주룩주룩 미끄러졌다. 그럴 때마다 전조등이 심하게 출렁거렸다. 그러나 착각인지 몰랐다. 그가 아파트 입구에서 차를 내렸을 때 길바닥은 물기 하나 없이 깡말라 있었으니 말이다.

그가 위태롭게 차를 몰며 그 지점을 들어서고 있을 때였다. 맞은편에서 달려오던 차 하나가 그의 차를 스치며 울컥 멎어 섰다. 택시였다. 분명히 여자 하나가 다급하게 문 밖으로 나서고 있는 것 같았다. 그때 그의 차는 이미 조금 엇갈려 지나온 뒤였으나 그는 서둘러 차를 세웠다. 역시 여자가 분명했으며, 택시 요금을 치르고 있는 듯했으나 희뿌연 어둠에 싸여 누군지 알아볼 수 없었다. 그는 문을 열고 운전대를 벗어났다.

"선생님!"

하고 뛰어올 때까지도 그는 상대가 누군지 알아차리지 못했다. 그러나 트렌치 코트의 깃을 움켜잡고 다가선 여자는 뜻밖에도 서용임이 아닌가. 그리고 그녀를 확인하는 순간 전치강은 속으로 '오늘'이라고 나직이 되뇌었다. 오늘은 뭔가 이상한 날이다, 하는 그런 생각이 들었다.

"오랜만예요, 선생님."

"나를 어떻게 알아봤어?"

"선생님 찬 표가 나잖아요, 폭스 바겐."

"정말 오랜만인데. 그렇게 연락이 없을 수 있나."

"죄송해요, 선생님."

"지금 어디 가던 길이었잖아?"

"네."

"그럼 어떻게 하지?"

"괜찮아요. 바쁘지 않아요."

"어디 다방 같은 데라도 갈까?"

"선생님 차 안에 들앉아요."

"어디 가서 저녁을 하면 어떨까?"

"별루 생각 없어요."

서용임은 조금도 냉랭한 목소리가 아니었지만 그러나 전치강은 그런 것을 느꼈다. 그는 문을 따고 그녀를 차 안에 들여 앉혔다.

"정말 오래간만인데."

전치강은 실내등을 켜며 재차 감격한 목소리로 말했다. 냉랭하게 느껴진 인상이 그에겐 사뭇 부담이 되어서였다.

"저 그동안 선생님 얼마나 원망했다구요."

"그랬을 거야."

"그게 아니구요, 실은 그동안 저 몹시 앓았어요."

"그동안이라니, 그 후로 사뭇?"

"네."

"어쩌다가?"

"말하기 거북한 병명이에요."

"그래서 그렇게 오래 앓으면서 연락도 않은 거야?"

"연락할 형편이 못 된걸요."

"아니, 그렇게 심하게 앓았댔어?"

"열이 사십 도나 올라갔어요."

서용임은 놀라서 쳐다보는 그를 조용히 건너다봤다. 고통의 기억을 저며 넣은 듯한 그런 미소를 그녀는 머금고 있었다.

"도대체 어떻게 된 거야? 어떻게 해서 용임이가 사경을 헤매는데도 나는 까맣게 모르고 있었지?"

"선생님이 자꾸 얘기하게 만드시는군요. 전 세상으로부터 격리되어 있었단 말예요, 선생님."

"격리되다니?"

"장티푸스를 앓았어요, 기집애가 챙피하게."

서용임은 그날 밤부터 앓아누웠다고 말했다. 그럼에도 비를 맞고 돌아다녀서 몸살이 난 거려니 했다는 것이다. 이틀이나 계속되자 의사가 찾아왔다. 의사도 같은 의견이었다. 해열제를 주사하고 돌아가곤 했다. 그러나 아침이면 조금 떨어지는 열은 곧 오르기 시작해서 줄곧 40도를 오르락거렸다.

"부랴부랴 입원을 한 모양이지만 전 병원인 줄두 몰랐어요. 혼수 상태였나 봐요. 검사 결과 병명이 드러났겠죠. 그랬는데두 엄만 제가 아주 나쁜 몸살에 걸린 거라구만 했어요. 전염병동에 격리 수용된 줄두 물론 몰랐죠. 견딜 수 없었던 건 두통이었어요. 엄만 하루 종일 우셨어요. 전 그때 처음으루 죽음이라는 걸 생각하게 됐어요. 선생님을 생각했죠. 죽음의 늪에 빠지기 전에 엄마한테 선생님 애길 해야 한다고 생각했어요."

서용임은 거기서 말을 끊었다. 말을 끊고 뭔가 회상하는 눈으로 말없이 앉아 있었다.

"밤이었어요. 전등불이 켜져 있었어요. 선생님, 다 말해 버렸어요. 전 죽음의 그림자가 너울거리는 속에서 엄마한테 선생님 애길 다 해버렸어요."

거기서 서용임은 다시 말을 중단했지만 전치강은 역시 무슨 말도 할 수가 없었다.

"애길 다 듣구 난 엄마가 물었어요. 선생님 만나구 싶냐구요. 전 고개를 저었어요. 대신 엄마한테 가르쳐 달라고 했죠. 제가 죽게 되는지. 엄만 왜 그랬는지 그때 대답하지 않았어요. 포기해야겠다

는 생각이 들더군요. 그러니까 눈물이 났어요. 선생님을 만나구
싶었어요."
"그렇게 말했어, 만나고 싶다고?"
"아뇨."
"왜?"
"다음날 아침 전 의사한테 또 물었지요. 죽을 리 없다더군요. 간
호원두 그랬구 아빠두 그랬어요."
선생님, 그때 제가 절망감을 벗어날 수 있었을 것 같으세요, 하고
서용임은 물었다. 그러나 그녀는 곧 스스로 대답했다. 더 큰 절망에
빠지게 되더라고.
"전 그런 속에서 선생님을 잊었어요. 끝없이 잊었어요."
"우리, 어디로 자리를 옮기자."
"전 이대루가 좋은데요."
"고집 부리지 말고."
"그럼 선생님 저녁 사 주실래요?"
"물론이지."
전치강은 말하기 바쁘게 서둘러 기어를 바꾸어 넣었다.
"뭐 먹고 싶어?"
"전 아직 제대루 먹지 못해요."
"시내로 나갈까?"
"아뇨."
"어디 나가는 길이었잖아?"
"네. 하지만 신경쓰시지 마세요."
전치강은 차를 길 가운데로 밀어넣었다. 방향이 잡히지 않아 망설
이는 그에게 서용임이 양식집이 어떠냐는 의견을 제시했으므로 그
는 고개를 끄덕이는 한편으로 차에다 잔뜩 속력을 붙였다.
음식점은 텅 비어 있었다. 전치강은 창가에 놓인 식탁으로 서용임

을 안내해 갔다. 그러고 나서야 마주앉은 그녀의 해쓱한 모습을 그는 처음으로 자세히 뜯어봤다.

"고생했어. 이젠 회복하는 일만 남았군."

"회복두 거의 됐어요."

그러면서도 그녀는 오트밀밖엔 먹을 수 없을 거라고 했다. 그도 도무지 식욕이 없었으므로 같은 것을 주문했다.

음식이 나올 때까지 두 사람은 아무 말도 하지 않았다. 갑자기 식탁가에 어색한 분위기가 감돌았다. 수은등이 드문드문 서 있는 아파트 단지의 밤 풍경을 두 사람은 내다보고 있었다. 죽그릇을 날라온 청년이 그제야 술에 대한 주문을 받고 싶어했으므로 전치강은 서용임이 병후(病後)라는 사실을 일깨워 주었는데 그녀는 그렇지 않다는 것이었다.

"아녜요, 저 마시구 싶어요. 약한 거면 괜찮아요."

"식사두 제대로 못한다면서?"

"그래두 오늘밤은 마시구 싶은걸요."

"그만두지."

"사 주세요, 선생님."

전치강은 때늦게 포도주 두 잔을 주문하지 않을 수 없었다. 그러나 서용임은 끝내 잔을 다 비우지 못했다. 오트밀도 몇 순갈 뜨지 않은 채 스푼을 놓았다.

"선생님, 밝은 게 별루 맘에 들지 않죠?"

"나갈까?"

"그래요."

전치강은 서용임을 부축하고 음식점 층계를 걸어 내려왔다. 그는 사뭇 뭔가 사과해야 할 것이 남은 느낌이었다.

"용임이, 나 사과하고 싶은데."

"뭘요?"

"병나게 한 거."

"선생님이 병나게 하셨어요? 그럼 선생님은 장티푸스균이시게요?" 하고 나서 그녀는 이어 말했다. "그런 말씀 하심 싫어요. 저 그럼 다시 앓아누워 버릴래요."

"이런 추위 속을 서성거리다간 정말 또 병나겠어. 어서 차 타자구."

"아녜요, 전 선생님이랑 방향이 달라요."

"그건 또 무슨 얘기야?"

"저희집 이사했어요."

"언제?"

"오늘요. 아까 제가 마지막으루 떠나가던 길이었어요" 하고 나서 서용임은 곧 쫓아갈 기세로 말했다. "저기 빈 택시 서 있군요. 저 차 타겠어요. 안녕히 계세요, 선생님."

"서둘지 마, 달아나는 것같이."

"아녜요. 선생님 못 뵐 줄 알았는데 정말 기뻐요."

서용임은 곧 쫓아갔다. 그러곤 차창 앞까지 따라간 그를 돌아보며 말했다.

"선생님두 이사하세요. 아파트 넌더리 안 나세요?"

차는 곧 불을 켜고 미끄러져 나갔다. 서용임은 기운 없는 손을 흔들며 사라져 갔다. 마치 헤어지는 것은 이렇게 단숨에 이뤄져야 한다는 투로.

전치강은 불빛이 밀고 나간 시커먼 어둠을 바라봤다. 가슴이 텅 빈 것 같은 느낌을 되씹으며 어둠 속에 임립(林立)한 회색의 건물들을 올려다봤다. 공동(空洞)에 빠져 있는 것 같았다. 그렇다. 나도 우선 무엇보다 먼저 여길 빠져나가고 봐야 한다.

전치강은 차를 세워 둔 채 차가운 수은등불 밑을 휘적휘적 벗어나고 있었다.